文學研究叢書・文學史研究叢刊

越南文學史略

主編　陳廷史

合著　陳廷史　阮春徑　阮文龍　黃如芳
　　　武　清　呂壬辰　陳文全

編審　陳益源　阮秋賢

越南文學史略

編輯委員會

主編

陳廷史

作者

陳廷史　阮春徑　阮文龍　黃如芳
　武　清　呂壬辰　陳文全

編審

陳益源　阮秋賢

譯者

阮秋賢　阮青延　吳曰寰　阮英俊
　阮清風　阮黃燕　阮長生

序一

敬愛的臺灣讀者朋友們：

二○一八年，通過越南研究學者、文化使者——國立成功大學的陳益源教授的推薦，師範大學出版社（河內師範大學下屬單位）組織翻譯並出版了臺灣作家葉石濤的《臺灣文學史綱》。正是通過這本書而讓許多越南讀者瞭解了臺灣人四百多年的文學歷史，那是一個古老且豐富的文學傳統。在該書的〈序言〉中，陳益源教授表示，越南與臺灣在地理上相隔並不遙遠，但對彼此的瞭解卻很有限，他希望也能有一本類似《臺灣文學史綱》的越南文學史來將越南文學介紹給臺灣讀者。那時在越南尚未有類似的書籍。因此，師範大學出版社就組織編寫了這本由我來主編並與六位學者共同編寫的《越南文學史略》。這本書在越南出版後受到越南讀者的關注，而現在在讀者手中正是《越南文學史略》的中文翻譯版。

越南文學有著數千年的歷史，但採用漢字寫作的書面文學僅始於西元十世紀。從十三世紀起，開始出現喃字文學，並在十八至十九世紀達到鼎盛的發展。十九世紀末，越南有了以拉丁字寫作的國語字文學。到二十世紀初，越南文學步入現代化階段，類似於亞洲其他國家文學的發展情況。這本書介紹了越南文學的幾個重要時期、主要作家及其經典作品。至於當代文學時期，由於尚未有時間的距離，因此內容上將有些繁雜。在存在與發展的十個世紀期間，越南文學湧現了許多傑出作家，他們曾受到聯合國教科文組織及眾多國際組織的表彰，如阮廌、阮攸、胡春香、阮廷炤、黎有晫等等。儘管二十世紀的越南

文學已經現代化，但由於經歷了多次變革，因此尚未得到全面的評估，然而它正逐步融入世界文學體系並為世界所知。

通過這本書，我希望臺灣讀者能對越南文學有所瞭解，從而更好地理解越南人民、越南歷史及越南的精神風貌。《越南文學史略》能在臺灣出版，對我們而言，是一項莫大的榮譽，也是推動越南與臺灣相互理解的重要貢獻。

借此書被翻譯並在臺灣出版之際，我們謹向陳益源教授——這位長期致力於越南文學研究的學者，以及臺灣萬卷樓圖書股份有限公司表示衷心的感謝。同時，我們也感謝成功完成了這本書的中文翻譯的譯者們。

我們期待有更多的文化交流活動來進一步加深越南和臺灣之間的友誼。

河內，二〇二五年三月
——值《越南文學史略》在臺灣出版之際
陳廷史（Trần Đình Sử）
（阮秋賢 譯）

序二

　　我十分榮幸為《越南文學史略》繁體中文版撰寫序文。本書由河內國家大學下屬人文與社會科學大學與臺灣國立成功大學攜手合作翻譯，並在臺灣正式出版。多年來，兩校在文化、歷史研究、文學傳播等領域中持續展開多項定期性的學術交流，累積了豐碩的合作成果。在諸多成果的促成過程中，我尤其要感謝陳益源教授——他作為連結越南與臺灣文化文學交流與學術合作的重要使者，始終發揮著推動與引領的關鍵作用。

　　在越南的大學體系中，河內國家大學下屬人文與社會科學大學是一所在基礎學科教學與研究領域中肩負先鋒使命，並在學術發展上擔當引領角色的重要高等學校。作為該校的負責人，我全力支持將《越南文學史略》翻譯為繁體中文的計畫。《越南文學史略》由陳廷史教授主編，並聯合多位越南文學研究專家共同編著。初版於二〇二〇年由河內師範大學出版社出版，並榮獲越南中央文學藝術理論批評委員會頒發的二〇二一年度文學藝術理論批評類最高獎項。此次河內人文與社會科學大學選擇這部極具代表性的文學史著作進行翻譯為中文，充分體現了我校在推動基礎科學研究領域（包括文學研究在內）的國際學術交流方面的先鋒精神與責任擔當。本書的核心翻譯團隊由河內人文與社會科學大學各學系（文學系、東方學系）具備深厚文學素養並受過專業訓練的優秀教師組成，並結合了來自全國各大學及研究機構的部分教師與學者，共同參與翻譯與審定工作，展現了我校在構建越南學術研究網絡與團隊方面的開放精神與開闊視野。

作為一名歷史學者，我深切認為《越南文學史略》翻譯具有極高的研究資料價值。據我所知，近年來，越南與臺灣的學術交流持續推進並日益加強，但研究合作活動仍需進一步深化，才能帶來真正的突破性發展。我亦了解到，儘管之前已有不少以中文撰寫的越南文學史著作問世，但由越南學者親自編寫的權威性文學史著作，仍在國際學術界中有所缺席。此次將《越南文學史略》翻譯成繁體中文，將為國際學術界提供全新的資料來源，並為未來生成嶄新的研究成果及在全球範疇內深化對越南文學發展的理解和探索，奠定重要基礎。

基於上述意義，我謹此鄭重推薦《越南文學史略》的繁體中文版，並誠摯期待臺灣讀者能夠熱情接受這部極具學術價值的文學史著作，並從中體會到河內國家大學下屬人文與社會科學大學在推動越南與臺灣於學術合作、文化文學交流等領域中所付出的努力與所肩負的引領責任。

河內，二〇二五年三月
河內國家大學下屬人文與社會科學大學校長
黃英俊（Hoàng Anh Tuấn）教授
（阮秋賢 譯）

序三

　　「在越南出版臺灣文學史越文版／在臺灣出版越南文學史中文版」，是我心中期待已久的一個夢想。當然，我心裡也很清楚，這個夢想的實現絕非單憑一己之力可以完成。

　　因此，請允許我在此先向「在越南出版臺灣文學史越文版」的重要推手——前臺南市政府文化局葉澤山局長和河內師範大學的師範大學出版社阮伯強社長致敬。正是他們兩位的高瞻遠矚，通力合作，由我提出企劃，葉石濤之子葉松齡授權，范秀珠、陳海燕、裴天臺、黎春開翻譯，阮氏妙玲校訂的葉石濤《臺灣文學史綱》越文版，才能順利地於二〇一八年十月由師範大學出版社在越南隆重出版，並且很榮幸地得到越南著名學者陳廷史教授惠賜該書一篇擲地有聲的推薦序。陳廷史教授以其淵博的學識和客觀的立場，肯定葉石濤《臺灣文學史綱》是一部能為越南讀者提供近四百年的臺灣文學全景（尤其是二十世紀的臺灣文學），有趣且易讀的寶貴著作。

　　令我感到驚喜的是，出身自哲學專業，心思細密、行動力強的越南出版家阮伯強社長，他不僅拜託陳廷史教授為《臺灣文學史綱》寫序，還力邀陳廷史教授出面主編《越南文學史略》。如此一來，既可為越南一般讀者推出一部嶄新的越南文學史，又能為接下來的「在臺灣出版越南文學史中文版」創造有利的條件。阮伯強社長這麼做，真可謂一舉兩得，他的聰慧由此可見一斑，而我也很自然地早就將他引為知己。

　　人生知己難逢，我幸運地在越南遇見了一些志同道合的好朋友，

其中一位正是河內國家大學下屬人文與社會科學大學文學系主任阮秋賢博士。她是一名從事文學研究和文學翻譯研究，而且實際參與文學翻譯工作的傑出學者，行政能力佳，人緣又好，是挑起《越南文學史略》中文版翻譯重擔的最佳人選。所以我不斷與她溝通，而她也很有使命感地進行編譯組成員（阮秋賢、阮青延、吳曰寰、阮英俊、阮清風、阮黃燕、阮長生）的遴選與邀請，大家在她的領導下都盡了最大的努力，力求在忠於原著的前提下，又能做到信雅達的高水準翻譯。

不過，我們也不得不面臨一個很現實的狀況，那就是《越南文學史略》越文版原著乃出自七位越南文學專家（陳廷史、阮春俓、阮文龍、黃如芳、武清、呂壬辰、陳文全）的手筆，翻譯工作又是經由七位譯者分頭完成的，如何達到全書編寫體例和文字風格的統一，對編譯組而言無疑是一個極大的考驗。這也難怪阮秋賢主任會說這是她和我合作這麼多年以來最具挑戰性的學術任務了。

為了正面迎接此一考驗，我們《越南文學史略》編譯團隊內部不斷地進行溝通與討論，很快就凝聚了共識，培養出很好的默契；此外，在翻譯的初稿出來以後，我們還努力設法尋求編譯團隊外部的支援，希望聽取更多閱讀者的意見來做為修訂譯稿的參考。基於這項迫切需要，國立成功大學中國文學系選修我「越南漢籍專題研究」的六位博碩士生（黃皇南、黃鈴雅、陳瀚埕、邱子桐、田宇昂、袁一由），成為《越南文學史略》中文版初稿最早的一批讀者，個個認真細讀，紛紛提出各種閱讀上的疑難，並合力進行一些比較和評論的任務。其中博士生黃皇南來自越南，有賴他協助譯稿和原著的比對工作，及時化解了我們通讀初稿時的許多迷惑，甚至還找出了少許譯者漏譯或譯文有待商榷之處。可以這麼說，成大中文系研究生藉由本書初稿的引導，大量吸收了越南數千年來各時期文學發展的豐富知識；而他們諸多閱讀意見的反饋，則又發揮了具體的作用，包括協助編譯團隊看到

自己的若干盲點。對於本書的品質把關和完美呈現而言，他們同樣扮演著不可或缺的角色。

以上我提到的每個人，以及撥冗慷慨賜序的河內國家大學下屬人文與社會科學大學黃英俊校長、臺北萬卷樓圖書股份有限公司梁錦興總經理、張晏瑞副總經理、林涵瑋責任編輯，和我研究室助理陳懿安、何庭毅、林安萱等校對組成員，請接受我誠摯的謝意。

身為編審的我和阮秋賢，在此衷心感謝大家鼎力的支持與無私的貢獻，幫助這本由越南的師範大學出版社授權，河內國家大學下屬人文與社會科學大學、國立成功大學合作編譯完成的《越南文學史略》繁體中文版得以在臺灣正式出版，終於共同實現了一個意義重大的夢想——「在越南出版臺灣文學史越文版／在臺灣出版越南文學史中文版」。

我相信大家都會同意，這個夢想的實現，絕對不是完成哪一個人的心願而已，因為誠如本書主編陳廷史教授所言，這可是推動越南與臺灣相互理解的一件大事啊！

臺南，二〇二五年三月
陳益源

目次

序一 ……………………………………… 陳廷史　1
序二 ……………………………………… 黃英俊　3
序三 ……………………………………… 陳益源　5

前言　從地區到世界、從傳統到現代的越南文學 ……… 1

第一章　越南民間文學：從起始到現代 ……………… 7

第一節　越南文化基礎的形成時期中的民間文學 ……… 9
第二節　前大越、占婆以及扶南時期的民間文學 ……… 12
第三節　大越國時期的民間文學 ……………………… 19
第四節　從傳統文化到現代文化的轉換時期的民間文學 …… 41

第二章　十世紀至一八八五年的越南文學：
漢字文化圈中具備獨特本色的文學 …… 51

第一節　越南漢字文學的形成階段（10世紀-14世紀）……… 51
第二節　越南喃字文學、雙語文學的形成階段
　　　　（15世紀-17世紀）……………………………… 73
第三節　喃字文學及雙語文學的繁榮階段（18世紀-1885年）… 91

第三章　一八八五至一九四五年的越南文學：
國語字及全面性的現代化過程 …………… 133

第一節　古代文學到現代文學的轉換階段（1885-1932）……133
　　第二節　現代文學的形成階段（1932-1945）……………150

第四章　一九四五年至今的越南文學：從爭取民族獨立和國家統一的革命鬥爭到革新運動及國際接軌……183

　　第一節　革命與抗戰文學（1945-1975）……………183
　　第二節　分化與現代化文學（1954-1975）…………207
　　第三節　統一和革新文學（1975年4月後至21世紀初）……231

參考書目……………………………………………269

跋………………………………阮秋賢　289

前言
從地區到世界、從傳統到現代的越南文學

　　越南文學是個既古老又年輕並正與現代世界接軌的文學。

　　說古老是因為越南文學伴隨著越南民族從雄王時代開始的四千年歷史，其與本有極為重要地位的口傳的民間文學連在一起，民間文學經過歷史的種種曲折，仍保留著越南人的精神、智慧、語言，成為書面文學的基礎並一直流傳到現在。

　　說年輕是因為跟早已在「時間軸」上的西元前出現的印度文學、中華文學、希臘文學等「古老」文學相比，越南書面文學直自十世紀越南從中華各朝代爭取獨立之後才出現。

　　越南書面文學是由借用外來的漢字開始。秦朝於西元前二一四年的侵略，隨後漢朝於西元前一一一年的侵略，打斷了壯族、岱依族、越族的「不按照漢字模式的早期文字系統」[1]正在形成的過程。千年北屬後，漢字的強加使越南人已習慣使用漢字，但在北屬時期，越南人卻未有書面文學。根據陳義的搜集[2]，千年北屬時期，由越南人書寫的文章僅有二十五篇。直到越南國家獨立，越南人成為國家主體後，越南才有屬於自己的文學。從十世紀開始，在國家獲得了獨立後，為了建設屬於自己的教育、科舉制度和文學，越南人不得不將外來的漢字、文言文、文學各種體裁，甚至是行政文本和文學文本中的

1　阮光紅：《喃字文字學概論》（河內：教育出版社，2008年），頁79。
2　陳義：《十世紀前越南人的漢字作品的搜集與考論》（河內：世界出版社，2000年）。

風格、典故、表達形式等移植到越南本土。模仿、借用是不可避免的。但最重要的是，越南人已經超越了簡單的模仿，而達到像原體一樣精緻的表達並深入體現了本民族的精神。李、陳朝時代的漢字文學獲得獨特的成就，到了十五至十七世紀的後黎朝時代，漢字文學已經繁榮發展。當時的越南漢字文學作家對自己的漢文已經覺得「不讓漢唐」[3]（吳時任語），現代中國學者也從那些漢字文學創作中看出「卓越大筆」。[4]越南漢字文學是東亞漢字文學的組成部分，具備獨特本色及深厚的越南精神。

越南人不可能長久使用漢字寫文章，因而以模仿漢字的方式，創造出一種偏向於表意和表音的喃字，並用喃字來創作越南語表達的作品。經過十二、[5]十三世紀的萌芽階段後，從十五世紀開始，越南已出現完整形式的作品，如：阮廌（1380-1442）的《國音詩集》。這部詩集標誌著以本民族語言為創作語言的越南民族文學的形成。越南語文學與英國文學、德國文學、義大利文學等歐洲大文學體系幾乎是同時代誕生。[6]從十六世紀開始，越南語文學獲得繁榮的發展，並於十八世紀達到極盛的發展階段，幾乎勝過漢字詩文的發展。喃字創造出越南人獨特的文學體裁，對漢字文學各種文學體裁進行了越南本土化，將之變成了越南人所屬的文學資源。通過阮攸（1765-1820）的《翹傳》及其他文學作家的作品，越南語文學達到古典藝術的高峰並結晶。喃字文學使得越南古典文學逐漸擺脫了漢字文學模式，回歸到

3　見阮明晉主編：《從遺產中》（河內：作品出版社，1981年），頁76。
4　于在照：《越南文學史》（北京：軍事誼文出版社，2000年），頁96。
5　阮光紅：《喃字文字學概論》（河內：教育出版社，2008年），頁144。
6　這一事件相當於歐洲各民族文學的形成：十四世紀英國詩人傑佛瑞‧喬叟（G. Chaucer）開始用英語創作詩歌，但丁（Dante）在十四世紀開始用義大利語創作，馬丁‧奧皮茨（Martin Opitz）和格里梅爾斯豪森（Grimmelshausen）在十七世紀開始用德語創作。

東南亞文學傳統，如敘事詩形式，從而成為獨立性文學，深刻體現越南精神。然而，喃字是一種非常複雜的文字，難以普及大眾，因為人們必須先學會漢字後，才能學和寫喃字。由於喃字在一定程度上仍然依靠漢字，所以使用上有一定難度，這是其不便之處，尤其是對西方語言的記音以及對外國人進行越南語教學更加不便。

越南文學吸收了東亞文學的若干優秀文學傳統，除了受到佛教、儒教、道教悠久傳統的影響，同時也受到本土傳統及地區傳統深刻的影響。

然而，越南文學也不可能一直局限於地區性的框架當中。從西方傳教士創造出拉丁字並用來記錄越南語音，後來叫做國語字後，越南進入了東西文化接觸階段。法國殖民帝國的侵略，一方面造成越南政治、社會上的變亂，另一方面又使得越南與西方有了接觸，引起了當時帶有歐美資產階級思想傾向的革新運動。十九世紀末二十世紀初，在漢字以及科舉制度被廢除後，國語字盛行以致隨之而來的帶有歐洲範式的現代文學逐漸出現。國語字很容易學習，僅在很短時間內，人們便可以擺脫文盲，而不需要認識其他文字來作為學習前提。國語字與日常生活的口頭語言緊密相連，徹底斷絕於文言文的表達傳統，這就使得敘事文學獲得發展的機會。儘管文學傳統發生間斷，但是國語字卻打開更寬闊的文學遠景，並且為文學傳統通過翻譯活動彌補過來。此時，越南人又將遊記、話劇、長篇小說、短篇小說、批評、考論、論文、社論、自由詩等歐洲文學體裁移植過來。從模仿到創造是一條似乎漫長卻很短暫的道路。通過國語字，越南文學接受西方文學多方面的影響，從而在文學思維和文學表達方面進行了自我更新。語言結構中邏輯意識和理性思維顯著增強，經過半個世紀，從一八八五到一九四五年，越南文學（從一個與地區傳統相連的古老的古代文學）已經蛻變成為歐洲模式的現代文學，成為世界文學的一部分。

通過三種文字的更換,越南文學改變了自己的命運,從依靠著漢字文學的古老模式,轉向憑藉喃字來獲得文學自主,又通過國語字來多樣化、自由化的發展並與世界接軌。這些改變體現了越南文學猛烈的生命力。

　　越南文學史上,二十世紀文學占有獨特的地位及具備特殊的意義,該文學階段也經歷了由幾場戰爭造成的曲折道路。從二十世紀初到一九四五年,真正意義上的現代文學在越南已經形成了,現代主義傾向也萌芽出現。自從走上社會主義道路的越南民主共和國成立開始,文學逐漸傾向於為保衛祖國的鬥爭事業而服務。一九五四年後,越南國家分為南北兩地,北方文學繼續走上無產階級文學、社會主義文學的道路;南方文學則受到歐美當代文學的影響。一九七五年後,雖然國家獲得統一,但是卻面臨經濟不發達、西南邊和北邊發生邊界戰爭的種種困難。由於文藝政策有了偏差,因此引起一九八六年底帶有「擺脫束縛」性的革新運動。二十世紀九十年代末到二十一世紀初,由於互聯網的加入以及越南參加了世界貿易組織 WTO（2007）,文學發生了新的變化,一方面堅持著現實主義的發展趨向,另一方面,現代主義和後現代主義也開始萌芽。

　　越南由於特殊的地理政治位置,經歷了許多次戰爭,因此越南文學始終以愛國主義為主旋律,同時也是對不公正、冤屈的控訴,對虛偽與殘暴的嘲諷,表達了對自由、民主與幸福的渴望。近十個世紀之間,儘管越南文學取得了諸多輝煌成就,但卻在古代文學詩學風格內幾乎停滯不前。然而,從十九世紀末到二十世紀初,文學詩學發生了根本性的變化,徹底脫胎換骨而變成了現代的新文學,迅速經歷了世界上大部分文學思潮的精簡形式,並繼續深度融入世界文學發展的進程中。

　　迄今為止,在越南已經有了許多部多卷本形式的民族國家文學

史。那些文學史專門為大學文學專業學生而編寫，但尚未有一部供大眾讀者使用的文學史略，適合那些想要概括的瞭解民族文學史的讀者。因此，針對這樣的目的，本書將文學劃分為幾個大時期，並闡述其最突出的文學發展傾向。在本書中，編寫者盡量吸收近期文學研究的最新成果。

《越南文學史略》一書主要是基於這種共同認識而編寫成的。全書共四章，相應的有四個部分：越南民間文學、越南古代文學、越南現代文學（法屬時期）和一九四五年八月革命後至今的文學。在編寫過程中，雖然編寫者做了很多努力，但難免存在不足，希望得到讀者真誠的批評指正。

編寫者的分工負責如下：

阮春徑（Nguyễn Xuân Kính）：第一章
呂壬辰（Lã Nhâm Thìn）：第二章第一節、第二節
武　清（Vũ Thanh）：第二章第三節
陳文全（Trần Văn Toàn）：第三章
阮文龍（Nguyễn Văn Long）：第四章第一節、第三節
黃如芳（Huỳnh Như Phương）：第四章第二節
陳廷史（Trần Đình Sử）：主編，撰寫前言

河內，二〇一九年七月十五日

第一章
越南民間文學：從起始到現代

　　民間文學是一種社會意識形態。眾多學者（如周春延[1]、黎志桂[2]）認為，民間文學產生於原始社會時期，歷經各個階級社會漫長的發展時期後，繼續存在於當前時代中。

　　古代民間文學有時與民眾生活各方面相聯繫，並以一個組成部分抑或一個構成因素的名義參與這些活動。年代越早，其混合性（syncrétique）越顯著，這意味著在人類生活中，其實踐活動與精神活動密不可分，語言、音樂以及舞蹈等元素是和諧交融，不可劃分。隨著時間的推移，混合性逐漸減少，藝術元素反而愈來愈專業化。在越南，從十四世紀起，有關民間文學的記載陸續出現，由此形成了「再生」民間文學，即被記錄、整理過，並經付梓的民間文學。與其不同，「原生」民間文學則為至今雖仍存在於實際生活中、以口傳方式流傳，然正在逐漸消亡的傳統民間文學。至於「新生」的民間文學，我們將其稱為當代民間文學，即在近幾十年來所創作和流傳的作品。[3]

　　現在，越南共有五十四個民族，其中雒越後裔的越族（亦稱京族）人數占多數，越族語被稱作「國語」。除了越族外，另外五十三個少數民族當中，有的是本土民族，有的是在不同時期從外地遷移到

---

[1] 參見丁嘉慶、周春延：《民間文學》（河內：大學與專業中學出版社，1972年），第一卷，頁9。
[2] 黎志桂主編：《越南民間文學》（河內：大學與中等專業出版社，1990年），頁16-17。
[3] 阮春徑、裴天臺：《越南民間文學史》（河內：民族文化出版社，2020年），頁14-16。

的民族。就其社會發展水準而言，據潘登日（Phan Đăng Nhật）的意見，一九四五年八月革命運動前，越南各民族可歸類成三種社會類型如下：

一、古代社會，如西原地區的各少數民族。
二、上層階級形成時期的社會，如泰族或芒族。
三、國家發展時期的社會，如越族。[4]

由於社會發展程度不同，因此一九四五年八月革命運動前，各民族的民間文學發展情形亦有其差別。在越族社會，除了「原生」民間文學外，還有相當一部分「再生」民間文學，而芒、泰等民族中，後者卻微不足道，至於西原地區的各民族，幾乎僅有前者存在（法國人雖已進行收集和記錄其史詩，並將其引進教科書內容，然仍不足以傳播到越南社會中的其他成員）。

據何文晉（Hà Văn Tấn）的意見[5]，若將越南歷史比喻成一條五米長的繩子，每一毫米代表一個世紀的時間，那麼石器時代（相當於原始共產主義社會時期）所占的長度已達四點九六米之長，而從銅器時代至現代時期的發展時間僅剩〇點〇四米。銅器時代和隨後的鐵器時代乃是雒越人的社會形成時期。我們認為，一個國家的文化史，尤其是其民間文學史，是從該國居民進入金屬時代開始算起的。迄今為止，越南民間文學史可分成四個主要時期如下：

---

4 潘登日：《莫朝歷史大綱與越南各民族文化概略》（河內：知識出版社，2017年），頁109。

5 何文晉主編：《越南考古學》（河內：社會科學出版社，1998年），第一卷：越南石器時代，頁9。

一、越南文化基礎形成時期。

二、西元後第一個千年時期。

三、大越國[6]的傳統文化時期。

四、傳統文化轉向現代文化時期。

第一節　越南文化基礎的形成時期中的民間文學

在越南文化基礎形成時期，具有三種年代幾乎相同的文化，分別為北部的東山（Đông Sơn）、中部的沙黃（Sa Huỳnh）以及南部的同奈（Đồng Nai）。然而，礙於現存的資料有限，下文筆者僅能介紹東山居民的民間文學面貌。

一　歷史背景

如果說馮原文化（Văn hóa Phùng Nguyên，距今大約4000年-3500年前）開啟了越南的金屬時代，那麼東山文化（始於前7世紀左右，結束於2世紀）則以輝煌的成就終結了此一時代。

由於東山居民所生活的地盤較廣，因此其耕作方式亦多種多樣，其中以坡地耕作和農田耕作方式為主（水田的最多）。在雄王時期，當地人已善用銅製的犁頭和水牛或者人的拉力。關於稻米，有糯米與粳稻之分，最初，前者的種植面積頗多，然而後來後者逐漸流行，使得前者的比重減少，變成稀有的品種。水稻一年種植兩次。除此以外，東山居民也馴服和飼養家畜、家禽，如雞、狗、豬、水牛、黃牛

---

[6] 於此，「大越」（Đại Việt）兩字為一個約定俗成的術語，指的是越南於九三九至一八八四年期間，儘管在此時段，越南曾有幾個不同的名稱，分別為大瞿越（Đại Cồ Việt）、大虞（Đại Ngu）、越南（Việt Nam）及大南（Đại Nam）。

等。在手工業領域中,最為突出的即是銅鑄造,而其最精良的產品則為銅鼓。此外,鍛造和煉鐵的技術已經出現,陶藝、木工、編織及製漆業都達到相當高的水準。關於其飲食,有別於前時期的居民(食物以糯米為主),東山人除了糯米之外,已開始將普通大米添加到其菜單中。以「飯、菜、魚」為主要成分的飯食模式即在此時期形成。至於服裝,其男性穿褲,女性則穿著裙子,上衣搭配肚兜(yếm)。雒越人的家庭及其婚姻制度與北方的漢族截然不同。在行政組織方面,每村由多戶組成,相應的,多村又組成一部(相當於當時漢人的縣級),並依此形成了文郎國,其領袖即為雄王。文郎國之後是甌雒國,其君王稱為主王(vua Chủ,即安陽王)。最後為南越國,由趙佗(前256-前136)及其後裔帶領。

　　東山人的主要語言乃是越芒語(tiếng Việt - Mường chung)。[7]其流行時期恰巧與東山文化時期和前大越前半期(即北屬時期)相吻合。關於那時期的居民發明文字與否、且若有了文字,那是什麼樣的文字等問題,學術界目前仍然未能提出令人信服的答案。東山人的精神生活較為豐富,其信奉多神教,並崇尚祭拜。當時,春會尚未出現,當地人僅僅舉行秋會,其中打銅鼓、划船比賽等是不可或缺的一些活動。

二　東山居民的民間文學

　　廟會(Hội hè)是東山人舉辦文藝活動的機會,青少男女特別喜歡於此參加對答式演唱和跳舞的活動。此外,在日常生活中,他們亦有機會互相講述其神話故事,而這當中以解釋事物的起源,讚美自然力量,如大海、山水、土地、草木、風雲、雷電、日月等為主題的居

7　又稱「原始越芒」(Proto Việt - Mường),即「前越芒」(Tiền Việt - Mường)。

多。他們相信銅翁（ông Đùng）、陀婆（bà Đà）（有地方將其依序稱為古翁〔ông Cồ〕、矲婆〔bà Cộc〕，抑或特翁〔ông Đực〕、媽妳〔mụ Cái〕）夫妻具有造山挖河之功，並由此生土生水。於此一開始僅有鳥類與蛟龍居住，後來被東山人擬人化成為其始祖，即貉龍君（cha Lạc Long Quân）和嫗姬（mẹ Âu Cơ）。兩者生下一百個卵，又從卵中孵化出一百個兒子。嫗姬就帶著其中五十個男孩到山上，並在這裡落地生根，而貉龍君則帶著另外五十個男孩回到海邊，且在平原定居。嫗姬教導其子，使得他們學會於坡地耕作、種田，同時也會煮飯、做餅、種桑養蠶、取絲製衣等事。貉龍君消滅各種害人之妖，如魚精、狐精以及木精。十八代雄王一般自稱為「龍子仙孫」，並與其女（稱作媚）、其男（稱作郎）及其女婿一起治理文郎國。他們是充滿毅力的人，天真、詩意地過生活，像仙容（Tiên Dung）與渚童子（Chử Đồng Tử）。再者，他們亦是善於農耕的人如郎僚（Lang Liêu），不僅會種植糯米、綠豆和養豬，還能用其做食物，做出美味可口的方粽（bánh chưng）和圓粽（bánh giầy），或者像梅安暹（Mai An Tiêm）會種植一種鮮甜的西瓜。在此同時，當時的居民也必須與各種天然災害（尤以淹水為甚）和外邦的侵略者鬥爭。這一鬥爭過程被清晰地體現於兩個相關的傳說故事裡，一為山精—水精故事（Sơn Tinh - Thủy Tinh），一為關於揀村（làng Gióng）三歲小孩的故事，其在國家遭遇外敵入侵時突然崛起，吃完了七大簁米飯和七大簁醃茄子後就手持鐵鞭，騎著鐵馬奔赴戰場，殺敵救國。[8]

總之，從出土銅器上的證據、十一世紀至十五世紀越南知識分子或多或少站在儒家視野下所記載的史料，以及一九六〇至一九七〇年

8　高輝頂：《探索越南民間文學發展進程》（河內：社會科學出版社，1974年），頁28-29。

代北部居民的口述訪談記錄可知，東山人喜愛歌舞，善吹喇叭，打銅鼓。他們也同時是許多展現其既豐富又獨特之想像力的傳說和神話故事的創造者。

第二節　前大越、占婆以及扶南時期的民間文學[9]

一　歷史背景

趙氏的南越國為中國漢朝所吞併後，從西元前一一一至九三八年的大部分時間裡，古代越南人民都處於北方封建制度統治者的枷鎖之下。許多學者將此時期稱為「北屬長夜」。然而，實際上的情形卻是不然，原因在於每次國家淪為外邦的殖民地後，當地居民都會起來反抗，奪回其國的政權，然後再被殖民。正因為如此，此時期各朝代的獨立存在時間長短不一，有的僅短短三年，如二徵夫人（Hai bà Trưng）時期，有的長達六十年，如李賁（Lý Bôn, 503-548）及其萬春國。

在文化方面，古代越南人民接受了漢文化以及印度文化。在東南亞各國發揮自己的影響過程中，如果中國各代皇帝傾向於派軍隊南伐，目的旨在侵占土地，並使其人民移民到南方以同化受殖民者，那麼與其相反，印度各朝代皇帝採用暴力手段來奪取領土的事件則是較為罕見。取而代之，其做法主要是透過和平的途徑而於此發揮其深遠影響。

此時期，以種水稻為基礎的農業持續發展。在種植領域中，古代越南人民已會飼養某些種類的螞蟻以消除有害的昆蟲，同時也接受了

---

[9] 此時期越南同時存在三種文化：北部屬於前大越文化，中部屬於占婆文化，南部則屬於喔呅文化（Văn hóa Óc Eo）與扶南國（Phù Nam）。然而，礙於現有的資料有限，我們僅能介紹越族人（在北部）和占婆人（在中部）的民間文學面貌。

北方人將糞便用來施肥的耕作技術。此外他們亦向中國人學習造紙技術，利用該地特有的原料，越南工匠製造出多種質量優良的紙類，其中，蜜香紙品質特優，以至於西元二八五年有一名羅馬商人曾買了三萬張以獻給晉武帝。再者，當時的居民還從漢人學習到許多發明，如製造磚頭技術、寺廟、宮殿建築、大型木結構建築、土地私有化的模式、開墾並擴大耕地面積以及建立種植園之方法。對於印度文明，越南人向其接受了挖井技術，同時將某些樹種從印度移栽到越南，如波羅蜜和茉莉花等。從社會文化的角度來看，越南接受了漢人的婚姻制度、家庭組織以及取姓名方式。直到十世紀，以上的最後事項基本上已經完成。除此之外，越南人在國家政權組織方面還吸收了漢人的官僚機構。至於其精神文化領域，越南人通過以印度商人及傳教士為仲介的路徑，接受了佛教慈悲精神之餘，還透過中國的途徑來接受佛教。同時，他們亦吸收了漢字及儒家、道家思想。隨著中國曆法和過年習俗的傳入，再加上早稻（lúa chiêm）日益普遍，舉辦村會的時間逐漸從秋季被改成春天，春會因而漸漸取代秋會。雖然如此，秋會卻未完全消失，而與前者並存，春秋二期舉辦，此中，春會所占的比重居多。

在中越兩國的關係中，越南非僅單向地接受漢人文化，相反地，越南人的不少成就也影響到對方，例如：用甘蔗煮糖蜜、種植茶樹和喝茶習慣。甚至，農曆三月三日的寒食節原本為百越居民的文化資產，也被漢人同化或詮釋為其所創造的文化。

大約於八世紀至九世紀，在越南北部存在兩種語言，分別為統治階級的漢語和越芒語（tiếng Proto Việt）。至於文字部分，此時僅有一種，即漢文。[10]

---

[10] 阮才謹：《關於語言、文字及文化的若干證據》（河內：河內國家大學出版社，2001年），頁403。

***

　　在此時期,除了前大越人的民間文學外,還有占婆人的民間文學。占婆人屬於南亞種族的一民族,其語言屬於馬來—波利尼西亞語系。占婆文化是沙黃文化的傳承與發展,其人民即為沙黃時期人的後裔。在沙黃文化地區,居住著檳榔部落(bộ lạc Cau)和椰子部落(bộ lạc Dừa)。前者生活於今天的平順、寧順、慶和、福安等省的土地上,並被稱為南占婆(Nam Chăm),而後者主要居住在平定、廣義、廣南、峴港、順化及廣平等省的土地上,同時被叫做北占婆(Bắc Chăm)。西元初期,檳榔部落建立了後來被稱為賓童龍(Panduranga)的小國。在南占婆已經過幾個世紀時間發展的同時,北占婆卻為漢人所統治。二世紀末,趁著東漢朝衰弱的機會,北占婆民眾在區連(Khu Liên)的領導下起來反抗,結果獲得獨立,並建立了新國家。中國古文獻中,學者常將其稱作林邑(Lâm Ấp)。時至四世紀中葉,賓童龍與林邑合併,形成了占婆王國。四世紀至十二世紀,占婆人不僅不與越南人聯合以對抗共同的北方外敵,反而經常派人侵掠和騷擾越南南邊。[11]七世紀至十五世紀末,隨著其君主的更替,占婆王國的京都也遷往許多不同的地方,有時在茶嶠鎮(Trà Kiệu)(今為廣南省濰川縣),有時是寧順潘郎(Phan Rang),又有時分別在慶和芽莊(Nha Trang)、廣南同陽(Đồng Dương)及平定佛誓(Phật Thệ)。由於其統治者多次與鄰國動干戈,致使其人民無法安居樂業,因此直至十五世紀末,該王國的統治集團基本上已徹底瓦解。[12]

　　占婆人民發展多成分經濟,此中以水稻為主導。他們擁有水稻抗旱品種,並使用一系列水利措施以進行農業生產,如:製作水輪、挖

---

11 喬收穫:《越南文化歷史研究》(河內:世界出版社,2016年),頁196。
12 黃公伯:《越南文化史》(順化:順化出版社,2012年),頁446-452、661-662。

井、蓋水壩、挖湖蓄水、開採沙丘和山泉水等。此外,他們亦發展林業、海洋漁業、手工業(包括鍛鐵、絲編織、製造陶瓷製品、製造玻璃製品、採礦和製作金飾等),同時促進山路、海路、水路的貿易發展。面向大海,占婆人經常出現於海洋與島嶼上以捕魚,且與太平洋、印度洋海島世界進行貿易活動。在文化方面,其深受印度文化的影響,徹底模仿印度的政治制度以及王權組織,其君王被視為神靈在人間的化身,並為保護人民且維持國家秩序的人物。王位繼承原則上是根據王室血緣關係來進行的,然而有時候亦由朝臣擁立。除此之外,占婆人也吸收了印度的宗教模式。早在西元初期,印度的各宗教已傳播到占婆王國。該地並不出現宗教衝突和歧視的現象,宗教融合成為主要趨向。在文字方面,占婆人早就接受了印度古文字體系,並藉此發明出自己的古占婆字(出現於4世紀-5世紀)。通過吸收印度的文明,占婆人亦會使用曆法,同時,其音樂和舞蹈較為發達。再者,講到占婆王國時,其獨特的殿、塔系統是研究者不可略過的方面,占婆人常以其磚砌藝術而聞名。[13]

二 前大越人與占婆人的民間文學

此時期,除了童話故事、民歌等民間文學體裁外[14],傳說故事亦蓬勃發展,體現出古代越南人的堅強精神。

二徵夫人傳說故事即為其中一個包含全國許多地方整個英雄群體事跡之故事,較之相關史料較為簡短的記錄,其所講述的內容更為細緻。與趙嫗(Triệu Ẩu)有關的傳說故事永遠在越南各代民眾的心

---

13 陳國旺主編:《越南文化基礎》(河內:教育出版社,1997年),頁149-157。
14 《交州記》記錄:「牧豎於野澤乘牛唱遼遼之歌。」轉引自杜平治:《越南民間文學》(河內:教育出版社,1991年),第一卷,頁108。

中,於此趙嫗穿著齒履、騎著大象上陣的形象已留下深刻的印象。特別的是,在趙嫗大兄勸她結婚生子時,她慷慨地答說:「我欲乘巨風,踏惡浪,斬長鯨於東海,滌土靖岸,救民於沉淪,吾不似世人低頭弓身作婢妾。」有關李南帝(Lý Nam Đế)和趙越王(Triệu Việt Vương)的傳說故事系列歌頌兩位君王韜略之才,展示了李南帝的民族自豪感,他敢於自稱為皇帝並將國家命名為萬春國,這是一個在六十年獨立時間中外邦不能入侵的國家。關於黑帝(vua Đen)的傳說故事(史稱梅黑帝)刻畫了一個既勇猛又聰明的梅姓孤兒之形象。在國家淪為中國人的殖民地時,他已凝聚愛州、驩州、演州(今為清化、乂安和河靜三省)的民眾,並起來反抗,致使統治者經過一番七顛八倒。布蓋大王(Bố Cái đại vương)傳說故事講述馮興(Phùng Hưng, ? -791)事跡。馮興是一位擁有捉虎之力的人,領導其義軍攻擊大羅城(thành Đại La),使得都護官高正平因過於恐懼而病死。據當地人的口傳故事,在他逝世後,人民為他建廟祭祀,而其廟非常靈驗,民眾進廟祈雨都靈驗、或者若有人或遭遇逆境,或被小偷搶劫,或想求財來祈禱都得償所願。因此,前來祭拜的人絡繹不絕,香火鼎盛。

　　前大越人的民間文學不只包括歌頌民族英雄的故事、對抗外敵的傳說,也包含諷刺和降低敵人的威望等內容。在鎮壓二徵夫人的起義後,漢朝久經沙場的將軍,即馬援,還豎立了一個銅柱,並發誓道:「銅柱折,交趾滅」。馬援想威脅說,若越南不尊重象徵漢朝皇帝威望的銅柱,將遭受重大損失的嚴重後果。於是,越南人告訴彼此,每次經過銅柱時,都要在其底部扔一塊土以保證它不會折斷。也因為人人都如此丟了一塊土,久而久之,銅柱就被掩埋了,這樣一來,銅柱不但不被折斷,而且還有更糟的命運,但交趾人並未因此被消滅。這即是馬援銅柱的傳說故事內容,其反映了越南人民如何對應侵略者的威脅。近九百年後,一個唐朝都護官兼巫師,即高駢,還使用了比馬

援更狡猾的伎倆，他尋找越南名地以厭勝靈跡。現在越南人仍流傳「高駢早起」（Cao Biền dậy non）故事以降低其威望。本故事這樣講述：高駢常以紙鳶飛騰，找到勝跡立刻派人將穀子埋在此地，並在一千天內點燃一千炷香，每天一炷，香燒盡時穀子就變成其士兵以統治越南。但是，由於其部下不小心將所有的香在預定時間前燒盡，因此士兵起得過早，以至於其身體柔弱，元氣不足，不久都夭死。不僅如此，高駢甚至大膽地想要毀滅越南的神靈，但卻失敗。據民間傳說故事，在想要厭勝靈跡時，高駢剖十七歲未嫁之女，去腸以芯草充其腹，披以衣裳，坐以登椅，禁以牲牢，伺能舉動，揮劍斬之，愚弄諸神，率用此術。欲毀滅傘圓山神的時候，高駢亦一樣用了這一秘術，然而僅看到傘圓山神乘白馬於雲端，吐痰而去。高駢嘆說：「南方靈氣未可量，旺氣烏可絕也！」聆聽者因越南神祇不但沒有被愚弄，還羞辱了北方巫師而得意洋洋。此外，蘇瀝河神的傳說故事也記錄了其像傘圓山神打敗高駢魔法的情節。不僅如此，由故事可知，這位神祇亦曾使得九世紀唐穆宗年間安南都護官李元嘉低頭聽話，不敢胡作非為。[15]可見以荒唐、幻想的故事為形式，這一時期傳說故事的政治意義為敘述者所清晰地表達出來。再者，對抗外國侵略者主題的傳說故事一方面體現了越南人堅韌不拔的精神，另一方面亦表明越南當時人民之文學創作能力已達到較高的水準。

※※※

占婆民間文學深受印度文學的影響。從其存有的碑記、石像、石材浮雕和越南人的漢文文獻可知，十世紀前，在占婆王國已流傳印度

---

15 越南社會科學委員會：《越南文學史》（河內：社會科學出版社，1980年），第一卷，頁69。據高輝頂的意見，此事被記錄於由中國人在北屬時期所編的《交州記》一書中。

《羅摩衍那》及《摩訶婆羅多》的兩大史詩,此中,一位印度女神及其相關事跡被當地人占婆化、民間化成為其神主,即天依阿那(Yang Poh Nagar)。具體而言,E1美山塔上有浮雕,描繪了保護神毗濕奴(Vishnu)臥於大「舍沙」蛇(Sesa 或 Ananta)身上的形象,這情節出自於毗濕奴阿納塔薩亞納(Vishnu Anantasayan)的神話,此中講述毗濕奴臥在漂浮於原始海洋中的「舍沙」蛇身上。又如 F1 美山塔上的三角小間(Lá nhĩ, tympan)體現了魔王羅波那(Ravana)搖撼凱拉薩山(Kailasa)。C1 和 A1 美山塔的三角小間共同說明濕婆(Shiva)坦達瓦舞(Tandava)起源的故事。廣南同陽佛教聖堂中的石佛龕上刻有許多印度故事相關的雕刻,如摩耶夫人(Maya)在藍毘尼花園(Lum-bini)、菩薩的射箭比賽、皇子出家等故事。波那加(Poh Nagar)塔門上的三角小間描繪杜爾迦女神(Đurga)消滅牛頭惡魔的形象。[16]

　　豎立於廣南茶嶠鎮的石碑(7世紀-8世紀)碑文說明了建立祭祀印度詩人蟻垤(Valmiki,即《羅摩衍那》的作者)的廟宇事件。這表明此時占婆人已跟《羅摩衍那》接觸,甚至熱愛此創作。李陳時期越南儒家所編的《嶺南摭怪》(成書年代大約於11世紀至14世紀)一書收錄了一則題為〈夜叉王傳〉的文章,其中編纂者明確說明其即占城的故事。這乃是《羅摩衍那》的內容,其中所出現的地名和人名都被學者認為是來自於《羅摩衍那》:妙嚴國就是蘭卡島、夜叉王是十頭惡魔王拉瓦那(Ravanna)、胡孫精是科薩拉(Kosala)國號、十車王即達薩拉塔(Dasaratha)、微婆太子是羅摩(Rama)、白淨後娘為西塔(Sita)、獼猴軍則為哈努曼猴軍(Hunuman)。問題在於,越南人為何知道此是占婆人的故事?《嶺南摭怪》一書中的文章雖由越南儒家編,然並不是其所創作,而正如武瓊(Vũ Quỳnh)在十五世紀

---

16 喬收穫:《越南文化歷史研究》,頁638-639。

所確認：「童之黃叟之率皆稱道而愛慕之，懲艾之。」[17]書中文章多為流傳於民間的故事。李朝時期，分別在一〇三八、一〇四〇及一一三〇等年，許多占婆人跑到越南稱臣。一〇四四年，李太宗遣兵攻擊占婆王國，並在其京都擒拿善歌舞西天曲調的宮女和五千餘人，同時居之乂安、安沛及老街等省。[18]上述的占婆人和《大越史記全書》未曾記錄到的其他人也許正是傳播《羅摩衍那》史詩故事主要情節的主體。峴港市博物館所藏的浮雕（館藏編號為47-7）原為發現於佛誓城的文物，描繪了爾丘納（Acgiuna）跟烏塔拉王子（Utara）一起戰鬥的場景，是《羅摩衍那》史詩中的內容之一。又據史料的記載，八一七年，天依阿那塔（今在芽莊市）附近的一間木製廟宇中，帕爾瓦蒂女神（Bhagavati，濕婆之妻）的石像原被置於廟裡，多年後卻逐漸被占婆化，成為當地人所奉祀的女神。此外，一八五六年，越南官員潘清簡亦記錄到占婆人的這位女神的事跡。[19]

第三節　大越國時期的民間文學

一　歷史背景

在現今的越南領土，從十世紀到十九世紀末，存在於西元後長達千年歷史的三個文化體系，已往三個不同的軌道運行。南方湄公河三角洲的喔呎（Óc Eo）文化，自八世紀後便不再被古籍資料提起。一

---

17 武瓊、喬富編，丁嘉慶、阮玉山譯：《嶺南摭怪》（河內：文學出版社，1990年），頁27。

18 吳士連及黎朝史官編、吳德壽譯：《大越史記全書》（河內：社會科學出版社，1993年），頁267、269、313。

19 喬收穫：《越南文化歷史研究》，頁641-645。

四七一年後，中部的占婆國也失去了其王國體制之存在，占婆居民便成為大越國的少數民族之一。

　　從九三九至一八八四年期間（即是從吳權打敗南漢侵略軍、並建立獨立自主紀元起，至阮朝失去實際權衡，國家主權落在法國殖民手裡），大越傳統文化體系存在於不斷往南擴張的一片遼闊土地上，經過各個朝代的多少歷史變故，包括多次的衛國戰爭、歷代各封建勢力的內戰和農民起義的動盪。面對歷史的重重挑戰，雖然有時候被統治、被壓抑、甚至被迫害到將近毀滅的處境，但大越文化仍光復站穩，並在區域內強大起來。

　　在國家的眾多民族中，越族乃占大部分。他們主要聚落在各地的平原，與水稻種植傳統的土地緊密聯繫。越族人水稻種植的文明成就影響中國，水稻耕作傳統在華南區域久已流行，但直到宋代時期（960-1279）才快速發展，即從開始接受大越國耐旱稻種之時算起。越族家庭乃屬於父系家庭，家庭裡以祖父、父親為主人。他們主要居住在村落的行政機構，故而都市不發展。總體而看大越國獨立後管理機構的形成與發展歷史，可發現大越民族已有創意性地接受漢文化精華。大越文化機構不是中國唐代和宋代政權機構的濃縮本。有關語言與文字方面，越南語已經過三個階段：

　　第一階段：前古代越語包括兩個語言系統：越語（領導者的口語）及漢文言文，共同使用在十到十二世紀，只有一種文字是漢字。
　　第二階段：古代越語包括兩個語言系統：越語及漢文言文，共同使用在十三到十六世紀，有兩種文字是漢字和喃字。
　　第三階段：中代越語包括兩個語言系統：越語及漢文言文，共

同使用在十七、十八和十九世紀上半葉,有三種文字是漢字、喃字和國語字。[20]

除了越族人主要居住在平原區域,並以農業水稻種植為生計之外,其他各民族主要分布在山區,主要以種植水稻在山腳各盆地為生計,如:東北部區域有岱族、儂族、山澤族、熱依族、布依族,西北部區域有佬族、泰族、芒族、傣泐族。以水稻種植為生計的還有中部占族和南部的高棉族。中部西原南區族群有麻族、斯丁族,以及西原北區有巴拿族一邊種植水稻、一邊種植農產品。在高原坡地種植糧食和蔬菜的族群有苗族、瑤族、巴天族、彝族、拉祜族、哈尼族、貢族、夫拉族、西拉族、莽族、欣門族、克木族、仡佬族、俄都族、拉基族、拉哈族、布標族等(在北部),以及格賀族、色當族、墨儂族、赫耶族、戈都族、達渥族、麻族、葉堅族、遮羅族、戈族、布婁族、勒曼族等(在中部)。與在平原區域種植水稻的越族居民相比,以上各少數民族的經濟、社會程度相當低,他們的生活完全隸屬於各種自然條件。如果越族、華族、泰族、傣族、芒族、苗族、瑤族、欣門族、哈尼族、巴拿族、布婁族、勒曼族等族的家庭屬於父系制度,而占族的家庭主要屬於母系制度的家庭,另外拉格萊族、埃地族、墨儂族、朱魯族、格賀族、葉堅族等族的家庭屬於母系制度或雙系制度。除了有文字記載的一些族群(如:越族、泰族、華族、高棉族、傣族、儂族等)之外,其他族群仍沒有文字。

不同的生活環境,不同的經濟、社會發展程度,加上不同的歷史驅動、不同的文化交流過程,會引起大越國文化的豐富多樣,包括民間文學的豐富多樣。

---

20 阮才謹:《關於語言、文字與文化的若干證據》(河內:河內國家大學出版社,2001年),頁403。

二　民間文學

（一）體裁視角下的越南人民間文學

　　大越國時期的越南人民間文學有以下幾種主要體裁：傳說、民間故事、笑話、寓言故事、俗語、謎語、歌謠、童謠、平民喃傳、順口溜、戲劇劇本（嘲劇、嗾劇）等。

1　傳說

　　傳說是越南人的民間文學重要和豐富的一種體裁。關於抵抗外國侵略的傳說，許多作品原本產生在建國早期，至此時期繼續得以流傳，並加補一些新的情節。比如以扶董天王傳說而言，民間傳說講述李太祖皇帝（11世紀）向祂頒發神名，並於扶董村（今河內）建立廟宇奉祀祂。關於渚童子傳說，民間加補一些情節，祂屢次向數位救國英雄托夢，比如在未曾輔佐黎利（1385-1433）義軍之時，阮廌（Nguyễn Trãi, 1380-1442）獲得渚童子的托夢，並告訴他真命天子何在，勸勉他前往清化輔佐黎利起兵抵抗明軍。關於前黎朝張哄（Trương Hống）和張哈（Trương Hát）傳說，民間也添補一些情節，這二神於十世紀已扶助黎大行（Lê Đại Hành, 941-1005）即位，及十一世紀扶助李常傑（Lý Thường Kiệt, 1019-1105）打贏宋軍侵犯，以至於十三世紀扶助陳興道（Trần Hưng Đạo, 1228-1300）軍隊俘虜蒙元侵略軍的重要部將烏馬兒，並於十九世紀幫助阮朝大臣尊室說（Tôn Thất Thuyết）平定內亂。除了對古老傳說加以補充，民間也陸續創作許多新的傳說。其中，重要部分是稱譽各位明君、良臣及勇將的新傳說，比如關於十世紀人物丁先皇（Đinh Tiên Hoàng, 1839-1913）有傳說講述，他父親原形是一隻大海獺，他之所以得到大眾的服從，有足夠的

力量平定十二使君紛爭割據之亂，實乃因為他埋葬其父親在河底寶貴的靈穴。或是關於十一世紀黎奉曉（Lê Phụng Hiểu, 982-1059）將軍的傳說，民眾講述他有非凡的體力，曾拔起路邊的樹木作為武器打敗搶劫，長大後輔佐李太宗掃除叛亂、扶穩基業，他還先鋒領軍打敗占婆軍，立下大功後不肯接受皇帝的獎賞，只提出站在冰山（Băng Sơn）上扔下一把青刀，刀落的地方就是其田地界線處的願望。有關十九世紀抗法英雄阮忠直（Nguyễn Trung Trực, 1838-1868）的傳說，民間強調他的肝膽氣質，一次能對付七、八十個敵軍，為了救回被敵軍逮捕的老母親，他願意被法軍俘虜。雖然敵人用許多方式來引誘，但是他一心不移，寧死也不肯投降。他慷慨地在敵軍面前大喊：「法軍何時拔清越南地上野草，才能滅清越南抗法的英雄。」

對抗外國侵略者的傳說中，最獨特的是圍繞著英雄黎利（Lê Lợi, 1385-1433）的傳說。〈還劍湖傳說〉不僅反映了藍山起義軍的威武精神，也代表著越南人民的人文思想：大越人民必須拿起武器對抗敵人，必須發動衛國戰爭，這是不得已的舉措。起義初期，藍山軍隊的勢力還很薄弱，龍王得知此事，便將其神劍借給黎利，讓他消滅外侵敵軍。國家恢復獨立自主後，龍王命令神龜漂浮在左望湖（Hồ Tả Vọng）中央，向黎利討回神劍。從此，左望湖被命名為還劍湖。現在，還劍湖已成為越南首都河內的風景區。

另一些傳說還講述，協助黎利克服重重困難和危險，並取得終局的勝利，乃是一群良臣猛將，如陳元捍（Trần Nguyên Hãn）、黎來（Lê Lai）、黎慎（Lê Thận）、阮熾（Nguyễn Xí）、阮隻（Nguyễn Chích）等，以及傑出的文臣如阮廌。幫助黎利和藍山義軍還有樸實簡易的平民，如舀水抓魚的鄉下老人、路邊飲水攤的窮老太太、賣油的老太太，還有陶鄧村的女歌娘等。民間傳說不會忘記任何人，民間作者「強調人民對黎利事業的決定性支持，而正史則坦然地將老百姓的勝利和功

勞都歸功於一個家族的福分」[21]。

除了對抗外敵的傳說外，還有歌頌眾多傑出儒家學者的傳說，如梁世榮、阮秉謙（Nguyễn Bỉnh Khiêm）、馮克寬、黎貴惇等；以及關於農民起義領袖的傳說，如阮岳、阮惠、阮侶、潘伯鑠、阮文盛妻子、払俚（Chàng Lía）等。隨著時間的推移，大越國後期陸續誕生的傳說日益缺少神奇的情節。因此，它們往往貼近日常生活，但缺少了民間神秘而豐富的想像力。

2　民間故事

如果說在世界很多地方，民間故事從很早的時候就開始流行，那麼在越南，民間故事的創作和傳播的時間則基本上對應於傳統的農業社會。民間故事是人類流行的文學現象，通常分為三個類型：動物故事、神奇故事和生活故事。從十世紀至十五世紀，越南人民有許多獨特神奇故事。杜平治[22]認為，神奇故事一般都有非常古老的起源，古代氏族社會的證據非常豐富，值得注意的是，它們經常出現在情節的關鍵位置或作為情節的一部分。在漫長的傳播過程中，神奇故事也多多少少被改變了。〈石生故事〉中將獻牲祭祀習俗與李通的狡猾情節連繫起來。在〈望夫石故事〉中，近親婚姻的問題（後世稱為亂倫）被視為一場偶然的錯認，而這層痕跡在戰爭悲劇的沉重氛圍中逐漸散去，最終凝結成一位女子，懷抱幼子、癡心守候夫君直至化作石頭的動人形象。婚姻延續的記憶在〈碎米姐和細糠妹〉故事中以細糠妹取代姊姊成為王后的情節展現。十六到十九世紀期間，民間故事強烈盛行。

21　杜平治：《越南民間文學》，第一卷，頁131-132。
22　杜平治：《越南民間文學》，第一卷，頁122-123。

3 笑話

　　自人類社會誕生以來，就存在著具有社會意義的笑聲，但我們一直沒有機會記錄下來。從十八至十九世紀，一些漢文書籍如陳貴衙《公餘捷記續編》、丹山《山居雜述》等記載了許多民間笑話。笑話引發幽默的笑聲，讓生活變得更加有趣，並溫和地嘲笑人們內部的陋習，嚴厲地批評邪惡的統治者和外國壓迫者。在封建政權盛行時，人們只敢嘲諷那些暴君、富豪、貪婪、吝嗇、騷擾百姓的官僚和小吏。當封建政權陷入危機時，除了以上提到的對象之外，人民還嘲笑宮廷的高層人物如鄭主、黎王和神權體系（如城隍神、柳杏公主等）。不僅如此，就連仗著國家強大的中國使節，也遭到民眾的嘲弄和汙名化。如果在十世紀，中國使節李覺曾獲得吳真流（Ngô Chân Lưu）禪師的欽佩和敬意（就如著名的詞作〈阮郎歸〉所述），那麼在十八世紀，在狀瓊（Trạng Quỳnh）故事體系中，中國出使越南的使節都被描繪成傲慢、醜陋、無能的形象，比不上越南的文人。

　　笑話有兩個小類型：非連環笑話（有些人稱之為單一笑話或獨立笑話）和連環笑話。在大越時期，連環笑話的類型誕生並發展，隨著時間的推移而完善，形成了從北到南的潮流：狀豬（Trạng Lợn）、狀瓊、闡勃（Xiển Bột）、守贍（Thủ Thiệm）、翁鴉（Ông Ó）等。在空間上，狀豬、狀瓊、闡勃的系列故事主要在北方誕生和流傳，守贍的系列故事在中部地區傳播，而翁鴉系列故事則在南方出現和流傳。從時間上看，大約在十八世紀和十九世紀上半葉，出現了狀豬和狀瓊兩個故事體系。闡勃的故事是在以上提到的兩個故事系統之後誕生的，並在清化省廣為流傳。最晚在十九世紀末，也出現了翁鴉的故事，這個故事系統中的〈買蟹故事〉是由黃靜古（Huỳnh Tịnh Của）用國語字記載的，並於一八八五年出版。〈買蟹故事〉一方面表現新開發地

域的本土性,另一方面展現用語藝術達到完美的程度。

每個村莊都可能會有講笑話的人。然而,一個村莊中需要有很多會講、會笑的人,善於傳承特色的故事,才能被稱為笑話村,比如文郎村(富壽省)、竹鄔村(北江省)、永皇村(廣治省)等。

4 寓言故事

寓言故事和動物故事(民間故事的一種)可能有著相同的起源,但它們的功能和體裁特徵卻完全不同。「動物故事是針對動物的,把動物當作直接反映的審美對象,並是認知理解的主要對象。同時,寓言故事只是把動物作為認識和理解人類和人類社會問題的一種工具」[23],「與物靈信仰無關,與對動物之間關係的理性本質的信仰無關」。[24] 神奇故事(民間故事的一種)通常有一個主角;通常很容易看出故事講述主角一生命運的完整故事,以及神奇元素不可或缺的作用。生活故事(民間故事的一種,以日常生活為題材)具有日常生活故事的外觀,幾乎沒有神奇力量或超自然現象出現。但故事中不僅有「現實元素」,甚至有些具現實核心的故事並非真實,而只發生在與現實世界不同的世界──想像世界。

雖說是想像世界,但在生活故事裡,卻沒有一個用動物來塑造人物的故事。民間故事主要是給孩子看的,而寓言則是給大人看的。寓言和笑話之間也有區別。

> 如果寓言反映了人們認識人類社會思維的不斷進步,那麼笑話就是人們智慧的一種產物,不斷發現社會中經常出現的各

---

23 黎伯漢、陳廷史、阮克飛:《文學術語詞典》(河內:教育出版社,2004年),頁217。
24 杜平治:《民間文學體裁的創作形式特徵》(河內:教育出版社,1999年),頁76。

種矛盾。[25]

此外,寓言通常並不是為了搞笑。反之,笑話總是旨在引起笑聲。笑聲背後可能還有其他含義,但首先也是最重要的是,笑話必須促使發起笑聲。

與其他民間文學體裁相比,寓言故事是很複雜的。就文學形式而言,既有韻文寓言故事,也有散文寓言故事。從容量來說,寓言故事大多數篇幅短於民間故事,但也有長篇寓言故事,特別是韻文寓言故事,如〈塘虱魚和蟾蜍〉(*Trê cóc*)、〈貞鼠〉(*Trinh thử*)以及河南省清廉縣柳堆區流傳的寓言故事。關於人物,寓言故事中的人物大多數是動物,但也有關於其他人物的寓言故事。若以人物為分類標誌,寓言故事可分為以下四種類型:

一、寓言故事中的角色都是動物,例如:〈兔子老師〉(*Thầy giáo thỏ*)、〈投餌捉影子〉(*Thả mồi bắt bóng*)、〈缺少里長的鳥村〉(*Làng chim khuyết lý trưởng*)、〈蜉蝣和螢火蟲〉(*Con Vờ và con Đom đóm*)等。

二、寓言故事中的角色有動物和人類,例如:〈行人和狗〉(*Người đi đường và con chó*)、〈蛤蜊捕手和麗龜〉(*Người bắt ngao và con Vích*)、〈我的智慧在此〉(*Trí khôn của ta đây*)等。

三、寓言故事中的角色只有人類,例如:〈埋金子〉(*Chôn vàng*)、〈掛牌子〉(*Treo biển*)等。

四、寓言故事中的角色是人身體的一部分,例如:〈兄弟推牆〉(*Huynh đệ huých tường*)等。

關於傳播經驗和教導道德的方法,有透過故事的發展來間接講述

---

25 丁嘉慶:《選集》(河內市:教育出版社,2007年),第一卷,頁270。

的方式（如〈掛牌子〉、〈貞鼠〉等），和直接講述的方式（如〈行人和狗〉等）。

　　寓言故事給人的經驗和教訓是很多的：要自己做事，不要依賴別人，不要因虛榮而獲取災禍（如〈烏鴉戴孔雀毛〉、〈狐假虎威〉）；每個事物與其他事物都有相對性的，最好只用正確的名稱來稱呼該事物（如〈貓還是貓〉）；當考察一件事時，要用全面的眼光來考察它，一旦未能完全掌握它，你就無法瞭解它的真相（如〈盲人摸象〉*Thầy bói xem voi*）；當官太貪婪，就不會長久（如〈缺少里長的鳥村〉）；如果用有限的主觀見解來評價客觀現實，永遠無法充分感知生命（如〈蜉蝣和螢火蟲〉）；兇猛暴躁不是真正的力量（如〈行人和狗〉）；如果想捕捉任何動物，需要先瞭解它的習慣和性格（如〈蛤蜊捕手和麗龜〉）；根據造物主的分配，一個家庭、一個社群的每個成員都是不同的，我們需要懂得團結，彼此相愛，不應該嫉妒或互相訴訟（如〈兄弟推牆〉）；邪惡是卑鄙的，正義是寶貴的，正義總是勝利的（如〈貞鼠〉）等。

5　俗語

　　俗語很早就出現了。在前大越時期（前111-938）確實有俗語，但我們在文獻中找不到相關證據。到了十五世紀，許多俗語已出現在阮廌《國音詩集》裡頭了。身為一位大官，阮廌並不遠離人民，相反之，他非常親民、熱愛人民。在〈訓男子〉一首詩中，他使用了「嘴吃使山崩」（*Miệng ăn núi lở*）的俗語，並明確指出他所使用的句子是古老的俗語，即十五世紀以前已有的俗語。

　　透過阮廌的喃文詩，研究者發現，到十五世紀，俗語數量已很豐富，表達方式也很多元：有的有一股，有的有兩股；有的有押韻，有的無押韻；有的短句只有四個字，有的有六個字，有的有八個字，有

的有十六個字；也有俗語以六八詩體為形式。

到大越國末期（19世紀末），俗語寶庫已經非常豐富。越南人由自然世界，以及人與自然世界的關係吸收了不少經驗；豐富了他們的物質生活和精神生活兩方面。

6　謎語

與許多其他民間文學體裁相比，謎語較少被公眾使用，也很少受到研究者的關注。從數量上來說，謎語不如俗語豐富。謎語是一種以迂迴的方式（說一套，理解一套）反映客觀世界的物體和現象的創作。這種反映方式來自於人們對事物與現象之間、謎底（即答案）與所描述的事物（即謎面）[26]之間意義相似的觀察。謎語以形象或用語方式描述了特定謎底物件的特徵符號和功能。

謎語多反映鄉村中與人們日常生活密切相關的活動、事物和現象，如：插秧、澆水、舂米、揚米、苗圃、紡織、鋸木、抓蟹、採檳榔、吃飯、喝水、犁地、耙地、鐮刀、門戶、房子等。謎語作者觀察的對象，即謎面，很少是社會問題。謎語是一種認知手段，既滿足了人們對知識的需要，也符應了人們趣味娛樂的需要。絕大多數謎語是由農民和工匠創作的。一小部分謎語是猜字謎，是由平民的儒家學者創作的。

7　歌謠

古代越南人很早就有歌唱活動。可惜的是，沒有任何書籍記錄這些民歌的語言方面。根據人類民歌的一般規律，古人有以下幾種民

---

[26] 丁嘉慶、周春延：《民間文學》（河內：大學與專業中學出版社，1973年），第二卷，頁31。

歌：禮儀民歌（祭祀、婚禮、新居喜慶時所唱）、勞動民歌（勞動時演唱的，如拔柴歌、推船歌、舂米歌等），以及日常活動中的抒情民歌（遊戲歌、童謠、遊方歌等）。禮儀民歌和勞動民歌是最古老的兩種民歌類型。

李朝、陳朝、黎朝國家興盛，民間藝術活動日益發展。各種民間演唱如坫唱（hát đúm）、喟唱（hát ví）、調戲唱（hát ghẹo）、理唱（hát lý）、眈唱（hát xẩm）等，隨著不同地方會有不同的風格，大概是在十一世紀到十五世紀之間形成的。陳朝已經流行一種男女對唱的演藝方式，並出現著名的藝人如何烏雷（Hà Ô Lôi）。

> 目前，我們還無法確定所收集到的民間詩歌中哪些詩句和歌曲源自李朝和陳朝。但可以肯定的是，當時民間詩歌已經存在，並在社會精神活動中發揮著重要的作用。[27]

十八世紀末，詩人阮攸（Nguyễn Du, 1766-1820）在一首漢文詩〈清明偶興〉中提及，民歌最初幫助他學會了桑麻種植者的話語（村歌初學桑麻語）。

談歌謠，就是談到演唱的環境和風格、旋律、歌詞。隨著民族文化的崛起，民間文化，特別是民間演唱活動，對儒士學者的影響也越來越大。根據現有文獻，我們知道，從十八世紀末到二十世紀初，儒士學者已收集整理了鄉村歌曲，其搜集作品名稱中含有「南風」、「國風」、「風史」、「風謠」、「里巷歌謠」等詞組。自從上述合集出現後，「風謠」、「歌謠」的稱謂就正式誕生了。值得注意的是，儒士學者並沒有記錄全部帶有意義的韻語寶藏，他們沒有關注到旋律、表演形

---

27 丁嘉慶、周春延：《民間文學》，第一卷，頁230。

式、演唱的時間和背景。「歌謠」和「風謠」的反映範圍是相似的。古人以「歌謠」來代替「風謠」的稱謂是因為「有反映各地、各個時代風俗習慣的歌謠」。[28]但漸漸地,「風謠」的用詞就越來越少被用到,取而代之的是「歌謠」一詞。在欣賞歌謠的時候,除了與旋律、演奏風格、演唱場景密切相關的傾向之外,至少近兩個世紀(18世紀末-1945年),還出現了另一種傾向,那就是欣賞歌謠與欣賞書面文學相似的傾向(閱讀、背誦、吟詠、用眼睛觀看)。在創造這一傾向中發揮重要作用的是儒士學者。從十五世紀開始,從事著孔門的讀書人越來越多。在黎聖宗時期,學習和參加科舉考試成為社會大規模的主流。在國內,通常有數萬人上學,而在鄉試中,也有數萬人參加考試。在莫朝、黎鄭朝、西山朝和阮朝時期,總的來說,讀書的人數變得越來越多。由此可見,未能考上的儒生也越來越多。此外,由於人生的坎坷,還有一些儒士謝官隱居,收集歌謠並欣賞之,如同欣賞一個書面文學作品,是當時平民且隱居的儒士學者的閒逸之事。

　　說起民歌,人們首先想到的是六八詩體。根據不同的調查資料,研究者給了不同的統計,一般來說,以六八體創作的歌謠數量在百分之九十左右。此外,以雙七六八體創作的歌謠數量約占百分之二。上述兩種詩體是越南民族特有的詩歌形式,僅見於越南人,[29]到十五世紀末,它們已以書面形式出現。如果說在書面文學中,有許多從中國引進的文學體裁,如唐律詩、誥、詔、檄文、賦、祭文等,那麼在民間文學中,越南人創造了自己特有的六八體和雙七六八體。在《越葡

28　武玉璠:《越南俗語和歌謠、民歌》(河內:社會科學出版社,1978年),頁140。
29　我們在《歌謠詩學》一書中對六八體和雙七六八體兩種詩歌形式已經進行仔細的分析。認為占婆人也有六八體的觀點並不準確,這一說法也曾經被占婆族學者張文門(Trương Văn Món,筆名 Sakya)所否定。而在芒族的民間詩歌中,假如出現一些採用六八體創作的作品,這也是可以理解的,因為越族與芒族本就同源。

拉辭典》(*Từ điển Annam - Lusitan - Latinh*)[30]中，讀者遇到一些語言相當詳盡，韻律、節奏和聲音都非常熟練的歌謠。透過陳名案（Trần Danh Án）、吳浩夫（Ngô Hạo Phu）、陳尹覺（Trần Doãn Giác）的《南風解嘲》(*Nam phong giải trào*)一書，我們知道從十八世紀末到十九世紀上半葉，記錄了六十八首歌謠。這些詩歌的語言和藝術與我們現代用語非常接近，並且與阮攸《翹傳》(*Truyện Kiều*)的詩句一樣成熟。就詩歌形式而言，除了絕大多數以六八體寫成的詩歌外，還有少數詩歌的創作相當自由（一行詩的音數和詩行之間的韻律不遵循任何詩歌的規則；或在一首詩中使用結合多種詩體）。在歌謠六八體部分中，以二行體最為流行，其餘為三行、四行、六行體；韻律風格和節奏顯示非常多樣化。由此可見，到十八世紀末和十九世紀上半葉，越南民歌數量豐富，藝術程度較高。從內容上看，大越國時期的歌謠表達的是對祖國和親情的熱愛；揭示人們對統治階級的看法；體現各行業活動、禮俗、節慶、娛樂、歌唱等。有了以上內容，可以說大越國歌謠就是全面的世界。那個多彩的世界為古代人民和今天的我們帶來如此豐富的知識，在感受自然、勞動生產、堅定善良信念、喚起了對民族歷史和深愛家園的自豪感等方面接受多麼深廣的教訓。但這樣還是不夠，因為談到民間詩歌，首先且主要的是談到夫妻愛情的熱烈程度。因此從數量上看，以情侶相愛為主題的歌謠數量占越南民歌總數的大部分。

8　順口溜

如果說歌謠是民間詩歌，是表達情感的創作，那麼順口溜就是敘事的韻文，其中許多順口溜具有民眾「口報」訊息的功能。

---

[30] 羅歷山（Alexander de Rhodes）著，清朗、黃春越、杜光正譯：《越葡拉辭典》（河內：社會科學出版社，1651年初版）。

丁嘉慶[31]認為，要明確地回答順口溜何時出現的問題是不可能的，但有一點能肯定的是，這一體裁在十八世紀至二十世紀期間發展得非常快。

在慢節奏的鄉村生活中，偶爾會發生一時引起社會輿論的事件。那件事牽動一個村莊、一個地區的民眾，或是影響到幾個地區、幾個省份。當事情發生時，人們可以公開地互相告訴對方，或是在對方耳邊低聲講一種押韻詩，稱之為「順口溜」。順口溜的誕生是為了反映時事的必然需求。透過順口溜，人們可以表達自己的觀點，例如：表達批評和譴責態度（對壞習慣、官僚和敵人的罪行而告訴），或同情和關照的態度（對於不幸的人、身份卑微的人），或讚揚和欽佩的態度（對地方英雄）；或表示中立態度（在傳達流行的知識和民間經驗中）。

真實的人、真實的事、地方性和時事性的性質，都在反映生活中不尋常事件的順口溜中清晰地表現出來。人們做順口溜時，很少關注過去，而是以當下發生的事件為題材，不遺漏具體細節，立即創作順口溜，並迅速廣泛傳播。順口溜只存在於創作順口溜人和目睹事件人的記憶中，當作品中的事件成為過去時，舊順口溜將逐漸被遺忘。當另一個不尋常的事件發生時，新順口溜不停地誕生。民眾沒有時間，不會特意塑造順口溜的形式，也不會像創作歌謠者那樣花功夫去探索藝術方法。簡潔、質樸是順口溜體裁的特色之一。

丁嘉慶將那些以人們日常生活事件為主題的順口溜稱為「世事順口溜」（也有人稱之為「生活順口溜」）。[32]比如：闡述做人奴僕或妻妾有多麼痛苦的順口溜、關於建設村廟和挖運河的順口溜、反映人們的

---

31 丁嘉慶：《選集》，第一卷，頁305。
32 丁嘉慶：《選集》，第一卷，頁307。

鄙陋（調戲女生的老翁，懶惰的個性）、或諷刺腐敗的官員、或介紹各種鳥種、魚種、花種等。此外，還有以歷史題材為主題的順口溜（也有人稱之為反封建、反帝國主義的順口溜）。比如：《俚哥哥順口溜》（*Vè chàng Lía*），由中部地區人民，包括平定省人民，講述了一位名阿俚的農民起義領袖的一生和功績，他召集窮人反抗阮主的官員。或者《少傅婆的順口溜》（*Vè bà Thiếu Phó*），其中，中部地區人民歌頌西山朝的一位英雄女將裴氏春（Bùi Thị Xuân, ?-1802）的功績。以及《該黃小老婆的順口溜》（*Vè vợ ba Cai Vàng*），該黃（Cai Vàng）不僅英勇過人，他的第三位妻子也極為勇敢，讓朝廷將領們魂消魄散。她是一八六二至一八六三年北寧省農民起義的領導人，反抗嗣德帝朝廷（1847-1883在位）。

從詩歌形式上看，順口溜有四言詩、五言詩、六言詩和自由詩，其中六八體詩在歷史順口溜中非常普遍。

9　民間戲劇

大越國時期，北部有村廟裡的嘲劇，中部地區有搞笑的嘲劇。

嘲劇是一種民間戲劇類型。表演嘲劇的演員都是農民，他們有藝術天賦，熱愛歌唱。農閒之餘，有空時常聚在一起共同教練和飾演，互相口耳相傳。嘲劇是一個講故事的舞臺演出，所以必須有一個主要故事，也就是主要情節，然後藝術家可以在後面添加或刪除。因此俗語說「有故事才能演戲」（*Có tích mới dịch nên trò*）。基於已有的故事（民間故事、喃詩傳等），編劇者與藝人討論安排一場嘲劇的層次，創造嘲劇節目的架構。歌詞通常是民謠、《翹傳》的詩句或流行喃詩傳中的句子，並改編成嘲劇的旋律，輕微修改以符合嘲劇演飾的特徵。每個角色的唱詞通常由演飾者創作。嘲劇的話語一開始往往是

「綱」（cương）[33]，尤其是在小丑角色中。演出時，隨著當地的欣賞習慣，歌詞和臺詞也會隨之改變。而一代又一代的藝人也日益精煉了他們的歌詞。

起初，舞臺沒有背景，藝人也不要化妝，他們鋪上席子，在寺廟院子裡表演，後來主要在村廟院子裡表演，故稱村廟院子嘲劇。也許直到十六和十七世紀，嘲劇才發展完整，並在十八和十九世紀成熟。十八世紀初，演出的場所只是地上鋪了幾張席子，後面掛著坊門，把席子和後臺隔開。觀眾圍成三邊，或站或坐，有時候坐上席子。十八世紀，出現了管弦樂團。根據黎貴惇《見聞小錄》（1777年序文）的記載，此時，藝術家除了在公共場所（村廟庭院）表演外，還應觀眾的要求在私人住宅中進行表演。[34]

表演時，嘲劇劇團注重當地村民的需求和品味。凡是喜歡熱鬧的村子，都會在劇中加入小丑的角色。在任何喜歡聽很多歌聲的村莊裡，他們則會減少小丑角色的出現以增加歌詞。當談到嘲劇時，人們會想起小丑角色演出時帶來給觀眾很多笑聲。這些角色不參與劇情發展，主要是為了諷刺那些富貴而吝嗇的人、那些冒充識字的無知傢伙、那些重視體面的窮儒、那些高官厚爵而品格傲慢的無賴。嘲劇的表演引導觀眾走向善良，歌頌純潔的人格和高尚的道德。嘲劇中有一位全心全意為朋友幫助的楊禮（Dương Lễ）、一位忠誠純潔的女人朱隆（Châu Long）、一位自願挖出自己眼睛讓給婆婆的氏芳（Thị Phương）、一位愛丈夫的兒子如自己親子的貞原（Trinh Nguyên）、一位總是忍受一切的冤屈為他人著想的氏敬（Thị Kính）。上述人物形象

---

[33]「綱」是一個行業術語演綱，即表演時不依照固定的劇本或臺詞，而是即興發揮。演員之間僅事先商定劇目的骨架與大綱，而在正式表演時，演員則根據情境即興編唱與對白。

[34] 阮春徑、裴天臺：《越南民間文學史》，頁366-367。

展現出嘲劇的人文和教育價值。

有一種戲劇，北部稱為「哈嗦」（hát tuồng），中部稱為「哈佩」（hát bội），南部稱為「哈步」（hát bộ）。嗦劇有嗦傑（tuồng thầy）和嗦諧（tuồng hài，喜劇）之分。嗦諧歌劇出現在中部地區，也稱為嗦徒（tuồng đồ）。嗦徒是一種民間戲曲，這裡的「徒」是指跟隨或模仿嗦傑，或者有人解釋說，「徒」是指「道聽途說」中「途」字的喃文（此詞組的意思是在路邊巷前聽到的新故事後記錄下來）。嗦諧（嗦徒）與嗦傑（博學嗦）不同。從題材上來說，如果嗦傑的內容是發生在遙遠某國家的故事，是宮廷、國王、官員的大事，那麼嗦諧的內容就是大越國的普通百姓的故事。表演時，嗦諧演員不需要像嗦傑演員那樣化妝、留鬍子或精心畫臉。嗦傑的對話充滿了漢越詞和典故，而嗦諧的對話幾乎沒有難懂的詞彙和典故。一些眾所周知的嗦諧如《蛤蜊、魁蛤、田螺、蟧𧎣》（Nghêu, Sò, Ốc, Hến）、《張屠肉》（Trương Đồ Nhục）、《張傲》（Trương Ngáo）、《陳浦》（Trần Bồ）等。

（二）越南人的民間文學與書面文學的關係

越南取得獨立後，大越國文學分為民間文學和書面文學兩大潮流。根據世界上許多文學的一般規律，在十至十三世紀，民間文學應該是書面文學的基礎，但在越南，情況卻並非如此。在文字、文料和各種文體方面，大越國的書面文學是積極吸收中國文學的影響而形成的。李朝的僧侶、陳朝的文人和武將大多用漢字和中國文學體裁來表達重要的民族問題，表達山河國土和當代生活面前的精神世界。到了十五世紀，阮廌以漢字和喃字兩種文字創作了大量文學作品。書面文學的發展道路是在語言形式上越來越民族化，並使用越來越多的民間文學材料。阮廌、阮秉謙、阮公著（Nguyễn Công Trứ）和阮勸（Nguyễn Khuyến）的喃文詩已證明這一點。《翹傳》是一部集大成作品，是大

越國時期文學的高峰。說起《翹傳》，首先不得不提到大詩豪阮攸的偉大貢獻。當然，還有其他因素，其中包括阮攸吸收了民間詩歌精華的影響。如果說詩人（阮廌、阮秉謙、阮攸、阮公著和阮勸）已積極主動地吸收了民間詩歌的精髓，那麼大越國文學的散文作家也有效地利用了民間故事。從民間故事的架構出發，阮嶼（Nguyễn Dữ）（16世紀）和段氏點（Đoàn Thị Điểm）（18世紀）在創作傳奇作品時，已將其虛構成完整的故事，既有深刻的思想性又有高藝術技巧的價值。[35]

在民間文學與書面文學的雙向關係中，正如黎經牽（Lê Kinh Khiên）所說，「民間文學給予的多於接受的」。[36]然而，民間文學也從書面文學中吸收了許多漢學典故與漢字文化，而豐富了越南語言及其俗語寶藏。在越南民間詩歌寶庫中，人們也從一些作品感受到阮攸《翹傳》的微妙影響（反之亦然）。

（三）越南越族的民間文學與少數族群的民間文學之關係

在越南民間文學中，除了越族民間文學外，還有各少數民族民間文學。全國民間文學的共同特徵，並不失去各族群民間文學的本色，即使在總結一些經驗或具體化一個故事架構時，各族群的表達方式也往往不同。如果說越族俗語有「近火臉燙」、「近墨則黑，近燈則明」，那麼泰族俗語就有「近鍋則黑，近燈則明」，岱族俗語、儂族俗語有類似的表達：「近火燙臉，近水潔身」、「近官則苦，近鍋則沾鍋灰」。一些西北區域少數民族的民間傳說中，常流傳著這樣一個悲慘

---

35 喬收穫：《越族民間文學——體裁的視角》（河內：社會科學出版社，2006年），頁287。
36 黎經牽：〈關於民間文學與書面文學的關係的若干理論問題〉，《文學雜誌》第一期（1980年）。這篇論文後來收入阮春徑：《越族人的民間文學總集》（河內：社會科學出版社，2003年），第十九卷：評價和查究，頁340。

的愛情故事：一對相愛的情侶，因故不能結婚而自殺。對泰族來說，女子是從幾十公尺高的直樹上吊死的；她的身體散發著芬芳的香氣，遍布整個森林。男子聽到這個壞消息，立刻走進森林，也上吊自殺了。那時，風吹過，兩人的身體相觸，激起火光，化為夜星和晨星，永遠相隨在天空中。蘇玉清（Tô Ngọc Thanh）稱這種死亡是「一種抒情的、詩意的死亡」。[37]而苗族則讓女子死在山頂上，面朝上看著藍天，死時沒有閉上眼睛。蘇玉清評論這是「一場激烈、憤怒的死亡」。[38]

如果說越族有豐富的傳說和笑話，那麼少數民族的傳說、笑話和寓言卻很少。到目前為止，學界只知道占族、高棉族、岱族、芒族、埃地族、墨儂族、達渥族有傳說，但作品數量不多。如果說越族有連環笑話，那麼這類故事中，熱依族有《E Toi》故事，芒族有《阿貴》故事，泰族有《Xiêng Miệng》故事。岱族、苗族、夫拉族、哈族、瑤族、占族、赫耶族、埃地族、拉格萊族都會講笑話，但數量不多，連環笑話也沒看過。麻族、格賀族的笑話裡，引起清脆笑聲，彷彿故事的深意尚未明朗。研究界進行收集並發表的結果表明，少數民族精神生活中的笑話數量並不豐富。到目前為止，只有芒族和泰族有自己的笑話書。在許多族群中，笑話只是零星地出現（除了傳說、寓言、故事等）在各個族群的古代故事彙編中。潘春院（Phan Xuân Viện）《越南南島各族群民間故事》[39]（2007）中，有五二〇個故事架構，其中占族、埃地族、拉格萊族等只有八個（占1.53%）。我們只知道有四個

---

37 阮春徑：《在探索越南少數民族的民間文學之路上》（河內：民族文化出版社，2019年），頁53。
38 阮春徑：《在探索越南少數民族的民間文學之路上》，頁53。
39 潘春院：《越南南島各族群民間故事》（胡志明市：胡志明市國家大學出版社，2007年），頁28。

族群流傳著寓言：占族、芒族、埃地族、墨儂族。至於麻族和格賀族的故事，寓言成分並不十分明確。潘春院在上述書中提到，占婆族的寓言故事只有七個（占1.34%）。

如果說越族沒有保留很多禮儀民歌和勞動民歌的話，那麼在很多少數民族中，這兩種民歌卻是非常豐富的。越族用漢字和喃字編撰了許多鄉約，但這些鄉約不是民間文學作品。許多少數民族都有以民間和口頭形式呈現的禮俗，禮俗以韻文口頭形式傳播，禮俗中的每條規定都是民間文學的一個單元，埃地族、墨儂族、嘉萊族、拉格萊族、帕戈族、戈都族、布魯－雲喬族等族群都是這些禮俗的擁有者。

史詩是吸引國際研究者關注的文學類型之一。他們發現，歐洲所擁有的重要民間文學體裁，除了史詩之外，漢人（中國人）也擁有。中國科學家也證明漢族有史詩，但缺乏說服力。中國比較文學系還有一個額外的任務，就是研究體裁的缺失。在越南，到目前為止我們還沒有看到越族的史詩。曾有一種觀念認為，古代駱越人曾經有過史詩，但這種民間文學財產已在北屬時期失去。這種說法目前很難成立。如果越族沒有或沒保留下史詩，那麼泰族、芒族、占族和嘉萊族就有史詩，尤其是中部西原地區的埃地族、墨儂族、巴拿族、色當族的史詩寶庫非常豐厚。如果我們以史詩誕生的社會歷史特徵為標誌，那麼人類有兩種類型的史詩：在國家形成之前誕生的原始史詩、在國家形成之後誕生的古代史詩或古典史詩。大越國少數民族的所有史詩都是古代史詩。少數民族史詩誕生於大越國時期，直到最近仍存在。二〇〇一至二〇〇四年，在中部西原及周邊省份，專家們記錄了三六三位至今仍記得並吟唱這部史詩的藝人，收集到八〇一首口頭朗誦版本；二〇〇四至二〇一二年，出版了《西原史詩寶藏》（*Kho tàng sử thi Tây Nguyên*）系列叢書，包括史詩作品一〇七部，印刷在九十一卷，

平均每卷大幅面約一千頁[40]。史詩不僅數量豐富，也展現出不同民族的獨特面貌。在埃地族史詩中，在戰鬥時，只有兩個領導者決戰而已，儘管他們身後跟著一群「擁擠得像螞蟻和白蟻一樣」的人群。在墨儂族史詩中，角色們集體戰鬥，每方有五人、七人到幾十人。如果說在埃地族和墨儂族史詩中，英雄騎的是大象，那麼在巴拿族和色當族史詩中，主角騎的是馬。

　　透過所呈現的內容，我們看到越族民間文學某些體裁的缺失和衰落是由少數民族民間文學創作中相應體裁的豐富所補充的。各民族之間的互補性豐富了大越國政府領導下的全國民俗。不僅如此，各民族民間文學的交流與相互影響，創造了各民族民間文學的新價值，也豐富了大越國民間文學的特色和面貌。於此，將岱族喃詩傳和越族民間故事來分析作為證據。由於接受越族流行喃詩傳的影響，岱族喃詩傳的開頭也有模範性的介紹（稱讚社會的和平與幸福）以及取出哲理的故事（做人處世必須明辨是非，積德逢善，積惡逢惡）。芒族和泰族的詩傳往往有悲劇結局，而由於岱族喃詩傳受到越族喃詩傳的影響，往往有幸福團圓的結局。越族和占族都講述〈椰子殼〉的故事。越族〈椰子殼〉將占族的故事越族化了。在占族故事中，他母親因喝了岩石中流淌的水並洗澡，從而懷孕並生下了一個男孩；而在越族故事中，他母親由於喝了椰子殼留下的雨水而懷孕生下他。在占族故事中，椰子殼為國王放牛，國王有三個公主；而在越族故事中，他為村裡富翁放牛，富翁有三個女兒。因此，除了一般性之外，每個民族的故事也有其特殊性和獨創性。

　　簡而言之，九三九至一八八四年期間的民間文學是多民族的民間文學，其中越族民間文學以多種體裁蓬勃發展：傳說、笑話、寓言、

40　阮春徑：《在探尋越南少數民族的民間文學之路上》，頁768-769。

俗語、歌謠、村廟庭院嘲劇、嗾劇等。越族民間文學的作者有農民、工匠、商人、平民儒生、士兵、歌娘等，其中農民占多數。越族民間文學與書面文學之間有著豐富的相互關係，民間文學給予的多於接受的。除了越族口頭民間文學外，還有少數民族的民間文學。由於社會發展程度的參差不齊以致於居住空間的不同，以及各民族歷史命運的不同，存在著這樣的現實：在本民族中，有的體裁和內容是稀疏的，甚至是缺乏的，而在別的民族中，那個體裁和內容是整齊的、充足的。由此，這時期各民族的民間文學相互支撐、相輔相成，創造了全國民間文學藝術的多元與豐富。不同民族民間文學之間的文化交流和涵化過程，創造了各民族民間文學的新價值，也展現了大越國傳統文化時期民間文學的獨特本色。

第四節　從傳統文化到現代文化的轉換時期的民間文學

　　到十九世紀末，按照傳統文化的標誌，大越國文化已經達到了輝煌的頂峰。在法國殖民者入侵越南後，阮朝連續失敗並不得不簽署一八八三年和一八八四年的兩個條約，承認法國殖民者在越南全境的統治地位。從此，越南文化進入了從傳統文化到現代文化的過渡階段。這個過程至今仍在持續。我們把上述過渡階段分成兩個時期：第一個時期是一八八四至一九四五年八月革命，第二個時期是一九四五年八月革命後至今。

一　從一八八四至一九四五年八月革命期間的民間文學

（一）歷史背景

　　在經濟方面，法屬時期的水稻種植業主要採小農經營模式，普遍呈現夫耕妻播的耕作方式。由擁有田地的農戶自耕，或由佃農租種土地，並繳地租。此外，生產出口農產品的法國殖民種植屯田也越來越多。農民基本上仍然繼承著傳統文化時期的技術和使用擁有的勞動工具。另外，也增加了一些西方生產的工具（如鶴嘴鋤、鐵撬、噴壺等），以及在地的一些改良的工具；引進了一些新的植物品種（馬鈴薯、大頭菜、捲心菜、花椰菜、胡蘿蔔、洋蔥、唐菖蒲、百合花、鳳凰樹、橡膠、咖啡等）。當時越南的稻米產量是東南亞最低國家之一。手工藝強勁發展，並有許多新潛力，原因是法國殖民者不想在越南發展工業。整體而言，全國各地農民經常遭受饑餓、糧食匱乏、飲食刻苦。在河內，居民的生活水準比其他地方更高，飲食方式也更優雅、更豐富，河粉此時誕生、流行於河內。法國飲食文化對越南人民的影響體現在多個方面，根據受影響的地區和人群，影響程度也不同。起初，官僚和百姓的穿著以舊式為主。進入二十世紀，特別是二〇年代以來，都市女性逐漸不再穿裙子，改穿黑色或白色絲質褲，並拋棄吊帶背心，開始穿胸罩、背心、上衣。他們喜歡保留白牙齒，那些把牙齒染成黑色的人會在合適的情況下把牙黑部分去掉。旅行和通訊更加快速方便。新的交通工具出現了，如：手推車、自行車、汽車、火車、船、飛機等，因火車和汽車價格昂貴，大多數人仍然挑擔、背上、步行、乘船等。

　　在社會方面，法國殖民者高度讚賞傳統的鄉村組織，並將其作為深度干預越南鄉村的工具。在北部高原和山區省份（少數民族較多的

地方），有個軍管制度，每個縣都有一個由法國人擔任的護林員職位。在中部西原區域省級以下，法國殖民者建立了郡縣、總和鄉村。到了十九世紀末，越南都市已改為工商業都市的模型快速發展，不再是大越國時期都市是政治中心，「都」部分壓倒了「市」部分。一九〇二年，河內是印度支那的首都。法國在三個不同地區組織殖民統治。從本質上講，阮朝君臣完全隸屬於殖民政權。從一八九八年起，所有的收入和支出都由法國人控制，國王和官員的薪資也由法國人支付。

在文化方面，從一八八四至一九四五年期間，越南人民基本和一致的意識形態是以鬥爭爭取獨立。這種意識形態是由許多有差異的階級和傑出個人所表達的。而法國殖民主義者則極力宣傳、表揚法國文明的優點，散布所謂法南友誼的蠱惑思想。在溝通方面，有法語、越南語和漢文言文三種語言。有四種文字：法文、漢字、喃字和國語字。自一九一八年以來，越南在全國實施統一教育。除公立學校外，還有私立小學和中學。上學的人數很少，殖民地官員不想在越南發展大學學校，因為他們相信，如果本地的人民學得更多，就會更明智，意識到自己的權利，並找到方法將法國人驅逐出越南。法國人文與社會科學家帶來了科學理論和工作方法，做出重要的考古貢獻。法國文學、新聞、電影和戲劇紛紛傳入越南。越南人民吸收了法國文化，進行自我創新並接受大量訊息，進而追隨最進步的革命潮流，終於在一九四五年八月推翻殖民國和帝國主義的統治。這事出乎侵略者的估算和意願。

（二）民間文學

新的民間故事和傳說很少被創作出來，但它們還是有的。民間流傳著一些故事：法國軍隊的槍砲和子彈無法穿透聖地；神明打死或者打雷劈破賣國求榮的越南叛徒的墓碑等。北寧省人仍依舊唱官賀

（quan họ）歌，義靜省人仍唱喟琰（ví giặm）男女對歌，廣南省和平定省人仍唱舂米歌（hò giã gạo）、唱排椎歌（hô bài chòi）。民歌的演唱活動仍依照舊規則進行，比如在男女對歌時仍有開場、進入、試探、告別等階段。歌謠也立即反映了法國殖民者的存在。在許多大越國社會創作和流傳的歌謠中，白鷺是人們熟悉的形象之一，與越南人民的靈魂緊密相連。到了這個階段，牠也變成了受害者：「白鷺說：白鷺棲在竹叢上╱法軍開槍使牠被斷了一條腿。」男女情歌部分的猜謎語對唱，原本擁有歡快、詼諧的旋律，現在卻悲傷哀怨。順化香江上的歌謠變得瀰漫憂愁。[41]世事主題的順口溜繼續被使用，以嘲諷鄉村社會的鄙陋習性。以都市生活為反映對象的民間文學作品，此時證明它的新活力，比如關於河內電軌車的順口溜、關於同春市場的說唱、關於西貢三六娘參加摩托車比賽的順口溜、關於去法國的兵士和工匠的順口溜、關於飛機的順口溜等，都陸續於二十世紀初在西貢出版。民眾在承認外國進步技術的時候，同時也表示對創造主角的法國人表示輕視：「偷想法國人也有才華」（電車順口溜）。當時儒士們已經創作一些長篇順口溜，後人稱之為歷史順口溜或講述國運的順口溜：《京都失守順口溜》（Vè thất thủ Kinh Đô）、《順安失守順口溜》（Vè thất thủ Thuận An）、《巴庭抗法順口溜》（Vè Ba Đình chống Pháp）、《東京義塾順口溜》（Vè Đông Kinh Nghĩa Thục）、《河內城中毒事件的順口溜》（Bài ca vụ Hà Thành đầu độc）等。由於沒取得最後的勝利，人民的暴動和鬥爭都被鎮壓而失敗。所以，以上提到的順口溜並沒有豪邁的聲音，有的作品中還帶著悲傷和憤慨。儒家階級的作品對於培育愛國精神做出了貢獻，成為法國人自己也不能不提及的現象。在《安南人民的民歌和傳統》（Những bài hát và những truyền thống

---

41 杜平治：《越南民間文學》，第一卷，頁172。

dân gian của người An Nam)一書中,法國學者杜穆蒂爾(Gustave Émile Dumoutier)用以下不禮貌的話語描述了越南人民:

> 安南平民們,我們的廚師和服務員,……在任何時候,在街上,甚至在我們面前,他們相信我們不瞭解越南語,經常大聲唱或默念一些歌曲,內容將法國人醜陋化或視為小丑一樣。……不過,在那種粗魯文學外,我們注意到另一些更有價值的作品,那就是真正的詩歌,其中法國人不受到任何的尊敬。那些詩歌在安南人民心中喚起了我們不能忽視的愛國情感,因為這種愛國情感被儒士用來對付我們。……那些詩歌是儒士們的作品,就是我們的敵人。[42]

法國人沙巴提爾(Léopold Sabatier, 1877-1936)公使對史詩和禮俗很感興趣。他說,整個西原地區,特別是多樂省地區,需要發展成為對法國人友善的地區,法國人會保護原住民,幫助他們慢慢發展,逐步放棄輪耕習慣、逐漸改為擁有土地主權制。沙巴提爾試圖阻止在越南的越族和華族商人,以及法國牧師和商人進入多樂地區,以保護原住民的「原始心態」。沙巴提爾是主張收集、編纂和應用原住民禮俗在他們生活裡的先驅者。在這個過程中,他基於自己的政治意圖,任意修改原有禮俗,或者增加一些觀念,剝奪了婦女在母系制度中的許多權利。沙巴提爾蒐集、註釋埃地族《單山》(*Ðăm Săn*)史詩,並將其從埃地語翻譯成法語。該譯本在巴黎(1927)和河內(1933)先後出版。他把這部作品帶到少數民族地區的小學,要求學生每天背誦一段話。儘管沙巴提爾和其他法國人高度讚賞《單山》史詩,但他們並沒

---

[42] 周春延:《民間文化研究:方法、歷史、體裁》(河內:教育出版社,2008年),頁131。

有發現西原地區史詩寶藏的驚人豐富。沙巴提爾在西原地區文化中表現得高人一等，將自己與埃地族的祖先放在一起，賦予自己與當地女孩發生性關係的權利。

有一股新的力量參加創作和傳播民間文學，促使形成工人隊伍的民間文學。

> 就工人民間文學的新內容而言，可以說，原先農民民間文學中的一些流行題材，如自然情感、男女愛情、家庭生活等題材出現了明顯的下降。在工人民間文學中，出現了人們過著艱苦、黑暗和不確定的生活的形象。工人民間文學中的勞動主題並沒有像在農民民間文學中那樣被理想化。[43]

在北部，文明的嘲劇和改良的嘲劇應時出現，與古代嘲劇（也稱為村廟庭院嘲劇）並存。文明的嘲劇是指在有頂棚的劇院中進行表演的嘲劇團，演員們逐漸專業化，領取月薪（來自團長）。改良的嘲劇與阮庭毅（Nguyễn Đình Nghị, ?-1954）這個名字有關，大多劇目都有作曲家的名字，從一九二三年到一九三〇年在河內舞臺上演出。文明的嘲劇和改良的嘲劇應是傳統戲劇類型轉型的產品，從民間和非專業變成非民間和專業化的國家戲劇類型。

從一八八四至一九四五年八月革命期間，越南民間文學的創作主體中，農民占最多；平民儒士的力量逐漸減少；新學知識分子的數量日益龐大；工人是新的創造力量。從體裁上看，傳說和民間故事逐漸減少，俗語、歌謠、民歌、順口溜為主要體裁。在與書面文學的關係中，民間文學仍給予多於接受。張永記（Trương Vĩnh Ký）、黃靜

---

[43] 周春延：《民間文化研究：方法、歷史、體裁》，頁142-143。

古、范瓊（Phạm Quỳnh）、阮文玉（Nguyễn Văn Ngọc）、阮乾夢（Nguyễn Can Mộng）等新學知識分子為傳播民間文學做出了很大的貢獻。法國人對少數民族的民間文學語言也進行了一些積極性和消極性的措施。

二　從一九四五年八月革命迄今期間的民間文學

（一）歷史背景

　　越南取得獨立自主（1945年9月2日）後，新政府面對歷來堆積的重重困難，特別是要對付法國殖民想要再次侵略越南的野心和行動。一九四六年十二月十九日，政府動員全國起來抗戰。在一九五四年五月七日奠邊府戰役結束後，越南取得勝利，法國殖民被迫停止戰爭，但是美國與南越西貢政權合作，將越南分割成南北兩地。直到一九七五年四月三十日，越南南北兩地得以統一。由於經歷多次西南邊界戰爭、中越邊界戰爭，又被帝國禁運、包圍，又加上實施集中、官僚、包銷的經濟政策，越南經歷了一段艱難時期。一九八六年十二月，越南改革開放後，有了不少轉變，遇到許多融入世界的發展機會，卻也面對重重困難和挑戰。一九四五年九月二日起，「越南有史以來，越南語首次成為一個獨立使用的語言，有國家正統崗位且受到國際公認的一種語言，被使用在社會的各種方面。國語字走上官方文字的地位，有系統且正確性，可成為各少數民族共同使用的統一文字。各地各時的方言，經散居、集結、入伍、參加青年衝鋒、派往新地區開拓等各種移動人員，能夠跨地區溝通，促使社會各界更能和諧融入。」[44]

---

[44] 阮才謹：《關於語言、文字及文化的若干證據》，頁408。

（二）民間文學

　　對越南人民來說，現代民間文學是自一九四五年八月革命以來產生、傳承、存在的作品。當代民間文學是近十五至二十年間創作的民間文學。依照這個理解，當代民間文學屬於現代民間文學，而傳統民間文學則是八月革命以前的民間語言創作。

　　抗法戰爭時期，歌謠（又被稱為新歌謠），與其他士兵和市民的創作一樣，都是民間文學中獨特的部分。從一九五五至一九六五年，北部收集出版了數百種民間文學書籍，其中有許多少數民族民間文學作品首次出版。在南北各地，許多編纂民間傳統文學的書籍陸續出版。在越族部分，源自人民現實需求的民間故事和自然情歌逐漸變得不那麼頻繁，也越來越難找。人們不再於民間文化環境中欣賞傳統民間文學，而是像閱讀書面文學一樣接受它。如果在一九四五年八月革命前，在越南農村，主要的精神食物是唱歌、表演、欣賞戲劇、水上木偶戲、聽講故事等，那麼在二十世紀六十至七十年代，除了民間文學，還有報紙和許多書面文學作品出版，廣播裡有音樂表演，劇院裡有電影和露天電影等。民間文學的範圍因此日益縮小。在現代民間文學中，沒有民間故事和傳說的出現，而僅有笑話、民歌、謎語、俗語等，但作品數量還是相當少。

　　少數民族的情況有些不同。二十世紀八十年代，中部西原地區仍盛行史詩表演。最近，在越族範圍內，甚至閱讀文化也被視聽文化所淹沒。人們不再需要去劇院看電影、戲劇或歌劇，因為家裡已經有了電視、電腦，甚至智慧型手機，大眾可以閱讀、觀看、聆聽和享受不少東西。當代民間文學在網路上找到了生存空間，社交網站上的個人評論有助於營造快樂、民主的氛圍。當然，並非所有評論都是如此，也並非所有社群網路上發布的匿名口頭產品都是現代民間文學。隨著

在許多國家學習、工作和定居的越南人數量不斷增加，海外民間文學日益表達更豐富越南文化的本色。

　　從一九四五年八月革命至今，民間文學創作力量中沒有儒士學者，但有農民、工人、工匠、市民、知識分子、軍人、海外越南人等。從體裁上看，幾乎沒有傳說、民間故事的流行；俗語、民歌、笑話、佳話成為主要體裁。自一九四五年以來，特別是從一九八六年底至今，越族和少數民族之間、或少數民族之間的文化交流和影響過程更加強烈進行。少數民族的民間文學作品的蒐集、翻譯、出版日益受到重視。越族和少數民族的當代民間文學（即新民間文學）雖然不是很豐富，但仍然存在。武玉潘（Vũ Ngọc Phan）、阮董芝（Nguyễn Đổng Chi）為傳播重生的民間文學做出了巨大的貢獻。通識教育日益發揮著取代民眾培養青少年傳統民間文學的作用。

　　從東山文化時代至今，民間文學已經存在和運作了數千年的歷史。由於文獻的匱乏，我們對十世紀以前的民間文學瞭解不多，但留下的也能夠證明我們民族的強大與長久的活力。從十世紀至十九世紀末的民間文學實為豐富而獨特，表達了民族的靈魂、智慧和勇敢。十九世紀末至今民間文學的發展既體現了越南民族的獨特性，也符合人類民間文學繁衍的普遍規律。

第二章
十世紀至一八八五年的越南文學：
漢字文化圈中具備獨特本色的文學

越南古代文學可分為三個階段，分別是：越南漢字文學的形成階段（10世紀-14世紀）、越南喃字文學及雙語文學的形成階段（15世紀-17世紀），和越南喃字文學及雙語文學的繁榮階段（18世紀-1885年）。

第一節　越南漢字文學的形成階段（10世紀-14世紀）

一　歷史背景

社會歷史背景：十世紀末以來，越南民族進入了新紀元，即國家獨立和統一的時代。

在奪回獨立自主前，越南自西元前一一一年起，被中國統治了一千多年（俗稱北屬時期）。當時漢武帝（前156-前87）打敗了趙武帝的南越國，將新獲領土分成九郡，為儋耳、珠崖（今海南島）、南海、合浦（今廣東）、蒼梧、鬱林（今廣西）、交趾（今越南北部地區）、九真（今屬越南清化、義安、義靜等省）、日南（從越南廣平省至廣南省）等郡。

在這漫長的一千多年，越南人的起義不少，有時成功推翻了統治政權。起義領導者在獲取勝利後會定下國號、年號和國都。那是西元四十年的二徵夫人的起義，徵側（Trưng Trắc）和其妹徵貳（Trưng

Nhị）一起起兵，並占領了嶺南六十五座城池，從西元四十至四十三年登基稱王（徵王，Trưng Vương），定都於麓泠。李賁（Lý Bí, 503-548）起義，建立前李朝，稱李南帝（Lý Nam Đế），西元五四四至五四八年在位，年號天德（Thiên Đức），國號萬春（Vạn Xuân）。趙光復（Triệu Quang Phục, 524-571）繼李南帝之後擊退侵略軍，登基稱為趙越王（Triệu Việt Vương），從西元五四八至五七一年在位，定都龍編（Long Biên），延續萬春國號。然而，直到西元九三八年第一次白藤大戰勝利，吳權（Ngô Quyền, 898-944）於西元九三九年稱王，制定官制和禮儀，定都古羅城（Cổ Loa）後，越南才真正進入獨立自主的新紀元。

如果說吳權實現了國家的獨立自主，那麼丁部領（Đinh Bộ Lĩnh，丁先皇 Đinh Tiên Hoàng, 924-979）則實現了國家的統一事業。吳權去世後，越南社會陷入混亂和分割的局勢。地方首領割據領地，甚至有人稱王。越南歷史將這一時期稱為「十二使君之亂」。西元九六七年，丁部領平定十二使君之亂，一統江山。萬勝王丁部領（Vạn Thắng Vương Đinh Bộ Linh）登基稱王，臣民尊稱大勝明皇帝（Đại Thắng Minh Hoàng Đế）。丁先皇將國號定為「大瞿越」（Đại Cồ Việt），定都華閭（Hoa Lư），制定朝儀，年號太平（Thái Bình）。對丁先皇而言，民族的獨立自強與國家統一的事業密不可分。從吳權稱王到丁部領稱帝及其定國號和年號，都是越南民族的獨立自強意識的長足進步。

越南接下來的各個朝代，包括前黎朝（981-1009）、李朝（1009-1225）、陳朝（1225-1400）、胡朝（1400-1407）等，繼續鞏固和發展國家的獨立和統一事業。李公蘊（Lý Công Uẩn，即李太祖 Lý Thái Tổ, 974-1028）自華閭遷都至大羅城（Đại La 今昇龍，Thăng Long）反映出幾個關鍵。第一，遷都一事充分反映了國家的全面發展，因此才能聚齊條件，從山區遷到天地之心的繁華平原。第二，這也表現了

欲建立強大國家的渴望，同時也為子孫規劃千年之計。第三，國家統一也符合越南封建制度中央集權的國家治理趨勢。

可以說，民族獨立的紀元始終與保護祖國的事業安危緊密相連，在打擊外來侵略的鬥爭中造出無數次奇蹟。自十世紀末至十四世紀，越南民族不斷進行抗擊外來侵略的戰爭，輝煌壯舉接連不斷。

吳權於九三八年打敗南漢的第一次白藤江之戰，之後就是黎桓（Lê Hoàn）於九八一年打敗宋朝的第二次大戰白藤江。此前，宋朝多次侵犯越南。為此，李常傑（Lý Thường Kiệt）於一〇七五年底帶兵打宋軍於欽州、廉州的後勤軍，又於一〇七六年攻打邕州（即今廣西省南寧市）。李常傑北伐之戰的目的在於「有分土，無分民之意」（參考〈伐宋露布文〉）。然而，宋軍仍繼續侵略越南，使得李常傑又統帥大軍，於如月江（Sông Như Nguyệt）大破敵人。

越南民族在保衛祖國的抗戰當中最輝煌的奇蹟之一當數十三世紀打敗元蒙大軍的勝利。蒙古帝國及元朝是中世紀最強大的帝國，其侵略的足跡從東到西、從北到南橫掃四方，屢戰屢勝。然而，在侵入越南時，他們卻前後三次輸給越南，分別是一二五八、一二八五、一二八七至一二八八年。其中，興道大王陳國峻（Hưng Đạo Đại vương Trần Quốc Tuấn, 1228-1300）於一二八八年在白藤江打敗元朝蒙古軍，可謂續寫了越南歷史的白藤江之戰的勝利。

獨立、統一紀元與建立獨立、自強的封建國家的事業密不可分。越南封建制度的形成就在我民族奪回獨立自主之時。在建立和發展國家過程中，越南封建政府需巧妙平衡兩大關係：一方面內聚民族精神，彰顯對北方中國的獨立自主；另一方面借鑒北方中國典範，以確立自己在人民與民族心中的地位與威信。[1] 值得注意的是，在肯定自

---

1 丁嘉慶、裴維新、梅高彰：《十世紀至十八世紀前半葉越南文學》（河內：大學與專業中學出版社，1978年），第一卷，頁66。

己的身分和地位時,各封建王朝都選擇君主專制集權制度。這種制度不排除使用武力手段,有時甚至是殘暴,以建立和維持一個家族的統治地位,並體現對皇帝、對皇朝的大一統觀念。因此,「封建制度的獨裁專制特性也是我們要給予關注和批判的問題」。[2]儘管如此,獨立自主前階段,越南各封建王朝無論對內還是對外(中國),基本上處理得相當好。因此越南的封建制度從十世紀到十四世紀才得以不斷發展,並於十五世紀後半達到頂峰。

國家獨立統一的偉大時代,抗擊外來侵略的輝煌壯舉,以及越南封建制度的繁榮發展,凝聚成李朝「昇龍時代」與陳朝「東阿時代」的豪氣。這股時代的豪氣深深影響並滋養了文學,使文學也充滿了無盡的豪情壯志。

關於社會情況,越南封建制度在初期的建立與發展中,妥善處理了兩大關係:一是封建秩序中上下等級的縱向關係,二是基於宗族、村社、坊會的橫向關係。李陳時期,封建體制尚未嚴謹,導致橫向關係甚至影響了朝廷內部。所以說,這時期的社會關係還給人「留點自由的空間」。[3]甚至到了後黎朝時期,封建制度已經完善,然而各地方的村社關係仍起著重要的作用,因此,許多時候引起形成「王法不如鄉規」的處事方式。正是這點在某種程度上賦予越南封建制度下的社會關係形成了獨特性,即自發而純樸的民主精神。除此特質之外,越南各王朝所嚮往的理想社會模式仍是「祠(王)堯舜民堯舜」、「碎(吾)唐虞於坦(地)唐虞」(阮廌語)。

社會結構和階級地位對社會生活和文學的發展產生重大的影響。

---

2 陳儒辰:《十世紀至十九世紀越南文學》(河內:越南教育出版社,2012年),頁15。

3 鄧臺梅:〈一個文學時代的一些心得〉,《李陳朝詩文》(河內:社會科學出版社,1977年),第一卷,頁42。

因為社會中持有重要分量的階級，有時也是文學創作的主力。

吳、丁、前黎、李朝期間，貴族和僧侶有較高的社會地位。僧侶直接或間接參與政治活動，與貴族階級一樣在朝廷中起著重要的作用。其中可數吳、丁、前黎朝的匡越禪師（Khuông Việt thiền sư，俗名吳真流 Ngô Chân Lưu, 933-1011）、前黎朝的杜法順禪師（Đỗ Pháp Thuận thiền sư, 914-990）、李朝阮萬行禪師（Nguyễn Vạn Hạnh thiền sư, 938-1018）等。當時流行一句話：「王土、村寺、佛景」，這句話在一定程度上反映了當時社會生活和結構。

到了陳朝，僧侶階層雖在社會中仍具有重要地位，但其在朝廷中的地位逐漸被轉移到儒士階層，主要是官僚儒士（即擔任官職並參與朝政的儒士）。大多數官僚儒士既是知識分子，亦是政治家，他們的生活與封建制度的存亡密不可分。因此，捍衛、鞏固封建制度是他們的責任和權利。對於這種關係，一方面儒士們心知肚明，另一方面封建政府也意識到這點。因此有不少在朝廷中相當有分量的儒士，例如：莫挺之（Mạc Đĩnh Chi，字節夫，1272-1346）、朱安（Chu An，常叫朱文安 Chu Văn An，字靈徹，號樵隱，1292-1370）、張漢超（Trương Hán Siêu，字升甫，號遜叟，?-1354）等。與此同時，儘管封建政府為了鞏固中央集權制度而想盡辦法限制貴族階級的勢力，但他們在朝廷中仍持著重要的作用和地位。

由於僧侶在李朝社會中有著顯要的地位和作用，李朝文學創作的主力亦是他們。到了陳朝，僧侶與儒士的地位逐漸交換，所以文學主要創作者落入儒士手中。

關於思想、文化情況，這時期，首要任務是盡量發揮傳統思想和民族文化，並充分體現大越文化的力量和不屈不撓的精神。

在抵抗北方封建統治的一千多年時間，從文化的角度來看，包括兩大時期：北屬時期和反北屬時期。一方面，越南人要盡其所能保護

當地傳統文化,另一方面要進行越南化漢文化,以防被同化。比如士燮(Sỹ Nhiếp, 137-226)和一些越南最早的一批知識分子。漢字和漢文化很有可能在士燮當交州(前為交趾)太守前就傳入越南。但士燮作為將漢字和漢文化傳播給越南的第一人的功勞是無庸置疑的。士燮祖籍中國,其祖先到交州避難,到士燮已經是第六代,因此可以將他視為已經被「南化」的北方人。再者,士燮治理交州,以自治國家自居,脫離北方政府的管轄。然而,外交方面,他仍堅持和好政策,以為交州確保長期的安寧。士燮任職期間,有許多中國儒士到此避難。士燮與這些人一起開辦學校,講授詩書禮樂,選賢與能,其中不乏當地人,如李琴(Lý Cầm)、張仲(Trương Trọng)等。士燮選擇羸婁(Luy Lâu,今北寧順成)為治所,由於這是佛教通過南方海路從印度直接傳入的地區,因此在這一時期,當地本土文化、佛教文化和儒家文化之間的交會與融合逐漸展開。可能因為這個原因,漢文化當時在交州的影響不夠深刻。

奪回獨立自主後,民族文化也得以不斷發展。越南傳統愛國主義強調民族根源和國與家之間的緊密相連,從涇陽王、貉龍君傳說到各代雄王的開國基業,無不在各大史書中有所記載,包括黎文休(Lê Văn Hưu, 1230-1322)《大越史記》、吳士連(Ngô Sĩ Liên,約15世紀初-?)《大越史記全書》和黎朝各史官的書等。各朝政府舉辦各種活動來激發民族精神,例如上香追念民族英雄儀式,或舉辦各類民間集會,如雄王廟會(hội đền Hùng)以紀念雄王建國的豐功偉業、揀聖廟會(hội Gióng)以歌頌扶董天王擊退外敵入侵等。同時,各朝皆有意利用民間文化因素來建立宮廷文藝活動,如:丁先皇在軍隊教授嘲劇(一種民間舞臺藝術)、黎桓(Lê Hoàn,即黎大行 Lê Đại Hành, 941-1005)、其他李、陳皇帝亦多模仿民間曲調表演。這時期也出現具有民族和時代精神的著名建築工程,其中代表為安南四大器,分別

是李朝瓊林寺佛像、報天塔、龜田鐘和陳朝普明鑊。其間，不得不提起建於李朝的昇龍皇城，這是一座獨特的建築藝術工程，充分表現了紅河流域越南人的燦爛傳統文化。

民族自強精神的一個顯著特點是創造喃字，並將其運用於文化創造和文學創作中。喃字是越南人的文字，「喃」是「南」的諧音，意指南方人的文字，以區別於北方人的漢字。

喃字的創造是以借用漢字來記錄越南語音為基礎：最初採用「假借」的方式，直接借用漢字來書寫喃字；隨後採用「諧聲」的方式，將兩個漢字組合，一部分表音，一部分表意，從而創造出喃字。假借之法有以下幾種情況。第一種，借漢字為字型，讀音隨唐代之前古漢喃音。例如「歲」，漢字有「年」之意，喃字為「tuổi」之意。「務」，漢越音 vụ，喃字讀成 mùa。第二種，借漢字為字型，字義為漢越詞借用過來的意思。例如：仁義 nhân nghĩa、君子 quân tử、小人 tiểu nhân。第三種，借用漢字，字義與漢字完全不同。例如：「戈」──漢字本意為一種武器，喃字則表示「走過 đi qua」之意。「沒」──漢字為沉或沒有之意，喃字指數字一（số một）之意。諧聲之法則主要有以下幾種。第一種，使用兩個漢字，一個表音，一個表意。例如：喃字「𠄼 năm」，「南 nam」表音，「年 niên」表意。喃字「𤾓 trăm」，「百 bách」表意，「林 lâm」表音。另外，偶爾會用會意之法來造喃字，例如：喃字「𡗶 trời」由兩個漢字「天 thiên」和「上 thượng」組成。喃字「𡗶」加上「口」字旁構成喃字「唭 lời」，其中「𡗶」表音，「口」表意。因此，可以說「唭」字是漢字兩次被喃字化的例子。

喃字的出現一方面是語言自身發展的趨勢，另一方面也是民族自強意識的結果。越南人創造喃字來記錄漢字沒有的意思，如：記錄越南人名、地名或事物。有如：馮興（Phùng Hưng, ?-791）布蓋大王

Bố Cái đại vương 稱呼中的「布、蓋」兩字。越南語中「布 bố」是爸爸的俗稱,「蓋 cái」是媽媽的俗稱。或丁先皇時期越南國號大瞿越 Đại Cồ Việt 的「瞿 cồ」。少數喃字可能早在二世紀已經出現,創造出喃字的第一批人也可能是漢人,然而,那些喃字的數量約莫不多。要使喃字能夠成為一種文字系統,只有在十世紀末越南奪回獨立自主後才算作實現。基於民族自強精神,越南人意識到要有自己的文字來處理日常工作所需。後來,陳仁宗皇帝(Trần Nhân Tông, 1258-1308)成為第一位用喃字創作大量文學作品之人,其代表作有〈居塵樂道賦〉、〈得趣林泉成道歌〉等。胡季犛(Hồ Quý Ly, 1336-？)下令將《書經》、《詩經》釋義成喃文,成為第一位決定使用喃字來振興民族文化的皇帝。他自己也將《書經・無逸篇》翻譯成喃文,並編纂喃文《詩義》來解釋《詩經》之意。

　　喃字的出現和發展,反映了越南民族精神持久之活力和強勢的復甦,有助於捍衛和發揮傳統文化和廣大老百姓美好、向上的思想。

　　伴隨著越南民族的傳統思想與文化基礎,還有從國外接受過來的思想與文化影響。佛教約西元前三世紀或二世紀就直接從印度經過海路傳入越南,儘管後來佛教從北方透過陸路傳進越南(約2世紀),也無法抹去起初從印度直接傳入的佛教的影響,因此,越南佛教仍保留了佛教原有的特點。李、陳朝的佛教推崇禪師超越色相世界,達到自由自在的境界。佛教無畏精神,不僅讓修佛者可以平靜面對死亡,而且在面對世事無常時,也可以保持安然的態度,也就是對源源不絕的生命力保持樂觀的精神。此「和光同塵」思想,成為李、陳兩朝禪學的特色。它不僅將「道」與「世間」連結在一起,而且還建立了一個宗教倫理基礎,讓禪師可以參與政事,讓國王儘管退位仍可以身穿袈裟參與國政,並還起著重要的作用。

　　丁、前黎、李等朝代均崇拜佛教,也有道教。李朝時期,佛教為

國教。在當時「百姓太半為僧」（語出吳士連編修：《大越史記全書・本紀》卷二・李紀），佛教不僅深入平民老百姓的生活，而且還深刻地影響著皇帝貴族和官員階層。李朝各皇帝極為崇拜佛教，有的皇帝被推崇為各禪派始祖，例如：李太宗（Lý Thái Tông, 1000-1054）為無言通第八代之祖、李聖宗（Lý Thánh Tông, 1023-1072）為草堂禪派第二祖等（草堂禪派是當時大越三大禪派之一）。李朝多位禪師參與政事而不參加政權。他們成為皇帝，無論是佛教方面，還是政治、軍事、外交、文化等方面的得力顧問，並被授予國師之稱，如：阮萬行（938-1018）、圓照（Viên Chiếu, 俗名梅直 Mai Trực, 999-1090）、楊空路（Dương Không Lộ, 1016-1094）、圓通（Viên Thông, 俗名阮元憶 Nguyễn Nguyên Ức, 1080-1151）等。當時也創建了許多寺廟、佛像和佛塔，其中有延祐寺（即獨柱寺）和「安南四大器」之中的三器。

陳朝佛教不比李朝，然而竹林禪派的出現奠定了越南佛教發展的重要一步。此派由陳仁宗於廣寧省安子山所創，因而得「竹林安子」之名。陳仁宗選「香雲大頭陀」為法號（又名「竹林大頭陀」），被世人尊稱為「覺皇調御」。繼陳仁宗之後的各大住持有第二祖普慧尊者同堅剛法螺（Phổ Tuệ tôn giả Đồng Kiên Cương Pháp Loa, 1284-1330）、第三祖玄光尊者李道載（Huyền Quang tôn giả Lý Đạo Tái, 1254-1334）。竹林禪派繼承了越南禪學思想，是陳太宗（Trần Thái Tông, 1218-1277）、陳嵩（Trần Tung, 法名慧中上士 Tuệ Trung Thượng sĩ, 1230-1291）思想的結晶。同時，它也融合了國外傳入越南的三個禪派的思想，包括印度毘尼多流支、中國無言通和草堂派。竹林安子禪派也融會了儒教、道教思想，為越南禪學建立了「和光同塵」的特色。這種思想具有實踐性，「道」與「世間」融為一體。因此，可以說竹林安子禪派不僅是一種宗教的改革，而且還統一了越南佛教的各教派，其

意義之大，可想而知。

　　佛教雖為國教，然而自李朝開始，儒教也受到重視。李聖宗一〇七〇年於昇龍城建文廟，除了祭祀孔子，還成為皇太子上課之所。李仁宗於一〇七五年開第一次三場儒學科。隨後，李仁宗下令建國子監，緊挨著文廟。一開始國子監為皇子上學之地，後擴大接收天下學習成績不錯之徒。到一一九五年，李高宗（Lý Cao Tông, 1173-1210）開三教（即儒、佛、道教）之試。

　　到了陳朝，佛教退出政治舞臺，儒教漸漸步上正統的地位。因此，儒教教育繼續得以發展。國子監於一二五三年重組成國學院。三教考試逐漸被儒學考試所取代。

　　儒教是一種政治學說。儒教文化基本上是政治文化。就越南情況而言，此種政治文化偏向於「德治」而不是「法治」。因此，其更注重美德和仁義。這給越南創造了一種親民的政治體制，也為越南民眾建立了一個充滿以民為本的文化。當然，在儒教體系的親民政治之下，「民」有時是「目的」（即真正的以民為本），有時只是「工具」（即照顧人民之目的是為了鞏固封建階級的地位和權利）。就如陳慶餘（Trần Khánh Dư, 1240-1340），他是一位抗戰英雄，有開墾立邑之功，曾將私錢發放給人民，也教人民種地幹活，仍覺得「將為鷹，民為鴨，用鴨來養鷹，何奇之有？」（語出《大越史記全書》）以此為例，說明當時的儒教親民政治也不全是好的。然而，換成明君良臣，用他們進步的思想治理國家，那麼這種親民政治文化也能發揮其積極的作用。

　　以上所介紹並加以分析的突出歷史、社會、思想、文化特點，對越南文學的形成和發展均起著重要的作用。

二　文學發展情況

　　越南書面文學，如同世界上其他國家文學，其形成與發展是從民間文學循序漸進發展而成的。然而，與其他國家不同的是，越南書面文學出現較晚，直到越南於十世紀末奪回獨立自主後才開始發展。這一特點，深刻影響了越南書面文學的發展軌跡，使其與民族命運緊密相連。

　　從十世紀至十四世紀，越南封建王朝經歷了吳、丁、前黎、李、陳五個朝代。然而，從文學發展的角度來看，這一時期最具代表性的文學是李、陳時期文學。究其原因，主要因為吳、丁、前黎朝文學作品寥寥無幾，而李、陳文學則有吳權〈預破弘操之計〉、杜法潤〈答國王國祚之問〉和吳真流〈阮郎歸〉等。另外，吳、丁、前黎朝的統治時間都比較短暫。在剛剛建立政權的時期，這些朝代的統治者們將主要精力放在了鞏固政權、發展經濟、軍事、外交等方面，無暇關心文化的發展，包括文學。再者，建立和發展文化事業需要一定的時間和積累。而吳、丁、前黎朝的統治時間短暫，不足以讓文化事業得到充分的發展。正是由於上述原因，直到李、陳時期，越南書面文學才真正迎來了發展。李、陳時期文學的崛起，標誌著越南書面文學已經成長並全面發展，在越南民族文學史中占有重要地位。它與民間文學並肩而行，共同構成了越南文學的豐富多彩。

　　越南書面文學自誕生之日起，就與越南民族的命運緊密相連，同時也深受中國漢族文化和文學的影響，以此為鑑，來治理國家、培養人才、記錄史書和進行文學創作。當時越南喃字尚未成為一個完整的文字系統，在此情況之下，用漢字來創作是明智之選。值得說明的是，越南人使用文言文，而不是白話文。北屬時期，漢語在越南是一種通用語，而越南奪回獨立自主後，其便成為死語。也就是說，漢語

在中國的任何變化,幾乎對越南人的交際毫無影響。越南人用自唐朝流傳下來的漢喃音來拼讀漢字,並一直延用到現在。[4]越南人使用文言文進行撰寫行政、禮儀檔和文學創作,因此深受中國語言發展的影響。同時,這也為越南文學吸收並學習中國文學體裁提供了便利。

除了借用漢字,越南人也吸收了中國文學、文化的精華,包括思想、材料和體裁。需要強調的是,就文學觀和創作實踐而言,越南文人都是在民族和時代精神的基礎上不斷進行借鑑和學習。

李、陳兩代,以越南獨立自主為背景,民族自強精神居高不下,衛國建國事業也取得許多奇蹟,因此其文學也是慷慨激昂。時代的豪氣也深深影響著李、陳文學的組成部分和創作傾向。十至十四世紀文學主要包括三個部分,即佛教文學、宮廷文學和儒士文學,其中儒士文學出現於陳朝。而創作主題則集中在佛教和愛國主義兩類。當然,這只是一種相對性的分類,不能過於死板。

(一)佛教文學傾向

以佛教為創作內容是該時期文學的重要特點。這主題在李朝文學中占有重要的地位,並延續到了陳朝文學。

佛教文學的創作群體大部分為僧侶和一些雖非僧人,但極為信佛者。李朝時期,僧侶占創作群體的主導地位。根據現存史料,李朝五十六位作者中,就有四十位是僧人,其中不乏該時期的代表性作家,如:阮萬行、楊空路(1016-1094)、滿覺(Mãn Giác,即李長 Lý Trường, 1052-1096)、徐道行(Từ Đạo Hạnh, 1072-1116)、廣嚴(Quảng Nghiêm,阮姓,1121-1190)等。有些作者雖非僧人,但一

---

4 阮才謹:《漢越讀音方法的來源及形成過程》(河內:社會科學出版社,1979年),頁310。

心向佛，例如：李太宗（李佛瑪 Lý Phật Mã, 1000-1054）、李聖宗（李日尊 Lý Nhật Tôn, 1023-1072）、李仁宗（李乾德 Lý Càn Đức, 1066-1128）、黎氏倚蘭（Nguyên phi Ỷ Lan, 1044-1117）、段文欽（Đoàn Văn Khâm, 1020- ？）。到了陳朝，儘管僧侶作家數量不如李朝，但其佛教文學也有發展之處。不僅有僧人參與佛教文學創作，還有皇親貴族之輩，如：陳太宗、陳聖宗（Trần Thánh Tông，陳晃 Trần Hoảng, 1240-1290）、陳仁宗（Trần Nhân Tông，陳昑 Trần Khâm, 1258-1308）和王侯陳嵩等人。

　　佛教文學由三個部分組成，分別是偈語和受禪宗思想影響的詩歌、佛學著作，以及有關佛學的記載和禪師故事。其中，偈語和受禪宗思想影響的詩歌所占數量很多。

　　偈語的創作形式是詩歌，用來體現禪宗思想，因此有禪詩之名。其內容首先是用來宣傳、解釋佛教哲理。例如：段文欽〈挽廣智禪師〉表現了萬物一體的觀念；阮萬行禪師〈示弟子〉、倚蘭〈色空〉體現了「色、空」觀念。滿覺禪師〈告疾示眾〉告訴眾人輪迴變換和悟道之力量可以幫助修行者超越法相之輪迴，有如梅花在殘春中大放異彩。廣嚴禪師〈休向如來〉「男兒自由衝天志，休向如來行處行」則闡述了從自覺到覺他的修行之法等等。

　　有些詩歌雖不是偈文，但充分體現了禪宗思想，如：陳仁宗〈天長晚望〉既帶有竹林禪派的特色，同時也體現了越南佛教的特點，深刻體現「和光同塵」的思想。其詩云：「村後村前淡似煙，半無半有夕陽邊。牧童笛裡歸牛盡，白鷺雙雙飛下田」。透過禪學視角的闡釋，晚間天長宮和「歸牛盡」等形象，充分體現了禪學「色」與「空」的思想。然而，詩作還體現了同時為皇帝、禪師和詩人的陳仁宗和人間生活的密切關係，比方詩中描繪的是熟悉、安靜的鄉村生活，如炊煙裊裊中的村莊、白鷺下田、牛群暮歸等充滿人間煙火的景象。

佛學著作方面，代表作有陳太宗《課虛錄》、《禪宗指南》（已失傳，僅存「序」）、《金剛三昧經‧序》等。《課虛錄》由後人集合有關禪學講義而成，編成上、中、下三卷。上卷名《普說》，講佛教之一般原理。中卷《論、文、語錄》收錄修行方法的講義與評語和具體問題，如戒、定、慧、受戒、念佛、談懺禮之平等、戒殺文、戒偷盜文、戒色文、戒妄語文、戒酒文等。下卷《六時懺悔科儀》談一天六時念佛誦經懺悔，六時即晨朝、日中、日沒、初夜、中夜、後夜等。《課虛錄》深刻地體現了佛教思想，同時也非常切實可行。因為作品用駢文體，不偏重枯燥的哲理，而充滿感情和生動的形象。《禪宗指南‧序》主要介紹佛教內容，同時也談佛教與儒教的關係。作者認為這是一種調和，同時（兩者之間）也有不同的關係。《課虛錄‧序》：「是以誘群迷之方便，明生死之捷徑者，我佛之大教也；任垂世之權衡，作將來軌範者，先聖之重責也……。」這樣，「佛論修行，儒談世道」。

陳嵩的《上士語錄》包括詩歌和語錄兩部分。詩歌共有四十九首，題材和體裁相當豐富多樣，其中不乏著名之作，如〈佛心歌〉、〈放狂吟〉和〈凡聖不異〉等，這些作品體現了自由精神，不拘泥於修行。語錄部分，又名《頌古》，由陳嵩的徒弟將其講義和公案蒐集整理而成，闡述了他的佛學思想。其中，較有代表性的思想是「和光同塵」，即道與世間相結合，不拘泥於教條之言。

有關佛學的記載部分包括各種碑文，如：李承恩（Lý Thừa Ân, ?-?）所寫〈寶寧崇福寺碑〉、〈仰山靈稱寺碑銘〉、法寶大師〈崇嚴延聖寺碑銘〉、阮公弼（Nguyễn Công Bật, ?-?）〈大越國當家第四帝崇善延靈塔碑〉、無名氏〈乾尼山香嚴寺碑銘〉等。這些碑文內容或講解佛教道義，或歌頌為國為民和對建設寺廟有功的人。

禪師故事部分集中在《禪苑集英》（又名《禪苑集英語錄》，創作

於13世紀前半葉）和約於十四世紀末成書的《三祖實錄》。《禪苑集英》書如其名，收集了從丁朝到李朝末年各位高僧的事蹟和行狀。儘管以記錄高僧事蹟為主，但其分各佛教支派論述，因此也反映了從十世紀後半葉到十三世紀末的越南禪派歷史。從作品內容可知，當時越南佛教有無言通、滅喜、草堂等禪派。另外，該書還收錄了各位禪師的偈語和詩文，因此除了佛教方面的價值，該書還是瞭解李朝文學的寶貴史料。若說《禪苑集英》是集合了李朝禪學的代表，那麼《三祖實錄》則記錄了陳朝竹林禪派三位祖師的事蹟，分別是初祖竹林大士——覺皇調御陳仁宗、第二祖普慧尊者——同堅剛法螺、第三祖玄光尊者李道載。該書主要記錄此三人與竹林禪派的事蹟、他們的講經內容和詩文作品，而對其外事少有提及。因此，這部作品也是我們理解越南陳朝佛教和文學的重要資料。

（二）愛國親民文學傾向

愛國親民精神是越南十世紀到十五世紀文學的主導地位，其涵蓋宮廷文學和儒士文學的部分。

參與此種創作的作者包括明君賢臣，如李朝八位帝王中有六位，包括李太祖（Lý Thái Tổ, 974-1028）、李太宗、李聖宗、李仁宗、李英宗（Lý Anh Tông）和李高宗。陳朝帝王也有不少位文學大家，如陳太宗、陳聖宗、陳仁宗、陳英宗（Trần Anh Tông, 1276-1320）、陳明宗（Trần Minh Tông）、陳藝宗（Trần Nghệ Tông, 1321-1394）等。

貴族階級也有不少人參與文學創作的行列。李朝有李常傑（本名吳俊，1019-1105）、阮公弼（Nguyễn Công Bật）、段文欽（Đoàn Văn Khâm, 1020-？）等。陳朝有陳國峻（號興道大王，1228-1300）、陳光啟（Trần Quang Khải, 號昭明大王 Chiêu Minh Đại vương, 1241-1294）、陳光朝（Trần Quang Triều, 1287-1325）、陳元旦（Trần Nguyên

Đán, 1325/1326?-1390）、范五老（Phạm Ngũ Lão, 1255-1320）。著有詩文別集的作者有陳仁宗《大香海印詩集》、《陳仁宗詩集》；陳光啟《樂道集》；陳光朝《菊堂遺稿》；陳元旦《冰壺玉壼集》等。儘管此部分為宮廷文學，然而其皇家特質不明顯，反而充滿民族和時代精神。原因是要建立一個獨立自主的王朝，封建階級要高舉民族獨立的旗幟，因為封建制度與民族的命運密不可分。因此，民族、國家的關鍵問題也是明君賢臣所關注的焦點。所以思想和行動方面，他們均稱為民族的代表。然而話說回來，作為皇親貴族文學，作品用來鞏固和提高王權利益也是理所應當的。

儒士文學作家於陳朝時期大量湧現。陳朝現存八十二位作家中，儒士占六十位，僧侶十位，其餘為貴族階級。儒士文學作者大部分為官僚人士，如：張漢超、阮昶（Nguyễn Sưởng，號適寮，？-？）、莫挺之、阮忠彥（Nguyễn Trung Ngạn，字邦直，號介軒，1289-1370）、朱安、范師孟（Phạm Sư Mạnh，字義夫，號畏齋，1300/1303?-1384）、阮飛卿（Nguyễn Phi Khanh，本名阮應龍 Nguyễn Ứng Long，號蕊溪，1356-1429）、黎景詢（Lê Cảnh Tuân，字子謀，號省齋，？-1416）、胡元澄（Hồ Nguyên Trừng，字孟源，號南翁，1374-1446）。許多作家著有別集，例如：張漢超《菊花百詠》、阮忠彥《介軒詩集》、朱安《樵隱詩集》、范師孟《峽石集》、阮飛卿《蕊溪詩集》等。

愛國親民文學的最大特點是體現了獨立和民族自強精神、熱愛祖國大自然和深厚的親民思想。當時主要的文學體裁有詔、檄、碑文和詩賦散文等類型。

詔書方面首推李太祖一〇一〇年的〈遷都詔〉。這份文件創作於李朝剛剛成立之際，當時他就決定從山區華閭遷都到位於全國中心、又位居平原之大羅城（即昇龍城），是一篇具有歷史意義的政治文獻。定都文件竟成為一部文學作品，是越南文學發展史的一個重大里

程碑。它奠定了越南書面文學正式與民間文學並肩而行,「歷史演進也是文學的發展」規律以〈遷都詔〉為起點。〈遷都詔〉在民族歷史和文學發展中的雙重身分,不是其他文學作品所能比擬。該詔書的主要內容為強調遷都之必要,並肯定大羅城為最佳的選擇。從山區移到平原,證明李朝已經積累足夠的力量終止割據局勢,也就是說國家的勢力已發展到新的高度。定都昇龍城,是實現人民的統一江山、建立獨立自強國家的願望,也為後代子民所做的長久之計。所以說,〈遷都詔〉是愛國主題和李朝議論文學的代表作。

繼〈遷都詔〉後,李朝其他詔文作品都直白且深刻地表現出親民思想,例如:李太宗〈赦稅詔〉所流露出的對人民的同情和愛護、李仁宗〈臨終遺詔〉的自我反省和對人民的大愛等等。這種親民思想,或多或少也體現了該時期的民主精神。這也構成了李朝詔書的幾個特點。其一,既是頒布命令,也是談心傾訴。其二,除了由上告下的單向傳話,也有對話交流的成分。此一特質為李朝上上下下,包括帝王和臣子、人民帶來了共鳴,從而深刻地打動了讀者的認知和情感。

檄文方面有李常傑〈伐宋露布文〉和陳國峻〈諭諸裨將檄文〉(常被稱為〈檄將士文〉)。李常傑透過檄文,強調大越軍隊的正義和民族獨立精神,「僅分國土,不分民眾」。〈檄將士文〉則是陳朝,乃至整個越南文學以愛國為主題的最具影響力的作品。作為第二次反抗元蒙大軍侵略(1285)的總將領,陳國峻想用檄文來鼓舞將士之心。該作品的關鍵思想為激勵每一位將士要以決鬥、必勝的精神來對抗兩個敵人,第一個就是外來的強大侵略者,第二個就是存在於我們「內心深處」的勁敵——即我們儘管在國家遇難之際卻置身事外、只顧享樂的想法。檄文歌頌為君主犧牲、殉國忘身的英雄榜樣,他們可以永流青史,與世長存。可以說〈檄將士文〉是越南古代文學中第一部體現了忠君愛國精神的作品。其字字句句大大提升了將士們衝鋒殺敵的銳氣,

而與侵略者不惜一切的決戰精神就是當時愛國之心的最高的準則。

詩、賦作品數量龐大，也是十至十四世紀越南愛國文學的突出成就。

民族的獨立自強精神深刻地體現在〈南國山河〉（作者不詳）詩作中。這首詩與大越人民反抗宋朝侵略的抗戰息息相關。根據由吳士連撰寫的後黎朝國史《大越史記全書》的記載，丙辰（1076）三月，宋軍大舉入侵大越，李仁宗派太尉李常傑帶兵攻打。到了如月江，李常傑命將士沿江築欄以防宋軍。一天晚上，將士突然聽到張將軍（張喝 Trương Hát，趙越王之名將）大聲吟詠此詩，之後，宋軍果然慘敗。〈南國山河〉堪稱越南民族第一部「獨立宣言」，詩云：「南國山河南帝居，截然分定在天書。如何逆虜來侵犯，汝等行看取敗虛。」在這首詩中，作者以「南帝居」的主權和領土疆域「分定在天書」為基礎，肯定了民族的獨立。如果無緣無故侵略大越，侵略者完全違反了常理，其後果不外乎「取敗虛」。詩中作者用「國」字來稱大越，充分體現了其民族的自尊心。因為，宋朝於一〇一〇年只封李公蘊（李太祖）「安南郡王」，稱越南為「安南郡」。直到一一七四年李英宗才被宋朝冊封為「安南國王」。然而創作於一〇七六年的〈南國山河〉就已經振振有詞地使用「南國」二字，其驕傲與自尊精神可想而知。

另外一首值得注意的作品是陳光啟所寫的〈從駕還京師〉，充分體現民族自豪精神，也是作者與大軍凱旋歸來之作。此詩為五言絕句，全首都展現了一種預言和觀感。前兩句從整體描述了他們的戰功，「奪槊章陽渡，擒胡咸子關」。後兩句則從長遠的角度來評將來之國運，「太平須努力，萬古此江山」。而范五老的〈述懷〉一首則描述了人和時代之美。人之美在於遠大的理想和人格之高潔。時代之美則藏在沖天的銳氣，有如詩中所寫：「橫槊江山恰幾秋，三軍貔虎氣吞牛。男兒未了功名債，羞聽人間說武侯。」陳裕宗（Trần Dụ Tông，

陳暉 Trần Hạo, 1336-1369）的〈唐太宗與本朝太宗〉則描繪了面對陳朝兄弟的團結和愛國精神而感到驕傲。他寫道,「唐越開基兩太宗,唐稱貞觀我元豐。建成誅死安生在,廟號雖同德不同」。另一方面,這首詩也體現了作者因越南民族好生的特質而深感自豪。司徒（權同宰相）陳元旦的〈壬寅年六月作〉則志在親民思想。該詩是人民對現實生活的嘆息,也是作者身為父母官而仍讓人民受苦的自問自責。他怪自己雖飽讀詩書,卻對人民之痛苦束手無策,久久無法釋懷。

當時越南儒士積極參與國家和王朝的各項工作,他們詩中對國家、對民族也充滿英雄豪氣。范師孟〈題報天塔〉將報天塔描述為有如無法動搖的柱,不能磨滅的錐子。全詩豪情壯志,如刻在塔上一樣:「我來欲泚題詩筆,管領春江作硯池」。與此同時,愛國之心也可以體現在平易近人的細節裡。例如阮仲彥出使元朝途經江南時,他懷念故國的桑葉、蠶簸箕和早熟的稻米香,並在思念和驕傲中夢迴故鄉:「聽說在家貧亦好,江南雖樂不如貴」（〈歸興〉）。

後來,陳朝衰落,明軍大舉入侵,全國起義蜂起,然多數失敗。鄧容（Đặng Dung, ?-?）在其〈感懷〉詩中描述了他生不逢時之痛,他感慨自己年齡大,出生得不是時候,因此只能心懷大恨。儘管國仇未報,大志未成,他仍不忘初心,願終身報國,「國讎未報頭先白,幾度龍泉戴月磨」。可見,晚陳戰敗英雄詩歌中帶有濃厚的悲壯之美。綜觀陳朝詩文,盛陳時期的親民思想強調衛國衛民事業中人民所起的作用;到了晚陳,親民思想有了另外一種表現,在國家衰退的背景下,其文學表現了對人民苦難和渴望的理解和同情。這點在阮飛卿作品裡尤為突出。

陳朝詩、賦不乏出色之作。值得一提的是,這時除了漢字文學,也開始出現了喃字文學作品。有三點可以證明喃字在陳朝時期就已經誕生。第一,根據國史《大越史記全書》中的一段相關記載:「壬

午,天寶四年(1282),……秋八月……,時有鱷魚至瀘江,帝命刑部尚書阮詮為文投之江中,鱷魚自去。帝以其事類韓愈,賜姓韓。詮又能國語賦詩,我國賦詩多用國語實自此始」。[5]韓詮所創作的詩文作品被叫做「韓律」。「韓律」之名也耐人尋味。「韓律」中的「律」字可理解為由韓詮所創的詩律,但同時也可以是他根據格律(即唐律)而創作的喃文詩作。無論何種解釋,我們仍可以斷定喃文作品這時就已經問世了。第二,當時出現了用喃文所寫的作品,例如:陳仁宗〈居塵樂道賦〉和〈得趣林泉成道歌〉、玄光〈詠雲煙寺賦〉等作品。第三,關於玄光和點碧(Điểm Bích)佳話也流行了一首喃文律詩,詩曰:「皎皎明月映波清,蕭蕭竹韻伴風輕。人間美景如斯畫,世尊豈無一片情?」在這時期剛剛萌芽的喃字唐律詩體裁將成為民族化的文學體裁,並從十五世紀開始在文學史上占有重要地位。

就賦體而言,陳朝也出現不少出色之作,例如:張漢超〈白藤江賦〉、莫挺之〈玉井蓮賦〉、史希顏(Sử Hy Nhan, ? - ?)〈斬蛇劍賦〉等。莫挺之〈玉井蓮賦〉模仿古體賦和《楚辭》之風。作者借用玉井裡面的蓮花來比喻君子士人之高尚品格和愛國精神。〈斬蛇劍賦〉則用駢體文,歌頌盛陳王朝之德治、提倡文化發展,以此來稱頌越南仁愛、崇尚和平之特質。詩云:「猗歟聖朝崇文盛世,天下一統兮安然無事,縱有是劍兮將焉用彼!」

張漢超〈白藤江賦〉也是模仿古體賦和《楚辭》之風,是越南賦體最出色的作品。來到白藤江,張漢超懷抱「壯志四方」之情遊覽風光,不僅賞自然美景,更探索國土山川,以增廣見聞。描述白藤江輝煌的抗敵戰績,作者既為陳朝的「重興」(陳仁宗的年號)事業而自

---

[5] 吳士連及黎朝史官:《大越史記全書》(河內:社會科學出版社,1993年),第二卷,頁47。

豪，也為吳權第一次白藤江大捷的歷史傳統而驕傲：「此重興二聖擒烏馬兒之戰地，與昔時吳氏破劉弘操之故洲也」。同時，張漢超也為越南人民熱愛祖國、不屈不饒的精神和人民追求大德大善而感到驕傲。他在詩中寫道：「胡塵不敢動兮，千古昇平，信知不在關河之險兮，惟在懿德之莫京」。作者認為，「天時、地利、人和」三要素之中，「人和」是勝利最重要的因素。這恰好也是阮昶寫白藤江時的共同感情，「誰知萬古重興業，半在關河半在人」。在陳朝日趨衰微之時，張漢超寫下〈白藤江賦〉，既感嘆「念豪傑之已往，嘆蹤跡之空留」，又喚起昔日豪邁之聲，以警醒朝廷及當時正在衰微的社會。

在十至十五世紀的文學中，具有愛國、親民傾向的散文作品相當豐富多樣。在此時期有一些史學作品帶有古代「文史哲不分家」的特點，如：黎文休《大越史記》以及佚名作者《大越史略》。數量最多的要屬散文類作品，其中以李濟川（Lý Tế Xuyên, ?-?）《越甸幽靈集》和相傳為陳世法（Trần Thế Pháp, ?-?）所撰的《嶺南摭怪》為代表。《越甸幽靈集》收錄二十七個故事，講述有民間神話淵源的，或本為歷史人物後被人民立廟祭祀的神明等相關故事。書中各位神明也有明確分類，包括「浩氣英靈」、「人君」、「人臣」等。無論屬於哪一類，這些神明都對國家、人民有功，被朝廷加封爵位和恩典。這種現象反映了王權和神權之間的關係，即用神權來鞏固王權。相反，帝王治理天下要修養道德，讓帝王之德可以與天地、神靈相通。

《嶺南摭怪》收錄二十二個民間故事，包括講述越南民族之源頭的〈鴻龐氏傳〉，講述雄王建國衛國的〈傘圓山傳〉，講述北屬時期事蹟的〈越井傳〉和〈南詔傳〉，講述李陳事蹟的〈徐道行傳〉、〈阮明空傳〉、〈何烏雷傳〉等。又有講衛國故事的〈董天王傳〉、〈金龜傳〉，或講國家文化、風俗習慣如何形成的〈檳榔傳〉、〈蒸餅傳〉等。透過介紹在嶺南各地所發生的怪誕故事，該作品反映了越南當時的歷史人

物、文化和精神生活與事件等,是一本珍貴的資料。

　　胡元澄《南翁夢錄》收錄三十一個故事,雖然不集中在愛國主題,但也表明了作者流亡在海外的思念故國之情。同時,透過講述陳明宗、朱安、范彬等人的「善人、才俊、良醫」例子,該作品也充分反映了作者以國為傲之心。作者根據其所見所聞記錄下來,每一則是一個小巧玲瓏的短篇故事,但字裡行間充分體現出作者的創造能力。

　　十到十五世紀最具代表性的作者為陳仁宗。可以說他集三種身分於一身,既是皇帝,也是竹林禪派初祖,又是陳朝的大詩人,且在每個領域都達到巔峰。就民族歷史角度而言,陳仁宗實現了重興家國的事業,兩次打敗元蒙侵略大軍,於十三世紀建立了強大的大越國。就越南佛教歷史而言,他是竹林禪派的創始人,也是越南的大思想家。民族文學方面,他是陳朝的大詩人,也是最早以喃字創作的人之一。

　　陳仁宗的文學遺產包括漢字和喃字創作的作品。目前留存下來的詩文有二十五篇漢字作品,以及兩篇喃字作品,分別是〈居塵樂道賦〉和〈得趣林泉成道歌〉。陳仁宗的詩賦不僅在禪學思想內容上具有重要價值,還對越南文學史上越南語文學的發展做出了貢獻。

　　陳仁宗佛教作品帶有濃厚的竹林禪派色彩,也具備越南佛教「和光同塵」的特色。面對艱苦抗敵但戰功累累時,他的詩充滿豪氣和驕傲,如「社稷兩回勞石馬,山河千古奠金甌」。而在描寫大自然之美和日常生活時,他的詩又能充滿柔情和熱情,如「睡起啟窗扉,不知春已歸。一雙白蝴蝶,拍拍趁花飛。」(〈春曉〉)另外,陳仁宗在漢字創作中博學精微,而在喃字創作中則顯得格外平易樸素:「旬尼麻吟,些吏敕些,得意工悉,唭貞呵呵」、「旬日細思量,我又敕我身,得意心自喜,獨笑哈哈聲。」(〈得趣林泉成道歌〉)現存的兩部喃字作品表明,陳仁宗是最早為越南語文學開路的人之一。

　　陳仁宗的創作開啟了越南古代文學的雙語現象,即在漢字文學創

作之外，喃字文學作品也開始萌芽發展。要達到文學語言的水準，喃字要同時具備三個功能和價值，即表達、表感和審美。因為屬於初期，所以喃文審美價值不高，詞語未經雕琢，還比較粗簡、樸素。再者，當時用喃文創作只限於賦體。儘管如此，使用喃文創作仍是越南民族文學的里程碑，說明越南作者在儘量用本國語言來反映本國的思想、生活和感情。文字的越南化與文學體裁的民族化過程並肩而行，有效促進越南文學越來越蓬勃的發展。

第二節　越南喃字文學、雙語文學的形成階段（15世紀-17世紀）

一　歷史背景

關於社會歷史：經過四個半世紀多的獨立自主（938-1407），大越人民再次因明軍的侵略和統治而陷入亡國困境。然而，一個痛苦的時代，也是一個崛起的時代。越南人民頑強不屈的愛國傳統，在藍山起義中（1418-1427）得到推廣和結晶。這是越南古代歷史上最艱苦的起義和最輝煌的勝利。這場起義極為艱難，因為明朝建立了強大的統治政權，派駐了龐大的軍隊，每個府縣均有五六千駐軍，而黎利（黎太祖，1385-1433）在創業初期只能依靠親友鄉鄰，且極度缺乏人才和軍糧。在黎利英明的領導之下，由於獲得民心，藍山義軍從無到有，奮勇成長，臥薪嚐膽了十年，終於取得輝煌的勝利。抗明戰役被視為最輝煌的勝利，是因為我義軍犧牲流血極少。黎利採取「心攻」的策略，不重於攻下敵方城堡，而重於攻擊敵人的意志，以仁義取得了勝利，而使兩國生靈受到最少的損失。抗明戰爭的勝利，不僅恢復了國家的獨立，也為民族歷史和越南封建歷史開闢了前進的道路。在大越

精神的崛起中,黎朝將封建制度帶入了極度繁榮的時期,其巔峰時期是十五世紀下半葉的黎聖宗(黎思誠,1442-1497)統治時期。越南封建政權達到中央集權、專制封建社會理想模式的時期。該模型包含積極的力量,但也留下了不穩定的萌芽。

進入十六、十七世紀,社會整體保持穩定,但越南封建政權出現了政治危機的跡象。這場危機最明顯的表現就是各封建集團之間的衝突以及封建階級與人民之間的衝突。封建集團之間的衝突透過黎、莫二朝的衝突,通常被稱為「南北朝之亂」(從清化以南由黎朝統治,稱為「南朝」;從清化以北由莫朝占據,稱為「北朝」),從一五二七延續到一五九二年。接著是鄭阮紛爭時期,歷經近十七世紀,導致國土分割兩半:塘外(北河)由黎王、鄭主聯合管轄,塘中(南河)由阮主獨立管轄。「兩頭制」權力機制的出現從十六世紀下半葉開始,隨著黎王、鄭主的並存,表明封建政權從君臣關係的基礎上已陷入嚴重危機(君臣乃儒家三綱最重要的一綱),都反映了封建社會各勢力之間的衝突。另外,封建階級與人民的矛盾,導致一五一一至一五二一年間多次農民起義,最典型的是陳暠帶領的農民起義(1516-1521)。

關於社會結構,陳朝貴族階層在陳朝末期結束了其歷史使命時,已出現了與以往貴族不同特徵的後黎朝貴族階層。黎利是當地富豪,出身地主階層,藍山起義後登基稱帝,是後黎朝的太祖。因此,貴族與地主階級之間有著密切的關係。除了貴族階級和地主階級兩個角色和地位外,還有儒士階級的角色,包括官僚儒士和平民儒士(不出仕當官,而在鄉村生活)和隱逸儒士。官僚儒士是黎朝封建社會的主要推手。其中有的官僚儒士由襲廕出身(即繼承祖先的官位爵號),也有許多通過科舉考試成為官員的儒士。儒士積極參與宮廷朝政,如阮廌(Nguyễn Trãi, 1380-1442)、潘孚先(Phan Phu Tiên, 1370-1462)、阮夢荀(Nguyễn Mộng Tuân, 1380-?)、李子晉(Lý Tử Tấn, 1378-

1457）等。進入十六世紀，當時越南政權封建制度出現危機跡象，有些知識分子沒有入仕，而是回到家鄉生活或隱逸。他們在農村社會生活中具有很大的影響力。典型的隱逸儒士有阮秉謙（1491-1585）、阮嶼（Nguyễn Dữ, ?-?）、阮沆（Nguyễn Hãng, ?-?）等。儒士在社會中占有重要的地位和角色，也是十五世紀至十七世紀後期文學的主要創作力量。

關於文化、思想，突顯的是肯定儒家思想的正統地位和大越國文化堅韌不拔的生命力。

後黎王朝時期，儒學在十五世紀達到頂峰，抗明戰爭勝利後，和平得以恢復，國家在京都建立了國子監，並於各地府路開辦學校。國子監的學生人數和成分有所擴大。黎聖宗除了擴充國子監外，還在一四六七年設立五經博士職位，並印製了《五經》作為學習教材。朝廷設立了多種激勵學習的形式：從一四三九年起，考上的儒生可享金榜題名、頒發衣冠、在朝設宴款待、提供軍馬榮歸拜祖等禮遇；從一四四二年，始於京都文廟刻名在進士碑。教育的發展對文學文化產生了積極影響，同時也進一步鞏固了儒教作為國教的地位。

後黎朝為了確立儒教作為國教的地位，推行了一系列限制佛教發展的政策和措施。黎太祖制定僧人考試制度，如果考試不及格，就必須還俗，五十歲以上的人才能出家。黎聖宗禁止印製佛書，禁止任意建寺和鑄鐘。從十六世紀開始，當封建政權出現危機跡象時，佛教和道教在社會生活中部分恢復了地位，但總的來說，它們難以獲得朝廷的平等對待。從十五世紀開始，儘管越南封建政權在十六、十七世紀出現危機，並在十八、十九世紀走向衰落，但儒教從未放棄其國教地位。

大越文化頑強的生命力在面對北方封建主義的同化策略時顯得尤為明顯。十五世紀前二十年，侵略軍為了推行同化和愚民政策而燒毀一切：任何文字、任何文本、從民歌、碑文、鐘文到書籍等，不能留

下任何一塊或一個字。由於明軍的燒毀政策和戰火，許多大越國時期的書籍文獻都被消滅。《越音詩集》的編輯者潘孚先（1370-1462）在該書的序言中寫道：「近世，帝王公卿士大夫，莫不留神學術，朝夕吟詠，暢寫幽懷，皆有詩集行世，兵燹不存，惜哉！」潘輝注（1782-1840）也有與潘孚先相同的觀點，他在《歷朝憲章類誌》〈文籍誌〉序文中寫道：

> 我越號稱秉禮，千有餘年，典籍之生，其來久矣。蓋自丁、黎肇造，與中國抗衡，命令詞章浸浸漸著，至於李、陳繼治，文物開明，參定有典憲條律之書，御製有詔敕詩歌之體，治平奕世，文雅彬彬，況乎儒士代生，詞章林立，見諸著述，日以漸繁，非經刼火而煨殘，必自汗牛以充棟也。

面對如此猛烈的破壞，大越文化受到了摧殘，但並沒有消亡。李、陳時期的文化傳統仍為新時代提供動力。後黎朝獨立後，開始致力於保存和弘揚民族文化，如保護傳統習俗、收集民間文化、並搜集書籍文獻等。正因如此，抗明勝利後，大越國文化得以復興，帶動了民族文化全面的復興。

當封建政權陷入危機時，民間文化就更有發展的條件。在塘外，許多地方開設木偶戲、嘲劇等民間藝術，受到觀眾的歡迎，在塘中，從塘外帶來的嗦劇也非常盛行，民間文化傳統對書寫文學產生了巨大影響。

這時期的文化亮點之一就是喃字的重要角色。在十五世紀，喃字已穩固地肯定了其在越南文化和文學創作中的地位。進入十六、十七世紀，出現了使用喃字和創作喃字詩文的潮流。儘管鄭主嚴格禁止創作和傳播喃詩傳作品，但喃字文學還是得到了發展。喃字的發展證明

了它的持久生命力、民族精神的強勁崛起和人民群眾的健康觀念。歷史環境已經極大地影響了十五世紀到十七世紀的文學發展。

二 文學情形

　　整體而言，這段時期的文學有三個突出特點：其一，文學從歌頌民族、歌頌封建王朝的聲音轉向從道德立場上批判社會現實；其次，文學從佛儒並立，轉變為以儒家為主導；第三，文學在語言和體裁上都強烈朝向民族化發展。

　　關於第一個特點，歌頌的主導基調，貫穿整個十五世紀的文學，因為這是平吳英雄時代的基調。這時代的凱旋歌必然導致文學的雄偉歌，以昂揚向上的氣勢為主；光榮和勝利是時代的特徵，必然導致歌頌聲音成為文學的基調。十五世紀上半葉的文學歌頌抗明戰爭，歌頌起義領袖，歌頌時代的力量與民族傳統。十五世紀下半葉的文學歌頌封建王朝，歌頌國王，歌頌太平盛世的社會。進入十六世紀，文學逐漸從歌頌基調轉向為批判現實的聲音。文學的轉向既是社會歷史轉向的結果，也是社會歷史轉向的反映：越南封建政權從鼎盛時期跌入政治危機狀態。這時期的文學一方面延續了現有的內容，另一方面也帶來了新的內容。如果說十五世紀文學中的愛國主義和人道主義與爭取民族解放和國家建設的鬥爭有關，那麼十六至十七世紀文學中的愛國主義和人道主義則與反對封建主義墮落、爭取人民權利的鬥爭有關。然而，以心為本的思想、儒學的崇尚以及對封建制度的肯定仍然是這一時代的主流思想，因此，該時期文學中對社會現實的批判主要站在道德立場，旨在「補偏救弊」，而非如十八至十九世紀的文學那樣基於人本立場。

　　第二個特點，儒教在社會上居於正統地位，儒學在十五世紀下半

葉黎聖宗執政時期達到鼎盛。雖然佛教在民間仍有地位，卻在宮廷失去地位。儒士是主要的創作力量，文學從文學觀點到創作內容，全面轉向為儒教範疇。在十五至十七世紀的文學中，儘管佛教思想的影響仍然存在於一些作家的作品中，但佛教文學已不再是主體。這時期的文學只有宮廷文學和儒士文學兩部分，即使是宮廷文學也深深滲透著儒思想。

　　第三個特點，一個新的發展步驟，標誌著越南文學的突出發展：書寫文學正式出現喃字文學，與漢字文學成分並列；除了從國外吸收的文學體裁外，還有民族化的文學體裁和越南文學內生的文學體裁。越南人用喃字創作唐律詩，在形式和體裁功能上都是中國唐詩的越南化形式。其他以喃字書寫的文學體裁，如：歷史演歌、說唱、吟曲、喃詩傳等，都是越南內生的文學體裁，主要以六八言、雙七六八言等詩體來創作的。

　　上述三個突顯特徵主導並體現在所有的文學部分、創作傾向、體裁系統和文學語言。

　　十五到十七世紀的文學由宮廷文學和儒士文學兩部分組成。宮廷文學著重於歌頌王朝和國王（通常與國家和民族畫上等號）；歌頌封建政權鼎盛時期的社會太平繁榮，甚至在封建制度陷入危機時期也得到歌頌。儒士文學則表達了士徒們「上致君、下澤民」濟世安邦的理想與抱負；彰顯出君子的出處行藏品格。與李、陳時期的文學相比，這兩個文學體系數量眾多、規模宏大、創作風格多樣。

　　十五至十七世紀的文學主要傾向是：愛國文學傾向、歌頌封建制度、肯定儒家思想的傾向、對時代不滿、批判社會現實、批判非儒家表現的傾向。和所有的文學階段和時期一樣，這種文學傾向的劃分只有相對性的意義。

（一）愛國文學傾向

　　愛國文學傾向是十五世紀文學的主要思潮，由於這種傾向匯集了眾多作家，有不少偉大作家和極具價值的作品，主導了其他文學傾向。

　　愛國文學傾向，主要屬於儒家文學部分，以當官、參政的儒士學者們的作品為主。愛國文學傾向的主要作者是參加抗明戰爭的李子晉、阮廌、阮夢荀、陶公僎（Đào Công Soạn, 1381-1458）、程舜俞（Trình Thuấn Du, 1402-1481）、黎少穎（Lê Thiếu Dĩnh, ? - ? ）等。有出身科舉考試的作家，和平恢復後，他們熱切地參與了建設國家事業，如：阮天錫（Nguyễn Thiên Tích, ? - ? ）、朱三省（Chu Tam Tỉnh, ? - ? ）、潘孚先、朱車（Chu Xa, ? - ? ）。其中一些人都有自己的詩文集：阮廌有《軍中詞命集》、《抑齋詩集》、《國音詩集》；阮夢荀有《菊陂詩集》；李子晉有《拙庵詩集》；潘孚先編撰《越音詩集》等。上述作品的內容屬於愛國文學思潮，肯定民族獨立、歌頌大越人民抗明戰爭的鬥志和勝利、為越南民族傳統感到自豪、鼓勵抗戰勝利後的國家建設事業。以上內容透過政論、詩賦、歷史演歌等形式顯得特別豐富多彩。涵蓋愛國精神的政論雄文結晶在阮廌的《軍中詞命集》、〈平吳大誥〉等。

　　歌頌反明抗戰、表達民族自豪感是十五世紀文學中許多詩賦的突出內容，作者經常從與藍山起義相關的「地靈」角度來歌頌抗擊侵略者的奇蹟，如關於藍山、至靈山、昌江等話題。有關此主題的詩賦經常提到「地靈」與「人傑」的玄妙的關係：地靈會孕育出英雄，反之亦然，有人傑地會更靈，而人傑是創造勝利的決定性因素。歌頌地方精神，推廣優秀人才，作者既歌頌抗戰，又歌頌英雄領袖黎利。許多著名文章都有相同的體裁和相同的標題，例如：四位作者阮廌、阮夢荀、李子晉、程舜俞都以〈至靈山賦〉為標題寫了兩篇賦。提到藍山這一地名，由黎利領導的抗明起義的發源地，阮夢荀另有兩篇〈藍山

賦〉和〈藍山佳氣賦〉；黎聖宗有一篇〈藍山梁水賦〉。這些賦篇都描寫了藍山聖地的美麗，而後歌頌人傑英雄黎利。在〈昌江賦〉一文中，李子晉延續了張漢超〈白藤江賦〉中的教訓，肯定了人們在地靈與人傑關係間的決定性角色：「功因德大，地以人靈；固國不在山蹊之險，保民不在百萬之兵」，只有擁有美德，才能成就偉大的功業。除了有關地靈的文章外，還有讚美藍山起義偉業旗幟的文章，如阮夢荀的〈義旗賦〉。抗明的勝利，開啟了大越國的新紀元，一系列有關民族「春臺」的文章，在一四四二年會試考卷的詩賦中，被許多考生視為創作的題材，其中最傑出的是阮直（1417-1474）狀元的文章。特別是，本次考試的主考官阮夢荀，也順勢寫下〈春臺賦〉一文，肯定國家的強大地位和民族的光明未來。這段時期不少詩賦的共同點是在讚美的啟發中將國王與國家和人民同一起來。賦是十五世紀文學的一個主要文學體裁。有些作家是賦體的重要作家，例如阮夢荀總共寫了四十篇，李子晉寫了二十一篇。

獨立自強的意識和對民族傳統的自豪感在歷史演歌《天南明鑑》和《天南語錄》兩部作品中得到了集中和突出的表達。歷史演歌是越南文學體裁之一。它的獨特在於，從內容到形式兩方面都具有深刻的民族性：內容提到民族歷史，書寫文字是民族的文字——喃字，體裁是民族特有的詩歌——六八言體和雙七六八言體。

《天南明鑑》成書於十七世紀初，作者目前未知。該作品共有九三八句雙七六八言體的詩，講述越南歷史從鴻龐時代到黎中興時代。此作品概述保衛和建設國家的重要歷史事件與傑出人物，旨在樹立南天榜樣，激發民族自豪感，並對當時社會進行批判。

《天南語錄》出現於十七世紀末左右，作者目前未知。該書是一部宏大的歷史演歌作品，其中共有八一三六句六八言體詩，三十一首漢字詩包括詩歌和預言混合，兩首喃字七言八句體詩。《天南語錄》

與上述作品相似，以演歌形式敘述了從鴻龐時期至後陳時期的越南歷史。作品末尾的「黎朝紀」部分以二三六句詩呈現，僅提及少量歷史事件，可視為該作品的結語部分。《天南語錄》涵蓋了許多歷史人物和事件，反映古代社會的生活面貌；發揚民族的愛國傳統和對國家地靈人傑的自豪感。這部作品問世於封建政權出現危機跡象之際，透過展現過去的輝煌而對當代社會揭示一種批判。作者在反映越南民族歷史時，既依據官方歷史，也依據民間傳說。這使得這部作品具有深厚的民族主義色彩和豐富的文學色彩。《天南語錄》有著史詩般的外觀。通過了《天南明鑑》和《天南語錄》，喃字和越南語在文學作品中雖然依然質樸、簡易，但已能表達宏觀的歷史，以及越南人的生活與精神。同時，通過這兩部歷史演歌，越南民族詩體如六八言體和雙七六八言體也肯定了它們對越南文學發展的地位和貢獻。

這時期愛國文學傾向的代表作家是阮廌，號抑齋，是越南民族偉大的歷史人物、世界文化名人，同時也是偉大的作家、詩人。阮廌的一生代表了過去的許多天才的命運：既有英雄氣概，又充滿悲劇的下場。他在十五世紀抗戰中立下卓越功勳，也是後黎朝最大功臣之一，但他命運多舛，一生飽受冤屈，最終遭遇誅滅三族之禍。

阮廌在越南文學史上具有極其重要的地位，既承載過去的文學精華，又為未來開創了文學的管道。他匯集了前四個世紀的文學之光，同時也照亮了未來多個世紀越南文學的發展之路。他擅長於多種文學類型，包括漢文和喃文創作。他留下了大量作品，其中幾乎都有特別重要的價值。在三族被誅滅的慘禍後，他的許多作品被燒毀或散落。阮廌至今的文學遺產當然無法完全反映出他的文學生涯。

至今，阮廌的漢文作品留下有：《軍中詞命集》、〈平吳大誥〉、《抑齋詩集》、〈至靈山賦〉、〈藍山永陵神道碑〉、《冰壺遺事錄》、《藍山實錄》等。

《軍中詞命集》收錄了阮廌承命或以黎利名義在抗明戰爭期間撰寫的約七十篇文章。該書是外交著作和招降著作的合集，因為其中大部分是與明朝將領的書信往來，以及對各地將領和士兵的命令和指示。另外，還有一些軍中寫作如表文、奏文，特別是黎利與王通之間的盟誓書。《軍中詞命集》是一部具有「十萬雄兵之勢力」（潘輝注語）的散文集，因其內容蘊含「仁者無敵」的思想與強烈的愛國精神，並展現出大師等級政論文章的寫作技巧。

　　〈平吳大誥〉被視為越南民族的第二部「獨立宣言」，宣揚仁義之道，譴責侵略者的罪行，並讚頌大越軍民反攻的偉大勝利。〈平吳大誥〉所展現的民族獨立意識，是對十至十一世紀〈南國山河〉詩篇的延續與發展，具有「全面性」與「深刻性」。此作品之所以全面，是因為它通過文獻、領土、風俗、主權和歷史五大要素來堅定地確立民族的獨立；而其深刻性則在於，阮廌在民族觀念中深刻認識到「文獻」是確立民族主權的根本要素。在譴責敵軍罪行時，阮廌不僅站在民族立場上揭露其侵略野心，還從人本主義的角度出發，為人類的生存權和萬物生靈的生命權而發聲，譴責侵略者「敗義傷仁，乾坤幾乎欲息」的惡行。在綜述整個藍山起義的過程，阮廌一邊描述這場戰爭的全景，一邊描繪黎利的英勇形象，其是一個聚會仁智勇且依靠民眾而成功的英雄。〈平吳大誥〉被譽稱越南文學的「千古雄文」。基於〈平吳大誥〉與《軍中詞命集》的內容，可見阮廌真正是越南古代文學最傑出的政論文學家。

　　《抑齋詩集》是一部漢文詩集，目前存有一○五篇唐律五言和七言的四句和八句詩，其中只有兩篇以長篇古詩為形式。整部詩集就像是作者的自白，充滿了對理想、自然、國家、人生、人民的情感思考。

　　阮廌的喃字作品，目前留下《國音詩集》共有二五四首詩。這是現存第一本用喃字寫成的詩集，也是一部偉大的越南語詩集。此詩集

由後人編排，分為多種小目，包括《無題》十四小目、《時令門》九小目、《花木門》二十三小目、《禽獸門》七小目。《國音詩集》讓讀者在偉大愛國英雄、「塵間最平凡的人」（現代詩人春耀的稱譽）的阮廌肖像前感受到一種美感情緒。他在詩集中描寫一個懷抱理想，一心為國、為人民、為人類、為正義而行動的英雄：「惟將一寸舊情懷，日夜朝東滾滾流」、「歷代聖主治世憂，此身閒逸遺憾老」、「除毒、除貪、除暴虐，有仁性、有智慧、有英雄」。詩集裡頭也感嘆「塵間最平凡的人」，即是他對人生痛苦的憐愛和同感。阮廌對人類的憐憫與愛充滿人文之美，具有普世的意義。他憐惜那些尚未臻於完美的「人性」：「江水深淺猶可測，人心難辨有多深」；也為封建君主專制社會中德才之士的曲折命運而深感悲憫：「鳳憾高飛為義降，花嬌易謝草常青」。他珍視人類日常的情感，如父子情、友情、男女之愛等。同時，出於對自然的熱愛以及遵從老莊「順應自然」的觀念，他親近自然，追求在人與自然、心與景之間的和諧，傾聽並理解自然的語言，以文化和人文的方式對待自然：「客至鳥歡花影動，仙茶水汲月相隨」、「水涵月色不忍划」。可以說，《國音詩集》乃是阮廌時代的越南文化、天然、花樹、鳥獸的一本百科書。阮廌通過《國音詩集》已真正開出越南國音文學的寬闊道路。雖然陳朝已有喃字文學的出現，但是自《國音詩集》面世後，越南書寫文學才正式有了喃字文學流派，並與漢字文學部分相依前進。基於《國音詩集》，阮廌構建了一種具有「越南特色的詩風」（鄧臺梅語），即喃字唐律詩（Thơ Nôm Đường luật）。這種詩體的特點是以喃字書寫，包括完整遵循唐律的詩篇以及一些採用唐律破格形式（亦稱唐律變體）的詩作。喃字唐律破格詩的顯著特點是在七言詩中嵌入六言或五言詩句。這種破格形式使喃字唐律詩在本質和形式上相較於律詩有所改變。此外，在喃字唐律詩中，許多七言詩句採用3/4的節奏（先奇後偶），不同於傳統唐律詩的4/3

節奏（先偶後奇）。這表明喃字唐律詩在引入外來文學體裁的過程中進行了越南化，因為3/4的節奏正是越南雙七六八詩體中七言句的常見節奏方式。[6]例如：在阮廌的《言志》（第14首）中，有 "Bát cơm xoa/ nhờ ơn xã tắc; Gian lều cỏ/ đội đức Đường Ngu"（碗飯飽，賴社稷恩；茅棚草，載唐虞德）的3/4節奏。此一節奏，後又見於《征婦吟曲》"Thuở trời đất/ nổi cơn gió bụi, khách má hồng/ nhiều nỗi truân chuyên. Xanh kia thăm thẳm tầng trên - Vì ai gây dựng cho nên nỗi này？"值得一提的是，《國音詩集》中的二五四首詩，僅有六十九首採用唐律詩體，其餘一八五首則為唐律破格詩。這顯示出，破格創作的趨勢在阮廌的作品中表現得十分強烈，這是他在初步「構建越南詩風」的過程中所展現的特徵。這一趨勢在十五世紀黎聖宗及其文臣編纂《洪德國音詩集》中繼續強力發展，並於十六世紀阮秉謙的《白雲國語詩集》中延續。然而，將六言詩句融入七言詩的現象在十八至十九世紀的喃字唐律詩中逐漸減少，甚至完全消失，例如：胡春香（Hồ Xuân Hương, ？-？）、阮勸（Nguyễn Khuyến）、陳濟昌（Trần Tế Xương）的創作中所見。造成這一變化的原因，可能是由於六八詩和雙七六八詩的興起，而這兩種詩體中的六言句更好地完成了反映功能與審美功能，且在體裁上更為契合。因此，六言句在喃字唐律詩中的「退出」是一個自然而然的過程，符合規律。然而，前述時期的作家與後來的作家在「構建越南詩風」的目標上並無區別。

到了《國音詩集》，越南語在文學創作中達到一種高雅和精美的程度，並滿足了公眾對文學作品的三個重要要求，也是文學作品的三個功能：表達、表感、審美。《國音詩集》更能肯定阮廌在越南文學發展中的開發地位。

6　呂壬辰：《喃字唐律詩》（河內：教育出版社，1997年），頁219。

（二）酬酢、歌頌封建制度、肯定儒教的文學傾向

十五世紀期間，越南封建階級基本上正在興起，對歷史演變具有積極的作用，因而這文學傾向顯得更為突出。到了十六和十七世紀，封建制度出現危機和衰退跡象時，歌頌朝廷和帝王的文學傾向難免就落入空洞、鋪張、形式化的狀況。

酬酢、歌頌封建制度的文學傾向主要流行在宮廷文學部分。這個傾向的主要作者是歷代帝王、廷主和文臣。曾經創作詩文的皇帝有黎太祖（黎利，1385-1433）、黎太宗（黎元龍，1423-1442）、黎聖宗（黎思誠，1442-1497）。這時期文學的廷主作者有塘外鄭府詩文開端者鄭根（1633-1709）以及塘中阮主政權詩文開端者阮福澍（1675-1725）等。在帝王與廷主當創作者範圍中，一些人有自己的詩文集，如：黎聖宗《聖宗遺草》、《天南餘暇集》（其中有些是黎聖宗創作）；鄭根《欽定昇平百詠集》。雖然阮福澍不集合自己作品成詩文集，但也有一些作品編在《道人書》（其法號為天縱道人）的後面。

文臣是宮廷文學的作者，其中大多數是洪德年間與黎聖宗一起參加唱和的進士們，如：申仁忠（Thân Nhân Trung, 1419-1499）、杜潤（Đỗ Nhuận, 1446-？）等。詩文唱和活動集中在皇帝和文臣之間，這證明朝廷注意到宮中文藝活動，組織文學創作，為寫作創造物質條件和氣氛，故而有正面的作用。然而，封建當局對文學的直接干預，使得文學變得陳腐、刻板，個人靈感枯燥，這對文學創作本身是不利的。宮廷文學創作潮流達到高峰後逐漸下降、衰落而結束。一些有自己詩文集的作家是：蔡順（Thái Thuận, 1441-？）有《呂塘遺稿》、阮寶（1452-1503）有《珠溪詩集》。在塘中，文臣是宮廷文學的典型作家，如：陶維慈（1572-1634）。

黎聖宗與文臣們的唱和詩歌大部分收錄在《洪德國音詩集》。該

詩集共有三二八首詩，如果不算有關《王嬙傳》（亦稱《昭君貢胡傳》）的四十五首詩的話（因為有學者認為這部分是後人插入的），那麼《洪德國音詩集》中就有二八三首詩。由於是多位作者的作品，《洪德國音詩集》的題材非常豐富多樣，包括以下部分：《天地門》、《人道門》、《品物門》、《風景門》、《閑吟諸品》等。詩集中的許多詩歌都是應口詩、雄辯詩，從內容到藝術都具有宮廷詩歌的特徵。《洪德國音詩集》是肯定黎聖宗王朝的聲音，透過歌頌明君、歌頌太平生活和繁榮時代以肯定當時封建政權，產生於封建制度興起的時代，在歷史上發揮積極作用，《洪德國音詩集》的聲音也是一種充滿民族自豪感的聲音，同時也是一本關於當時越南的自然、山水、生活、文化、人民等的百科全書。

《洪德國音詩集》是阮廌《國音詩集》在體裁和語言上的延續作品。值得注意的是《洪德國音詩集》中使用唐律詩進行敘述的現象。這種在舊體裁尋找新功能的趨勢一直延續到了十七世紀，當時出現了使用喃字唐律詩來敘事的，如《林泉奇遇》。《洪德國音詩集》顯示唐律詩在敘事功能上的不足，因為每首唐律詩都是一個內容與形式完結的獨立結構。因此，當多首詩連續用來敘事時，其拼接特性便顯得尤為明顯，而敘事要求各情節和事件間需緊密聯繫、相互銜接。與唐律詩在敘事上所遇到的困難不同，六八詩在敘事功能上具有優勢，因此後來的喃字詩創作大多採用六八詩形式。

酬酢、歌頌封建制度傾向的創作內容往往表達對社會現實的滿意，並直接讚美君主、皇帝及其王朝。然而，也有像蔡順這樣的作家，在歌頌封建社會時，並不誇張、勉強和僵化，而是在作品中用簡單而切實的描述：「平浦乘潮上，農人趁曉耕，喝牛飛白鳥，風外兩三聲」（〈悶江〉）。

酬酢、歌頌封建王朝、肯定儒家思想傾向的典型作者是黎聖宗。

黎聖宗是越南歷史上典型的皇帝之一，偉大的文化人物、作家和詩人，他將越南的封建政權帶到繁榮的頂峰，在政治、軍事、經濟、文化等方面都擴展和興盛。黎聖宗皇帝的文字創作有漢字和喃字，包括詩歌和散文。關於漢字創作，《聖宗遺草》中的一些作品被認為是他的，另外還有〈藍山梁水賦〉和九部漢文詩集裡頭的一些作品，如：《征西紀行》、《明良錦繡》、《文明鼓吹》、《瓊苑九歌》等。關於喃字創作，除了《洪德國音詩集》的一些作品之外，還有以駢文寫作的〈十戒孤魂國語文〉。黎聖宗的詩文稱頌封建王朝，表達對王朝和個人的自豪感，充滿儒家思想，同時清晰地表達了深厚的國家、人民和親民意識。如果《聖宗遺草》中的一些故事是黎聖宗所作，那麼他就是越南傳奇文學體裁的奠定人之一。

（三）不滿時世、批判社會現實、批判非儒教表現的文學傾向

這一文學傾向也是儒家文學的一部分，但主要創作力量是隱逸儒士和平民儒士。有些儒士曾在朝廷做官，但後來隱居，如：阮秉謙，或在入朝之前，有過一段隱居時間，如：武夢原（1380-？）、馮克寬（1528-1613），或終身隱逸的儒士，如：李子構（？-？）、阮旭（1379-1469）等。另有阮嶼的特殊場合，他僅當官一年，之後「足不城市，身不軒墀」。

這種對時世不滿的傾向可以追溯到陳朝末年，並貫穿整個越南封建歷史，但程度不同。十五世紀，一個衛國建國事業創造奇蹟的英雄時代，處於上升階段的封建階級在歷史上發揮積極的作用，不滿時代的傾向有時變得格格不入。十六和十七世紀，越南封建政權開始出現危機，並初步呈現衰退跡象，但這一趨勢也包含許多正面因素。

十五世紀文學中，對時代的感嘆和不滿的作品表現在兩個層面，

也有兩種態度：有的作品更深刻地表現了封建主義的消極方面，而在盛世時期，則更清晰地表現了封建主義的本質和常態。有些作品揭示了多愁善感、孤獨的心境，或強調個人主義，有時在英雄時代、在具有不屈不撓的愛國傳統的民族面前顯得格格不入。第一種態度的典型代表是武夢原的《微溪詩集》（全本已失傳），現僅存三十八首詩。在〈盆松〉詩中，作者藉用盆中松樹的意象來表達社會處境的局促，同時也表達出君子欲出人頭地的意志。第二種態度體現在一些現存的阮旭詩作中。阮旭的詩充滿了人對時代的不滿、背離現實的孤獨、悲傷的心情。

在十六和十七世紀的文學中，不滿時代、批判社會現實、批判非儒教主義的傾向成為最大的傾向。屬於這一流派作家的詩歌是對封建社會批判的聲音，表現在幾個關鍵方面：描寫人民悲慘生活的現實，譴責統治階級，反對世態人情，歌頌隱居生活。需要注意的是，這段時期批判社會現實的聲音主要是基於道德立場，旨在「補偏救弊」，他們仍肯定儒家思想的影響，而不是像十八世紀後期那樣基於人文主義立場。

不滿時代、批判社會現實、批判非儒教文學傾向的典型作家是阮秉謙和阮嶼。

阮秉謙（1491-1585），諱文達，字亨甫，號白雲居士。他是越南偉大的詩人、思想家和文化人物，在十六世紀具有特別大的影響。阮秉謙考中狀元，並在莫朝當官升爵至程國公，獲得北方黎－鄭政權和南方的阮主政權的特別重視。他的門生慣稱之為雪江夫子。阮秉謙在出仕前和致仕後，都在故鄉隱居多年。他居住的白雲庵成為主要的文化和文學中心。白雲庵吸引了許多才華橫溢的知識分子和儒士學者，創建了一個對當代文化和文學生活產生巨大影響的中心。據說馮克寬和阮嶼等人都從白雲庵出身。由此可見，維持生活、維持宮廷集中的

文學活動,形成像白雲庵一樣的大型文化文學中心,也是文學發展的動力之一。

　　阮秉謙的文學作品有漢字和喃字。在漢字方面,有《白雲庵詩集》、〈中津館碑記〉、〈石磬記〉以及一些祭文。根據阮秉謙自己撰寫的〈白雲庵詩集序〉記載,漢文詩歌共存約一千首,其中現存約四百首。關於喃字作品有《白雲庵國語詩集》(又稱《程國公阮秉謙詩集》)一本收錄了約一七〇首喃字唐律詩。此外,民間也流傳著《程國公讖記》,書中含有預言的內容,多以六八言體書寫。阮秉謙的詩歌以封建戰爭、儒家倫理和傳統民族倫理的墮落來反映和批判社會現實。他以「補偏救弊」的精神對社會進行批判。阮秉謙的作品也反映了一位名叫雪江夫子的憂民愛國的胸懷。阮秉謙對越南文學史的主要貢獻是「哲理詩」和「世俗詩」。這兩個特徵,使得阮秉謙在越南古代文學中獨樹一格。

　　阮嶼出身書香世家,才華洋溢,博覽群書,知識淵博,有濟世之志,可能曾應試、任官一年左右就辭官隱居,留下一部漢文散文集《傳奇漫錄》。雖然阮嶼只有一部作品留世,但在越南古代藝術散文的發展中具有重要地位。《傳奇漫錄》被後人譽為「千古奇筆」(武欽璘語),作品共四卷,收錄二十篇故事。《傳奇漫錄》所述的故事時間跨度為李朝、陳朝、胡朝,一直到後黎朝初期,空間範圍從越南中部(義安省)一直到越南北部。有些故事源自民間文學,例如〈南昌女子錄〉、〈徐式仙婚錄〉。有些故事受到中國瞿佑(1347-1433)《剪燈新話》的影響,如〈木棉樹傳〉、〈陶氏業冤記〉等。然而,《傳奇漫錄》中的許多故事是阮嶼創作,甚至從民間文學取材、或是從國外借鑒的散文,作者的創造力還是很大的。《傳奇漫錄》和《剪燈新話》之間最大的區別在於,《傳奇漫錄》的每個故事的結尾都有不同於故事講述者的評論。這些都是基於故事內容的評論,從儒家的角度引出道德教義。

《傳奇漫錄》也具有傳奇體裁特點：以奇述真，以古述今，以散文寫成，駢文與詩歌和詞曲交織。因為《傳奇漫錄》是用奇幻來談論現實，用過去來談論現在，所以剝去奇幻的外層，就會露出裡面現實的核心，照亮過去，澄清社會圖景。阮嶼的古代著作蘊含著深厚的人文價值，尤其是有關女性的故事。在女性議題上，阮嶼一方面宣揚烈女節行的榜樣，批判色慾，從儒家的角度教導君子和男人之情慾；另一方面，作者反映對肉體和精神的悲劇，以及女性的真正渴求，包括家庭幸福、愛情、生命權、自由權等。

　　可以說，阮嶼是越南文學傳奇寫作的標準作家。在他被譽稱「千古奇筆」的《傳奇漫錄》出版後，傳奇流派中出現了一條文學路線，其中包括段氏點（1705-1749）《傳奇新譜》、范貴適（1760-1825）《新傳奇錄》。「千古奇筆」、「文學大家之奇書」（潘輝注：《歷朝憲章類誌・文籍誌》)。《傳奇漫錄》標誌著漢文敘事散文的飛躍發展：超越了宗教、歷史、民間文學的記錄階段，以及仿作階段，成為一部真正的文學創作。

　　總的來說，十五到十七世紀的文學是前一時期文學傳統和成就的延續，同時深刻、充分地反映了這一時期越南文學最基本的特徵：藍山起義的雄偉勝利，以及建設民族春臺充滿樂觀氣氛。封建制度經過一段黃金時刻就走入危機衰微的狀態。文學從道德層面上的歌頌之聲轉向了對社會現實的批判之聲。民族意識和親民思想發展到了一個新的臺階，不僅深刻地體現在作品內容上，而且還透過民族文學流派的輝煌成就得到了明確的體現。十五到十七世紀的文學成就是下一時期文學發展的重要前提之一。

第三節　喃字文學及雙語文學的繁榮階段
　　　（18世紀-1885年）

一　歷史背景

　　這是越南古代文學的最後階段，即從十八世紀初持續到一八八五年，這也代表著越南文學史新時期的開始。一八八四年六月，大南朝廷與法國簽署《甲申條約》（Hiệp ước Giáp Thân），承認法國對整個越南領土的統治。從此時開始，法國殖民主義者除了繼續鎮壓越南人起義外，還開始在北、中、南三個地區建立殖民政權。越南成為全球殖民體系中的一個「環節」。文學也進入了轉型時期，張永記（Trương Vĩnh Ký）、阮仲管（Nguyễn Trọng Quản）等南部國散文作家，以及以陳濟昌為代表的北部諷刺詩人標誌著文學現代化事業的開始。

　　十八世紀是越南封建制度陷入危機綿延不斷的時期，蘊藏著數百年的社會矛盾。內戰雖然暫停了，但各地仍然亂象叢生，封建集團之間的清算仍在繼續，各種社會勢力和地方富豪反抗朝廷或割據分爭的起義仍在不斷發生。

　　國家分為南方、北方兩個地區。在塘外，與黎家皇帝共同治國的是鄭主。黎皇只是一個傀儡，鄭氏領主才是掌握實權的，這造成了「雙頭制」的局面，導致一切紀律和傳統秩序被顛覆。這是標誌著儒家思想衰落的一個顯著特點，但因藝術創造的自由開放思想比以前更具發展條件，而成為文學發展的有利之處。創作者被分化，必須選擇各種不同，甚至是互相對立的思想，從而產生了各種新鮮的創作思路。社會階層的名分劃分不明確，實學者被拋在後面，不受尊重。帝王、領主、貴族、達官等社會偶像也失去了往日的輝煌。他們陷入聲色犬馬、醉生夢死的生活。也有的領主有真才實學，希望改革體制建

立一個繁榮王朝,但「力不從心」,無法扭轉一個根基腐爛的社會。科舉教育從十八世紀初開始嚴重衰落。在景興十一年(1750)黎顯宗(Lê Hiển Tông, 1740-1786在位)和鄭森領主(chúa Trịnh Sâm, 1767-1782在位)統治時期,由於國庫空虛,朝廷出現了買爵販官之弊,使教育科舉制度迅速惡化。官僚階層多貪汙腐敗,力圖壓榨黎民,成為老百姓的常在之禍。經濟枯竭,饑荒、歉收頻發,黎昭統(Lê Chiêu Thống, 1786-1789在位)為了保護自己的私利,故意引清軍入越來踐踏自己祖國。

在塘中,雖然生活稍微輕鬆一些,但稅收制度依然嚴苛,有些地方仍然存在饑荒。塘中封建勢力之間的相互清算持續不斷。自從阮黃(Nguyễn Hoàng)離開昇龍後,他向南方擴張領土,開闢了新的割據地區,同時創造了新的政治局面,啟發士大夫階層的思想自由及思想走向,也為民族文學擴大創作空間。在這種背景下,朝廷促進了貨流、貿易的發展;貨幣在社會生活中起了重要作用。朝廷還擴大了與西方、中國和日本商人的貿易。諸如塘外的昇龍(Thăng Long)、庸憲(Phố Hiến),塘中的會安(Hội An)、富春(Phú Xuân)等經濟中心和大城市陸續出現。隨之而來的是與商人階層、市民、官吏、文人志士以及青樓女子等服務階層的娛樂活動相關的文化和藝術中心的出現。這些社會階層擁有自由開放的思想,拒絕儒家倫理道德的約束。這些社會階層的壯大是產生新元素、改變社會的意識和思想的基本因素之一,也是要求生命權和自由權,反對依附當時的封建禮教教條主義,他們稱讚各種起義運動。他們也就是喃字詩傳、吟曲、說唱的組織者、印刷和發行者兼積極鼓吹這些新文學體裁的讀者、聽眾。而這些新體裁的蓬勃發展離不開市民因素的出現,以及具有超過社會約束、改變審美價值和文學觀念的新型作家,以及讀者隊伍的壯大。

從十七世紀中葉到十八世紀初,在塘外的儒士界,發生了一場被

稱為實學運動（phong trào Thực học）的改革。該運動由一些激進的儒士提倡，並且得到了幾代鄭主的認可，形成了一種社會思潮。激進派集中於革新走向衰落的儒學、完善法律等，最有成就當屬文學改革。實學者主張注重文學的實用價值，抨擊陳詞濫調、教條主義、片面歌頌聖賢道德的文章，他們主張文學家應面向生活現實。這使十八世紀至十九世紀上半葉的文學得到多方面的革新。這就是文學從極其關注道德、倫理、宗教轉向更加關注現實生活和人生的階段。

此階段形成了主要的文學中心，如塘外的昇龍、塘中的順化（Huế）、嘉定（Gia Định）、河仙（Hà Tiên），同時也出現了文學世家或文學組織，如河靜的仙田阮族、長留阮族、柴山的潘輝族，山南青威的吳家文派、順化的松雲詩社、嘉定的嘉定三家、河仙的招英閣等等。這都是為文學發展作出了許多貢獻的文學世家、文學中心、文學組織、文派、詩社，也是出現了許多優秀作家、作品之地。

此外，學術著作也取得顯著成就。時代的務實精神促成偉大文化家出現，他們懷著解釋和探索世界與人生的渴望，寫出龐大的學術著作，創造了一時的學風，代表作家為：阮宗窐（Nguyễn Tông Quai, 1692-1767）、黎貴惇（Lê Quý Đôn, 1726-1784）、裴輝璧（Bùi Huy Bích, 1744-1818）、潘輝注（Phan Huy Chú, 1782-1840）等。在文學考究方面，也出現了匯集許多作者和許多歷史時期的詩歌作品，例如：黎貴惇《全越詩錄》、裴輝璧《皇越詩文選》。這一時期也湧現了許多歷史、醫學、地理、地質等方面的珍貴書籍。戲劇和音樂以歌籌和嗤劇的興盛也取得了許多成就，建築和雕刻也非常發達，至今仍保留著許多有價值的作品。

十八、十九世紀也是本土民間文化、民族文化在經歷了長期的儒家文化統治後復興和發展的階段，民主化已成為社會生活的發展趨勢，這在十八世紀至十九世紀上半葉的文人的作品中得到深刻的體

現。偶像的崩塌、官方思想的沒落以及社會紀綱的混亂，使得創作者本身所承受的思想政治壓迫越來越小，使其呈現出超越社會約束、超越官方意識形態束縛的趨勢。文人就有更多政府無法管控的自由創作空間。

就社會政治而言，十八世紀至十九世紀上半葉可被稱為「起義的世紀」，這一時期的歷史形勢表現為各地區的政治勢力具有了起義的條件。最典型的是在塘中的一七七一年，由阮岳（Nguyễn Nhạc）、阮惠（Nguyễn Huệ）、阮侶（Nguyễn Lữ）三兄弟領導的西山起義。可以說這是這一時期越南歷史上規模最大的一次起義。西山運動同時迅速地實現了這個階段的重大民族任務：推翻塘外的黎鄭政府和塘中的阮朝政權；擊退塘中的暹羅軍和塘外的清軍入侵戰爭，維護民族獨立；暫時中斷已存在兩百多年的國家分裂局面；初步建立一個實行許多進步的經濟和文化政策的國家，帶給國家穩定，如：喃字被重視並成為一種官方文字，適用於教育科舉之中。可惜的是，光中皇帝（阮惠）駕崩後，內部矛盾導致強大的王朝變得衰弱，很快被阮映（Nguyễn Ánh）推翻。

推翻西山王朝後，阮福映（Nguyễn Phúc Ánh，即阮映）進行了國家統一的事業，建立了一個紀綱法度的王朝，執行嚴格的政治、文化、經濟的政策，使國家走向了新的發展階段。雖然阮朝仍有封建王朝末期的歷史局限性，但仍對民族歷史做出不少功績。阮朝皇帝南下平亂、擴大疆域、實現本地區各民族的團結，並在一八〇二年實現了國家統一，在數百年的分裂後建起了一個領土完整、政體統一，包括語言、文化、習俗等方面統一的越南。阮朝皇帝，特別是明命帝（vua Minh Mạng，1820-1841在位）非常有意識地把越南建設成一個全面發展的國家（1839年將國號改為「大南」）。恢復教育和科舉制度有助於培養出許多才華橫溢的儒士。大南曾有一段時間成為該地區的一個強

盛國家。領土、領海、國家、民族的認識得到提高。

然而，在阮朝統治下的國家與當時世界的發展趨勢相比，卻日益落後。由於國庫短缺，朝廷實行重稅制度，導致各地爆發數百起起義，其中包括明命王朝山南下（Nam Sơn Hạ）地區的潘伯鑠（Phan Bá Vành）、嗣德朝美良（Mỹ Lương）地區的高伯适（Cao Bá Quát, 1808-1855）等許多典型起義。這些起義有知識分子階層參加與領導，反映了無法解決的社會矛盾；這是反對官方思想運動的基礎；也是早期民主自由思想萌芽的發展機會。

阮朝君主以宋儒為標準，實行了恢復儒教的政策。除了創造出暫時穩定的積極方面外，還有影響社會的消極方面：實行「閉關鎖國」政策、限制與外國人交往、反天主教、懷疑激進知識分子等。這種情況使得社會風氣相當緊張，國家日益陷入貧困落後。

進入十九世紀下半葉，東亞、東南亞地區的歷史背景與以往截然不同，與越南歷朝有著悠久邦交傳統的中國，在西方帝國日益強烈的干涉下正處於四分五裂的境地。許多東南亞國家成為英國、葡萄牙、西班牙、荷蘭的殖民地。西方殖民國家正在逐步吞併落後的亞洲，越南就是其中之一。

一八五八年九月一日，法國殖民者襲擊峴港港口，由於困難重重，法軍將進攻目標轉移到南部，占領了嘉定。面對阮朝的微弱抵抗，侵略軍以軍事優勢及險惡計謀，迅速占領了南圻的東部，進而占領了西部。一八七三年，法國開始入侵北圻。十年後（1883），他們挺進順化京城，並打敗了阮朝軍隊。法國殖民者的入侵以與阮朝簽訂不平等條約作為標誌和結果：一八六二年、一八六四年、一八六七年的條約及和約分別承認法國對南圻的統治；一八八三年和一八八四年的條約承認法國對整個越南的殖民統治。

阮朝並不是一開始就向敵人投降。他們派出軍隊在峴港和嘉定

抵禦法國的進攻。直到一八六一年二月，大南軍在南圻的最堅固戰線——其和大軍營（Đại đồn Kỳ Hòa）被入侵者攻破後，朝廷才從「決戰」戰略轉向「談判與緩戰並重」的戰略。之後，朝廷分成兩派，主和派占多數，其中包括許多朝廷高層官員，如：阮有度（Nguyễn Hữu Độ）、潘清簡（Phan Thanh Giản）、林維浹（Lâm Duy Thiệp）等人。懦弱的嗣德帝偏向主和派，這一派以法國人強大、無法抵抗為由尋求妥協。主戰派包括堅決抗法並帶有較為強烈的排外思想的愛國人士，如：阮知方（Nguyễn Tri Phương）、黃耀（Hoàng Diệu）、尊室說（Tôn Thất Thuyết）、潘廷逢（Phan Đình Phùng）等人。他們是不屈不撓的愛國主義榜樣，許多人在與敵人的不同等的民族鬥爭中英勇犧牲。

儘管受到朝廷的阻擋，全國各地的越南人民，特別是南部同胞，在抗戰開始的時候，都英勇地站起來反對法國殖民主義者。很多時候，戰爭看似有勝算，但阮朝卻轉而向敵人妥協，導致六省人民的起義在張定（Trương Định）、羅督兵（Đốc binh Là，本名裴光耀，Bùi Quang Diệu）、阮忠直（Nguyễn Trung Trực）、阮有勳（Nguyễn Hữu Huân）等著名首領的領導下相繼被敵人鎮壓。

就像在南圻一樣，法國殖民者將戰事擴大到越南北圻和中圻時，每一步都遭遇到激烈的抵抗。河內和北圻各省的軍民英勇抵抗敵人的每一次進攻。順化京城陷落後，尊室說和咸宜帝（Hàm Nghi）逃往河靜、廣平的山區，向全國發動抗法的勤王運動（phong trào Cần Vương）。在順化，法國人另建一個由同慶帝（Đồng Khánh）執政的政權。各地人民在愛國士大夫的領導下，紛紛站起來響應勤王運動。

起義運動遭到法國殖民主義者的殘酷鎮壓，逐漸瓦解，但敵人卻無法完全壓制具有幾千年抵抗外侵傳統的不屈民族的愛國之心。文學就是最重要的歷史見證之一，它銘刻、流傳、弘揚著民族心中的愛國之火。

二 文學情況

從歷史背景的變遷和文學形勢來看，十八世紀至一八八五年的越南文學可分為兩個時期：十八世紀至一八五八年的文學和一八五八年至一八八五年的文學。

（一）十八世紀至一八五八年的越南文學

十八世紀至一八五八年的越南文學占有極其重要的地位，這一時期是越南文學發展的黃金時代，集結了越南古代八百年來的所有文學成就，被譽為「古典文學」階段，揭開了越南文學、文化生活繁榮發展的新時期。這個階段的越南古代文學湧現許多偉大的作家和作品。不少文學體裁出現並發展到鼎盛，其中有些是純粹的越南民族體裁。此時越南語言文學達到了成熟、典範水準。這也是越南文學史上第一次出現人道主義精神。文學反映了國家的重大事件，觸及了有關人生命運的問題。

十八世紀至一八五八年的越南文學向許多不同傾向發展，諸如：人道主義文學傾向、愛國文學傾向、現實主義文學傾向、個人自由主義文學傾向、考究文學傾向、宮廷文學傾向。其中，最為突出的是人道主義文學傾向。本傾向為十八世紀和十九世紀上半葉形成的文學獨特面貌和價值做出了重大貢獻。

1 人道主義文學傾向

如果說該時期之前的文學是充滿愛國主義精神、民族自豪感、稱讚太平盛世、歌功頌德，帶有「文以載道」精神的貴族、士大夫文學，那麼，進入十八世紀至十九世紀上半葉，文學面貌已截然不同。歷史、文化和社會條件的變化，體制的衰落，意識形態、倫理道德、

社會秩序的危機,蘊含民主思想的民間文化興起,商品經濟的發達,都市的湧現等因素,促進了文化、文學人道主義和民主思想的發展。從而出現了大量追求現實、反映老百姓的諸多不公、苦難和悲慘命運的現實生活的儒士作家,人道主義的文學傾向由此出現。

　　文人早已對儒教在已經腐朽的體制下復興紀綱以及建立社會人格所發揮的作用感到失望。他們逐漸離開「載道」和「言志」的目的,轉向表達人們的生命權、享受幸福權,表現對其痛苦不幸的同情。文學對統治者及封建制度進行譴責批判。這一時期文學的人道主義精神還肯定和弘揚人們的才能、品格和真正的渴望,提倡世俗生活,肯定個人在社會中作為一個平等實體的存在。

　　這就導致了文人生活觀念、文學觀念的變化,引起他們在藝術創作過程中對題材、主題、體裁、語言等的不同選擇。如果說該時期之前的文人強調「道」、「志」,那麼這時期的文人卻強調以「緣情」、「主情」為主的「情」這個字,[7] 而其主要內容是體現「才情」之人的感情。[8] 仙峰夢蓮堂主人(即阮登選,Nguyễn Đăng Tuyển)為《翹傳》(Truyện Kiều)寫序時提到這一點,這帶有深刻的意義:他希望像魏晉風骨那般擁有脫離儒教的自由。從內容上看,這時期文學關心到人們對婚姻幸福和正當生命權的渴望,卻往往被殘酷的身體局限和物質生活所限制,表現為一種傷感主義傾向。

　　這種傷感傾向深刻的體現在《征婦吟曲》、《宮怨吟曲》、《敘情曲》等作品以及以阮攸(Nguyễn Du, 1766-1820)《翹傳》為代表的喃字詩傳。[9] 一些征婦和宮女,在特殊的遇境中,覺醒了對生命權和人

7　陳儒辰:《十世紀至十九世紀越南文學》(河內:越南教育出版社,2012年),頁7,《晉書・王衍傳》載入:「聖人忘情,最下不及情,然則情之所鍾,正在我輩。」

8　這是魏晉時期士大夫的思想傾向。羅宗強:《魏晉南北朝文學思想史》(北京:中華書局,2022年),頁24。

9　參見陳廷史:《〈翹傳〉詩學》(河內:師範大學出版社,2018年),頁76-81。

生命運的探求,喚起了自憐命途多舛的痛恨之聲。這就是時代的呼聲。之前,阮廌、阮秉謙、阮沆等人經常強調「道」和德高望重的個人,他們偏重自保品德高尚脫離世俗,而不顧物質生活和世俗樂趣。他們總是以不變的道德觀來看待生活。這時文人通過描寫容易被毀滅、被傷害的社會下層小人物,提出了對人的新觀念。就此掀開了民族文脈之中的傷感文學傾向。

這兩個時期的差異首先表現在吟曲體裁和雙七六八詩體的選擇趨向上。

吟曲主要以纏綿悲傷之調的雙七六八詩體為創作主體。雙七六八詩體是一種格律體,每節四行。上兩句七言,下兩句分別為六言和八言。其特點是七言兩句是4/3節奏,與七言律詩不同,押腳韻和腰韻,七言上句的第七音節總是仄聲的。雙七聯和六八聯的結合是越南詩歌的獨特創新,從而創造出具有民族特色的雙七六八詩體。如果說六八詩體善於敘事,那麼句式特殊的雙七六八詩體,更偏於帶有悲傷抒情的內心世界表達。詩句富有啟發性,能細膩地表達靈魂狀態與情緒,特別是愛惜、盼望的情緒。雙七六八詩體融合了越南語的許多審美特質,尤其是在樂性方面的,其中以悲傷音調為主,典雅高貴而平易近人。雖然雙七六八詩體源於民間,但只在此時期書面文學中才得到真正的發展與完善。人道價值明顯體現於十八世紀的吟曲作品,代表作有:鄧陳琨(Đặng Trần Côn, ?-?)漢字版《征婦吟》與喃字版《征婦吟曲》、阮嘉韶(Nguyễn Gia Thiều, 1741-1798)《宮怨吟曲》、黎玉昕公主(Công chúa Lê Ngọc Hân, 1770-1799)《哀思挽》、丁日慎(Đinh Nhật Thận, 1815-1866)《秋夜旅懷吟》、高伯迓(Cao Bá Nhạ, ?-?)《敘情曲》、無名氏《貧女嘆》等等。

鄧陳琨的漢文傑作《征婦吟》由四七〇句仿古體長短句組成。鄧陳琨生活於十八世紀上半葉,生卒年不詳,青池仁睦村(今為河內青

春郡）人，以學識淵博聞名，但只考中鄉貢，因「感歎世事」而寫出《征婦吟》。

雙七六八詩體的演歌作品，基本上把所有的腰韻押在第五字、第三字，並且都是仄聲的。這種革新使得雙七六八詩體結構達到古典水準，使其從偏重於歌頌的史詩抒情轉向帶有現實批判性的反映人生命運和感情的悲傷抒情。這使雙七六八體成為一種吟曲不可代替的詩體，它就像文學中內容與藝術形式相結合的典範，令此體裁能夠反映深刻而重大的時代問題。在吟曲體中，段氏點，號紅霞女士（1705-1747）所改寫的雙七六八詩體喃字演歌版《征婦吟曲》[10]（共120節）是最典型的。有些研究者則認為此喃字版是由潘輝益（Phan Huy Ích, 1751-1822）改寫的。此喃字版也被稱為越南古典文學的傑作。《征婦吟曲》對此階段的其他文人的影響力是極其深遠的。

《征婦吟》（又名《征婦吟曲》）控訴了封建集團爭奪權利所引發的內戰，無意義的戰爭奪走了人們的幸福和青春，導致家庭離散、百姓凋零。作者們通過征婦思念、盼望征夫的形象表達了他們對時局的心情。她曾多次希望丈夫功成名就歸來，但越等越失望，青春在焦慮和孤獨中悄然流逝。征婦因讓丈夫為了一個模糊的理想而出征、不知歸期而感到後悔。吟曲是一種傾向於表達情緒的體裁。這是民族文學史上首次出現如此生動而深刻地描寫人內心世界的文學作品。在吟曲中，只有一個抒情人物來表達悲傷、惋惜的情趣。正是因吟曲如散發、重疊的心理結構，「意識流」等的獨特結構以及雙七六八體的纏綿悲哀旋律，使其成功地為描寫抒情人物心理做出重大貢獻。

---

10 《征婦吟曲》已被翻譯成幾種語言，如：Pavel Antokolski譯的俄語版（出版於莫斯科，1962年）；黃春珥譯的法語版（Mercure組，出版於巴黎，1959年）；Takeuchi Yonosuke譯的日語版（東京：書林大學出版，1984年）；黃生通譯的英語版（康乃狄克州紐哈芬：耶魯大學出版社，1987年）；Bea Yang Soo譯的韓語版（釜山：釜山大學出版，2004年）。

阮嘉紹《宮怨吟曲》揭示了封建制度的多妻制和妃嬪制使得許多才貌雙全的年輕女子遭遇命運的不幸。作者通過晝夜無望地期待君王寵愛的宮女形象來表達他的憂鬱和懷才不遇的心情。阮嘉紹通過宮女的悲劇命運提出關於人生命運的深刻哲理：浮生若夢，世事無常，人們一生操勞最後只剩下一堆毫無意義的青塚。百年不過一場黃粱，大夢初醒，只見兩手空空。《宮怨吟曲》是阮嘉紹關於人生、關於極權社會中人的生命、包括知識分子興衰命運的深刻哲學思考。

　　家庭團聚、夫妻幸福等渴望都是吟曲（尤其是《征婦吟曲》和《宮怨吟曲》）所深刻提及的。人文性體現在詩人意識到人類的青春是非常有限的；人的幸福並不需要在其他遙遠的地方（涅槃或上界）尋找，而是存在於現世的，而且人完全有權享受它，不必等待神靈的饋贈。這些作品還誘發了對性欲抑鬱可能性的聯想。征婦和宮女都在這方面感到了巨大的失落，面對自然界有情有義從而表現出自己內心的孤獨和寂寞。這是十八世紀至十九世紀上半葉文學的一種非常人性化的感悟，文人有意識地反對儒教和佛教在義務觀念和宗教修養上的局限性。這表明民族文學真正進入了一個新時期：文學不僅肯定了人的地位，而且還關注人的極為生動而複雜的內心世界，文學嚮往世俗生活的時期。深刻地反映人們的內心世界，那就是文學的偉大使命之一。

　　上述作品中的征婦和宮女基本上都是新型人物，也是這一時期文學的中心人物。研究界提到了鄧陳琨和阮嘉紹在《征婦吟》和《宮怨吟曲》中「借用女性聲音」的現象。兩位詩人都借用女性的聲音，傾訴、抒發了自己對於時代的思緒。對於鄧陳琨來說，即知識分子在戰爭不斷爆發的社會背景下的思緒。對於阮嘉紹來說，則是一個落魄貴族被失寵、被唾棄、無處施展才華的無奈和絕望思緒。作者們通過期待丈夫的征婦和失寵的宮女的人物形象來表達作者對於時代的思緒。

　　十九世紀初，丁日慎的《秋夜旅懷吟》、高伯适的《敘情曲》又

是男人用自己的口吻來表達其埋怨之聲。這也是吟曲體裁面對時局演化在語調方面的轉變。這兩篇作品通過作者自己所遭遇的冤枉和不公正的監禁，譴責了踐踏人民生命的殘酷政權。這種冤枉只能向蒼天傾訴，它超越了人類的承受能力，卻具有譴責壓迫無辜人民的殘暴苛政的意義。文學研究者陳廷史強調：「在黎朝末期，一個混亂和腐敗的時代，這種『哀』和『怨』的範疇才真正發展起來，而且吟曲真正開啟了『哀怨』的文學思潮──越南文學史上的悲劇感。」[11]

如此一來，十八世紀至十九世紀上半葉，人的命運成為文人創作中的一個緊迫問題。人類豐富多彩的內心世界以及人生命運繼續在文學之中得到更為深刻地表現出來。文人特別關心並集中描寫那些妓女、歌娘、小妾、貧女、無夫懷子等深受輕蔑的社會底層的婦女命運的不幸。女性成為這個階段文學中最為典型的核心藝術形象絕非偶然，因為她們就是命運約束人類包括女性在內的男權社會中痛苦的象徵。喃字詩傳裡的人物，尤其是正面女性人物，也就是這個階段文學中代表人類悲劇命運的人物。其中妓女、歌娘又是專制封建社會裡「才、情」的悲劇命運最為集中地體現。

以六八詩體形式寫成的喃字詩傳是喃字文學的頂峰，也是十八世紀下半葉至十九世紀上半葉越南文學最突出的成就。六八詩體有著古老的民間淵源，是民歌、歌謠的主要詩歌形式，後被文人用來創作詩歌、詩傳、演唱等。這表明了這種詩歌形式能有力地表達人們的感情、深刻地描繪人們的內心世界，而且能反映民族重大的歷史事件，能夠巧妙地結合藝術品質：抒情與敘事以及抒情、敘事與諷刺、嘲諷。絕大部分喃字詩傳是用六八詩體寫成的，其中在阮攸的傑作《翹傳》中達到頂峰。大詩豪阮攸將這種詩歌形式提升到越南古代文學的

---

11 陳廷史：《〈翹傳〉詩學》（河內：師範大學出版社，2018年），頁75。

古典水準。到《翹傳》，六八詩體不僅將其敘事功能發揮到了極致，而且巧妙地展現了對內心世界的表達和對現實思考的能力，在此，六八體的敘事和抒情功能也達到了高峰，使六八詩體成為國民的完善詩體，展示了雅正文學與通俗文學的緊密結合。

這一階段，雅正的喃字詩傳除了阮攸的《翹傳》之外，還有：阮有豪（Nguyễn Hữu Hào, ?-1713）《雙星不夜》，阮輝嗣（Nguyễn Huy Tự, 1743-1790）《花箋傳》、范彩（Phạm Thái, 1777-1813）《梳鏡新妝》、李文馥（Lý Văn Phức, 1785-1849）《西廂傳》以及無名氏作品如：《潘陳》、《二度梅》、《皇儲》等等。可以說，喃字詩傳的出現是越南古代文學八個多世紀的新篇章。越南民族文學本以詩歌見長，偏向抒情性，敘事性不強。前幾個世紀的文學則是為敘事和抒情元素的巧妙結合做了鋪墊，從而創造出喃字詩傳這種突破傳統的藝術形式，取代了漢字世事小說面臨民族化和表達人內心世界的需要，卻無力承擔的局限。如上所述，與東亞地區和世界文學相比，這是越南文學的一個非常獨特的特徵。

喃字詩傳最有代表性的就是大詩豪阮攸的《翹傳》。二〇一三年十月二十五日，聯合國教育、科學及文化組織（教科文組織）大會在法國巴黎第三十七屆會議上正式發布第37C／15號決議，一致通過第191號和192號／EX32決定，向阮攸和聯合國教科文組織成員國的一〇七位文化名人授予榮譽。阮攸，字素如，號清軒，生於昇龍名門世家。父籍河靜省宜春縣仙田村，母籍北寧。阮攸的父親和長兄都在黎朝鄭府擔任過宰相和陪從職務。阮攸的父母早逝，由於社會動亂和家庭失散，他不得不在越南各地漂泊了大約十年。嘉隆帝統一全國後，他成為阮朝官員。一八一三年，阮攸出使中國；一八二〇年，當他準備第二次出使中國時，未及赴任就病故了。他的喃字作品有：〈活祭長留二女〉（*Văn tế sống hai cô gái Trường Lưu*）、〈帽坊青年託辭〉

（Thác lời trai phường nón）、〈十類眾生祭文〉（Văn tế thập loại chúng sinh）（亦稱〈招魂文〉Văn chiêu hồn）、[12]《斷腸新聲》（Đoạn trường tân thanh，亦稱《翹傳》）。[13]漢字作品有：《清軒詩集》（1802年前寫成）、《南中雜吟》（1805-1812年間寫成）、《北行雜錄》（Bắc hành tạp lục, 1813-1814）。這是阮攸帶有深刻人文主義的憂時憫世的三部漢字詩集。該三部詩集的藝術也達到了漢字詩歌的巔峰。這些濃郁的現實畫面，寫的是「令人心碎」的事情，例如：〈所見行〉描寫了快要餓死而痛苦貧寒的四個乞丐母子、〈讀小青記〉中的小青，作為富有詩才但出身卑微的小妾，因丈夫嫡妻吃醋而受折磨致死，映射出才華過人卻命運悲慘的那群人、〈龍城琴者歌〉哀歎一位名叫琴（亦稱阮姑娘[14]）的歌娘的動盪生活。這些婦女的命運表現出詩人在他遭遇戰亂時或出使道路上遇到的人們命運的不幸和苦難。詩人發現他們的才華，讚揚並同情那些被生活壓垮、不被社會接受的有才之人。

特別是收錄了一三二首詩的《北行雜錄》詩集，記錄阮攸出使中國期間（1813-1814）的感受。他遊歷二十九個城鎮，向六十位中國歷史人物，從皇帝到將軍、政治家、詩人、文化人物表達了他的認識

---

12 阮攸的〈招魂文〉由N. I. Nikulin和A. Zhteinberg翻譯成俄語（出版於莫斯科，1965年）。

13 據研究界稱，自一八八四年首次翻譯成法語以來，阮攸的《翹傳》已被翻譯成其他語言近一四〇年，之後又從該法語版本翻譯成其他語言。隨著越南語在世界上逐漸獲得影響力，其他國家的譯者可以直接接觸到越南語的《翹傳》文本。統計數字顯示，翻譯最多的語言是英語，共十八個版本；其次是法語，共十二版本；漢語十一版本；日語五版本；有三個版本的國家是俄羅斯、匈牙利、捷克、斯洛伐克；有兩個版本的國家：德國、波蘭、西班牙、韓國、阿拉伯；有一個版本的國家：蒙古國、義大利、羅馬尼亞、希臘、瑞典。越南少數民族的翻譯版有岱依語版。另外還有許多國家語言中的摘譯。參見阮氏香江：〈《翹傳》，140年翻譯與接受，20種語言中的75譯版〉，《文學研究雜誌》2020年第11期，頁37。

14 黎進達的意見，參見網址：https://bansongdanganh.blogspot.com/。

和觀點，體現了他尖銳的反思。例如：在〈反招魂〉一文中，他反對宋玉招魂屈原的文章，呼籲屈原不要返回中國，因為這裡「後世人人皆上官，大地處處皆汨羅」、「坐談立議皆皋夔，不露爪牙與角毒，咬嚼人肉甘如飴」。這位越南詩人意識到了魯迅後來在一九一八年四月寫的《狂人日記》中談到的「吃人」社會。

阮攸在《翹傳》中借用了中國清代青心才人的小說《金雲翹傳》的故事情節，但詩人憑藉自己的才華，將《翹傳》寫成了傑出的藝術作品。阮攸在借用青心才人小說的故事情節時，選擇了喃字六八體詩傳，是因為這本就是一種蘊藏著許多本土文化價值的民族詩歌形式。詩傳是越南和東南亞民間文學的典型文學體裁，並被包括阮攸在內的十八世紀至十九世紀上半葉的詩人，以六八詩體形式復興起來。說起《翹傳》，就不能不提到六八詩體，這是十六世紀初期興起的一種以越南語單音節形式為基礎的詩體，在民間流傳了幾個世紀，直到阮攸，它才成為一種古典而精緻的詩體。這是一種每兩行詩組成一聯的格律詩體，上句六字，下句八字，押腳韻和腰韻。上句的最後一個字與下句的第六個字押韻，接著八字句的第八個字與六字句的最後一個字押韻，依此類推。此特點使作者能夠創作出數千詩句的作品。六八詩體特點是以平聲押韻，節奏均勻，營造出柔和甜美的感覺，但節奏可以根據作者的才華而變化。

陳廷史在《〈翹傳〉詩學研究》（*Thi pháp "Truyện Kiều"*）一書中認為：阮攸「改變了青心才人的敘事模式，從以客觀的第三人稱敘事加以偏向理智評價的模式轉向以個人感受為主的第三人稱敘事加以偏向感性的評價。這種模式在中國的傳奇小說和章回小說傳統中是前所未有的。那是在綜合民族敘事、抒情傳統，如吟曲、抒情詩和中國抒情詩傳統，如唐詩的基礎上的突出創造。敘事模式的轉換使《翹傳》

達到了前所未有的新價值。」[15]這是體裁方面的重要轉換，阮攸憑著這種敘事加抒情體裁的優勢，通過作品中的人物世界來表達他的許多思想和感情。阮攸構建的作品主題與原著完全不同。王翠翹故事的思想主題，以從「情—苦」、「淫—貞」、「才命相妒」為主題的才子佳人故事，改為另一個主題：以《斷腸新聲》為題，《翹傳》的主題體現的是人類命運令人斷腸的悲傷。用了二二〇個關於「身」（thân）、「私」（riêng）、「自己」（mình）、「獨自」（một mình）的字，作者強調了人最物質、最隱私、最寶貴的部分，卻被命運摧毀。阮攸通過其作品所反映的問題，批判當時的社會制度，同情那些天妒英才的人，特別是女性的悲慘命運，從而歌頌她們的才華和人格。阮攸也改變大量人物的性格，例如：束生這個人物與原著有很多不同的特點，宦氏明明與青心才人的《金雲翹傳》中的這個人物完全不同。雖然宦氏仍是一個可怕、殘忍、盲目吃醋的人，但在阮攸的作品中卻是一個悲劇人物。這個人物有時確實對翠翹的才華和悲慘的命運產生了真正的同情，這也是讓翠翹在「報恩報怨」情節中釋懷並釋放宦氏的原因之一。

　　阮攸通過改寫成六八體喃字詩傳——敘事抒情體裁取得了在描寫人物內心生活方面的突出成功。潘玉在《阮攸於〈翹傳〉中的風格學研究》（*Tìm hiểu phong cách Nguyễn Du trong "Truyện Kiều"*）[16]一書中認為，阮攸改變了「原型人物」，轉向描述出人物的性情多變。潘玉表示，阮攸毫不留情地刪除了中國原著中描述狡計的段落，集中描寫人物的內心獨白。寫景只是描寫內心的一種手法。人內心的掙扎比表面上表現出來的還要激烈。這顯然是這階段文學的典型藝術手法，而阮攸的《翹傳》在這方面達到了頂峰。

---

15 陳廷史：《〈翹傳〉詩學》（河內：師範大學出版社，2018年），頁199。
16 潘玉：《阮攸於〈翹傳〉中的風格學研究》（河內：社會科學出版社，1985年），頁107、134。

民族語言不僅可以反映國家的重大事件，而且還能細膩、生動地表達人物的內心世界，理解他們的行為，以及描述與人類密切關係的自然周圍景色。民族語言、生活語言，特別是俗語、成語、歌謠、民歌等民間語言對《翹傳》的影響極為明顯。

　　阮攸以代表作《翹傳》將民歌六八詩體提升為古典的六八詩體，克服了民間詩句的連篇累牘，運用了許多小對偶和排比，使詩句變得更加凝練含蓄，體現出許多生活意象，同時也描述出人的內心生活的方方面面。「在越南文學體裁史上，首次普遍出現了六八詩體結構中的小對偶形式。《翹傳》的三二五四個詩句中，小對偶結構的詩句有三四四個，平均每十個詩句有一個小對偶。」[17]阮攸還在一個詩聯中使用許多意對手法。隔句對使六八詩的韻律變得更加豐富多彩，生動地描述現實生活的許多方面。小對偶、排比的手法使《翹傳》中的六八詩成為與民間六八詩完全不同的詩風。《翹傳》中的六八詩，除了語言的優美之外，更是體現出內容的深刻性，與許多其他喃字詩傳的詩句相比，尤其是與歷史演歌六八詩中的詩句相比，其顯然是一個飛躍的藝術進步。

　　《翹傳》中的六八詩無疑對他之後使用這種詩體的作品產生了強烈影響，也使後來文學時期的歌謠和民歌更加深化的和民族化。

　　《翹傳》也是一部在自身周圍創建了一個極其多樣化和人性化的「翹傳文化」的罕見作品，其中包括：翹卜（bói Kiều）、翹謎（đố Kiều）、翹吟（lẩy Kiều）、翹嘲（chèo Kiều）、翹劇（kịch Kiều）、翹嗺（tuồng Kiều）、翹說書（Kể chuyện Kiều）、翹電影（phim Kiều）等。對後來的越南文學和文化的發展產生了深遠的影響。許多《翹傳》裡的人物已經成為社會生活裡的人物，他們的性格特點被運用來影射社會

---

17 阮潘景：《詩歌語言》（河內：文化通訊出版社，2001年），頁209。

上某種特定的人。這類人物的世界是非常豐富和生動的，讀者能在自己的生活中看到他們的影像，有才華薄命的翠翹、瀟灑多情的金重、端正的翠雲、「縱橫頭上更無人」的徐海、狡詐貪婪的馬監生、惡毒狡猾的秀婆、懦弱的束生、醋勁兒十足且為人陰毒的宦氏、無賴狡詐的楚卿、雷厲風行的胡宗憲等等。其中不同的甚至是對立的藝術色彩細膩結合：敘事與抒情、敘事與史詩、浪漫與現實、悲劇與喜劇、崇高與卑鄙等交織在一起，創造出《翹傳》中栩栩如生的人物世界。

阮攸讓我們看到《翹傳》所反映的社會是一個殘酷、非人道的社會；無數在朝廷或社會上有權力的人同時也是毫不猶豫踐踏無辜黎民的無人性、狡猾的「白日強盜」。那是一個青樓隨處可見，那是一個到處充斥著目無法紀、嫁禍他人的「人販子」、騙子及那些不憚放火殺人、逼迫良民直到末路的有權人的社會。該詩作中翠翹主人公的心事、孤獨和痛苦，在某種程度上就是阮攸自己的心事寄託及其對生活的渴望以及對人情世態的斷腸之聲。這些內容也在《雙星不夜》和部分的《梳鏡新妝》得到反映。

在情感解放方面，尤其是對自由愛情渴望的鬥爭也是這一階段人道主義的一個突出的核心體現。這也是常被儒教約束的方面。這個現象在阮有豪《雙星不夜》、阮輝嗣《花箋傳》、阮攸《翹傳》和范彩《梳鏡新妝》等博雅喃字詩傳中得到頻繁體現。特別是像《花箋傳》的瑤仙、《翹傳》的翠翹或《梳鏡新妝》的瓊舒等那些擁有強烈感情的年輕女子。翠翹「晚向荒園步促匆」（Xăm xăm băng lối vườn khuya một mình）去見金重的形象是渴望真正自由愛情的象徵。在阮攸的作品中，選擇和尋找自由戀愛的激烈行動也是逃避被淡仙鬼魂困擾命運的一種方式。所以，這也是一種與命運抗爭的愛情。同時，這也是一種反抗社會約束、反抗非愛情婚姻的行為。

這個階段的文人通過其作品表明，正是愛情感動了人，使人變得

更有人性。阮攸的人物翠翹，在其人生最艱難、最痛苦的時刻，總是想起她和金重的初戀。這讓她具有繼續活下去並維護其尊嚴的動力。當她落入那些人販子的圈套時，她後悔了，「早知身世終淪落，桃蕊寧為郎折枝！」(Biết thân đến bước lạc loài/ Nhị đào thà bẻ cho người tình chung)。她深深地愛著三個男人，對每一個人都全心全意。這是一個新鮮並非常貼近愛情婚姻生活中的觀念。金重也一樣，他與翠翹的愛情使他過得更有意義、更有情義、更有責任感。詩中人物步入愛情時都是擁有美麗靈魂的人物，也正是愛情創造了這種美麗。在《花箋傳》、《翹傳》和《梳鏡新妝》中，對自然的描寫，尤其是表現戀人間愛情的段落，都極為美麗，因為它們蘊含了年輕人在戀愛中的情感與心境。

　　對自由、公道、正義的渴望一直是十八世紀至十九世紀上半葉越南文學的主旋律。這些偉大的渴望在阮攸的《翹傳》中通過徐海和翠翹這兩個人物得到強烈充分的表達。陷入「肉販子、人販子」(những kẻ "buôn thịt, bán người")手中被奴役的悲慘境地，翠翹總是嚮往自由、公道和正義的生活。也正是因為那些真正的渴望，她多次被騙，代價慘重。後來翠翹終於遇到了她生命中的救世主徐海——那個將她從骯髒、悲傷、羞辱的地方拯救出來的人。徐海為翠翹安排的「報恩報怨」就是她一生中似乎無法實現的渴望的現實化，即陷入當代社會，那些悲慘命運的渴望。

　　《梳鏡新妝》的作者范彩，字招利，生於京北東岸縣（今河內），其家世為黎朝官員。他隨父反抗西山王朝，但失敗了。他的作品除上述詩作之外，還有一些喃字詩，特別是在他反抗西山王朝報效黎朝理想的道路上，創作了一組詩送給他的愛人張瓊茹，包括唱和詩、哀悼她去世時的詩。另外還有〈祭張瓊茹文〉(Văn tế Trương Quỳnh Như)、反駁阮輝諒(Nguyễn Huy Lượng, ?-1808)的〈頌西

湖賦〉（*Tụng Tây Hồ phú*）的著名之作〈戰頌西湖賦〉（*Chiến 'Tụng Tây Hồ phú'*）。《梳鏡新妝》是一個自傳式的詩傳，不借用外國故事情節，講述一個以作者本人為原型人物的生平和愛情故事。由范彩開場的這種自傳式詩傳後來還在阮廷炤（Nguyễn Đình Chiểu, 1822-1888）於十九世紀上半葉編寫的《蓼雲仙》（*Lục Vân Tiên*）中得到體現。《梳鏡新妝》描寫一對情侶在沒有得到父母允許的情況下，不受禮教約束且自然而然、真誠相愛的愛情故事。當男方走上實現勤王的理想道路時，女方被迫嫁給京城權貴，她決定求死，以示對情人的忠貞，男方因傷心而出家為僧。後來，在奔波路上，他再次遇見了轉世回到人間的愛人，兩人相認並結為夫妻。《梳鏡新妝》是這個時代的一首新情歌，控訴了強權者和束縛人們情感的狹隘禮教。范彩的詩歌才華橫溢，個性鮮明，語言細膩大膽，體現了一個渴望愛情、不顧社會阻礙的精神，嚮往浪漫、真摯的愛情及崇高的人文理想。

除了雅正喃字詩傳之外，十八世紀至十九世紀上半葉的越南文學還出現了數百個通俗喃字詩傳。這一階段的創作隊伍中還補充了大量的下層文人士大夫，其中包括那些追求科舉之業卻沒登高科的人士。他們是各個村莊的教師，其中有一些是通俗喃字詩傳的作者。

通俗喃字詩傳的代表作如《宋珍菊花》（*Tống Trân - Cúc Hoa*）、《范載玉花》（*Phạm Tải - Ngọc Hoa*）、《芳花》（*Phương Hoa*）、《石生》（*Thạch Sanh*）等，都含有控訴封建政權踐踏老百姓生活、導致人民的生活悲慘，使夫妻兒女分離等內容。通俗喃字詩傳的作者也相當大膽地讚揚男女的自由愛情，不顧強權的阻礙以及社會裡階級劃分的陋俗。常見詩中人物為了追求幸福總要克服重重困難，超過階級區別、貧富差距等社會阻礙，甚至是為愛殉情。無論是通俗喃字詩傳還是雅正喃字詩傳，作家們都一致肯定和歌頌了自由戀愛的思想，從而表達了爭取生命權和謀求幸福權的崇高人文訴求。

據聞胡春香所創作的傳頌喃詩也是具有突出人道主義價值的文學部分。[18]喃字唐律詩是一種前幾個世紀以來就已取得成就的體裁，到了這個階段更是邁進一大步，改變這種體裁的面貌，代表作者有胡春香和婆縣青關（青關縣夫人）（Bà Huyện Thanh Quan，生卒年不詳）。這兩位女詩人持有兩種看似對立的詩歌傾向，但對於將這種體裁的題材和語言方面越來越高度地民族化這一點看法上卻是相同的。然而，如果說婆縣青關的詩歌是古典語言凝練與懷舊傾向相融合的美，那麼據聞由胡春香所創的喃字詩則是在詞語上的大膽創新，充滿了「俗氣」元素和繁殖形象，作者以嚮往人生實在的審美觀反映出她所生活的時代現實。與其他東亞國家的文學相比，喃字唐律詩是一種只在越南古代文學中出現的獨特現象，因為日語和韓語是沒有聲調的語言，所以沒有存在用其國音（假名和韓文）創作的唐律詩。由於越南語是單音節多聲調的語言，越南人將唐律詩形式當地語系化，將其變成了一種流行的詩歌形式。越南的「唐律」詩不僅抒情而且還有諷刺，並沿用至今，使其與其他東亞國家文學產生了區別。[19]

相傳胡春香是胡丕演的女兒，義安省瓊瑠縣瓊堆村人。母親姓何，北寧人，是胡丕演的側室。胡春香的婚姻愛情生活較為坎坷。她兩次以小妾身份成家，可兩次都成為寡婦。她與許多當時文人交往，訪問了全國許多地方。到目前為止，研究學界還無法確定她的確切行狀，關於她的出身也眾說紛紜。胡春香被認為是用漢字結合喃字寫成的《瑠香記》（Lưu Hương ký）詩集的作者。不過，這部作品的版本

---

18 胡春香的詩歌已被翻譯成多種語言，如：俄語版《胡春香詩》，由一些作者翻譯，其中有許多作品由越南學專家N. I. Nikulin翻譯（莫斯科：科學出版社，1968年）、John Balaban的英語譯版（美國：Copper Canyon出版社，2000年）、Jean Sary的法語譯版（於巴黎出版，2004年）。

19 參見阮氏碧海：〈秀昌與律詩〉，收入研究、保存與發揮越南民族文化中心：《秀昌與越南律詩來學術研討會論文集》（河內：作家協會出版社，2016年）。

仍有不少存疑。有些研究者甚至認為，胡春香不是真實存在的人，據說，那些喃字詩相傳是由許多人創作，並以胡春香之名總合而來。

我們認為，這個文學階段胡春香確有其人。她傳聞中的詩在思想和藝術風格上基本較為一致。胡春香的詩歌是民間文學與書面文學交叉的現象（當時也存在類似的現象，就像《狀瓊》〔*Truyện Trạng Quỳnh*〕、《狀豬》〔*Truyện Trạng Lợn*〕等一系列狀元故事的存在。例如《狀瓊》是關於清化省儒士阮瓊的軼事）。有些研究者認為，這些現象偏於書面文學而不是民間文學，是文學面具和非官方邊緣文學的體現。作者必須隱藏自己的身份和姓名，以免受到政權的騷擾和社會輿論的壓力，因此他們的作品通過口頭流傳，隱藏了作者的真實身份。事實上，這是東亞各國文學中在君主專制、在儒教思想占有官方主流話語權的條件下早已存在的非官方文學的存在方式。所傳聞的胡春香喃字詩和狀元故事都有很多非儒教的方面，其審美觀與儒家文學相較也有不少差別之處，它與民間文化文學反對儒家思想、反對清教主義十分接近。由於詩風充滿了繁殖、「俗氣」因素，甚至諷刺當時的君主王公貴族，因此那些詩作的真正作者難以透露其身份和行為處境，甚至他們還想辦法把自己的真正身份隱於公眾輿論和當局之中。

可以說的是，到胡春香這一時期，喃字唐律詩的諷刺作用得到了充分的肯定。這一功能最初是由阮廌發起的，後來由黎聖宗和其他文臣以及後代阮秉謙等繼承，但其影響仍是微乎其微的。胡春香徹底地利用對仗、對偶、押韻等手段來創造相反和對立的形象，旨在描寫生活現實、表達個人情趣，尤其旨在諷刺現實，使詩作能夠生動而獨特地表達作者的思想。胡女士改變了這種典雅詩體的面貌，用通俗的語言，帶有繁殖的形象將詩歌引導到日常生活，反抗神靈、偶像、去中心化，轉向非官方的題材。從這些貢獻來看，胡春香不僅延續了傳統，而且還肯定了新的走向，發現了喃字唐律詩的對仗在詩意形象創

新上的有效作用。特別是,胡春香為這種詩體的本地化做出了重要貢獻,為主要使用喃字唐律詩的諷刺文學奠定了基礎。

與「借用女性聲音」表達自己的憂時憫世的男性詩人不同,胡春香的出現成為一種獨特而神秘的現象。她是越南古代文學稀有的女詩人,也是一位專門編寫作為非官方題材的封建社會裡弱勢女性生活的詩人。胡春香的詩歌表達的是對父權社會中女性所遭受的共同苦難和個體悲劇深表同情的聲音。那是關於人心刻薄、女子「未婚先孕」、喪偶等的悲劇。這分明是屬於大多數社會底層女性的精神悲劇。胡春香譴責和痛斥了踐踏婦女的生命權和幸福權的強權和神權。她的詩具有反抗神靈、世上偶像和上位者的精神,讓人們看到那些處於世界頂端、擁有那種力量的人也很平凡,就像普通人一樣,如其詩云:「帝藏王愛此一物」(chúa dấu vua yêu một cái này),即使是帝王,也和普通人一樣,喜歡女人的「物」(女性的生殖器官)。除了爭取女權之外,胡春香的詩歌有意識歌頌這些深受委屈的弱勢階層的才能與品格。〈請吃檳榔〉(Mời trầu)、〈湯圓〉(Bánh trôi nước)等詩作展現了越南女性的精神美、形體美和傳統品質。人道主義帶來了新面貌,擁有民族傳統價值觀的「復興」精神,這在胡春香的詩歌中表現得尤為明顯。與胡春香相比,這些豐富的人文價值觀是其他作家詩人做不到的。

十八世紀至十九世紀上半葉可以說是喃字文學的輝煌階段。近一千年的文學精華在這一階段的喃字文學中開花結果並得到了精彩表達,其中,喃字祭文也不例外。祭文這種體裁在民族文學史上早已出現,但到這一階段才出現了諸如阮有整(Nguyễn Hữu Chỉnh,?-1787)的〈祭姊文〉(Văn tế chị)、范彩的〈祭張瓊茹文〉、阮攸的〈十類眾生祭文〉(亦稱〈招魂文〉)、黎玉昕公主的〈祭光中帝文〉(Văn tế vua Quang Trung)等這樣具有代表性和深刻人文價值的、成就斐然

的作品。這些飽含情感的祭文出現,也顯示出深刻的意義,人道主義在表達人類深刻情感和人類生命方面,由於某些特定的原因,是前文學階段無法體現出的。祭文以深刻的感情描繪了個體的印記,用文章反映了傳統文學框架之外的文學問題。其中最具代表性的是阮攸的〈十類眾生祭文〉,該作品對社會底層眾多生命的關心展現了帶有人類性的人文精神。

傳奇作為漢字文學的一種體裁,在這個階段也非常繁榮,蘊含著許多時代的人文價值。傳奇集成文集的有段氏點《傳奇新譜》、武貞（Vũ Trinh, 1759-1828）《蘭池見聞錄》、范貴適（Phạm Quý Thích, 1760-1825）《新傳奇錄》。此外,散集見於范廷琥（Phạm Đình Hồ, 1768-1839）、阮案（Nguyễn Án, 1770-1815）、高伯适等人的其他傳記,標誌著這種體裁進入了一個新的發展階段,作者們在其作品中增加了現實主義元素,限制了「驚奇」元素。

段氏點的《傳奇新譜》正是對女性的才華、本事、美貌和尊嚴的讚揚。她作品中的人物連女神也很平易近人,早年都過著貧困的生活。

武貞的《蘭池見聞錄》中寫愛情的獨特傳奇作品,也是那些歌頌男女愛情和人情的作品。武貞作品中的人物,如〈報恩塔〉、〈清池情迹〉等,他們步入愛情時都擁有美麗的靈魂。[20]他們真誠的相遇,願意為愛情付出,懂得珍惜幸福的時刻,願意為愛無怨無悔地捨棄身份。與喃字詩傳中的人物相比,武貞作品中的人物更進一步了,值得一提的是,他們都是平民、地位低下的婦女或貧窮的儒生。

人道主義為這一階段的文學創造了獨特的、新鮮的、活潑的面貌,突出了民主、開放的精神,為民族文學創造了新的發展動力,改

---

20 參見陳氏冰清、范秀珠、范玉蘭編譯:《武貞與〈蘭池見聞錄〉》(河內:師範大學出版社,2018年)。

變了創作觀念、體裁觀念，促進了個性上的創新，讓文學更加貼近現實生活。

2 愛國主義文學傾向

除了人道主義感之外，自從民族文學出現以來一直存在的愛國主義感，也在不斷發展並發出新穎之聲。

作為一種特殊的詩歌形式、善於表達強烈的愛國主義感的詠史詩，仍出現於許多詩集中。有一些詠史專集，諸如：范阮攸（Phạm Nguyễn Du, 1739-1786）《讀史癡想》（Độc sử si tưởng），收錄「長安四虎」：阮宗窒、阮伯麟（Nguyễn Bá Lân, 1701-1785）、阮卓倫（Nguyễn Trác Luân）、吳峻璟（Ngô Tuấn Cảnh）等約三百首的《詠史詩選》（Vịnh sử thi tuyển），嗣德帝共有二一二首的《御製越史總詠》（Ngự chế Việt sử tổng vịnh）。這一時期的詠史詩，除了詠北史的主題外，其主要內容仍是歌頌民族歷史和英雄人物，弘揚民族建設與保衛祖國傳統的自豪感。

屬於愛國主義傾向的文學，在西山時期的喃字文學最為明顯。喃字文學是這一時期文學的獨特組成部分。西山王朝在越南史上雖然短暫，卻留下了值得一提的文學價值，其中包括阮浹（Nguyễn Thiếp, 1723-1804）、吳時任（Ngô Thì Nhậm, 1746-1803）、潘輝益、黎玉欣、阮輝諒、寧遜（Ninh Tốn, 1743- ？）、段阮俊（Đoàn Nguyễn Tuấn, 1750- ？）等等。西山朝期間文學作品的總傾向是肯定社會、讚美人生，特別是歌頌民族英雄阮惠與抗擊外國侵略者、統一國家、創造了民族歷史上的輝煌時代有關的品格及功業的題材。

喃字賦是這一時期有關歌頌王朝、讚美自然界、歌頌祖國等主題具有代表性的體裁。出現了許多優秀的、典型的賦作，如：阮伯麟〈白鶴江交匯處賦〉（Ngã Ba Hạc phú）、阮有整〈長留侯賦〉（Trường

Lưu hầu phú）和〈郭子儀賦〉（*Quách Tử Nghi phú*）、阮輝諒〈頌西湖賦〉等。喃字賦的作者都是傑出的人才。喃字賦是文學「大作家」的體裁之一，突出地表現作者的個人風格和個性。

3　現實主義文學傾向

　　上文所提的人道主義、愛國主義文學等這些基本內容，在某種程度上也是現實主義文學的表現。沒有什麼比深刻反映人的命運及其複雜的內心世界的文學更為現實的。這一時期的作家著重寫「所見」、「所聞」、「所感」。文學各種方面的成熟，同步發展、時代實踐的強烈衝擊力以及當時現實的跌宕起伏，在創作者身上營造出了清晰的現實感。文學的現實性和實踐性成為文學作品帶有時代性的重要標準。文人試圖在他們的作品中反映這個時代豐富多彩而紛繁複雜的圖景。這一時期民族史上劇烈的歷史波動以及傑出人物的出現引起了作家們的關注。十八世紀至十九世紀上半葉文學所達到的現實價值是民族文學向前邁進的一大步，並且符合文學的發展規律。生活素材日益清晰地進入各個體裁，改變了作品的結構，有助於畫出豐富多彩的現實畫卷。

　　現實主義傾向的表現首先體現於漢字詩之中。歷來從未有任何一個時期的漢字詩能像這個時期一樣，以眾多的詩人隊伍發展得如此輝煌，取得了如此眾多的顯著成就。有些作家名聲可與東亞著名詩人相提並論，如：吳時仕（Ngô Thì Sĩ, 1726-1780）、阮攸、吳時任等等。到十九世紀，代表作家有高伯适、阮文超（Nguyễn Văn Siêu, 1799-1872）、綿審（Tùng Thiện vương Miên Thẩm, 1819-1870）等。可以說這一文學時期的作者及其詩集是不可勝數的，有的詩集達到數百篇，而這些詩集的藝術也達到了爐火純青的境界。

　　出使詩是這一時期漢字詩的突出成就之一。此時出使詩極為繁

榮，除了阮攸詩作之外，還有阮宗窐《使華叢詠》；阮輝瑩（Nguyễn Huy Oánh, 1713-1789）《奉使燕京總歌》；阮偍（Nguyễn Đề, 1761-1805）《華程消遣集》；段阮俶（Đoàn Nguyễn Thục, 1718-1775）《海安使詠》；段阮俊《海翁詩集》；潘輝益《星槎紀行》；李文馥（1785-1849）《閩行雜詠草》、《東行詩雜錄》、《粵行吟草》、《皇華雜詠》等等。此外還有在吳時任、潘輝注的其他詩文集中所搜集的出使詩。這一時期的出使詩，除了表達愛國主義精神和民族自豪感之外，還深刻地反映現實生活。使者們在艱辛的途程中寫詩，記錄沿途的生活現實，描繪自然景觀，抒發自己面對現實的心緒和情趣。這些大都是遙遠的中國現實，卻對他們來說是很熟悉的，因為當時這個時代的人們生活大多貧窮和悲慘，才華橫溢的人總是遭遇命運的不幸。此外還有阮朝使節在向東南、西南部至東南亞、西亞地區出使之途程中所寫的詩集。

這一階段儒士詩集中的漢字詩，確實是一幅豐富多彩、栩栩如生的現實生活畫卷。他們的詩歌直指窮人的貧困生活，同情老百姓的命運。范阮攸《南行記得集》中有〈弔餓死〉、〈感民居散落〉、〈聞窮民母子相食有感〉等詩作，還有很多描寫塘中饑荒恐怖之詩。潘叔直（Phan Thúc Trực, 1808-1852）《錦亭詩選集》、裴輝璧《乂安詩集》、高伯适在他憤怒的「所見」詩中，都有這樣富有現實價值的詩作。作者在這些「史詩」上注明了作品的創作時間、地點、歷史背景、創作原因，使讀者能夠直觀地感受到作品所反映的現實。

這一時期以傳記和章回小說為主的漢字散文取得了巔峰成就。傳記的數量多達數十部。代表作有：黎有晫（Lê Hữu Trác）《上京記事》；陳進（Trần Tiến, 1709-1770）《先將公年譜錄》、《陳謙堂年譜錄》；范阮攸《壬辰錄》；黎侗（Lê Quýnh, 1750-1805）《北行叢記》；范廷琥《珠峰雜草》、《行在面對記》、《雨中隨筆》；范廷琥和阮案共同撰寫

《桑滄偶錄》；張國用（Trương Quốc Dụng, 1797-1864）《退食記聞》；高伯适《敏軒說類》；范廷煜（Phạm Đình Dục, 1850-約1905-1910）《雲囊小史》；丹山（Đan Sơn）《山居雜述》；李文馥《西行見聞紀略》；潘輝注《海程志略》等。傳記中反映了越南文學史上前所未有的龐大而深刻的社會現實畫面。文學價值、散文與詩歌、敘事性與抒情性之間的結合等是漢字傳記體的突出藝術特質。民族文學所反映的現實，從北到南、從平原到山區，並且超越國界不僅向北方，而且向東南亞、西亞乃至歐洲的寬闊大地得到了空前的擴大，打開了文人士大夫的視野，帶來關於這些新土地的新奇資訊。

　　黎有晫的《上京記事》是一部代表了這個文學時期的現實主義傾向的長篇傳記，真實地記錄鄭森（1767-1782在位）年間黎皇鄭主宮廷的日常生活。黎有晫，字海上懶翁，海陽人，出身書香門第。他原來是一名武官，但因厭惡亂世，回到母親老家河靜香山隱居，成為一位名醫。一七八二年，他被召回京師為鄭檊（鄭森的兒子）治病。他這部著名的傳記正是記錄這趟上京的旅程，真實地記錄了當時貴族和官僚的奢侈、變態的生活。在作者眼裡，貴族本身和他們所統治的社會就像是無法治癒的絕症。該作品也是這位醫生卓越才華、高尚人格的自畫像。黎有晫對人的愛，對自然的愛，回故鄉探訪朋友、親人時的感受等都被他充滿感觸地記錄下來。

　　漢字章回小說是這一時期新出現的一種體裁，但立即取得了突出成就，大量巨作問世，如：阮科占（Nguyễn Khoa Chiêm, 1659-1736）《南朝功業演志》、阮景家族《驩州記》、吳時俶（Ngô Thì Chí, 1753-1788）和吳時悠（Ngô Thì Du, 1772-1840）《皇黎一統志》、吳甲豆（Ngô Giáp Đậu, 1853-1929）《皇越龍興志》和作者不詳的《越藍春秋》等。這些小說具有頗高的文學價值，但仍然與歷史密切相關。越南章回小說基本上沒有像中國明清小說那樣寫男女愛情的才子佳人小說

（在越南，專寫這類題材的是喃字詩傳。這一點與東亞地區國家的文學相比有一定獨特性）。越南的章回小說絕大部分取材於當代現實──取自國家重要的歷史事件和歷史轉捩點。越南章回小說與描寫過去的中國歷史演義小說不同，作者是所反映事件的直接參與者或見證者，因此時事性就是這一時期越南漢字小說的突出特點之一。《南朝功業演志》、《皇黎一統志》、《皇越龍興志》等篇幅龐大的著作，展示了當時社會宏大而清晰的現實畫圖，真實地描繪出封建制度的腐敗、道德的嚴重衰落、戰爭的殘酷以及西山運動的偉大勝利、黎皇鄭主集團的崩潰、阮朝的國家統一等越南史上的重大事件。

在阮科占的越南古代文學第一部章回小說《南朝功業演志》中，描繪了阮主的南方平定戰爭及阮主與鄭主之間的「兄弟相殘」戰爭。小說所反映的是阮科占對現實生活的直接觀察，而不是借用或模仿任何作品。在《南朝功業演志》小說中，從故事情節、細節、事件至人物、人物線及其性格等是全由作者塑造的。小說的敘事藝術也相當有吸引力，文學性頗為濃郁。阮科占身為南朝阮主之官，但通過其作品，讀者可以看出，作者站在民族和人道主義立場上，反映了統一國家的願望，批評了導致南北朝多場悲劇的內戰。

提到章回小說不可不提被譽為這一時期小說最偉大成就的《皇黎一統志》。《皇黎一統志》所反映的現實是非常廣闊和深刻的。作品反映了當時封建集團不可避免的衰落，從而清晰地表現了人民的悲慘生活及其對政權的厭惡。作品還反映了當時的歷史事件，描述了西山運動的發展歷程和輝煌勝利。這部小說的人物塑造藝術也達到了很高的水準。小說中人物的刻畫非常鮮明。作品中的藝術形象是歷史人物與日常生活中的社會人物相結合塑造而成的。其中突出的是凜冽而平易近人的民族英雄光中（阮惠）的形象，還有奸雄狡詐的阮有整、膽小怕事的黎昭統、心機的壯巡縣等。這些人物都被置於「嚴格」的境遇

和環境中，從而把他們的性格深刻地刻畫出來。

在《皇黎一統志》小說中，我們還可以看到多種不同審美色彩的結合。既有有關西山起義軍在解放昇龍、摧毀鄭王朝、驅逐入侵的清軍的過程中，神速行軍的章節中所描繪的英雄史詩色彩；又有描繪鄭森和驕兵們喜劇與悲劇交織的皇宮兵變和黎昭統主僕出賣國家的卑鄙行徑的諷刺、幽默色彩，這些人物就像與光明正大而平易近人的民族英雄光中（阮惠）形象對比的黑斑。作者用阮惠、阮有整、李陳瓚等人物的不同說話方式以顯示他們的典型性格。阮惠與玉欣公主之間、阮惠與阮有整之間、阮有整與相關人物之間的對話，還有壯巡縣、李陳瓚等在特殊情況的對話是作者們利用對話語言刻畫人物性格的典型例子。藝術手法的多樣性及作者站在民族正義的立場上，客觀地反映了現實的思想進步，是這一時期漢字散文最突出的藝術成就。這有助於提高深受史傳文學影響的這種文學形式的文學性。

《皇黎一統志》之後是吳甲豆的《皇越龍興志》。這是當時唯一反映西山王朝衰亡過程及促成阮朝成功統一國家之勝利的小說。吳甲豆的作品為填補《皇黎一統志》小說中現實圖畫的缺乏之處作出了重要貢獻。

4 個人自由主義傾向

這是一個特殊的文學階段，出現了提倡個人自由的傾向。十八世紀的文化和文學成就，伴隨著制度和社會道德的衰落、城市地區的發展，以及城市地區遠離「聖賢」道德的生活方式，為封建專制社會框架下自由民主思想的出現創造了條件。這一階段的文學創作力量見證了具有世俗化傾向的儒士隊伍的成長，他們不願意將自己封閉在封建禮教的狹隘框架內，想擺脫束縛，去追求個人自由。十八世紀至十九世紀上半葉的歷史、社會和文化背景為這類儒士的出現創造了條件。

他們是具有才華、開放傾向的儒士,也是說唱的作者。說唱是一種與歌娘、妓女緊密相關,符合於他們喜愛自由的一種體裁。要寫出此類體裁的優秀作品,作者必須有豐富的生活經歷,尤其是男女之間的愛情方面,這卻是一個「正宗」的儒士難以做到的。提倡個人自由傾向的代表作者是高伯适和阮公著(Nguyễn Công Trứ),他們都是才華出眾、恃才傲物的人,也是多情的人(重視感情方面,尤其是男女之間的愛情)。在他們的作品中,認知功能和審美功能變得比說教功能更重要,而說教功能在儒家文學中起著主導作用。除了官方的「載道」文學和人生教導文學(有時也創作此類文學)之外,他們的創作主要是用以消遣、遺贈、享受、同情、打擊、諷刺、批評的文學。

　　高伯适,字周臣,號菊堂,嘉林縣富氏村(今河內)人,出生書香門第。年紀少小就考中舉人,擔任阮朝禮部行走職。他被任命為承天府考場的初考,由於故意修改一些試卷而被論罪。他被監禁並遭受酷刑,後被減刑並調動為阮朝往印尼的使團中當服役。在河西省國威府任教授職期間,高伯适以軍師身份參加了美良農民起義,反抗朝廷,隨後戰死,並被朝廷三族誅夷。高伯适以漢字和喃字兩種文字創作。至於喃字作品,他還留下了一些說唱、喃字唐律詩和〈才子多窮賦〉(Tài tử đa cùng phú)。他的漢字詩多為豐富,收錄於《高伯适詩集》、《高周臣遺稿》、《高周臣詩集》、《敏軒詩集》等,另外還有《敏軒說類》的傳記一部。高伯适的漢字詩因其藝術價值而受到高度讚賞。他的詩歌展現他對自己的才華和品格充滿信心,總是嚮往自由、不受束縛的生活,夢想著一個像他這樣有才華的人能夠閃耀的社會。高伯适的詩歌常常具有新穎、獨特、開放、浪漫的詩意。他在印尼「洋程效力」期間創作的詩歌也對外界有著開放的視野。高伯适還寫了許多描寫自己在獄中日子的作品,將他所生活的政權與他獄中經歷的囚犯枷鎖藤鞭折磨進行比較。他看清專制制度的獨裁、殘酷本質,

並寫下了許多預言該制度崩潰的詩歌。

　　高伯适和阮公著是寫說唱體裁最多的作者。說唱是渴望自由的體裁，是一種篇幅龐大、格律自由、長短句不齊句式的抒情體裁。有的句子長達十二、三個字，語氣寬鬆放逸，取決於作曲者的興趣。說唱內容能是表達男人的渴望、男兒之志，但多於用來表達框架之外的自由主義情趣，談論樂趣和享樂之事。這是一個非常新穎的內容，呈現出脫離主流、弘揚文學娛樂性、遊戲性的趨勢。高伯适和阮公著，尤其是阮公著，是這一體裁作家中最多產、寫得最好的詩人，許多作品達到了該體裁的藝術頂峰，為民族文學後一階段的多元化發展奠定了基礎。到高伯适和阮公著，說唱超越了純粹的「歌娘之調」的界限，成為一種雅正文學的體裁。

　　阮公著（1778-1858），字熙文，河靜省宜春縣威遠村人。一八一九年，他考中魁元，官至尚書，在鎮壓叛亂、幫助人民開墾、開疆闢土等方面做出了許多貢獻。他主要以喃字創作。除了喃字唐律詩、賦、祭文等其他體裁的作品外，阮公著還留下了五十多首說唱作品。其著作集中於以下主題：一、世事：詠貧窮、老年的遇境，詠人情世故、利名、榮辱；二、男兒之志：評論和弘揚英雄君子，討論出處和事業；三、閒暇、享樂、才華等主題。其中，早年男子氣概及晚年尋求閒暇享樂思想之主題最為突出。享樂和個人自我滿足是阮公著許多說唱的主要內容，他強調個人享樂。行樂的主要內容是琴、棋、詩、酒，尤其是聲色。作者認為人生短暫，必須痛快地行樂。阮公著的說唱清晰地展現了他突出的個人風格，為十八世紀至十九世紀上半葉民族文學的一個主要文學體裁的發展做出了重大貢獻。

　　由於高伯适和阮公著的說唱，說話語調壓倒了吟唱語調。說話語調的發展以及人稱代詞的多樣豐富的存在，表明了這一階段民族文學日益現實化及貼近日常生活的趨勢。這種體裁的思想和內容中所表現

出的慷慨的言辭、對自由的渴望以及突出的個人自我將是通向新詩形成的路徑之一，為下一階段的文學現代化進程做出貢獻。

5 考究文學傾向

考究文學於前幾個世紀就打下了基礎，但到了這階段才形成，並成為許多著名作家的主要傾向的文學部分。這種傾向體現於儒士帶有撰寫百科書式筆記的特點上，如：武芳題（Vũ Phương Đề）《公餘捷記》，范廷琥《雨中隨筆》、《珠峰雜草》，范廷琥、阮案《桑滄偶錄》等。《公餘捷記》記錄了各種各樣的事情：世家、名神、陰分陽宅、名勝古跡、獸類等，展現了一種生活的百科知識。《雨中隨筆》和《桑滄偶錄》也包括許多以百科書考究方向的記錄，主要涉及歷史、地理、文化、習俗，具體為：茶道、賞蘭之趣、婚禮、葬禮、祭祀、文體、科舉、服飾、地名、名人、歷史遺址、名勝古跡等等。作者在編寫上述內容時，都從中國、越南的古籍和現實生活中進行了非常努力和細緻的檢索和考究，為讀者提供了來歷確切、具有理論和實踐性的知識。

篇幅龐大的考究書和百科書也出現了，諸如黎貴惇的各著作：《見聞小錄》、《芸臺類語》、《全越詩錄》，裴輝璧的《皇越詩選》和《皇越文選》，潘輝注的《歷朝憲章類誌》等。這些書籍記錄、考究、分類及評價過去以來所收集的民族文學作品。考究和編纂工作細緻認真地開展，有力地推動了文學考究、歷史學與其他社會科學領域的發展。這也是這階段文學前所未有的重大成就之一。

6 宮廷文學傾向

十八世紀至十九世紀上半葉的文學還有以帝王和貴族詩文為主的宮廷文學傾向。這也是當時文學的大傾向。十八世紀，歷代鄭主是這

一傾向最具代表性的作者，代表作有：鄭根《欽定升平百詠》、鄭棡（Trịnh Cương）《黎朝御製國音詩》、鄭楹（Trịnh Doanh）《乾元御製詩集》、鄭森《心聲存肄集》等。這都是帶有濃郁宮廷色彩的喃字詩集：言志、載道、讚揚朝代、歌功頌德、治民之恩、自然山水吟詠，抒發對國家、山河、文獻等的自豪感。以喃字寫詩的熱愛也是鄭主們民族自豪感的表現。歷代鄭主的喃字詩創作藝術相當精湛，許多詩作都顯示出作者的才華，尤其是鄭森的詩歌。他的組詩《挽香跡洞》（Thăm động Hương Tích）被世人流傳下來，代表了這種才華。鄭森也是一位熱衷於歌籌並創作說唱的領主。相傳他是新創「統歌調」（Hát thuởng）和「屯歌調」（Hát dồn）的那些新調的人，為十八世紀說唱詩歌的發展做出重要貢獻。

　　十九世紀的阮朝也是宮廷文學的繁榮時期，大作家有嗣德皇帝以及綿審、綿寊（Tuy Lý vương Miên Trinh, 1820-1897）、綿寶（Tương An Quận vương Miên Bửu, 1820-1854）、梅庵（Mai Am，阮福貞慎 Nguyễn Phúc Trinh Thận, 1826-？）等皇族親王。嗣德帝是當時著名的文化家、文學家。他所創作的共有六百篇文章、四千首漢字詩以及大概一百首喃字詩。他的詩作內容深刻，具有很高的藝術價值，體現了他的愛國愛民之心，對百姓的悲慘處境和國家被法國人奪走的自問自責。

　　從善王綿審、綏理王綿寊、襄安郡王綿寶是三位兄弟皇子，也是順化宮廷的三大詩人。他們創立當時著名的松雲詩社，雲集皇室內外眾多詩人。綿審是一位文化家，他創作眾多詩文，代表作有《倉山詩集》、《倉山詞集》、《倉山詩話》等。綿寊有以漢字寫的《葦野合集》，共十二冊（文5卷、詩6卷、自傳1卷）。梅庵阮福貞慎是一位公主，她有一本漢字詩集《妙蓮集》，收集二二七首詩。上述貴族作家的詩歌，都是通過描寫自然山水的詩來表達自己的愛國情懷，抒發對

人民生活和民族命運的感情,將筆直指窮人階級的生活。他們不僅寫詩,還積極參與文學品評、創立詩社,這表明他們是文化知識淵博的貴族作家。綿審和梅庵的文學活動一直持續到十九世紀下半葉法國殖民主義者入侵越南時,他們不僅鼓勵這階段抗法的愛國詩文,且還直接創作表達愛國主義的詩歌。

在宮廷文學中,屬於表演藝術的㗰劇也相當繁榮。㗰劇的規模在十九世紀擴大,湧現出許多著名作家和作品,成為阮朝文學的主要體裁之一,深受帝王、達官、貴人的喜愛。阮瑤(Nguyễn Diêu)、陶進(Đào Tấn, 1845-1907)等是㗰劇這種藝術形式的代表作者,其代表作有阮瑤《五虎平西》(*Ngũ hổ bình Tây*)、陶進的《演武亭》(*Diễn võ đình*)、《沉香閣》(*Trầm Hương các*)、《黃飛虎過關》(*Hoàng Phi Hổ quá quan*)等。陶進還進行整理《三女圖王》(*Tam nữ đồ vương*)、《山后》(*Sơn Hậu*)等劇目。上述的劇目不僅表達了忠君思想,而且還表達了愛國、安民的思想,批評違背道德和國家利益的君王,讚揚愛國主義和熱愛人民的榜樣,為創建面向真、善、美價值觀的宮廷文化做出貢獻。

***

十八世紀至十九世紀上半葉的喃字文學和漢字文學在許多方面都取得了巨大的成就,特別是走向民族化趨勢的喃字文學。上幾階段形成的文學形式,如:漢字詩、漢字傳記、喃字唐律詩、喃字賦、歷史演歌以及功能性文學體裁都達到了藝術頂峰。而上幾階段尚未誕生或剛剛萌芽的體裁,現已出現並達到了發展的頂峰,諸如:吟曲、詩傳、說唱、章回小說等。

這可以說是民族文學的「黃金時代」,一個多世紀的時間凝聚了近千年文學的精華,這個階段,社會生活的許多方面出現了大量的

「巨人」，其中最突出的是各位大詩豪、大文豪。這些都為在這個特殊階段創造民族文學的新面貌做出了貢獻，使越南文學達到了發展的頂峰。

（二）一八五八至一八八五年的越南文學

從一八五八（法國殖民主義者開始入侵越南）至一八八五年（阮朝簽署《甲申條約》，承認法國對越南的殖民統治），越南文學發生了重大的變化。越南人民反抗法國殖民主義者入侵的英勇鬥爭，是影響社會生活各個領域、改變當時文學面貌和文學生活的最重要事件。這階段的文學繼承了上幾個階段文學的愛國主義傳統，迅速成為反映那場悲壯戰鬥的鏡面。上階段的文學主題被愛國主義抗擊外侵主題所取代的，這是一種傳統主題，但帶有時事性和更加集中的新表現，成為主導全國文學生活的主題。

愛國主義精神、民族意識和保衛祖國免受外敵入侵的決心連接了全國各地文學，使之在歷史上首次成為一個統一的整體。這是一件全新之事，因為在此之前，南北兩地不平衡的發展一直是自南方文學形成以來民族文化和文學的一個特點。至此階段，南方文學已成為反對外國侵略者和反對妥協投降思想的先鋒隊。頑強的愛國主義精神和民族意識就是這種統一的源泉，也就是這一階段文學各方面蓬勃發展的動力。

創作力量日益強大，包括許多社會階層，但主要還是儒士。南北兩地的文學交流也更加密切。文學界經常通過各自的作品進行交流和鼓勵。時事性也是一八五八至一八八五年間文學的顯著特徵之一，這期間，詩歌成為一種迅速有效的聯絡手段，及時反映了戰線上的激烈戰況。一些詩人在敵人剛踏上這片土地之日，就描述了峴港的那場戰鬥。

僅在短短幾年間，出現了一批其作品與抗擊外敵的戰爭密切相關的大作家。其中，代表作者有：范文誼（Phạm Văn Nghị, 1805-1884），字義齋，考中黃甲（1838），南定地區抗法起義軍領袖，其著作有《松園文集》、《義齋詩文集》、講述法國對北圻的第一次攻擊的〈四城失守賦〉（Phú kể lại việc Pháp đánh Bắc Kì lần thứ nhất，喃字賦）等；鄧輝㷋（Đặng Huy Trứ, 1825-1874），字黃中，官至御史職，是當時重要的改革家，作品有《鄧黃中文抄》、《鄧黃中詩抄》、《辭受要規》等；阮春溫（Nguyễn Xuân Ôn, 1825-1889），號玉堂，考中進士（1868），官至刑部辦理，抗法起義軍領袖，被授予協統軍務大臣，領導義安、河靜兩地的勤王軍。他留下《玉堂詩集》三百多篇、《玉堂文集》二十二篇。阮長祚（Nguyễn Trường Tộ, 1830-1871）和阮露澤（Nguyễn Lộ Trạch, 1852-1895）是兩位著名的改革家，他們向朝廷提交了數百份關於建設國家和抗擊法國殖民者的條陳。阮長祚的代表條陳有〈濟急論、〈濟急八條〉等；阮露澤有〈時務策〉、〈天下大勢論〉、〈畸庵阮露澤遺文〉等。這兩位改革家條陳中的政論文達到了雄辯說服藝術的高峰；潘廷逢（Phan Đình Phùng, 1847-1895）、考中庭元（1877），官至御史職，河靜地區勤王運動的領袖。他還留下一些漢字詩歌、對聯、書信等。在此文學階段，還有使節文學部分，其中代表的是出使西方使節的詩文，如：魏克憻（Ngụy Khắc Đản, 1817-1873）《如西記》（1863-1864）和范富庶（Phạm Phú Thứ, 1821-1882）《西行日記》（1862）等。在這些著作中，作者們記錄了使團的途程以及在異國他鄉所見所聞，有助於越南知識分子拓展視野、增長知識。

這一階段的作家中，就詩文價值而言，最有代表性的作者有：阮廷炤（1822-1888）、阮通（Nguyễn Thông, 1827-1884）、潘文治（Phan Văn Trị, 1830-1910）、阮光碧（Nguyễn Quang Bích, 1832-1890）等。阮廷炤，字孟擇，號仲甫，出生於嘉定的一個官僚家庭。考中秀才後，他

前往順化繼續精進學業，但得知母親去世後，他返回嘉定。在回家悼念母親的路上，他哭得雙眼失明。從此，他當了醫生、教學和創作詩文。阮廷炤是少數啟蒙南方文學的作家之一。他創作了《蓼雲仙》(*Lục Vân Tiên*)、《楊慈何茂》(*Dương Từ - Hà Mậu*)、《漁樵醫術問答》(*Ngư tiều y thuật vấn đáp*) 三篇喃字詩傳，為南方新地上持續和發展民族傳統文學做出了巨大貢獻，其中，《蓼雲仙》是使其聞名的作品。其餘兩篇詩傳均寫於一八五八年後，承載著反對法國殖民主義者的愛國思想。阮廷炤以喃字創作為主，其他現存作品有：〈避西洋賊〉(*Chạy Tây*, 1859)、〈芹涿義士祭文〉(*Văn tế nghĩa sĩ Cần Giuộc*, 1861)、〈悼張定十二詩〉和〈祭張定文〉(*Mười hai bài thơ điếu Trương Định* và *Văn tế Trương Định*, 1864)、〈悼潘松十二詩〉(*Mười hai bài thơ điếu Phan Tòng*, 1868)、〈六省陣亡義士祭文〉(*Văn tế nghĩa sĩ trận vong lục tỉnh*, 1874) 等。他是不僅在南部且在全國範圍內反對法國殖民主義的愛國文學最有代表性的詩人。他的愛國主義精神始終是當代越南知識分子的光輝榜樣。

就像歷史的巧合，那位盲人見證了當時最激烈的戰事，法國人入侵嘉定時，他就正在此地。他的〈避西洋賊〉詩篇真實地反映了法軍進攻同奈、檳義時的混亂悲慘場面。作品內容是對戰事下一步發展的天才預感，此時國家局勢在陌生敵人的銅船和大炮面前極其混亂，就像一個棋局已經走到了盡頭，朝廷拋棄了人民，救援英雄還沒有出現……。在芹涿戰鬥中阮廷炤也在場，在起義軍襲擊敵營的前一天晚上，他住在新盛寺院裡並寫下了不朽的〈芹涿義士祭文〉，歌頌和哀悼英雄烈士們。他的作品如同最新的「戰地報導」地在全國流傳。

山河倒塌，國家逐漸落入敵人手裡，抗戰被淹沒在血海之中，接連失敗，當英雄們倒下，文學又響起了一曲充滿豪情壯志的雄壯之歌，歌頌抗戰，歌頌民族優秀兒女的英勇犧牲。這一階段文學的中心

人物不再是才子佳人了，而是反抗法國殖民主義者的愛國人士。他們是出於真正的愛國主義意識而戰鬥，為了國家大業而甘願忘我犧牲，捨生取義。他們之中包括「邑民、林民」，即當時南方最貧窮的階級──社會下層的人們。在民族歷史上第一次抵抗敵人的農民在阮廷炤詩文中以英雄的軒昂姿態成為了文學生活的主人公。極為奇妙的是，這是一位盲詩人而具有「時代最明亮的眼睛」所發現的。阮廷炤著作中的愛國農民、無名英雄的紀念碑是獨一無二的。這只能解釋為：通過出眾的才華，通過強調人民作用、提倡仁義，從《蓼雲仙》開始，經過〈避西洋賊〉、《楊慈何茂》等直到〈芹淲義士祭文〉的整個寫作過程，以他極其親民、熱愛人民的一生，尤其是他的愛國主義精神和面對敵人不屈不撓的民族精神，激勵著阮廷炤用他的心血寫下了不朽的篇章。國家危難，朝廷逐漸臣服敵人，從與敵人作戰的第一天起，那位同奈省詩人就對朝廷的懦弱感到失望，他試圖在民間裡尋找能夠幫助窮民避免戰亂的「平亂者」。阮廷炤就在與人民一起抗敵的日子裡，找到了他那個時代的「平亂者」：他們無疑正是芹淲這個地方的貧苦農民。發現時代英雄並創造新的英雄概念，是阮廷炤對國家歷史和文學的重大貢獻之一。

除了農民義士形象之外，在阮廷炤的詩文中還有像潘松、張定這樣敢於違抗皇帝命令，站在人民一邊、站在正義一邊的起義領袖形象（1864年〈悼張定十二詩〉和〈祭張定文〉、1868年〈悼潘松十二詩〉），以及愛國知識分子即使要燻瞎了他的雙眼也堅決不與國家的敵人合作（體現在《漁樵醫術問答》喃字詩傳裡）。

顯然，阮廷炤改變了時代英雄的概念。新英雄形象具有與之前不同的品質。他的思想由親民仁義轉向愛國仁義保民衛國。如果說上個歷史時期，愛國主義是歌頌光榮的勝利、稱讚百戰百勝的英雄，那麼現在的愛國主義，對於阮廷炤來說，就是為人民的悲慘處境而憂傷，

為國家的局勢而悲痛，為農民士兵的英勇犧牲或敢於違抗君主命令的起義領袖奮起戰鬥保衛國家而哭泣的。

這一階段儒士詩文中的忠君思想依然存在，但對主戰者而言，它已不再是愚忠了。他們只忠於像咸宜（1884-1885在位）這樣敢於與人民站在一起對抗敵人的愛國君主，毫無留情地攻擊賣國害民之君。且不說像潘文治、阮春溫等這樣堅定的志士，就連像阮廷炤這樣崇尚「忠」字的儒士，對嗣德帝與其朝廷，其觀念也發生了變化：從崇拜和信任轉向懷疑、失望及悲哀。

從體裁上看，可見這是一系列功能性文學體裁的回歸階段，其中最突出的是祭文、檄文、表文，這些體裁高度發揮了其社會作用。阮廷炤等傑出作家使祭文和檄文增加了其藝術價值。他的祭文以高水準的文學藝術表達，極為動人心弦。大量祭文、檄文和表文如黃耀的〈陳情表〉（*Trần tình biểu*）的出現有助於表現十九世紀下半葉文學的悲傷、憤怒和雄壯色彩。

十九世紀下半葉的文學提出了時代的人生觀問題，即：生命意義的觀念，如何活著，如何死去而無悔於自己祖先、民族。或許，這是首次在越南作為「官方」意識形態統治數百年的儒教史上，曾經磨練經史的知識分子不免提出關於人生生死意義的大問題。這一階段士大夫、紳士的詩歌也對成功與失敗、民族的命運、時代的良知等問題進行談論了，而且愛國文學也通過宣揚「辱生不如榮死」、「此身成敗何須論」等口號來明確地回答這些問題。愛國志士的詩歌主要是絕命詩，諸如阮友勳首科、阮忠直、阮高（Nguyễn Cao）等作品，其主要在臨死前、在獄中、在刑場上寫的，充滿了不屈不撓的精神，充滿了悲壯的色彩。悲傷而雄壯的聲響是反法愛國文學的主聲。作者們在歌頌這些凜烈榜樣時都提倡：不以勝敗論英雄的口號。

法國殖民者占領西貢嘉定及南圻東部三省後，愛國士夫發動了

「避地運動」，離開敵占區到自由區組織抗戰。阮通的詩文代表了這一階段的愛國文學。阮通，字希汾，嘉定（今屬隆安省）人，考中舉人，晚年擔任平順省督學。其代表作有：《臥遊巢詩集》、《臥遊巢文集》、《奇川公牘文抄》等。他的詩文體現了他對在外國侵略者的壓迫下沉淪的祖國家鄉的纏綿思念，因為與敵不共戴天的決心而不得不離開此地。他衷心讚揚和哀悼那些在抗擊法國殖民主義者、保衛家園的戰爭中英勇犧牲的人們。愛國知識分子、起義領袖英雄與窮人形象是阮通詩文中突出的藝術形象。

此時文學比以往任何時候都更成為抵抗敵人、反對投降反動思想抨擊賣國求榮叛徒的鬥爭武器。潘文治和其他愛國儒士反對尊壽祥（Tôn Thọ Tường）等人的反動投降思想的鬥爭，是一場筆戰，也就是開啟了政治陣線上抵抗敵人事業的一場思想鬥爭。

潘文治，嘉定人，於一八四九年考中舉人，但不為朝廷當官，而是在芹苴開校教學，參與南部知識分子的避地運動。他寫了約一百首詩，最著名的是與尊壽祥十首詩的唱和。尊壽祥也是一位儒士，但與法國人合作並擔任官職。他寫詩拉攏其他儒士，勸降抗法士大夫，卻被潘文治與其同志應和，透露出他賣國求榮的野心，使尊壽祥和那些密謀跟隨敵人者十分恐懼。潘文治的詩作都具有尖銳的諷刺意味，對於下一個文學階段的諷刺文學傾向具有開創價值。阮廷炤和潘文治堅決反對向侵略者妥協投降的思想的愛國精神，在潘廷逢與黃高啟（Hoàng Cao Khải）之間的筆戰，以及在阮春溫、阮光碧抵制法國殖民主義者及其走狗的收買和誘惑鬥爭中得到延續。

通過勤王運動，愛國文學已畫起了一幅關於抵抗侵略敵人的英勇無比、艱苦卓絕的抗戰，其中尤為突出的是救國勤王英雄的形象的壯麗畫卷。咸宜帝的〈勤王檄文〉（*Hịch Cần vương*）給當時的抗法運動帶來一個新的名義，將各愛國力量統一在一起。英雄形象也從自任的

義士農民、敢於違抗君主命令的起義領袖,轉向愛國士夫、紳士、忠君愛國的儒士的形象,只不過,這僅是對愛國皇帝咸宜之忠,即使他被敵人俘虜並流放到非洲。忠義的勤王儒士形象是越南民族頑強的愛國傳統與儒家思想,其中仁義思想尤為突出的和諧結合。然而,十九世紀下半葉的愛國儒士總是遭遇到他們一生修養但已經過時的教條與和他們思想相對立的複雜歷史現實之間的矛盾。他們為大義捨身殉國,但貫穿他們的詩文卻充滿了無限的悲傷,因為他們清楚地看到,他們所追求的拯救人民和國家的機會正在逐漸消失。

　　勤王文學末期最有代表性的是阮光碧的詩文。阮光碧號漁峰,太平建昌人,考中庭元黃甲(1869),官至禮部尚書,充協統北圻軍務大臣,全權組織北圻抗法力量。除了一些散文和書信外,阮光碧還留下了約一百首的《漁峰詩集》,記錄了一位詩人,同時也是一位義軍領袖在一場激烈而致命的戰爭中的心情,體現了對自然、對國家的熱愛,對將士、朋友的和諧感情,對同仇敵愾的山區人民的愛心和團結。該詩集展示了起義軍領袖堅韌不拔的勇氣,決心為國家盡其職責,不怕犧牲。《漁峰詩集》富有現實主義色彩,語言親切而具備情感,充滿著英雄失勢的悲涼之情而極為豪邁壯麗的詩篇。《漁峰詩集》可以說是古代晚期越南文學中漢字抒情詩的一個新的進步。

***

　　勤王階段文學的結束也是越南古代文學的結束。十九世紀末期開始,隨著法國人統治整個越南並建立殖民政權和報紙、出版業的出現,越南文學開始進入新時期,代表作者有陳濟昌等人的殖民城市文學作者,以及阮仲管等人受西方文學影響的作者或西學作者。

第三章
一八八五至一九四五年的越南文學：
國語字及全面性的現代化過程

這一時期的越南文學包括兩個階段：古代文學到現代文學的轉換階段和現代文學的形成階段。

第一節　古代文學到現代文學的轉換階段　（1885-1932）

一　歷史背景

十九世紀末二十世紀初，歷史見證東亞地區的巨大變化。在越南，嗣德帝朝廷對新情況的緩慢反應使越南淪陷為法國的殖民地。法國人的殖民政策雖然以殖民地開拓為目的，然而客觀上來講，這也是引起越南歷史，尤其是越南文學史，發生重大變化的原因。越南從封建社會變成半殖民地半封建社會，越南文學從古代文學轉換為現代文學。該過程經歷了相當漫長的時間，包括許多階段和許多複雜的變化。

《甲戌和約》（*Hiệp ước Giáp Tuất*）（1874）後，阮朝承認法國人在南圻六省的統治；一八八四年，阮朝又簽署了《甲申和約》（*Hiệp ước Giáp Thân*，又稱《巴德諾條約》，*Hiệp ước Patenôtre*）。這一和約共有十九個條款，其中最重要的是承認法國在北圻和中圻的保護權。

就這樣，越南從此被分為三圻，完全由法國人管轄，阮朝只是名義上的存在而已。這一羞辱的和約之後不久，在尊室說（Tôn Thất Thuyết, 1839-1913）的輔佐下，咸宜帝（Hàm Nghi, 1871-1944）於一八八五年七月十三日下〈勤王詔〉，發動一個遍及北圻和中圻的抗法運動。雖然咸宜帝於一八八八年十一月一日被捕，然而勤王運動仍延續下去，直到潘廷逢去世後才結束。一八九六年後，雖然仍有黃花探（Hoàng Hoa Thám, 1858-1913）的安世起義繼續抗法，然而法國人基本上已完成侵略越南的過程。經過法國殖民帝國的兩次殖民地開拓（第一次：1897-1914；第二次：1919-1929）後，越南社會在政治、經濟、文化上都發生了深刻變化。

在政治方面，法國人以自中央至地方各省市的管轄體系確保自己的統治。在經濟方面，殖民地開拓的活動得到加強，引起了全國範圍內的現代交通網、工業生產業和現代城市的形成。在文化方面，西方文化制度在各個大學、醫院、報社、博物館等一步一步地開始建設，這形成了與傳統完全不同的新文化空間。

法國人在越南的存在導致兩個問題：爭取民族獨立的鬥爭和旨在趕上西方各國的維新改革。在新的背景下，這些任務使得文學，不論是公開部分還是未公開部分，都不得不改變、不得不進行現代化。一八八五至一九四五年階段實際上是越南文學的現代化階段，其中最重要的特點就是自古代文學至現代文學的範式轉換。這一範式轉換包括兩個同時發生的主要過程：

一是西方化。這是傳統的文學環境、文學觀念、文學體裁體系逐漸被解體並按西方文學的模式進行再構的過程。通過這一過程，越南文學脫離了以中國為中心的東亞文學的軌道而加入了世界文學。

二是民族化。通過這一過程，西方因素和本土因素能夠結合起來並產生了新的藝術結晶。沒有西方化，文學就沒有新的養分、新的藝

術思維空間，然而，若是沒有民族化，文學將容易變得不倫不類，很難做出真正的成就。因此，西方化和民族化都是彼此的前提，也都是一八八五至一九四五年越南文學現代化進程中不可缺少的因素。

在這一階段，出現了為了文學現代化進程的文化前提，具體如下：

首先是國語字。多虧了西方傳教士和一些越南天主教信徒，國語字於十七世紀初在越南出現，其最初的作用是記錄講座和聖人傳記，服務於傳教目的。這就是國語字自十七世紀初至十九世紀末流行於堂區中的主要原因。法國人在占領並平定南圻後，便發現國語字是一個能將農民脫離儒者的影響，建立一個深受法國人影響的新空間的有用工具。然而，這一政治企圖受到當時大部分越南人的反對。直到一九〇七年，東京義塾的維新儒者在對國語字的優點（易學、易傳）的認識的基礎上，意識到以國語字作為傳播知識的工具，從而開發民智、振興民氣的優勢。他們以自己的文化權威發動了一個遍及全國的學習國語字運動。東京義塾與由潘佩珠（Phan Bội Châu, 1867-1940）領導的東遊運動和由潘周楨（Phan Châu Trinh, 1872-1926）領導的維新運動的密切關係使得法國人惶恐不安。參加東遊運動和維新運動的人被法國人用斷頭臺和監獄鎮壓。然而，從此以後，國語字就有了一個新的存在意義，它以越南民族最優秀的人的犧牲作為代價，從一個外來文字變成越南民族的財產。一九〇七年後，即使東京義塾被鎮壓，國語字已遍及全國，基本上已取代漢字和喃字，成為新聞和文學創作中的主要文字。

在過去，漢字和喃字撰寫的文學主要由知識分子創作並接受。因此，以國語字作為文學創作的文字之事帶來了一個非常重要的變化：將文學接近廣大人民群眾。大眾性、普通性就是越南現代文學的首位屬性。

其次是印刷技術和現代報刊。在古代傳統中，文學作品主要是口

頭傳誦或者手抄，手工刻印的只占少數（僅始於古代文學的後期）。這一傳播方式既限制了作品的數量又不利於專業作家群的形成。這一情況在西方的現代印刷技術出現的背景下已經完全改變。與傳統的刻印技術相比，西方的印刷技術有三個重要優勢：速度快、成本低、印量大。現代印刷使報刊出現並遍及全國南北。報刊在初期僅是法文的公報，但是隨著時間的推移，用國語字的私人報刊逐漸占領優勢。報刊的週期變得越來越短：月刊－半月刊－週報－日報。通過報刊，各種思潮紛紛出現在各界人士面前，並得到廣泛的傳播。記者不僅是報導新聞的人，而且也成為非常重要的思想家、社會運動者。潘佩珠、潘周楨、阮安寧（Nguyễn An Ninh, 1900-1943）、黃叔沆（Huỳnh Thúc Kháng, 1876-1947）、阮愛國（Nguyễn Ái Quốc，胡志明 Hồ Chí Minh, 1890-1969）等當時越南最重要的文化者、政治者同時也是記者，這並不是偶然。反過來想，以記者身分所獲得的成功已使得《南風雜誌》（Nam Phong tạp chí）的范瓊（Phạm Quỳnh, 1892-1945）和《風化》（Phong hoá）、《今天》（Ngày nay）等的一靈（Nhất Linh，阮祥三 Nguyễn Tường Tam, 1906-1963）成為社會運動者和政客。

　　直到一九三四年，在武廷龍（Vũ Đình Long, 1896-1960）的《禮拜六小說》（Tiểu thuyết thứ bảy）問世時，才有一份專門為文學設立的刊物，然而從初期起絕大多數刊物都設置刊登詩歌、短篇小說、雜文和非常有趣的長篇小說的文學專欄（常被名為「文苑」）。當時越南文學中最重要的作品大部分在印刷成書之前就在報刊上出現了。這一特點造成了一系列重要的結果：一是，文學在報刊的環境下漸漸感染了對時事性的感觀。二是，報刊是一種貨物，由於各報刊上都有文學的存在而有週期性出現，所以隨著時間的推移，一個專業作家群和專業讀者群已逐漸形成。自一九二〇年代起，作家和讀者最高程度的互動逐漸使文學批評家和文學研究者出現。三是，雖然作家和記者之間在

這一階段還存在著一些區別，但是他們基本上是一致的。這使得文學無論如何都要參與非常複雜的思想話語。作家不僅是講故事的人，而且也是知識分子和思想家，因此他們總令其作品針對社會生活的各種問題。憑著這些理由，越南現代文學可以被視為報刊文學。

　　第三是教育。隨著法國人的出現，傳統教育逐漸被限制並廢止。儒學科舉制度在北部的最後一次考試舉辦於一九一五年。儒學科舉制度在中部（也是在越南全國）的最後一次考試舉辦於一九一九年。與此同時就是一個新的教育體系的形成，其被稱為法越教育。一九二四年對學政總規的調整已將國語字訂為小學階段頭三年的正式課程，然而教學工作基本上使用法語。隨著時間推移，法越教育體系日益強大起來並吸引了大量各級學生。法越教育已改變了越南青少年的世界觀和人生觀。不僅如此，對法國文學的深刻而具有系統性的接受給了他們在寫作方式、體裁體系等方面的新體驗，以及與莫里哀、盧梭、雨果、巴爾扎克、波特萊爾、拉馬丁、莫泊桑等法國作家及詩人（尤其是17世紀以來的作家及詩人）有關的對文學的新審美需求。這些新體驗將徹底改變在青年知識分子心目中的文學觀念和模式。他們畢業後，小部分將成為作家，而其他的人將扮演讀者的角色。作家和讀者都嚮往著其在法越學校所接受的文學典範。自然而然，越南文學已徹底而快速地西方化。

　　第四是現代都市。與中國和日本的都市不同，越南的傳統都市發展得相當脆弱，無法成為能與宮廷和農村並列的強大文化空間。傳統都市的主人公還是貴族。法國人的出現及其兩次殖民地開拓使得現代都市自南至北屢屢出現。通過這些現代都市，已真正出現市場經濟，而且其在供求規律影響下的運行將文學變成了一種貨物。文學從此不再像傳統是為了知音知己，而是為了要滿足讀者（也是購買文學作品的人）的愛好。很多不斷追隨著大眾，旨在開發、討好、滿足其愛好

的作家和作品,並以愛情、色慾、冒險、神秘、英雄為題材的一種大眾文學已形成。另一方面,都市讀者的愛好也不斷在變化,這要求作家們也要不停地改變自己,以便趕上那種變化。因此,現代文學被定向於對新者的標準。隨著時間的推移,連新者也成為舊者。因此,對新者的需求成為現代文學中日益懇切而時刻存在的著迷。這就是現代文學不但打破傳統的規範而且總是自我否定,旨在尋找一些革新、發現、實驗的原因。最後,讀者的愛好不但時刻要求新者而且也要求多樣者。他們需要在同一個時間享受不同的精神食糧。這使創作活動針對區別化方向發展。個人的自我得到重視。走上文壇的每個人都是為了肯定自己是一個獨特的面孔、一個例外。文學就變成一個芬芳多彩的花園。

　　總之,上述的四個因素(國語字、現代印刷技術和報刊、教育、現代都市)是一八八五至一九四五年越南文學的現代化進程中最重要的前提。在這些前提的基礎上,越南文學見證了一個深刻而全面的轉變:從特選文學成為走向大眾的文學;從詩集、手本、吟詠的文學成為以報刊、雜誌等形式出版的文學;從載道言志的文學面向關心現實的文學;從在宮廷、農村空間的文學成為都市、城市文學;從酬酢、送贈,以文學創作作為高雅的興趣的文學成為以文學創作作為一個職業,有著專業作家群和讀者群的貨物文學。

二　文學進程

(一)一八八五至一九一三年階段:南部文學的先鋒作用及傳統文學的最初革新

　　文學現代化進程的最初兆象來自南部文學,它可以下述兩個主要原因來解釋。第一,南圻很早就成為法國的殖民地,因此這裡是最早

接受西方影響的地方。首份使用國語字的刊物（《嘉定報》，*Gia Định báo*）便是於一八六五年的西貢問世，南圻也是越南頭一批雙語知識分子出現的地方。第二，在一個作為新領地的南部，傳統文學的慣性不太強，南部（在其整個歷史上）總展示出其對接受新者的開放性。這樣瞭解的話，我們就不會因發現頭三部用國語字撰寫的小說都出現在南部而感到驚訝，它們是：阮仲管（Nguyễn Trọng Quản, 1865-1911）《拉扎羅煩先生傳》（*Truyện thầy Lazaro Phiền*, 1887）、陳正照（Trần Chánh Chiếu, 1868-1919）《黃素鶯含冤》（*Hoàng Tố Oanh hàm oan*, 1910）、張維鑽（Trương Duy Toản, 1885-1957）《潘安外史節婦艱迍》（*Phan Yên ngoại sử tiết phụ gian truân*, 1910）。

　　阮仲管出生於一八六五年，天主教出身，是張永記（Trương Vĩnh Ký）的學生，後成為其女婿。他曾在阿爾及利亞讀書。回國之後，他從事教學工作，曾擔任南圻初學學校校長（Giám đốc Trường Sơ học Nam Kỳ）。除了《拉扎羅煩先生傳》，人們還找到阮仲管的另一作品在報刊廣告上的名字（《今望夫傳》，*Kim vọng phu truyện*），但是至今尚未能找到文本。《拉扎羅煩先生傳》以不大的篇幅（名為長篇小說，其實只是中篇小說）標誌了越南文學從古代走向現代的轉折點。在傳統中，越南文學的敘述作品的體裁和情節一般是借用中國的，而《拉扎羅煩先生傳》顯示其完全脫離了中國的淵源，旨在走向來自西方的新影響。其故事全由第一人稱敘述，帶有西方文學中常見的自白的色彩；除了人物敘述方式外，還有以書信敘述的形式，敘事嵌模式結構，有著事件時間和敘述時間的複雜交叉，吃醋、報仇者缺席等母題使人們想起莎士比亞《奧泰羅》和大仲馬《基督山伯爵》；人物不再是具有忠、孝、節、義等傳統品德的人，而是有著激情、失誤的普通人；內心世界開始成為藝術描寫的對象。該作品的事件時間結束於一八八五年，而《拉扎羅煩先生傳》於一八八七年出版成書，使讀者覺

得其是當前在發生的真實故事。特別的是,《拉扎羅煩先生傳》的敘述語言完全是口語,不帶有任何對駢體文的癡迷(還能見駢體文於黃玉珀〔Hoàng Ngọc Phách, 1896-1973〕《素心》〔Tố Tâm, 1925〕和以後的胡表政〔Hồ Biểu Chánh, 1884-1958〕的小說)。可以說,二十世紀前半葉越南藝術散文作品的敘述技巧的革新絕大部分都出現於《拉扎羅煩先生傳》。有趣的是,雖然陳正照《黃素鶯含冤》、張維鑽《潘安外史節婦艱迍》比《拉扎羅煩先生傳》出現得晚得多,但是它們按照傳統的敘述模式、母題和人物模型撰寫。在這一點上,它們與胡表政的敘事詩《幽情錄》(U tình lục,於1910年創作,於1913年出版成書)的差異不大。這些事件更明顯地展示出《拉扎羅煩先生傳》的突破性以及其對當時期待視野和創造慣性的挑戰性。

此外,不能不提到對這階段南部新文學面貌的形成起了作用的一些(譯自中國大眾小說的)作品,如:阮正色(Nguyễn Chánh Sắt/Sắc, 1869-1947)《岳飛傳》(Truyện Nhạc Phi, 1905)、《五虎平西》(Ngũ hổ bình tây, 1906)、《說唐演義》(Thuyết Đường diễn nghĩa, 1908)、《鍾無艷》(Chung Vô Diệm, 1909)、《今古奇觀》(Kim cổ kì quan, 1910)等;陳豐色(Trần Phong Sắc, 1873-1928)《封神演義》(Phong thần diễn nghĩa, 1906)、《薛丁山征西》(Tiết Đinh San chinh Tây, 1907)、《西遊演義》(Tây du diễn nghĩa, 1909);阮安姜(Nguyễn An Khương, 1860-1931)《殘唐演義》(Tàn Đường diễn nghĩa, 1906)、《反唐演義》(Phản Đường diễn nghĩa, 1906)、《後三國演義》(Hậu Tam Quốc diễn nghĩa, 1906)等。這些譯文小說對一九一三至一九三二年階段南部文學中撰寫歷史小說的部分作家的出現起了啟發性作用。

在北部,創作人群仍以儒者在各個傳統體裁占主要地位。才子的詩文、對自然和藝術之美的興趣和行樂仍出現在楊珪(Dương Khuê, 1839-1902)、楊琳(Dương Lâm, 1851-1920)和朱孟楨(Chu Mạnh

Trinh, 1862-1905）的作品中。在另一方面，到了阮勸（Nguyễn Khuyến, 1835-1909），傳統中的隱逸儒者模型有了重要變化。阮勸雖連中三元，官路相當通順，但意識到自己對時局的無奈，因此決定辭官，退為一個樂於田園，離開世俗，以便頤養精神的村民和隱居者。面對日常生活的喜怒哀樂，放開了心胸。因此，阮勸的詩作沒有避世之感，反而接近了以前儒者文學總是忽略的日常生活的現實。阮勸對文學史最重要的貢獻就是關於越南農村的喃字唐律詩。阮勸詩作中的農村不再是象徵性，而在景色和富有風俗性的細節中都充滿了現實性。

這階段的一個新穎之處是現代都市的出現。首位出現在這一非傳統環境的儒者是秀昌（Tú Xương，陳濟昌 Trần Tế Xương, 1870-1907）。從儒者的視角出發，秀昌以敏銳的觀察和獨特的嘲諷性笑聲在其詩作中記錄了傳統的道理、價值皆被埋沒，金錢社會的醜怪洋洋自得地出現的交叉時代的一些代表性人物和事件。對秀昌而言，詩歌已脫離了載道、言志的軌道，走向客觀、真實地描述、再現現實的作用。秀昌之後，這種能夠深刻地反映現實的嘲諷詩以阮善計（Nguyễn Thiện Kế, 1849-1937）、男角茶（Kép Trà, 1873-1928）、秀癸（Tú Quỳ，黃癸 Huỳnh Quỳ, 1828-1926）等代表性詩人延續。這一嘲諷詩派可視為一九三二至一九四五年時期現實傾向的重要前提。

然而，文學現代化在這一階段的中心必定是體現於東京義塾詩文和潘佩珠、潘周楨的詩文中的志士儒者的愛國文學。東京義塾是梁文玕（Lương Văn Can, 1854-1927）、阮權（Nguyễn Quyền, 1869-1941）、楊伯濯（Dương Bá Trạc, 1884-1944）、黃增賁（Hoàng Tăng Bí, 1883-1939）、陶元溥（Đào Nguyên Phổ, 1861-1908）、阮伯學（Nguyễn Bá Học, 1857-1921）等志士儒者與阮文永（Nguyễn Văn Vĩnh, 1882-1936）、范維遜（Phạm Duy Tốn, 1881-1924）等西學知識分子的組織。「東京義塾」之名是模仿日本福澤諭吉的慶應義塾。西方對這些儒者

的影響不是文藝，而是通過日本和中國的新書而來的盧梭、孟德斯鳩、達爾文等人的政治、文化思想。關於民主、競爭、社會、文明等的一批概念以及新思想被儒者們熱烈地接受，從而引起了一個維新自強的運動。東京義塾的《文明新學策》（Văn minh tân học sách）在批判腐儒、反對過時的科舉學風、提倡學習國語字、重視實學、關注西方的科技知識等方面對社會生活起了深刻而廣泛的影響。從此，政論文便成為重要的體裁。另外，由於童謠、盹唱（hát xẩm）、六八詩、雙七六八詩等傳統體裁利於口傳，所以也被運用，旨在將鼓勵宣傳工作做得更廣泛。特別的是，六八詩、雙七六八詩這兩種體裁成功被運用於創造革命演歌，其中頗為有名的作品就是黃叔沆〈勸學國語字之歌〉（Bài hát khuyên học chữ Quốc ngữ）、范思直（Phạm Tư Trực, 1868-1921）〈愛國歌〉（Bài hát yêu nước）、阮權〈召喚國魂〉（Kêu hồn nước）、阮潘浪（Nguyễn Phan Lãng, ?-1948）〈鐵錢歌〉（Thiết tiền ca）、潘佩珠〈海外血書〉（Hải ngoại huyết thư，原作為漢文，黎岱〔Lê Đại, 1875-1951〕以雙七六八詩體將其翻譯成喃文）和〈亞細亞歌〉（Á Tế Á ca）、潘周楨〈醒國魂歌〉（Tỉnh quốc hồn ca）。東京義塾的詩文之共同點為嚮往一個建立在西方民主精神的基礎上的新社會模式：皇位受到質疑並被剝奪至上的地位；人民的角色與權利得到重視；以三權分立（議院、法律、政府）為特徵的一個新政體得到介紹（《國民讀本》Quốc dân độc bản）。愛國文學在這一階段所嚮往的理想人格是「國民之人」。雖然還不是現代社會的公民，但是與傳統中的臣民之人相比，國民之人已是一個很大的進步。

雖然潘佩珠和潘周楨都不是東京義塾的成員，但他們與這一組織有著非常密切的關係。潘佩珠和潘周楨的許多創作早已被用為東京義塾的教學材料。每次來河內，潘周楨都在東京義塾親自做演講。兩位潘氏志士都主張進行維新和現代化，以便使越南能夠自強，能夠保護

人民免受西方文明的侵害。然而,他們倆在思想方面的差異不小。潘周楨出身士人,曾在很短的時間內當官,後來為了維新事業而辭官。在當時儒者之中,潘周楨是最能看出封建社會的腐敗、國民性的嚴重毛病(貪虛榮、卑劣、貪利等)的人,因此他想藉著西方的民主和文明這一藥方使越南民族的高貴血統能夠健壯起來,以便自強。這就是潘周楨不贊成潘佩珠所提出的暴動和求助外援的主張:「不能暴動!暴動就死!不能期待外國的救助!期待就是蠢的!」[1]

潘佩珠雖是義安考場的解元,但不曾當過官。自一九〇五至一九二五年(當年他在上海被法國綁架),潘佩珠的人生一直與以救國為目標的革命活動息息相關:他於一九〇四年成立維新會(Duy tân hội),於一九一二年成立越南光復會(Việt Nam Quang Phục hội)。潘佩珠不是沒有看到國民性的瑕疵,但是他也看到潘周楨的民主觀點在越南淪為殖民地的背景下的幻想性:「民已沒,主什麼!」[2]因此,潘佩珠的最先目標是爭取民族獨立。求援於日本只是潘佩珠所探索而體驗的許多方策之一。重要的是要培養關於國民之人的意識,從而將社會的各個階層團結起來,旨在一個共同的目標,為了爭取民族獨立而不惜犧牲自己的生命。潘佩珠所遺留的詩文甚多,其體裁也很豐富(史、傳、小說、詩歌、嗤劇、嘲劇等),然而它們都嚮往著一個中心意象:救國英雄。

儒者是藝術家,但他們更是道德家、政治家。在這一階段發生的歷史事件除了令儒者們關注到文學改革的問題,更被吸引到政治、思想、文化等方面的鬥爭活動舞臺。這一階段的文學重要特點是努力革新舊文學,盡力開拓傳統體裁來滿足時代的新需求(《拉扎羅煩先生

---

[1] 參見陳庭厚:《1900-1930年轉換時代的越南文學》(河內:大學與專業教育出版社,1988年),頁110。

[2] 參見鄧臺梅:《潘佩珠詩文》(河內:文化出版社,1960年二版),頁14。

傳》只是一個例外）。體裁方面的根本變化還需要等到下一階段。

（二）一九一三至一九三二年階段：文學翻譯、文學理論批評的先鋒作用及西方模式的文學體裁體系的形成

在東京義塾和中部抗稅運動（1908）被法國殖民者血腥鎮壓後，在公開文壇上儒者出身的創作力量嚴重受損：一些人被處死，一些人逃到國外，而大部分的儒者則定被法國殖民政府貶謫到崑島。公開文壇在這一階段是一片空白。自一九一三年起，隨著阮文永《東洋雜誌》（*Đông Dương tạp chí*）成立，一批西學出身的作家出現並取代前一階段儒者出身的一代作家而成為主要的創作力量。

如前所見，由於殖民政府的鎮壓，所以儒者們的愛國文學主要存在於一些監獄中，從而形成了非常獨特的獄中詩歌。在海外，除了潘佩珠在中國時所撰寫的漢文創作（歷史傳記、小說《重光心史》*Trùng Quang tâm sử*）之外，還要提到作為一位青年革命家的阮愛國（即胡志明）在法國時所撰寫的法文創作，其中最突出的是政論文的《法國殖民制度的罪狀》（*Bản án chế độ thực dân Pháp*, 1925）和一些於一九二〇年代撰寫的短篇小說和遊記（《徵側夫人的嘆聲》（*Lời than vãn của bà Trưng Trắc*）、《微行》（*Vi hành*）、〈耍些把戲或是瓦雷納和潘佩珠〉（*Những trò lố hay là Varenne và Phan Bội Châu*）。這些都是對法國殖民制度和賣國君臣有著強烈的批判力的作品。特別的是，阮愛國的一些短篇小說在敘述技巧上有了現代的藝術技法。只可惜這些作品大部分都沒有被翻譯成越南語，所以在這一階段，很少越南讀者知道其存在，因此它們對民族文學的現代化進程沒有起到影響。

在公開文壇上，自一九一三年起，人們見證了一批新的創作力量的形成，他們大部分都是日益深受西方文學影響的雙語知識分子。兩次殖民地開拓形成了一個遍及全國的現代都市系統。與此同時，教育

的變化和報刊的發展也形成了具有新的文學需求的市民階層。由於能滿足這一需求的現代專業作家沒能馬上出現,因此翻譯文學作為一個辦法出現。首先要提到在西學的背景下失勢而轉向從事翻譯中國大眾文學的作品的許多儒者。阮杜睦(Nguyễn Đỗ Mục, 1882-1951)所翻譯的《雙鳳奇緣》(*Song phượng kì duyên*)、《西廂記》(*Tây sương kí*)、《再生緣》(*Tái sanh duyên*)、《東周列國》(*Đông Chu liệt quốc*)和潘繼炳(Phan Kế Bính, 1875-1921)所翻譯的《三國演義》(*Tam quốc diễn nghĩa*)深受讀者,尤其是大眾讀者的喜愛。但與此同時,譯自西方書籍的作品也起了日益重要的作用。在此,要肯定阮文永和《東洋雜誌》、《歐西思想》(*Âu Tây tư tưởng*)叢書以及范瓊和《南風雜誌》非常重要的貢獻。阮文永是一位多才的翻譯者,他的譯著遍及很多體裁:拉封丹(La Fontaine)的寓言詩、莫里哀(Molière)的小說和話劇等。阮文永的譯著一向明白通暢,具有較高的藝術價值,為初期的國語字文學的形成起了作用。名為〈蟬和螞蟻〉(*Con ve và con kiến*)的詩作(譯自拉封丹的詩作)被研究者們評價為後來新詩運動的先驅。武庭志(Vũ Đình Chí,三郎 Tam Lang, 1900-1986)、阮公歡(Nguyễn Công Hoan, 1903-1977)等著名作家公開承認阮文永的譯著對其創作熱情和創作經驗的直接影響。

范瓊及其同事在《南風雜誌》上對西方文學的翻譯和介紹工作非常豐富:高乃依(Corneille)的戲劇、波特萊爾(Baudelaire)、繆塞(Musset)、拉馬丁(Lamartine)的詩作、莫泊桑(Maupassant)的短篇小說、布爾熱(P. Bourget)的小說等。范瓊的獨特之處在於:他不僅像阮文永一樣為了介紹新的文學菜單而翻譯,還為了讓人們懂得欣賞這些新的精神食糧而撰寫了一些理論批評文章。范瓊對莫泊桑的短篇小說和西方的小說、劇藝的批評,對越南詩歌和法國詩歌的比較,以西方文學的美學標準對阮攸(Nguyễn Du, 1766-1820)《翹傳》

（*Truyện Kiều*）的再讀為新規範在接受文學中的形成起了重要作用。范瓊還及時撰寫了一些評論性文章，旨在介紹阮伯學（1857-1921）、范維遜（1881-1924）、傘沱（Tản Đà, 1889-1939）、鄧陳彿（Đặng Trần Phất, 1902-1929）等人所用國語字撰寫的新創作的特色並鼓勵他們。此外，范瓊也善於學術文和哲學。范瓊為了給越南讀者介紹法國與西方的著名哲學家的工作做出了巨大貢獻，可被視為越南現代文學理論批評和學術文的先驅者。

翻譯文學與文學理論批評的全新環境，以及對西方文學作品的直接接觸促使仿作作品在這一階段出現：胡表政公開承認其十二部作品受到雨果、巴爾扎克、馬洛、杜斯妥也夫斯基等西方作家的小說的啟發，並大幅度地摹仿這些作品。范維遜的短篇小說《管你死活》（*Sống chết mặc bay*, 1925）直接摹仿都德的短篇小說《一局檯球》。到了黃玉珀《素心》（1925），摹仿被處理得很靈巧，僅是來自盧梭、布爾熱（當時著名的法國作家）以及徐枕亞在《南風雜誌》得到翻譯的鴛鴦蝴蝶小說等相當多樣的影響源的痕跡。

這些因素造就了這一階段的文學在體裁體系方面的一個非常複雜而新穎的景象。

關於詩歌，傘沱（阮克孝 Nguyễn Khắc Hiếu）的出現就像預兆著新詩運動（1932-1945）發生的一陣輕風。寂寞的個人有了詩意的愁與夢，對時間有敏銳的感觸，較具風情，自戀主義（narcissism）是傘沱個人主義（individualism）的直接前身。這使得《小情（一）》（*Khối tình con I*, 1916）、《小情（二）》（*Khối tình con II*, 1918）、《小夢（一）》（*Giấc mộng con I*, 1916）、《大夢》（*Giấc mộng lớn*, 1929）受到了都市讀者的喜愛和讚賞。亞南陳峻塏（Á Nam Trần Tuấn Khải, 1895-1983）在《浮生情緣》（*Duyên nợ phù sinh*, 1921）和《關懷之筆》（*Bút quan hoài*, 1927）中的創作則以對國家的高尚情懷打動讀者

的心靈。傘沱和亞南陳峻堸都善於傳統文學體裁,尤其是六八詩體、民歌和風謠。他們以自己的才華將這些體裁昇華並加入了當代文學生活。這一傳統淵源是一九三二至一九四五年階段的新詩運動中民族與西方融合的重要前提。

關於短篇小說,撰寫短篇小說的作家比較多,如:阮伯學、范維遜、陳光業(Trần Quang Nghiệp, 1907-1983)、黃玉珀、傘沱、武庭志。然而,綜觀而言,可以看見兩個主要傾向。以阮伯學為代表的第一個傾向還保留著古代小說的很多特點:注重於言志載道,作者以人物和事件表示自己對社會的觀點、冗言繁語、駢體文的痕跡尚未消失。以范維遜為代表的第二個傾向顯示學習西方的寫作技法的努力:直接引入正題,文筆流利,口語性較強,作者故意令事件和人物客觀地體現出來並能夠說出自己的聲音。在這一傾向中,南部作家陳光業在《公論報》(Công luận báo)所發表的短篇小說以嘲諷的笑聲為其獨特之處,這也是一個值得關注的現象。

關於長篇小說,這一階段,長篇小說的種類非常豐富。北部有鄧陳彿及其《雪點花枝》(Cành hoa điểm tuyết, 1921)和《桑滄》(Cuộc tang thương, 1923)。這兩部作品都注重反映越南社會在歐化初期的滄桑面貌。此外,還要提到黃玉珀及其《素心》,這是以人的內心為描述對象的第一部愛情小說,它預兆著自力文團(Tự Lực văn đoàn)小說的出現。在南部,作家隊伍相當雄厚,長篇小說的數量也令人驚訝。阮金英(Nguyễn Kim Anh)在《十九世紀末二十世紀初越南南部小說》(Tiểu thuyết Nam Bộ cuối thế kỷ XIX đầu thế kỷ XX)專書中為讀者提供從一八八七至一九三二年(以從1910-1932為主)在南部所出版的小說列表,其中有五五三個書名[3]。綜觀而言,這一階段的南部小說包

---

3 阮金英主編:《十九世紀末二十世紀初越南南部小說》(胡志明市:胡志明市國家大學出版社,2004年)。

括以下幾種主要類型：第一，以胡表政為代表作家的風俗小說。胡表政在一九一二至一九四三年間創作了四十一部小說。儘管他仍然保留傳統的敘述方式，但是其作品卻反映了南部生活中各個社會階層、各個大小事件的全部面貌。胡表政繼承了阮廷炤的傳統，通過不朽人物形象的刻畫，對南部人的性格進行了典型化，作品的語言風格也體現了純粹的西部口語。第二，歷史小說，有新民子（Tân Dân Tử, 1875-1955）的《嘉隆走國》（Gia Long tẩu quốc, 1930）和《嘉隆復國》（Gia Long phục quốc, 1932）；范明堅（Phạm Minh Kiên, ?-?）的《因水花落》（Vì nước hoa rơi, 1926）和《黎朝李氏》（Lê triều Lý thị, 1931）。第三，偵探小說，有變五兒（Biến Ngũ Nhy, 1886-1973）的《今時異史》（Kim thời dị sử, 1917-1920）；富德（Phú Đức, 1901-1970）及其幾十部偵探小說，其中最有名的是《合浦珠還》（Châu về Hiệp Phố, 1926）；寶庭（Bửu Đình, 1898-1931）的《秋月一片》（Mảnh trăng thu, 1930）。第四，武俠小說，有阮正色的《義俠奇緣》（Nghĩa hiệp kì duyên, 1920）和《江湖女俠》（Giang hồ nữ hiệp, 1928）。第五，社會小說，有山王（Sơn Vương, 1908-1987）的《白銀黑心》（Bạc trắng lòng đen, 1930）、《後悔已晚》（Ăn năn đã muộn, 1931）。第六，愛情小說，有黎弘謀（Lê Hoằng Mưu, 1879-1941）的《河香娘子傳》（Truyện nàng Hà Hương, 1912）、《紅裙之怨》（Oán hồng quần, 1919）。這些種類的共同特徵就是具備明顯的大眾性。除了滿足平民讀者的愛好之外，這一類大眾小說也幫助他們訓練邏輯思維、培養俠義精神，尤其是為文學實踐開創了原被視為禁忌（特別是涉及到色慾主題）的新題材。

關於紀實文學，這一階段的紀實文學類型也非常豐富：日記類如范瓊《法遊行程日記》（Pháp du hành trình nhật kí），遊記類如阮伯卓（Nguyễn Bá Trác, 1881-1945）《汗漫遊記》（Hạn mạn du kí, 1919）、阮

敦復（Nguyễn Đôn Phục, 1878-1954）《古螺遊記》（*Bài kí chơi Cổ Loa*, 1924）、《柴山遊記》（*Đi chơi Sài Sơn*, 1925），東湖（Đông Hồ, 1906-1969）《富國島之訪》（*Thăm đảo Phú Quốc*, 1927），個人日記類如東湖《靈鳳淚記》（*Linh Phượng lệ kí*, 1928）。在這一階段的發展，遊記體現了作家們對國家的景色充滿興趣，個人日記則體現了私人生活及自我意識的重要標誌。

關於戲劇，西方式話劇以武廷龍《一杯毒藥》（*Chén thuốc độc*, 1921）和《良心法庭》（*Toà án lương tâm*, 1923）為其開頭。這兩部劇都富有道德說教性。這一階段創作最多的劇作家是撰寫五部作品的韋玄得（Vi Huyền Đắc, 1899-1976）。然而，最成功並引起轟動的作品就是南昌（Nam Xương, 1905-1958）的《安南洋鬼子》（*Ông Tây An Nam*，喜劇, 1931）。總體來看，與話劇相比，越南人在這一階段（以及下一階段）的審美欣賞習慣仍偏向於嗾劇、嘲劇、改良劇等傳統戲劇。臺詞裡對思想掙扎的表達也不是越南劇作家所擅長。也許是因為如此，與其他體裁相比，在這一階段以及一九三二至一九四五年階段的戲劇創作都沒有獲得很高的成就。然而，阮輝想（Nguyễn Huy Tưởng, 1912-1960）的《武如蘇》（*Vũ Như Tô*, 1942）卻是一個例外，藝術與權力、藝術家與觀眾、美和善及悲慘結局之間的衝突張力，使其成為越南悲劇體裁的典範，直到現在，未有能夠與其並列的作品。

關於文學理論批評，這一階段最重要的文學評論家是范瓊。一九三〇年代初還出現了少山（Thiếu Sơn, 1908-1978）和潘瓌（Phan Khôi, 1887-1959）。雖然這一類作品的數量不多，但是文學理論對該階段的創作活動所產生的影響是值得肯定的。換言之，文學理論批評已成為新文學體裁體系中的重要部分之一。

從上述的文學面貌可見，到了這一階段，文學的中心已轉移到北部。南部文學成就主要體現在小說創作領域並具有明顯的大眾性。總

之，除了傘沱的詩歌之外，尚未出現較有特色性並具備長久生命力的作品。然而，如我們所看到，一個西方式的新體裁體系，包括詩歌、戲劇、敘事（短篇小說、長篇小說、遊記）、文學理論批評等，已取代了傳統的體裁體系（包括文、詩、賦、錄、章回小說）。這一新體裁體系就為下一階段的特色藝術結晶打下了重要前提。

第二節　現代文學的形成階段（1932-1945）

一　歷史背景

　　一九三二至一九四五年階段的文學具備兩個突出的特徵：一、文學藝術最高峰成就的出現及二、創作傾向的豐富性。這些特徵來源於以下主要原因：

　　第一，經過兩次殖民地開拓，通過商業活動、工業生產、移民，尤其是教育、期刊出版等領域，越南人與西方文化有了長期而深刻的接觸，從而使越南文化基礎發生了徹底變化。此時的西方不僅僅是外面的陶瓷釉層，而是「滲入我們靈魂深處」，「改變了我們思想的運行……改變了動心的節奏」。[4]關於創作隊伍，除了吳必素（Ngô Tất Tố, 1894-1954）和阮丙（Nguyễn Bính, 1918-1966）之外，此階段的其他成名作家都受過法越學校的薰陶。他們都熟悉法語，而他們的感受結構（structure of feeling）都滲透著西方尤其是法國的精神味道。與此同時，專業性的文學創作環境已真正形成。此時對創造個性的意識比任何時候都體現得更強，作家的新探索、新體驗獲得鼓勵。西方文學的傑作不僅是作家們所追求的典範，也為他們打開新的天空，提供

4　懷青、懷真：《越南詩人》（河內：文學出版社，1942年出版，2000年再版），頁13。

新的營養,從而開創出兩種東西方文化文學傳統精髓的結合的道路。這是使越南文學產生了獨特、突破性的藝術創新的主要來源。要強調的是西方所有創作潮流（包括過去和當代）都被越南作家同時接受。因此在新詩運動中,我們看到超現實主義明顯的痕跡;自力文團的文學創作後期中,出現了存在主義的因素,敘事文學中出現無倫理的人物形象類型;現實主義潮流中出現了武重奉（Vũ Trọng Phụng, 1912-1939）小說中的戲仿的手法,南高（Nam Cao, 1917-1951）創作中對怪異現象的描寫。那些因素使越南文學或多或少染上現代主義（modernism）的色彩。

第二,由於可以在學校課堂上教授（小學前三年,從1925年起）,尤其是廣泛使用在報刊出版、文學創作等活動中,所以越南語迅速得到完善,變得更加精緻和靈活,能夠滿足敘事、描述、議論等各種表達功能。反過來,越南語的成熟也成為文學發展,尤其是敘事文體裁發展的重要前提。

第三,一九三二至一九四五年是一個充滿衝突的階段,包括民族的衝突（殖民帝國－殖民地）、階級衝突（無產－資產）、文化衝突（舊－新）。在這樣的衝突的背景下發展,文學自身也很快分化為不同的創作傾向。它們之間有了複雜的鬥爭與互動,但這同時也使得越南文學的現代化進程發展到更深的地步。

二 文學傾向及文學部分

（一）浪漫傾向

1 浪漫傾向出現的前提

實際上,一九三二至一九四五年階段該傾向的作家們中,沒有人

標榜自己是浪漫作家。後來研究者們之所以認為該傾向的作家們是浪漫文學代表，主要是根據他們的創作傾向與資產理想傾向有了相同之處，比如重視個人意識、重視主體的創造意識，敏感於自然、愛情、宗教等主題。雖然晚於西方浪漫主義將近一百年，但是越南文學中的浪漫傾向是一個非常複雜的體系。詩歌創作中人們都能看出法國現代詩潮的所有創作流派的痕跡，從浪漫派到高蹈派、象徵派，再到超現實派。在敘事體裁創作中，雨果的影響甚至還要讓位給普魯斯特、紀德、托爾斯泰、杜斯妥也夫斯基。所以，與西方文學的相比之下，越南的浪漫概念從某種程度上來講，僅僅是概念名稱上的相同但其內涵仍大有區別。

安沛起義（Tổng khởi nghĩa Yên Bái）失敗後，在殖民帝國血淋淋的鎮壓下，越南資產階級對民族精神的表達在文學藝術領域中找到出路。再加上西方讀物書籍和刊物的影響下，都市生活中所產生的市民階層的新審美價值觀念為對個人自我的發現和表現提供了前提。這就促進浪漫文學傾向的誕生，該傾向圍繞著兩大主題：第一，進行社會改革，反抗儒教的倫理及體制來體現對個人的生存權利的肯定。第二、深入探索人內心世界的隱秘，包括其道德與倫理所控制的範圍之外的黑暗面及欲望。

2　浪漫的敘事文學

　　浪漫的敘事文學創作基本上和自力文團作家成員及其合作成員的文學創作聯繫在一起。自力文團是越南文學史上第一個專業性的文學社團，其具備全面的標誌：所有成員都有共同的創作宗旨，有自己的刊物、出版社和文學獎項。自力文團的首領及開創者是阮祥三，多以筆名一靈為人所知。出生於一九〇六年的一靈雖然是阮攸《翹傳》的忠誠讀者，卻屬於在法越學校成長的那一代知識分子。一九二四年，

他考上醫學專業。一九二五年,他放棄了醫學學業,並考入東洋美術學校。在外進行風景繪畫時,一靈發現自己所畫的農民畫與他們實際的黑暗和貧困的生活完全相反。對藝術和現實生活的距離的認識讓一靈隨之面對的問題是:怎麼把這一距離消除?這個問題超過藝術家所能解決的能力範圍,是使一靈於一九二七年又放棄了東洋美術學校來到法國的原因。在法國,他認識到報刊對社會現實的影響力。當時在法國權力分立的政權組織中,印刷媒體的報刊被視為是排在行政權、立法權、司法權之後的第四權力。因此,一靈就將全部精力投入辦刊技術的學習中。一九三〇年,一靈回國。一九三二年,他買下《風化週報》(*Báo Phong hóa*),並組建了新的辦報隊伍,之後,他很快獲得特別的成就。僅僅幾個月內,週報的印刷量從起初的三千張上升到一萬張,這是破當時紀錄的數量。《風化週報》的成功讓一靈充滿信心的於一九三三年創建了自力文團。當時的主要成員包括:一靈(阮祥三)、概興(Khái Hưng,陳慶餘 Trần Khánh Giư, 1896-1947)、黃道(Hoàng Đạo,阮祥龍 Nguyễn Tường Long, 1907-1948)、石嵐(Thạch Lam,阮祥麟 Nguyễn Tường Lân/阮祥榮 Nguyễn Tường Vinh, 1910-1942)、秀肥(Tú Mỡ,胡仲孝 Hồ Trọng Hiếu, 1900-1976)、世旅(Thế Lữ, 1907-1989),後來加入了吳春妙(Ngô Xuân Diệu, 1916-1985)。在《風化週報》第87期(1934年3月2日),自力文團公布了十條的宗旨:

一、自力創作出有文學價值的書,而不去翻譯僅有文學價值的外國書,目的是為了豐富國內的文學產物。

二、編寫或翻譯帶有社會思想的書類,注重讓社會與人們變得越來越好。

三、追求平民主義,編寫平民性格的書類並鼓勵人們喜愛平民主義。

四、使用簡樸、易懂、少儒字的語言行文,追求安南性格的文風。

五、時常保持新化、青春活力、熱愛生活,有向上的志氣和相信進步力量。

六、歌頌國家所有具備平民特點的美德和景色,讓人們平民化的愛護國家。不具貴族性格。

七、尊重個人自由。

八、讓人們曉得孔家道理不再符合時代。

九、將西洋的科學方法應用於安南文學。

十、可以選擇遵守上述九條中的一條,只要不違反其他條款即可。

一九三五年,自力文團另外創辦了《今日週報》(*Báo Thời nay*),但仍然忠實於以上宗旨。通過十條款的宗旨,可以看出自力文團的文學觀念的突出特點:重視民族精神(條款一、二、四、六);主張借鑒西方,因此偏向批判儒教腐敗的倫理(條款五、七、八、九);重視平民主義,走向大眾讀者(條款三、四、六)。就這些特點讓自力文團的文學有意於對社會現實進行改造,「注重讓社會與人們變得越來越好」(條款二),這完全相反於人們常成見地認為他們的文學是「為藝術而藝術」的意見。

由於確切地遵守宗旨的發展傾向,因此自力文團的創作經歷了三個主要的階段:

第一階段從一九三二至一九三六年。在此階段裡,自力文團創作的心主題是新舊衝突,儒家倫理和西方個人自由的衝突。這一階段自力文團小說中的主人公是新時代女士,中心主題是自由戀愛。女人之所以成為自力文團小說中的主人公,是因為受到越南一九三〇年代社會中的女權運動的影響。然而,這一特點基本上來源於自力文團對儒教的批判傾向。儒教是帶有濃厚的男權主義的學說。儒教對個人的生存權利的苛刻集中體現在對女人的文化規則。對儒教進行直面而強烈的批判正是對女人生存權利的悲劇的揭示。這個主題的開創作品同時

也是自力文團的第一部小說是概興的《蝶魂夢仙》(*Hồn bướm mơ tiên*, 1933)。小說講述了在龍降寺廟空間裡所發生的玉（農業學校的大學生）與和尚蘭（女子扮男裝出家）之間的愛情故事。小說的結尾是：由於這份感情是精神戀愛，所以在佛祖慈悲的光影下而獲得永生不滅。越南傳統文化中，愛情只有在婚姻中才能體現出全部和真正的意義。《蝶魂夢仙》的結局卻提倡了一種非常新穎的愛情觀念：愛情本身是一個獨立的價值，不需要婚姻來證明其存在意義。然而，《蝶魂夢仙》對封建禮教的批判尚未獲得體現，要等到《半程春》(*Nửa chừng xuân*，概興，1934)，尤其是《斷絕》(*Đoạn tuyệt*，一靈，1935) 才集中對這個主題的表現。梅（《半程春》）和鶯（《斷絕》）都是西學的新女士，她們勇敢地反抗了禮教苛刻的束縛，聽著內心的聲音而追求自由的生活。一靈的《斷絕》引發了當時在報刊上、文壇上熱鬧的爭論。這一階段自力文團的其他小說例如《賣花擔子》(*Gánh hàng hoa*，一靈、概興共同創作，1934)、《冷清》(*Lạnh lùng*，一靈，1936) 都圍繞著上述戀愛自由的主題，因此這使得自力文團對封建禮教的批判精神在社會生活中產生了廣泛和深刻的影響。

　　第二階段，從一九三六至一九三九年。就像上面所述，自力文團提倡一種可以影響到社會的文學，所以社團的成員作家都根據生活的變化而主動的更新自己創作主題。一九三六年五月，法國人民陣線獲得選舉勝利，萊昂‧布魯姆在殖民地國家施行擴大民主權利的一系列改革。在越南，該政治變動將人民生活及農村改革提到社會生活的中心地位。一九三六年十二月十三日，《今日週報》第三十八期上，自力文團創立了光明會（Hội Ánh sáng），該會主張「帶給全國窮民明亮、乾淨、美觀的房子」。與此同時，一系列書寫農村改革主題的文學創作問世。自力文團的作家們一方面集中描述生活在竹叢環繞村莊裡的農民們的悲慘的生活環境、醜陋的風俗習慣，例如：黃道《汙泥

濁水》(Bùn lầy nước đọng, 1938)、陳蕭（Trần Tiêu）《水牛》(Con trâu, 1938-1939)。除了對農村生活的揭示和批判以外，作家們也體現了改造農村的努力，以便改變農民艱困的命運。愛情主題繼續獲得體現，但最終目的還是為農村改革的主題服務。概興《家庭》(Gia đình, 1936)中一對先是情侶後成為夫妻的鶴與寶，黃道的《光明道路》(Con đường sáng, 1938-1939)中的維和詩都是西學知識分子，但他們都離開了城市而到農村進行屯田，用自己的智慧、毅力和金錢來提高農民的生活水準。

　　第三階段，從一九三九至一九四三年。這時不僅社會背景，而且連自力文團本身也發生了許多變化。一九三九年起，法西斯主義的黑暗影子開始出現，接下來是第二次世界大戰爆發。不再限於通過報刊出版和文學創作的文化改革活動，一九三八年，一靈成立了興越黨(Đảng Hưng Việt，後來改名為大越民政黨 Đại Việt Dân chính đảng)並主張抗法及打倒順化封建制度。受到鎮壓的一靈逃跑到中國。一九四〇年底，概興和黃道被法國殖民政府抓進監獄。一九四二年，石嵐由於得了癆病而去世。一九四三年，概興的《猶豫》(Băn khoăn，又名《清德》Thanh Đức)出版，那是自力文團的最後一部小說。從此時往後，自力文團基本上在文壇上完成了自己的歷史使命。有意思的是，在前面的創作階段，由於尚未直接參與政治活動，自力文團的文學創作都針對社會目標並具備圍繞著新舊鬥爭或農村改革的論題性，因此，對人的自我的深入探討沒有很多發展的空間。《風雨人生》(Đời mưa gió, 1935)中挑戰性出現的肉慾感的愛情僅僅是例外。對人的自我真正意義的敘述只有在自力文團的最後階段才出現。《朋友》(Đôi bạn，一靈，1938)中勇離開的期望背後就是他的自我對社會準則，以及早已安排好的生活道路的不滿。更深一層就是《白蝴蝶》(Bướm trắng, 1939)，作品中，一靈讓自己的人物面對已知的死亡（癆病），

在他筆下可見一個人在墮落、貪汙、犯罪等罪惡的誘惑左右之下能走多遠。概興的《美》（Đẹp, 1939）中，畫家南看到周圍的人好像都是杜斯妥也夫斯基小說中的人物，他們總是要隱瞞自己的罪惡，如果不犯罪的話就因為他們是膽小和虛假的人。在這個方面走得最遠的就是《猶豫》中的景，他是一個既有學問又有錢的人，他有了美麗的老婆但在好（他父親的情人）面前卻無法控制自己違背倫常的愛情。通過上述人物形象，自力文團的文學創作對倫常意義上的人提出一種質疑。這就表明，一個人有許多被遮蔽的黑暗面，那些黑暗面無法控制，反過來往往忽隱忽現並具備很大力量。在越南至今為止，上述個人的漂流行程在文學閱讀接受中仍是一種挑戰。

除了長篇小說之外，不得不提到抒情式短篇小說的存在，如：石嵐《季初之風》（Gió đầu mùa, 1937）、《園子裡的陽光》（Nắng trong vườn, 1938）、《一根頭髮》（Sợi tóc, 1942）；清淨（Thanh Tịnh, 1911-1988）《故鄉》（Quê mẹ, 1941）；杜遜（Đỗ Tốn）（1921-1973）《黃葵花》（Hoa vông vang, 1945）；青珠（Thanh Châu, 1912-2007）《珊瑚藤》（Hoa ti gôn, 1937）、《絲綢的衣》（Tà áo lụa, 1942）；玉交（Ngọc Giao, 1911-1997）《歡樂一夜》（Một đêm vui, 1937）、《粉香》（Phấn hương, 1939）、《山下村的姑娘》（Cô gái làng Sơn Hạ, 1942）；何英（Hồ Dzếnh, 1916-1991）《舊時的天涯》（Chân trời cũ, 1943）……。上述作家的共同之處就是他們的敘述視角都從人物的視角出發，故事結構的建立在黑暗與光明，過去與現在，此地與遠方的相反範疇及音樂性的語言之上。因此抒情式短篇小說正是敘事類和抒情類的一體化的呈現。

自力文團對越南藝術敘事文學的現代化進程的貢獻非常重大。從自力文團開始，藝術敘事文學表達的語言模式才被定型，並脫離了駢體文的表達方式，當時駢體文的表達習慣還被延續到後來黃玉珀的

《素心》中。自力文團的文學表達句子在結構上非常豐富,靈活並滿足了敘述、描繪的需要。自力文團文學創作的語言詞彙量也特別豐富、細緻,尤其在描寫顏色、感受、感覺方面。也只有從自力文團開始,現代模式小說也才被定型了下來,在展開敘述脈絡的同時又深入運用了從西方小說借鑒到的描繪技巧(面貌特寫、風景描述、心理刻畫)。人物不再是情節的包袱而是有了自己的生命,人物性格中同時包括不同的相反方面;敘述角度雖然主要是第三人稱的使用但敘述視角也開始轉向為人物視角;自力文團的大多數小說都選擇以開放式結局來取代傳統模式的大團圓式結局。可以說,自力文團為越南往後的現代敘事文學的發展打下重要的基礎。

阮遵(Nguyễn Tuân, 1910-1987)不是自力文團的成員,也不在《風化週報》、《今日週報》上刊登自己的文學創作,但是他在浪漫文學發展中占有重要地位。代表作有隨筆《一次旅行》(*Một chuyến đi*, 1938)、《缺少家鄉》(*Thiếu quê hương*, 1940)、《蟹眼銅爐》(*Chiếc lư đồng mắt cua*, 1941),以及短篇小說集《響亮一時》(*Vang bóng một thời*, 1940)。阮遵的自我體現在過去和現在之間鮮明的對比上。在當下(集中體現在隨筆中),在遷移和淫樂放縱中,自我的情緒範圍(無數的轉換和混合)的憂鬱、疲勞、破壞到甚至是無倫理,最後是自我毀滅。這種對內心世界各種色彩的誠實讓讀者感到驚訝,也形成了阮遵的隨筆的特別吸引力。短篇小說中的自我,就像其名字「響亮一時」一樣,是對過去的熱情回歸,這個過去不是那麼遙遠,那時候有著優雅而才華橫溢的愛好,如:對詩比賽、品茶、下棋、做拉軍燈、寫書法……。這些首先是儒家才子的愛好,但同時也是民族過去的千年之美,讓現實中迷失的自我找來做避難所。阮遵的短篇小說和隨筆的共同點是寫作風格,無論是什麼體裁,他在構詞造句方面都極具才華和奇妙。

從一九三四至一九四五年的浪漫主義敘事文學的脈絡中，還必須提到黎文張（Lê Văn Trương, 1906-1964），他一手創造了一個單獨的文學脈絡並常被稱為英雄小說。他寫了數十本書，如《天帝釋帝》（Đế Thiên Đế Thích, 1934）、《維納斯的影子下》（Dưới bóng thần Vệ nữ, 1939）、《一個女人的靈魂》（Một linh hồn đàn bà, 1940）、《四蓯小姐》（Cô Tư Thung, 1942）、《你和我》（Anh và tôi, 1942）……。黎文張小說的主人公多是江湖客，他們恪守道義，與貪圖名利、腐敗的上層社會形成鮮明對比。黎文張的小說通常被歸類為通俗文學。然而，如果說南方大眾小說常吸引普通讀者，那麼黎文張的小說則吸引中產階級的讀者。儘管他的小說常被指責是文筆有些草率、細節上不真實、太多哲理說教……，但平心而論，黎文張成功作品中的人物世界仍然具備自己獨有的氣質。尤其是一九四〇年後，在時代陰暗的背景下，充滿生活毅力及道德力量的勇敢人物讓中產階級讀者尤為著迷。

3　新詩運動

非常有趣的是，新詩運動（1932-1945）是由一位儒家秀才潘瓌發起的。他在一九三二年《東西報》（báo Đông Tây）的「春季文集」（Tập văn mùa xuân）上發表了〈老情〉（Tình già）一詩，然後又在《婦女新聞》（Phụ nữ tân văn，1932年3月10日）上轉載。潘瓌在他的一篇文章中對舊詩作了批判：「詩歌最重要的就是『真』。舊詩由於受著過多的束縛所以失去了『真』」，並提出了以〈老情〉作為例子的一種新的詩歌。這首詩顯然不是一首好詩，但由潘瓌宣導的「用押韻的句子將自己內心的真意表達出來而不受任何格律的束縛」的精神卻真正成為了詩歌革命的靈魂。然而，據懷青（Hoài Thanh, 1909-1982）的意見，要等到《風化週報》第三十一期（1933年1月24日）重新刊登潘瓌的詩作和劉重廬（Lưu Trọng Lư, 1971-1991）的詩作後，新詩才

真正成為一場席捲整個詩壇的運動。[5]從這個時間標誌後，一大批有才華的新詩詩人同時出現：世旅、劉重廬、范輝通（Phạm Huy Thông, 1916-1988）、阮若法（Nguyễn Nhược Pháp, 1914-1938）、黎文白（J. Leiba, 1912-1941）、泰干（Thái Can, 1910-1998）……。新詩當然要遭受舊詩的詩人毫不妥協的攻擊，包括傘沱（當時的詩霸）在內。然而，新詩詩作的品質以及年輕讀者的力量（他們的心靈在西方教育中受到法國詩歌的薰陶）很快就把舊詩推回幕後。又按照懷青的意見，從一九三六年開始，新詩完全發揮了霸權作用。一九四一年，懷青和懷真（Hoài Chân）在撰寫《越南詩人》（Thi nhân Việt Nam）時，也介紹了四十五位詩人的名單。二〇〇一年，賴元恩（Lại Nguyên Ân）編著《1932-1945新詩選集》，共有八十一位詩人，足見一個詩歌時代的分量。

　　《越南詩人》作者將新詩分為三個流派：受法國詩歌影響的流派、唐詩流派及純越南流派。法國詩歌是西方詩歌，唐詩和純越南歌是東方詩歌。因此，新詩是不同血脈的融合，是東西方的融合。《越南詩人》在評論時也表達了這個含義，認為如果以上三個流派像三條河的話，那麼它們都是水漫過堤岸的河流。同樣地在書尾的《傾訴》部分，作者提到了「詩歌村」的多樣性，例如：滄江村龐伯麟（Bàng Bá Lân, 1912-1988）、英詩（Anh Thơ, 1921-2005）；自力村：世旅、春妙、輝瑾（Huy Cận, 1919-2005）；東方村：劉重廬、泰干；順化村：范文逸（Phạm Văn Dật, 1907-1987）、南珍（Nam Trân, 1907-1967）、阮廷書（Nguyễn Đình Thư, 1917 - ?）；平定村：韓墨子（Hàn Mặc Tử, 1912-1940）、制蘭園（Chế Lan Viên, 1920-1989）；河仙村：東

5　參見懷青、懷真：《越南詩人》（河內：文學出版社，1942年出版，2000年再版），頁19-20。

湖、夢雪（Mộng Tuyết, 1914-2007）。這可被稱為新詩運動版圖的輪廓。不可忽視的一點是，除了男性詩人之外，這一階段的詩壇上已出現帶有獨特風格的女性詩人，如英詩、姮芳（Hằng Phương, 1908-1983）、夢雪、雲苔（Vân Đài, 1904-1964）。

對新詩的形容也可以根據時間軸上的三個主要發展階段（儘管我們不該忘記新詩內部總有很多重疊，總是有一些偉大的人物難以被局限於任何一個階段）。第一個階段是從一九三二至一九三五年。在這個初始階段，世旅是「像一顆突然出現並照亮了整個越南的詩歌天空的明星」，使得「全部舊詩行列在瞬間中崩潰」[6]。果然如此，在世旅的詩歌中，唐律詩已經被取代為自由詩的結構、帶有日常生活氣息的語言或者充滿西方理性精神的詩句：

> 我是一個漂泊的步行人
> 在塵世上上奔下走為樂
> 在哭和笑中找到美好的感覺
> ……我只是一個癡情人
> 迷戀著多種多樣的美
> （〈萬調之琴〉Cây đàn muôn điệu）[7]

在上述的詩句中，除了形式的新穎，人們還看到了關於詩人－藝術家的新宣言及新詩的靈感之源：塵世風光中以及在像萬調琴聲般的情感顫動中的多樣之美。不僅如此，世旅還為新詩留下了〈河邊載客〉

---

6 參見懷青、懷真：《越南詩人》（河內：文學出版社，1942年出版，2000年再版），頁56。

7 參見懷青、懷真：《越南詩人》（河內：文學出版社，1942年出版，2000年再版），頁66。

（*Bên sông đưa khách*）中的征夫者形象，以及〈想念森林〉（*Nhớ rừng*）中在動物園裡帶有猛烈、悲壯的記憶的老虎形象。這兩個形象都包含了對國家局勢含蓄的心思。我們在范輝通的〈烏江上的笛聲〉（*Tiếng địch sông Ô*）對生不逢時的英雄項羽的壯歌中也看到類似的心思。新詩是自我的解放，是內心聲音多樣性的解放，所以從這個初始階段開始，無論世旅的詩歌世界有多大，都無法取代劉重廬詩歌中的憂愁，阮若法詩歌中的幽默或者武廷聯（Vũ Đình Liên, 1913-1996）詩歌中的懷舊、悲傷。

進入一九三六至一九三九年的第二階段，人們看到新詩運動邁出新的一步。可以通過一些現象來明顯的看出這種轉變：前一階段的著名詩人（除了劉重廬之外）基本上都讓位給另一個更新奇、更大膽、在創造個性上更多樣的新一代詩人。取代了世旅的位置就是春妙（在初期發表首創詩作時，他是被世旅發現和關照的人）。在春妙的詩歌中，人們會遇到一些似乎直接從法國詩歌翻譯過來的詞句和詞語：「一個多」、「或多或少」、「紅色把綠色染得消失」、「愛是心中死了一點」……在這一切後，春妙詩歌的主旋律似乎是從波特萊爾不朽詩篇 "*L'ennemi*"（《敵人》）的回聲："Ô douleur ! Ô douleur ! Le Temps mange la vie"（啊，痛苦！啊，痛苦！時光吞噬著生命）。也許正是出於這種時間感，春妙就成為越南第一位雖然正處於青春年華的時光，卻在面對虛無和死亡感到顫抖的詩人。然而，對時間的恐懼感也使得春妙在每一刹那中都渴望著生活、渴望著愛情以及盡心享受人生所有聲音和美好。春妙詩中「無季節的春天」之美被呈現在浮游之中，那是一種雖然短暫但常新並永遠在初始。在現實生活中，春妙和輝瑾是好朋友，但在創作中，如果說春妙的詩歌常常是熱情奔放、沉醉迷戀的話，那麼輝瑾的詩歌卻帶著一種似乎是凝聚了數千年的悲傷、沮喪。不少時候，懷著那種「千古愁」的輝瑾的心思似乎不是嚮往人世

而是向上帝祈求和傾訴。

講到這個時期的新詩，不能不提到以韓墨子為統帥的平定的亂詩派，除了韓墨子之外還有制蘭園、燕蘭（Yến Lan, 1916-1998）、郭進（Quách Tấn, 1910-1992）。這四個人中，燕蘭和郭進風格比較接近，偏向於古典風格。「亂」的色彩可能更符合於對韓墨子、制蘭園及後來的碧溪（Bích Khê, 1916-1946）的風格的形容。這三位詩人在體現異常、鬼怪的事物之美都深受波特萊爾的影響。制蘭園的詩歌對魔鬼、頭骨、血液和深幽、神秘的占婆塔的世界產生特殊的靈感。碧溪的詩歌卻打破了「身體－心靈」的二元對立範疇去尋找既高雅（體現在美麗、風格化的詞的使用）又顯露性、挑戰性的肉體感露（直接叫出身體敏感部分的名字）的結合。韓墨子在他的詩歌中創造出一個有月亮、血液、靈魂以及瘋狂之魂的異常狀態的幻想世界。在其他詩人的創作中，儘管神秘但人們或多或少仍然找出其內在聯繫，但在韓墨子的許多詩歌創作中，那僅僅是思想的破碎和片段。

除了尋找新奇的創作方向之外，還有寫真派的詩人們如：濟亨（Tế Hanh, 1921-2009）、英詩、龐伯麟、段文璩（Đoàn Văn Cừ, 1913-2004）、南珍。他們在詩中留下了在安寧、清新中的鄉村畫面：鄉村的河流、鄉村的集市、村莊的節慶習俗以及日常生活畫面……。接近這一詩歌風格並將它推到高峰的是阮丙。幾乎沒有受到西方詩歌的影響，阮丙用歌謠的旋律及民間敘事的方式將春雨、鄉村姑娘、簍葉樹、船夫、苔村、東村等形象變成代表本民族千年的風景和質樸心靈的典範。

第三階段從一九四〇至一九四五年，記錄了輝瑾日益深入宗教情感之旅，這體現在他的《求嗣經》（Kinh cầu tự, 1942）中；也記錄了制蘭園深入了虛無世界之旅，並體現在他的《金星》（Vàng sao, 1942）中。亂詩派的影響傳回北方並引起丁雄（Đinh Hùng, 1920-1967）及

其《迷魂歌》(*Mê hồn ca*)的出現（這首詩在此期間已經寫成，但於1954年才作為詩集出版）。這一階段的另一代表詩人是武黃章（Vũ Hoàng Chương, 1916-1976）及其《醉詩》(*Thơ Say*, 1940)——這本詩集體現了以身體的行樂作為解脫的出路的藝術創造精神，然而，所留下的餘味仍然是苦澀，是一代另類人的悲傷，「投胎錯了世紀」。特別值得一提的是「春秋雅集」(Xuân Thu nhã tập, 1942) 的出現——以段富四（Đoàn Phú Tứ, 1910-1989）、范文幸（Phạm Văn Hạnh, 1913-1987）、阮春生（Nguyễn Xuân Sanh, 1920-2020）為核心成員。此外，合作夥伴有阮杜恭（Nguyễn Đỗ Cung, 1912-1977，音樂家）、阮春闊（Nguyễn Xuân Khoát, 1910-1993，畫家）、阮良玉（Nguyễn Lương Ngọc, 1910-1994）合作。「春秋雅集」最重要的成就是由段富四、范文幸和阮春闊撰寫的文學宣言《詩》。今天再看一遍，我們可以從這裡看到越南詩歌新發展路線的輪廓：廢除詞彙的意義來尋找其中的音樂性意義，意想不到的、非理性的組合中尋找詩歌的意義（使詩歌超越了象徵主義並進入超現實主義範疇中）；提高接受主體的地位；強調多重含義和模糊性；體現了他們嘗試整合東西方文學理論的努力……。在前幾個階段，我們沒有看到人們為詩歌立說，這可能不是真正的必要，因為越南詩人的面前已經有了西方詩人創造的模式，所以「春秋雅集」的藝術宣言就揭示了一個重要的事實：到此階段，越南詩人已經真正走上努力尋找詩歌的革新方案的道路上。「春秋雅集」派的詩歌創作成果雖然有限，但也為詩壇留下了不朽的傑作：《時間的色彩》(*Màu thời gian*，段富四)；范文幸和阮春生的作品常常被認為是神秘的，但在越南詩歌現代化進程中仍然是詩歌革新的典型。

新詩的成功引起了詩歌戲的形成。這是屬於戲劇的類型，但對白是用詩歌來寫。許多才華橫溢的新詩詩人在這一體裁中成名，如：

阮若法及其《玄珍公主》(Huyền Trân công chúa, 1935);阮丙、燕蘭、武重干 (Vũ Trọng Can, 1915-1943) 及其《佳人之影》(Bóng giai nhân, 1942);武黃章及其《雲妹》(Vân muội, 1944)、《張芝》(Trương Chi, 1944);潘克寬 (Phan Khắc Khoan, 1916-1998) 及其《范泰》(Phạm Thái, 1942)、《瓊茹》(Quỳnh Như, 1944)。

　　正如懷青和懷真所言,新詩確實是一場革命,並為民族國家的詩歌開啟了新紀元。從根本上說,新詩的體裁體系仍是建立在發揮傳統詩體功能的基礎上的:從曲藝衍生出來的八言詩;七言詩雖然去除了格律並像西方詩歌一樣分節,但它仍然有唐詩的根源;六八體詩;五言詩。然而,這仍是一場真正的革命,因為新詩的出現基本上結束了唐律詩在十個世紀內的獨尊地位。來自西方的新體裁,如自由詩和散文詩,加入了越南詩壇。大膽的詩歌實驗雖然很少但已經落實,如:阮偉 (Nguyễn Vỹ, 1912-1971) 的二言詩;視覺詩有黎慶童 (Lê Khánh Đồng, 1905-1976) 的《西湖》(Hồ Tây, 1928)、陳訓章 (Trần Huấn Chương, ? - ?) 的《黑暗》(Tối)。尤其重要的是抒情的自我被徹底改變。古典詩歌往往是非個人的自我,[8]但新詩的話就是某個具體個人的話,充滿了個人感情及高度個性化的語氣。這就引起了語氣詞、情態詞……在詩歌中大量出現。再加上古典詩句由於詩句和詩行的一致,雖然扎實簡潔,卻阻礙了情感流動的自由。新詩向西方詩歌借鑒所以詩句往往趨於擴展(兩三行,甚至很多詩行組合成一句詩)。換行的詩句、連詞、重疊詞、重疊語等是詩歌的普遍現象。這就是新詩詩人體現自己瀑布般的感情和文字並對讀者的接受產生重大影響的秘訣。作為一種嚴格的音調結構,唐律詩具有豐富的音樂性,但卻是一種超越個體(公式化)的音樂性。相反,新詩中的音樂性在

8　參見陳廷史:〈古典詩〉,收入《詩歌的藝術世界》(河內:教育出版社,1995年),頁23。

各個層面（詩篇、詩節、甚至每一個詩行）都高度個性化，因此具有很強烈的感情體現功能。在古代詩歌中，詩歌意象主要來自於視覺或感官的並置。深受波特萊爾的影響的新詩中的意象是多種感官的混合體。因此，感覺轉換的隱喻成為構建詩歌意象的關鍵密碼。在最後階段，新詩幾乎廢除了詞語的詞彙意義來尋找與音樂和繪畫緊密結合的詩歌語言。這是新詩對於後來各個時期越南詩歌改革歷程中所留下尤為重要的遺產。

（二）現實傾向

1 現實傾向出現的前提

越南古代文學總體上只允許現實主義元素的出現，而不是作為一種創作思潮的現實主義傾向。這可以通過一系列原因來解釋，例如：由於詩歌占主導的地位，所以不適合於對現實的描述和再現；「載道」和「言志」的要求就阻礙了對現實的客觀視角；沒有工業生產作為實驗科學的基礎，這使得分析思維難以發展。

關於越南文學一九三二至一九四五年階段的現實傾向的重要前提，除了國語字的形成與發展、報刊的出現以及巴爾扎克、莫泊桑、左拉、契訶夫、杜斯妥也夫斯基等西方文學作家的影響之外，要特別強調當時的社會情境。在按照市場經濟規律運行的社會中，社會分層、貧富差距及城鄉對立越來越激烈是必然現象。工業生產破壞了鄉村傳統的手工藝生產。此外，自然災害（特別是洪水）和嚴厲的稅收使農村失去了詩意的田園空間。由於在自己的土地上被貧窮化，這些善良的農民被迫離開熟悉的村莊空間，冒險投身於種植園和工廠，然而，他們在那裡領取的工資無法充饑。另一種解決辦法是湧向西貢、海防、河內等大城市並在街頭尋找工作：擦鞋、賣報紙、拉手推車、

當服務員、當女傭人、當男僕⋯⋯。這些處於社會底層的人沒有任何光明的未來。在報告文學《吃老闆們的飯》(Cơm thầy cơm cô, 1936)中，武重奉寫出一個苦澀的結論：「女人會走向色欲，男人會走向懲罰」。從這個角度來看，西方化將與人的貧窮化、變質化以及社會底層的黑暗面聯繫在一起。批判的聲音和揭露社會的反面精神將是這一階段現實主義文學傾向的主旋律。

2 現實傾向的發展階段

現實傾向的形成和發展經歷了三個主要階段。一九三〇至一九三五年是現實主義文學或多或少帶有自發性的階段。與浪漫傾向的不同，這一階段的現實傾向沒有領導者，成員們有著共同的創作宗旨。創作力量相對單薄，主要有三位作家，即三郎（Tam Lang，武廷志 Vũ Đình Chí）、天虛（武重奉 Vũ Trọng Phụng）和阮公歡。武重奉的戲劇《無聲無響》(Không một tiếng vang, 1931)和阮公歡的兩部小說《男老闆》(Ông chủ, 1935)、《女老闆》(Bà chủ, 1935)都並非有很高的藝術價值的作品。這一階段現實傾向最重要的現象，首先是報告文學——新聞報導直接產生的子體裁。三郎的報告文學《我拉人力車》(Tôi kéo xe, 1932)近距離的描寫了河內人力車夫的悲慘生活以及人力車主的殘酷面孔，就因為少了他們的兩毛錢卻寧可把人打得流鼻血。我們在這部開創性的作品中看到了一個將成為後來各個文學階段的現實傾向包括報告文學在內的主要特徵：對社會黑暗面及對社會底層人民的生活的關注。然而，「北方報告文學之王」的稱號卻屬於武重奉，他有兩部重要的報告文學，一部寫欺詐性賭博的《害人的陷阱》(Cạm bẫy người, 1933)和寫本土女性以與西方人（主要是各種膚色的遠東遠征軍人）結婚作為謀生工作（其實就是一種有結婚證的賣淫兼任女傭）的《嫁給西洋人的技巧》(Kỹ nghệ lấy Tây, 1935)。

這一階段另一個需要特別注意的事件是阮公歡在《安南雜誌》(*An Nam tạp chí*)和《禮拜六小說》上發表的一系列諷刺短篇小說，後來收錄在短篇小說集《男角四下》(*Kép Tư Bền*, 1935)中。在這些短篇小說中，似乎有民間故事的笑聲和莫里哀喜劇（阮公歡承認他對莫里哀喜劇特別感興趣）中的笑聲的相遇。走進阮公歡短篇小說的世界，每個人都無一例外的要扮演一個戲劇角色。區別在於他們是富人還是窮人。富人演戲是為了不擇手段地賺錢，以掩蓋自己的無道德和無恥。當故事的結尾爆發出笑聲時，面具就掉落了，露出了角色的真實面貌。在這種情況下，笑聲帶有啟發能力和深刻的憤怒。窮人也要扮演角色：病重臨死的人必須扮演健康的角色去找工作，妓女必須扮演新時代女性的角色來吸引顧客，喜劇演員必須扮演搞笑的角色儘管他父親在家裡垂死（《拉到一次客人》*Được chuyến khách*、《馬人，人馬》*Người ngựa, ngựa người*、《男角四下》），這些都是演得越成功，結局就越悲慘和痛苦的戲劇角色。在阮公歡的視角下，人生就是有足夠的歡笑和淚水的一個悲劇加喜劇的舞臺。除了創造出生動對話的能力外，阮公歡在敘述故事方式和故事情境的創設上也有特殊的天賦。這一切因素使他成為現實主義傾向的整個發展時期的代表性作家。

一九三六至一九三九年階段是現實傾向自覺性發展的時期。這一方面是由於法國人民陣線政府統治下政治生活中的民主氛圍的影響，但更重要的是，現實主義傾向和浪漫主義傾向在創作觀點上的差異集中體現在圍繞著武重奉作品的筆戰中。就在這一場筆戰中，武重奉明確指出他的作品和自力文團的作品之間的差異就是：「你們希望小說還是小說。我和跟我志同道合的作家們則希望小說是生活的真實」(《將來報》*Báo Tương lai*，1937年第9期)。這可以看作是現實主義傾向的創作宗旨並且通過當時的文學創作獲得出色的體現，如報告文學《吃老闆們的飯》(1936)、《妓女看病所》(*Lục xì*, 1937)以及一系

列小說如《暴風驟雨》（Giông tố, 1936）、《決堤》（Vỡ đê, 1936）、《紅運》（Số đỏ, 1936）、《中彩票》（Trúng số độc đắc, 1938）等。其中諷刺小說《紅運》一直被認為是傑出作品。在寫報告文學時，武重奉經常通過對細節和人物對話的尖銳描寫來刻畫人物的形象，體現出小說大師的水準。反過來，他的小說卻總是帶著報告文學的社會氣息和即時性的特徵。無論哪種類型，武重奉都在揭示當時社會的邪惡、腐敗的黑暗面上體現出他特殊的寫作才能。在武重奉的描寫下，人物們都是受著金錢、淫蕩的本性（他的觀點受到佛洛伊德的影響）以及命運所操縱的傀儡。這些因素不僅能左右像議赫那樣淫蕩、有錢的資產老爺，也讓《暴風驟雨》中的阿龍從富有自尊心的寒士變成了一個墮落、不道德的人。這些因素也能解釋為何《紅運》中的紅毛春宣（一個沒學問、淫蕩、膽大妄為的人）能夠靠運氣而進入上流社會，並迅速成為一位社會改革家、阿春醫生、救國偉人並被授予北斗佩星的勳章。對社會病態的批判是現實主義文學的共同特徵，但在其他作家的描寫中，這種批判仍然是建立於對人性美好價值觀的信任。對於武重奉來說，這種信任就變成了懷疑、絕望，就像他自己那樣痛苦的表達：「對我個人來講，這個社會，我僅看到混蛋：貪官、汙吏、敗壞的女人、好色的男人、一群狡猾投機的文士」（《將來報》1937年第9期）[9]。那就是這位天才的寫作力量，但同時也是他的局限性。

在法國人民陣線影響下，審查制度的放寬使得現實傾向無論是在作家、作品的數量上還是反映現實的品質上，都獲得順利的發展。在這一階段，阮公歡的短篇小說不再像前一個階段那樣停留在貧富衝突上，而針對階級矛盾，直接攻擊官僚階層和殖民政府，揭露他們的貪

9　參見阮玉善、高金蘭：《二十世紀文藝爭論》第二卷，（河內：勞動出版社，2003年），頁1132。

汙、無恥及詐騙的本質。由於受到越南共產黨報刊的影響，阮公歡的小說《最後的道路》（Bước đường cùng, 1938）不僅刻畫了悲劇，而且還展現了農民的反抗力量。然而，這一階段專門描繪農村和農民題材的作家是吳必素。吳必素出身儒家，貼近農民也瞭解農民的生活，自一九三一年起，吳必素發表了一些關於鄉村風俗、文化的文章並受到公眾的關注。到這個階段，通過各個報告文學《村亭的故事集》（Tập án cái đình, 1939）、《村事》（Việc làng, 1940）和小說《熄燈》（Tắt đèn, 1939），吳必素的筆鋒一方面揭露了鄉村的腐敗風俗，另一方面表達了強烈的訴苦，對生活道理之美的珍惜發現，對農民潛在反抗力量的發現。此外，也要提到被譽為越南高爾基的作家元鴻（Nguyên Hồng, 1918-1982）的重要貢獻。他的童年經歷了許多不幸，甚至在十四歲時因犯罪而入獄（為了保護他的母親避開繼父的襲擊），他要住在貧困的村莊（村莊裡大多數居民是小偷和歹徒），這樣的經歷幫助元鴻對這些悲慘的人們有了豐富的瞭解。元鴻的長篇小說《女盜》（Bỉ vỏ, 1937）、《童年時光》（Những ngày thơ ấu, 1938）和短篇小說集《七又》（Bảy Hựu, 1940）真實地再現了那些無比饑餓和罪過的人的放蕩、大膽妄為的生活面貌。也是在這一階段，工人階級，特別是礦工的生活，通過蘭開（Lan Khai, 1906-1945）的小說《生靈塗炭》（Lầm than, 1938）獲得了體現。此外還要提及報告文學體裁的作家三郎、重郎（Trọng Lang, 1905-1986），戲劇體裁的作家韋玄得（《金錢》Kim tiền, 1938）。

　　一九四〇至一九四五年階段的特徵是現實傾向的創作隊伍和創作方向發生較大的波動。武重奉於一九三九年去世。第二次世界大戰爆發，審查制度變得特別嚴酷，這直接影響到偏向於暴露社會陰暗面的現實傾向的創作活動。除了一些繼續堅持批判基調的短篇小說外，阮公歡開始轉向創作小說，其內容宣揚古代清廉官吏的形象（《清廉》

Thanh đạm、《名節》*Danh tiết*)。吳必素轉向寫考究和翻譯。蘭開轉向創作森林之路的小說。屬於前一階段最重要作家只有元鴻一人。然而,正是在這一階段,現實主義傾向隊伍也出現了一系列新的作家。接近元鴻的文學主題的是孟富思（Mạnh Phú Tư, 1913-1959）及其兩部小說《做妾》(*Làm lẽ*, 1940)、《寄生》(*Sống nhờ*, 1942),和阮廷臘（Nguyễn Đình Lạp, 1913-1952）及其報告文學《郊區》(*Ngoại ô*, 1941)、《胡同》(*Ngõ hẻm*, 1943)。這兩位作家的作品都深入描繪社會底層人的苦難命運,尤其是女性深刻的內心世界。基本上,當時的時代背景不利於像前一個階段那樣能夠體現階級的衝突,這就是此時出現一批寫風俗的作家的原因,如蘇懷（Tô Hoài, 1920-2014）、裴顯（Bùi Hiển, 1919-2009）、金麟（Kim Lân, 1920-2007）。對蘇懷來講,那是河內郊區有趣的風俗、富有抒情和詩意的自然風光（《他鄉》*Quê người*、《過往的井村》*Xóm Giếng ngày xưa*、《誓月》*Trăng thề*）。裴顯的短篇小說集《耍賴》(*Nằm vạ*)描繪了義安省瓊瑠縣沿海地區的漁民生活。非常出色的金麟短篇小說講述了他故鄉的北寧省人民的傳統愛好和文化活動,那是所謂「田園愛好」、「田園風流」,如養鴿子、鬥雞、養獵狗、玩假山……。

這一階段現實主義傾向文學最重要的人物是南高。南高與前一階段的吳必素並稱為「農民的作家」。然而,如果說吳必素主要描繪了稅收和生活條件的悲劇,那麼南高則更深入地探討了精神的悲劇、人性惡化的悲劇（〈志飄〉*Chí Phèo*、〈更夫的資格〉*Tư cách mõ*、〈一頓飽飯〉*Một bữa no*）。南高的另一個主題是小資產階級知識分子的生活:作家、記者、私立學校教師,知識在這些人的心靈中種下了許多理想和厚望,然而,這些卻在現實生活中被迅速而殘酷地粉碎（短篇小說〈多餘人生〉*Đời thừa*、〈眼淚〉*Nước mắt*、〈明月〉*Trăng sáng* 和小說《掙扎的活著》*Sống mòn*）。無論是什麼主題,南高小說的人

物都有一個共同點：他們總是要經歷一系列以死亡告終的悲劇。有的是生物學性的死亡，但更多的也更苦辣的是人性的死亡（有時候是兩者兼具）。然而，與武重奉的看法（人僅僅是環境的奴隸和囚徒）不同，南高總是看到人們在面對非人性的環境的反抗，以肯定自己人性的價值：敢於用死來維護人品，來要求做善良的人（〈志飄〉、〈老鶴〉 Lão Hạc）；懂得向同胞的苦難低頭，而不是被自私心左右的怪物（〈多餘人生〉、〈眼淚〉）。這就解釋了為什麼在南高的文學作品中，無論處於什麼樣的絕望環境中，人們也從未對人性、對做人的崇高使命失去了信心。

越南敘事文學中存在著一批受天主教影響的作家，從阮仲管到元鴻，最後到南高。如果說元鴻作品中的天主教影響的特徵是濃厚的人道主義，那麼阮仲管和南高的特徵則是內省的能力及剖析自我的內在奧秘的能力。南高的許多作品都帶著懺悔的聲音，向每個人內在的庸俗、卑鄙都進行了毫不妥協的分析以及體現自首性的表達。因此，南高的文章往往是雙聲的，讓敘述者能滲透到人物的話語中並與之對話，為作品創造了多聲的性質。

南高的藝術觀點已上升到一個新的高度。與武重奉一樣，南高與浪漫主義傾向也透過進行對話來加以肯定：「藝術不是欺騙的月光，不應該是欺騙的月光」、「藝術只能是從那困苦的身份發出來的痛苦聲音」（〈明月〉）。然而，南高同時也強調了作家的創造功能，即「挖掘無人挖過的資源，創造出未有的東西」。對於南高來說，現實價值必須與人道主義價值聯繫在一起，文學必須幫助「人與人更親近」，必須具有「歌頌情感、博愛之心、公正」的使命（〈多餘人生〉）。由於具備上述的特點，因此南高小說是現實傾向的結晶，可被視為二十世紀上半葉現實主義傾向最有代表性的作家。

在這個階段，從一九四三年起，元鴻、蘇懷、金麟、南高等作家

接受了共產黨的《越南文化提綱》(Đề cương văn hóa Việt Nam)，並加入救國文化會(Hội Văn hóa cứu quốc)。由於接受了黨的光明，所以這一階段的現實傾向文學不僅帶有批判基調，而且還具有預測社會變革的能力。在一些作品中，前一階段的悲觀、絕望結局被取代為充滿希望的未來畫面：「未來！未來！痛苦和努力戰鬥的人們一定奪取到未來」(元鴻，《殘喘》Hơi thở tàn)；「人生不會永遠如此模糊。未來必須更加光明。黎明已經宣告了……」(南高，《悼文》Điếu văn)；「我們年輕人現在要去哪裡？讓我們在清晨邁出腳步，走向充滿希望的紅色新天涯的目的地，四海八方的年輕人啊！」(《過往的井村》，蘇懷)可以說，這一階段的現實傾向已產生了在藝術情感上的轉向，甚至可以說從某種程度上是貼近了革命文學。

實際上，浪漫傾向和現實傾向難以明顯區分。自力文團成員秀肥的欄目「逆流水」(Dòng nước ngược)就是一個典型的例子。通過對唐詩、賦、祭文、說唱等傳統的韻文體裁的運用，秀肥將筆鋒直指當時社會的種種鄙陋，並毫不留情的批判殖民政府。秀肥的這些作品可以看作是現實主義傾向在詩歌中的體現。此外，重郎、韋玄得、元鴻等人的許多現實主義報告文學、戲劇、小說也發表在《今日報》上。元鴻的小說《女盜》獲得自力文學團的文學獎(1937)。概興、石嵐和陳蕭的一些作品也顯示出這兩種創作傾向的明顯交叉。然而，這兩種創作傾向之間也存在著可以互相對話、互相補充的根本區別，這就為二十世紀上半葉藝術敘事文學現代化進程作出貢獻。關於反映對象，如果說浪漫主義傾向主要偏向於描繪中產階級的生活，那麼現實主義傾向則是反映社會各階層人士的全景。然而，儘管被視為當時越南社會的百科全書，但現實主義文學特別關心的對象仍是社會底層的受盡屈辱的身份——那些總是被遺忘和被失去自己聲音的人。現實傾向文學在描寫這些人物時，不僅控訴他們的苦難，而且還珍惜地發現

他們的人性之美。對於不少現實傾向作家來說，似乎只有在窮人身上才能看到人性的存在和人性的價值。在這種情況下，現實反映的價值和人道主義價值聯繫在一起並且充滿階級色彩。關於人物塑造的原則，現實主義傾向作家往往特別關注人物性格與環境的關係並且從這個關係的角度來解釋性格的特點。這就帶來兩個結果：一、由於通過環境來解釋性格就讓現實文學中的人物有了內在的發展邏輯，有自己的聲音，而不再只是作家主觀意見的代言人；二、在環境的影響下，理想人物在現實文學中完全消失，取而代之的是人形和人性上變惡化的人物。這使得批判聲音成為現實主義傾向文學中的主導精神。另一方面，這也使得性格不再像浪漫主義傾向那樣一成不變，而是時時刻刻都在發生著意想不到的變化。關於語言方面，自力文團的敘事語言清晰、精練，但又帶有書卷氣，因此與日常生活語言有一定距離。現實主義文學作家將文學語言拉入日常生活環境中，因而顯得雖然有點俗氣但很生動、富有個性。每個人物都有自己的語言，反映了他的社會地位、命運和個性，與眾不同。有趣的是，很多時候人物的語言已經從作品中走出來，並成為當時和今天現實生活中人們所常用的語言。敘事類型和技巧的多樣化也是現實主義傾向的一個非常重要的貢獻。在此能列舉包括：阮公歡、武重奉的諷刺短篇小說和長篇小說；阮公歡的戲劇化短篇小說，南高的長篇小說化的短篇小說；南高的作品中雙基調的文學語言和多聲性……。

（三）革命、愛國文學

1 革命、愛國文學的發展前提

如果說新舊衝突是浪漫主義文學思潮的社會前提，階級衝突和貧富衝突是現實主義文學思潮的社會前提，那麼殖民者與被殖民者的衝

突則是革命、愛國文學的社會前提。一九二五年，潘佩珠被逮捕並軟禁在順化。一九二六年，潘周楨去世，但這並不影響到革命、愛國文學失去其活力。相反地，從一九三〇年起，隨著越南共產黨的領導，以及第二次世界大戰發生期間世界政治生活的波動，民族國家爭取民族獨立的鬥爭運動變得空前強大，最高峰的就是一九四五年的八月革命。如果說浪漫主義文學和現實主義文學的創作隊伍主要是資產階級和小資產階級作家，那麼革命文學則吸引了所有階層的作家：從老成志士的黃叔沆到西學的年輕知識分子的紅浪（Sóng Hồng，長征 Trường Chinh, 1907-1988）、春水（Xuân Thủy, 1912-1985）、素友（Tố Hữu, 1920-2002）以及乂靜蘇維埃運動中的大批工農兵。也就是在馬克思主義者海朝（Hải Triều, 1908-1954）的影響下，各個創作傾向之間的筆戰出現了（最有代表性就是「為藝術而藝術」、「為人生而藝術」的筆戰），從而使民族精神和無產階級意識形態在文學創作生活中日益發揮強烈的作用。總的來看，這一時期的革命、愛國文學與前一時期相比有兩個重要的區別：一是文學不再局限於監獄中或在海外，而是在國家內部充滿活力的革命鬥爭空間中生機勃勃的存在；二是無產階級的意識形態成為這部分文學的主導思想。

2 革命、愛國文學的主要成就

一九三〇至一九四五年階段的革命、愛國文學的亮點是在乂靜蘇維埃運動中誕生的詩歌。這些口傳文學創作是直接服務於兩個主要任務：一是控訴帝國主義、殖民主義、封建制度的罪行以及揭露人民群眾的悲慘生活；二是號召、鼓勵、動員人民群眾參加革命鬥爭。由於接受對象是工農兵階級，也為了及時滿足鬥爭現實的迫切要求，所以乂靜蘇維埃運動詩歌主要使用民間文學體裁（歌謠、民歌、童謠），雙七六八體詩的創作形式。這是淒美、感人至深，讓人無法安穩的詩句：

將近八十年了
為犬羊種做牛做馬
西軍手段殘忍
咱安南人經常危難
加上壓迫、貪殘
越做奴隸，越多冤苦……
難道坐著等死
必須一起堅決一次
這區，那鄉連結
咱呼咱叫，咱試著喊……

（鄧正紀 Đặng Chánh Kỷ，《革命歌曲》Bài ca cách mạng）[10]

又靜蘇維埃運動詩歌的鬥爭力量是極其巨大的。它的回聲在監獄中迴盪，幫助音樂家（同時也是一名革命士兵）丁需（Đinh Nhu, 1910-1945）創作了歌曲〈一起去紅軍吧〉（Cùng nhau đi Hồng binh）──越南新音樂的開端歌曲之一。歌曲旋律雄壯、歌詞具備濃厚的無產階級的意識形態：「窮苦的兄弟們／為人生拚命／願望世界大同／向前進紅軍」。

一九三六至一九三九年階段，在法國人民陣線所帶來的民主精神的影響下，東洋共產黨開展了公開活動。東洋共產黨一系列黨報創刊：《勞動》（Lao động）、《年輕的心靈》（Hồn trẻ）、《新人》（Người mới）、《稻枝》（Nhành lúa）、《人民》（Nhân dân）等。傳播馬克思主義思想的書籍都公開出版：《農民問題》（Vấn đề dân cày，戈寧 Qua

---

10 參見裴玉三：《鄧正紀（1890-1931）》（2010年），網址：http://btxvnt.org.vn/dang-chanh-ky-（1890-1931）-post2281。

Ninh 和雲廷 Vân Đình)、《解放印度支那的問題》(Vấn đề giải phóng Đông Dương，雲廷)。這些出版物使無產階級思想和馬克思主義思想廣泛滲透到社會生活中。對文藝界產生影響就是海朝的寫實主義理論。海朝巧妙地引發了與懷青和少山圍繞「為藝術而藝術」和「為人生而藝術」的問題的長期爭論，並通過這場爭論將馬克思文學藝術理論引入社會生活的中心。海朝對阮公歡和蘭開的作品評價很高，他一直強調「寫實」與「革命」的密切關係：寫實主義文學揭露社會的腐敗是為了引導群眾做革命，建立一個新的社會(《文學與唯物主義》Văn học và chủ nghĩa duy vật, 1937)。可以說，海朝這種獨特的接受將現實主義作家的作品帶入了革命、愛國文學的洪流之中。

如果說在乂靜蘇維埃運動詩歌中，革命、愛國文學主要以口傳的方式而存在，主要的體裁體系是韻文，那麼到這個階段就已經出現了敘事文學作品。黎文獻(Lê Văn Hiến, 1904-1997)的報告文學《昆嵩監獄》(Ngục Kon Tum, 1938)直接揭露了法國殖民主義者殘酷的監獄制度，同時也留下了堅韌不拔的革命戰士的形象刻畫。一系列其他作品，如：舊金山(Cửu Kim Sơn, 1913-1988)《越獄》(Vượt ngục, 1940)、陳廷龍(Trần Đình Long, 1904-1945)《三年在蘇俄》(Ba năm ở Nga Xô viết, 1938)、學飛(Học Phi, 1913-2014)《兩道反向的波浪》(Hai làn sóng ngược, 1939)……，這些作品雖然藝術價值不是很高，卻為當時文壇吹進一股新風。總的來看，在革命、愛國文學領域，詩歌仍是具有許多獨特藝術貢獻的體裁，其中代表性的作品有紅浪、春水，尤其是素友的作品。素友出生於一九二〇年，屬於在法越學校長大的一代學生，吸收並深刻理解法國詩歌。一九三七年，在素友開始創作時，也是新詩發展到高峰的時期。素友呼吸著時代的文學氣息，運用西方詩歌和新詩的成就來表達愛國和革命理想的內容。由於運用新詩的詩律系統，素友的詩歌充滿了革命理想和未來的形象，

如：真理的太陽、戰鬥的心靈、春天的花園、明天、芬芳的綠色、俄國……，尤其是為了取代新詩的孤獨自我，素友創造了一個新的自我，這個新的自我是與集體聯在一起，屬於集體中，尤其是那些勤勞的身份，和他們融為一體「加強生活力量」來鬥爭。在素友之前，革命、愛國詩歌多採用雙七六八、唐詩的詩律等傳統詩體，因此往往帶有莊嚴、哀傷的基調。素友給愛國詩歌帶來了新的基調：青春、活力，因而充分的傳達了革命理想的熱情。不難理解為什麼素友的詩歌能夠吸引一整代年輕人，喚起他們的鬥爭欲望。通過素友的詩歌創作，愛國、革命詩歌真正融入了整個民族國家的現代化大潮。

　　一九四〇至一九四五年階段，越南社會一方面受到殖民政府嚴厲的管制，另一方面，這也是整個民族國家的轉型並走向神聖的八月革命的階段。這就解釋了為何在獄中，黃文樹（Hoàng Văn Thụ, 1909-1944）、春水、黎德壽（Lê Đức Thọ, 1911-1990）等人的作品仍充滿了樂觀以及對民族國家必勝的堅信。這階段最有代表性的是胡志明的《獄中日記》（Nhật ký trong tù, 1942-1943）和素友詩集《從那時候》（Từ ấy）中〈鎖鏈〉（Xiềng xích）卷的詩歌創作。《獄中日記》，就像其名字那樣，是一部共有一三三首詩，由胡志明被廣西國民黨政府逮捕期間用漢字來寫成的詩歌形式日記。整部詩集所體現的既是大仁、大智、大勇又很浪漫的心靈之美，即使在逆境中，仍然保持悠然、自在的心態，傾心感受和珍惜周圍生活的各種聲音（監獄中孩子的哭聲、獄友的笛聲，甚至是獄友搔抓疥瘡的聲音……），仍然細緻感受到花香、鳥鳴、知己的月亮等大自然的美。在藝術上，這部詩集的獨特之處在於古典之美與現代之美的和諧結合，詩熟悉的詩材、題材、筆法與新的詩歌材料的結合是密不可分。除了傳統的含蓄的美之外，監獄生活的敘事性同時也被直接帶入詩歌中，與此同時我們也看到曾經出現在胡志明（筆名阮愛國）用法語寫報告文學作品中的幽默性

（humour）。尤其是《監獄日記》中的詩思總是表達出一種革命的感情，總是一種從黑暗到光明、從監獄到自由、從犯人到詩人的強壯運動過程。這也是我們在素友監獄詩中所見到的詩思，只不過它通過青春、浪漫、熱情的風格被表達出來。

一九四三年，東洋共產黨的《越南文化提綱》誕生，其中確立了建設社會主義文化的三個原則：民族化、大眾化、科學化。《提綱》肯定了文化大革命要由黨領導。目前，要針對當前的緊急任務是：一是進行學術思想的鬥爭（爭取辯證唯物主義和歷史唯物主義的勝利）；二是藝術流派之鬥爭（爭取社會主義寫實趨向的勝利）。這一觀點在由鄧臺梅（Đặng Thai Mai, 1902-1984）編著的越南第一部馬克思主義精神的文學理論著作《文學概論》（Văn học khái luận, 1944）中獲得出色的體現。同時在《越南文化提綱》的基礎上，救國文化會成立（1944年底）並聚集了一大批激進的愛國文藝家，如：阮廷詩（Nguyễn Đình Thi, 1924-2003）、元鴻、南高、金鱗、孟富思、阮輝想、蘇懷、如風（Như Phong, 1917-1985）……。這些是一九四五年八月革命後越南文學的珍貴種子。

總的來看，這一階段的革命、愛國文學對整個民族國家的革命鬥爭運動產生了很大的影響。對於文學生活來說，革命、愛國文學的出現給文壇帶來了新的活力，同時聚集了從不同創作傾向的作家在共產黨的領導下團結在一起並衝向一九四五年八月革命。

（四）文學批評

如果說在二十世紀之前的各個文學時期，越南還沒有文學批評這一獨立的學科，還沒有專業性的文學理論家和文學批評家，那麼這時候，文學批評已經成為文學生活的一部分，參與到文學生活中。由於當時已出現了不同的文學思潮，所以文學生活中也產生了文學、學術

的爭論。這些爭論不僅活躍了文學論壇氛圍，也增強了學術意識、思想意識和寫作技巧。這些爭論可以列舉如下：關於「國學」的爭論、關於《翹傳》的爭論，關於「唯心主義與唯物主義」的爭論、關於新詩與舊詩的爭論、關於「為藝術而藝術還是為人生而藝術」的爭論，關於武重奉作品中「色欲與非色欲」的問題的爭論……。

這一文學階段已經出現了一批雄心勃勃並取得令人矚目的成就的文學研究批評家。除了上面提到的范瓊和潘繼炳之外，還可以提到少山及其《批評與稿論》（Phê phán và cảo luận, 1933）；陳青邁（Trần Thanh Mại, 1911-1965）及其《望著渭江》（Trông dòng sông Vị, 1935）、《韓墨子》（Hàn Mặc Tử, 1941）、《文學一生》（Đời văn, 1942）；張酒（阮百科，Nguyễn Bách Khoa, 1913-1999）及其《阮攸與〈翹傳〉》（Nguyễn Du và "Truyện Kiều", 1943）、《〈翹傳〉的文章》（Văn chương "Truyện Kiều", 1944）、《阮公著的心理與思想》（Tâm lí và tư tưởng Nguyễn Công Trứ, 1944）、《越南詩經》（Kinh Thi Việt Nam, 1940）；張正（Trương Chính, 1916-2004）及其評論集《在我眼裡》（Dưới mắt tôi, 1939）；懷青及其《文學與行動》（Văn chương và hành động, 1936）、《越南詩人》（與懷真合著）；武玉潘（Vũ Ngọc Phan）及其共四卷的《現代作家》（Nhà văn hiện đại, 1942-1945）。作為馬克思主義理論家，可以提到海朝，他的《文學與社會》（Văn sĩ và xã hội, 1937）引發了關於「為藝術而藝術還是為人生而藝術」的爭論；鄧臺梅及其《文學概論》。除了批評之外，還必須提到若干部越南文學史，如楊廣涵（Dương Quảng Hàm, 1898-1946）為高中生寫的《越南文學史要》（Việt Nam văn học sử yếu, 1941）、阮董芝（Nguyễn Đổng Chi, 1915-1984）的《越南古文學史》（Việt Nam cổ văn học sử, 1942）。

這一階段的文學批評深受國外文學批評學派的影響，如伊波利特‧阿道夫‧泰納（Hippolyte Taine）的歷史文化學派、聖伯夫（Sainte-

Beuve）的傳記批評學派、精神分析學派、印象主義學派等。越南馬克思主義者通過蘇聯和中國的管道接受了馬克思主義思想。

　　文學批評的出現標誌著在這一階段越南文學的極其成熟。

第四章
一九四五年至今的越南文學：
從爭取民族獨立和國家統一的革命鬥爭到革新運動及國際接軌

　　一九四五年八月革命是越南歷史上重大轉捩點，為民族國家文學打開新的發展時期，其中，一九四五至一九七五年階段是其開頭。在歷史背景的影響下，一九四五至一九七五年階段在越南領土上存在著兩個重要的文學部分，即越南民主共和政體下的文學（1945-1975）及南部的越南共和政體下的文學（1954-1975）。這兩個文學部分在思想體系、藝術傾向有著不同之處。從一九七五年至今，越南文學進入了具備新轉變和新特點的新時期。

第一節　革命與抗戰文學（1945-1975）

　　以下是越南民主共和政體下的文學發展面貌與進程的概況。這是一九四五至一九七五年階段民族國家文學的主流部分。

一　歷史背景

　　一九四〇年起，日本軍隊侵入越南並逐漸取代法國統治印度支那。一九四五年八月十五日，日本宣布向同盟國投降，是越南爭回主權的順利機會。一九四五年，由越南共產黨領導及越盟發起的人民群

眾運動的八月革命在越南全國取得政權，打敗法國殖民者和日本法西斯政府的統治，同時消滅了幾千年在越南存在的封建制度。一九四五年九月二日，胡志明主席在巴亭廣場（Quảng trường Ba Đình，河內）宣讀了〈獨立宣言〉（Tuyên ngôn độc lập），成立越南民主共和國。根據同盟國協定，蔣介石政府的二十萬軍隊進入越南北部解除日軍武裝，跟隨著蔣介石軍隊並與越盟對立的不同黨派、組織提出權力分享的要求。法國的殖民勢力捨不得放棄印度支那殖民地區，所以決心重新奪回越南及印度支那半島。八月革命爆發一個月後，抗擊法國重新侵略越南的戰爭先在南部發生，之後擴大到南中部。越南政府為了維護民族和平，多次努力和法國政府商量，但也只能在短暫時間內維持緩和。一九四六年十二月十九日，全國抗戰終於爆發，經過九年時間、不同階段的抗法戰爭，在奠邊府戰役（Chiến dịch Điện Biên Phủ）勝利及一九五四年七月《日內瓦協定》簽署後，戰爭終於結束。重新確立和平，但國家卻暫時被分割成南北部兩地。雖然在南北部兩地存在著兩種政治社會體系、兩種經濟體系及兩種思想體系，但民族國家的獨立及祖國的統一往往是全國人民最強烈的願望，包括西貢政府領導範圍內的不同人民階層。那種渴望成為南北越人民解放南方，實現國家統一而鬥爭的動力。

一九六四年八月五日，美國藉口「北部灣事件」（Sự kiện Vịnh Bắc Bộ）並對越南北部發起了破壞性戰爭。一九六五年派大量軍隊入侵南部，最高峰的時候有五十三萬兵力，使戰爭進入新階段並擴大規模到越南北部。整個國家要進行抗美抗戰，保護北部，解放南部，統一國家。堅持、忍耐、無比殘酷及巨大犧牲的抗戰在一九七五年四月三十日完全勝利後終於結束。

一九五〇年邊界戰役勝利後，越南加入了社會主義國家陣營，並獲得這些國家的支持和協助，最初是中國，後來是蘇聯以及其他社會

主義國家。越南對社會主義路線的選擇在一九五四年北部解放後更加獲得明顯的肯定。實際上,從一九四三年,東洋共產黨的〈越南文化提綱〉中已確定文化是革命鬥爭的重要陣地。東洋共產黨要領導文化的革命。東洋共產黨成立了救國文化會,該會按照上述路線展開活動。一九四五年八月革命後,這一觀點一直貫穿在胡志明主席的意見以及黨文件中,同時也貫穿在越南文化文藝實踐中。從文化交流的角度來看,在那三十年間幾乎局限於對蘇聯、東歐國家及中國社會主義文化的接受。由於戰爭長期發生及當時世界冷戰階段意識形態的衝突,所以越南和社會主義國家陣營之外其他國家的交流非常有限。

愛國精神、對獨立自由的渴望、民族團結精神及勞動群眾的階級意識都成為支配越南土地上所有社會生活、人際關係的重要基礎和精神動力。愛國主義、民族精神被猛烈提倡的同時,階級意識也不斷被提高和重視,尤其是在農村進行土地改革和城市進行資產改造的時候。馬克思列寧主義逐漸成為主導性思想體系,取代並支配了越南社會中曾經存在的其他思想體系。愛國精神、群體精神、社會主義理想不僅是兩次抗戰期間民族精神力量的基礎,而且也是這個階段越南無產革命文學的思想基礎。

二 文學概況

(一) 從一九四五至一九五四年:具備無產意識形態的革命宣傳文學的形成

一九四五年八月前,越南文學存在著不同思想傾向及文學藝術思潮:革命文學主要在不公開的情況下傳播;合法性文學有了兩種傾向,即浪漫主義和現實主義。一九四五年八月後,革命文學成為越南

新文學的主流,由不同創作傾向的大量作家們一起參加。一九四三年起,由東洋共產黨成立的救國文化會開始公開並慢慢吸引了許多從事文學藝術者和文化者的參加。救國文化會的機關報是《前鋒》(*Tiền phong*),創刊號在不公開情況下發行,到後來可以公開發行,半個月發行一次,從一九四五年十一月十日至一九四六年十二月一日,共發行二十四期。《前鋒》雜誌聚集許多文藝工作者並刊登了革命頭一年間新文學時期的許多作品。為了廣泛聚集從事文化工作者及文藝工作者共同參與建設新文化,於一九四六年召開全國文化會議。然而,由於受到當時全國抗戰即將爆發的緊張氣氛的影響,所以全國文化會議於一九四六年十一月底在河內僅開了一天。

革命初期階段的文學很快找到新的創作靈感,即集中反映新的現實,那是奇妙的復活,或就像懷青(Hoài Thanh, 1909-1982)所說的那樣,是國家和個人的「神奇的再生」。八月革命後一年期間,敘事文學及時記錄了整個國家在復活中的民族精神及新的越南人民形象。紀實文學作品再現了革命初期特殊的歷史氛圍,例如:阮輝想(Nguyễn Huy Tưởng, 1912-1960)的回憶錄《在戰區》(*Ở chiến khu*),懷青的報告文學《中部民氣》(*Dân khí miền Trung*),孟富思(Mạnh Phú Tư, 1913-1959)的《站起來的犁溝》(*Rãnh cày nổi dậy*)。此外,蘇懷(Tô Hoài, 1920-2014)的報告文學《在南中部戰場》(*Ở mặt trận Nam Trung Bộ*),南高(Nam Cao, 1917-1951)的《往南部之路》(*Đường vô Nam*)記錄了南進軍隊形象及南部抵抗法國重新侵略的戰爭場面。陳登(Trần Đăng, 1921-1949)的短篇小說《一次到首都》(*Một lần tới Thủ đô*, 1946)刻畫了與河內街頭的繁華景色相反的解放軍形象。有些作家集中體現了越南社會在法國殖民者、日本法西斯政府的統治下壓抑而黑暗的畫面,同時也反映了起義前期革命運動的沸騰氣氛,例如南高的短篇小說《摸香檳》(*Mò sâm banh*),元鴻的兩部短篇小說

《地域》(Địa ngục)和《火爐》(Lò lửa),阮輝想的短篇小說《一分鐘心軟》(Một phút yếu đuối)。阮遵(Nguyễn Tuân, 1910-1987)的《琴寺》(Chùa Đàn)繼續了一九四五年前的「妖言」之傳統,為了不讓作品與時代脫節,作家在故事的結局中加入了民族解放運動的新氣氛。

詩歌創作中充滿了公民的浪漫精神,熱情歌頌國家的復活和獨立自由的喜悅,如:素友(Tố Hữu, 1920-2002)《八月順化》(Huế tháng 8)和《不絕的喜悅》(Vui bất tuyệt),春妙(Xuân Diệu, 1916-1985)《國旗》(Ngọn quốc kỳ)和《祖國的大會》(Hội nghị non sông)、陳梅寧(Trần Mai Ninh, 1917-1947)《山川之情》(Tình sông núi)……。

關於戲劇,除了黃琴(Hoàng Cầm, 1922-2010)的詩體戲劇《翹鸞》(Kiều Loan)的首次公演之外,值得注意的活動是阮輝想的話劇《北山》(Bắc Sơn)一九四六年在河內大劇院舞臺上首次公演並引起廣泛共鳴。這部話劇塑造了北山起義中革命幹部和人民群眾的形象,從而體現了他們在起義被鎮壓的困難背景下對革命力量及革命勝利的信念。革命後一年期間仍然存在著不合文學主流的其他創作傾向。一部分詩人像陳寅(Trần Dần, 1926-1997)、武黃笛(Vũ Hoàng Địch)、丁雄(Đinh Hùng)等創辦《夜臺》(Dạ Đài)雜誌並刊登了《象徵的宣言》(Bản tuyên ngôn tượng trưng, 1946)及一些體現了那個創作傾向詩作。

一九四六年十二月十九日全國抗戰爆發後,抗戰之火在全國範圍內燃起並吸引了大量作家奔赴戰區及抗戰村莊。進入抗戰,文藝工作者遇到許多困難和擔憂。文學藝術若要真正對民族國家的抗戰有用,作家們就必須深深感受和理解人民群眾的思想感情、喜怒哀樂和願望。阮廷詩(Nguyễn Đình Thi, 1924-2003)在隨筆《認得路》(Nhận đường)中回答了關於抗戰文藝的基本而緊迫的問題:「我們必須掌握

周圍的抗戰生活的主要特徵,一旦瞭解了,我們就敢於著手與人民一起戰鬥,而不是袖手旁觀。」藝術家在用藝術為抗戰服務,積極參與抗戰宣傳工作時,他們所擔憂的正當問題之一就是藝術與宣傳之間的關係。用藝術進行宣傳,畫宣傳畫,創作抗戰歌謠,那是不是真正的藝術?在抗戰形勢下,還有沒有屬於真正藝術的創造空間?這些擔憂由畫家蘇玉雲(Tô Ngọc Vân, 1906-1954)在《宣傳畫與繪畫》(*Tranh tuyên truyền và hội họa*)中如實表達。那也是許多從事其他藝術領域的工作者所擔憂的共同問題。畫家蘇玉雲的觀點引發宣傳和藝術問題的討論。文藝領導者努力說服文學藝術家相信藝術和宣傳之間的統一。鄧臺梅(Đặng Thai Mai, 1902-1984)在〈依然是宣傳畫與繪畫〉(*Vẫn tranh tuyên truyền và hội họa*)[1]一文中表示,任何一種藝術都有為一種目的、一個思想而進行宣傳的意向,作者也列舉世界繪畫史為依據來證明宣傳與藝術之間的統一。長征(Trường Chinh, 1907-1988)在題為《馬克思主義與越南文化》(*Chủ nghĩa Mác và văn hóa Việt Nam*)的演講中說:「宣傳效果達到一定高的程度就變成了藝術,藝術的實用性達到一定程度,藝術就明顯體現其宣傳性」[2]。這種對問題的解釋並不完全令人信服,因為它沒有認識到藝術和宣傳這兩種不同類型的活動之間的區別,從而導致在長時間內文學藝術被視為一種宣傳工具,因此,文學藝術獨特的特徵尚未得到真正的重視。儘管如此,一大批具有愛國精神和責任感的作家、藝術家仍熱情地將自己的藝術為抗戰的宣傳任務而服務。

為了將愛國作家和藝術家培養成無產階級思想者,並將文學藝術服務於抗戰宣傳的需要,越南共產黨於一九四八年七月在越北召開第二次全國文化會議。會議上,長征總書記宣讀〈馬克思主義與越南文

---

1 鄧臺梅:《在學習和研究的路上》(河內:文學出版社,1959年),第一卷。
2 長征:《馬克思主義與越南文化》(河內:事實出版社,1974年),頁92。

化〉的報告,明確越南共產黨對文化文學的觀點並提出根據三個要求（民族性、科學性、大眾性）來建設越南新文化的方針作為文學藝術的發展方向。全國文化會議後,接著召開了第一屆全國文藝代表大會,聚集中央和地方各級的抗戰作家和藝術家,成立越南文藝協會,選舉阮遵為秘書長。協會的機關報是《文藝雜誌》（Tạp chí Văn nghệ）,每個月出一刊,一九四八年七月創刊。接下來,成立各地區文藝會的分會,推動抗戰文藝運動。為了使越南共產黨指導的革命文藝建設方針能儘快落到實處,使文藝按照越南共產黨觀點積極為抗戰宣傳,也解決當時文藝的一些問題,越南文藝協會於一九四九年中旬和一九五○年初在越北（Việt Bắc）舉辦文藝爭論會議。會議分為三場有關現實主義、戲劇和詩歌的討論。幾場爭論高度的肯定,文藝為抗戰宣傳、文藝為大眾服務的要求已推動了文學批評活動,並對抗戰區的文學生活產生了重要影響。然而,在會議上以及在一些地方文藝分會的討論中,仍然存在一些表達觀點不夠開放的意見（對阮廷詩不押韻詩歌的表現持懷疑、批判態度；認為嗌劇和改良劇是帶有濃重的封建、資產階級特徵的藝術類型,所以不符合抗戰的要求……）。在這些爭論過後,許多作家和藝術家被派去參加軍事戰役或入伍以透視抗戰的現實,例如：南高、阮輝想參加了一九五○年的邊界戰役（Chiến dịch Biên giới）,阮廷詩參加了一九五一年的中游戰役（Chiến dịch Trung du）,蘇懷參加了一九五二年的西北戰役（Chiến dịch Tây Bắc）。作家和藝術家參與戰役或其他活動已成為抗戰中的正常活動,從而幫助他們創作出及時反映抗戰各個方面的作品。

在抗法文學中,詩歌仍占主導地位的體裁。在短短時間內,到一九四八年,抗戰詩歌已出現了許多具有不同探索方向的獨具特色的詩歌作品,形成了詩歌相當豐富多樣的發展面貌。英雄浪漫主義精神繼續獲得體現,傑出的代表是光勇（Quang Dũng, 1921-1988）及其《西

進》(Tây Tiến)、《山西人之雙眼》(Đôi mắt người Sơn Tây)。《西進》再現西進兵團軍人及既凶猛又充滿詩意的西北自然風光。光勇的詩歌既有雄豪風格，又體現文雅、細緻的內心。阮廷詩在抗戰初期的詩歌體現了一種現代性的藝術探索傾向：深入內心世界，傾聽微妙、細緻的情感波動，重視自然風光形象，注重體現內在的音樂性，不僅僅是文字的節奏，感情和意象的節奏也能從字裡行間響亮出來。尋找時代新藝術聲音的意識和上述的詩歌觀念，使阮廷詩創作出無韻或少韻的自由詩形式的內向詩歌，如：《山路》(Đường núi)、《無言》(Không nói)、《集會之夜》(Đêm mít tinh)、《國家》(Đất nước)。然而，在一九四九年文藝協會的詩歌爭論中，阮廷詩的詩歌探索、實驗結果卻未得到大多數與會者的認可與支持。

　　大眾化是許多詩人從抗戰初期就開始追求的傾向，並很快成為這一時期詩歌的主導傾向。除了素友在一九四七至一九四八年間創作的一系列詩歌以外，許多屬於新詩一代的詩人如劉重盧（Lưu Trọng Lư, 1911-1991）、春妙、濟亨（Tế Hanh, 1921-2009）、制蘭園（Chế Lan Viên, 1920-1989）都先後將他們的詩歌轉向大眾化，連阮廷詩在長詩〈椏同志母子〉(Mẹ con đồng chí Chanh)中也體現大眾化的發展傾向。然而，學著人民群眾的說話方式，在很多時候會導致詩人失去他們個人的風格和個人的聲音。黃琴及其〈隴江彼岸〉(Bên kia sông Đuống)是個例外，他將現代性的詩歌思維對民間素材和民族精神進行處理，並創造出抗戰詩歌中的一首優秀的詩作，來自人民群眾運動的詩人很容易找到自然的藝術聲音和簡樸的群眾化自我表達。抗法戰爭造就並肯定了一批在人民群眾運動中成長起來的詩人，如：黃忠通（Hoàng Trung Thông, 1925-1993）、正友（Chính Hữu, 1926-2007）、陳友椿（Trần Hữu Thung, 1923-1999）、農國振（Nông Quốc Chấn, 1923-2002）、友欒（Hữu Loan, 1916-2010）。

抗戰詩歌的豐富性還涵蓋了一些「一首詩現象」，如：紅原（Hồng Nguyên, 1924-1951）〈想念〉（Nhớ）、崔友（Thôi Hữu, 1914-1950）〈上禁山〉（Lên Cấm Sơn）、黃文藝（Hoàng Văn Nghệ, 1914-1977）〈國歌歌聲〉（Tiếng hát Quốc ca）、陳梅寧〈銘記鮮血〉（Nhớ máu）等。

如果說抗戰初期的詩歌在藝術傾向上仍體現多樣性的話，那麼抗戰中期開始，詩歌就已滲透到大眾化和宣傳化的趨勢中。像友欒的《桃金娘花的紫色》（Màu tím hoa sim）偏向表達個人情感的詩歌，或者像光勇的《西進》對英雄浪漫主義的體現，當時都沒有被認可。懷青在《討論抗戰詩歌》（Nói chuyện thơ kháng chiến, 1952）文學批評著作中批判了抗戰詩歌中所存在的一些被他稱為新詩（1932-1945）殘餘的情感，並高度讚揚了體現大眾化趨向的詩作。

在奠邊府戰役獲勝和一九五四年「日內瓦會議」取得積極的成果後，和平得以恢復。這些歷史事件在詩歌中激起了民族自豪感和勝利喜悅的雄豪靈感源泉，激發詩人創作出對歷史的概括，對抗戰歷程的回顧和對民族、革命歷史的思考的詩篇，如素友的《歡呼奠邊府士兵》（Hoan hô chiến sĩ Điện Biên）、《我們向前去》（Ta đi tới）、《越北》（Việt Bắc）。

抗法戰爭時期，雖然創作環境和出版作品的條件面臨諸多困難和限制，作家數量也不多且分散在許多地區，然而抗戰敘事文學仍然有一批成功的作品。

紀實文學數量眾多並且占主導地位，尤其是抗戰初期幾年最為突出。報告文學從對一次行軍、一場戰鬥、一個事件的簡單記錄發展到重現了一個戰役的場景和戰鬥過程的長篇，如：蘇懷《洮江逆行》（Ngược sông Thao）、黃祿（Hoàng Lộc, 1920-1949）《破解四號公路的鉗形攻勢》（Chặn gọng kìm đường số 4）、劉重廬《承天戰區》（Chiến khu Thừa Thiên)、阮輝想《高梁筆記》(Ký sự Cao Lạng)。抗法戰爭期間最有代表性的報告文學作家是陳登、蘇懷、阮輝想。

阮遵的隨筆，如：《喜悅之路》(Đường vui)、《戰役之情》(Tình chiến dịch)、《抗戰與和平隨筆》(Tùy bút kháng chiến và hòa bình)，在這一時期的敘事文學文中具有獨特的地位。他仍然是一位有才華，對美很敏感，喜歡獨特的「自我」，然而阮遵此時的「自我」已找到了熱情參與的喜悅，沉迷在抗戰之路上，對抗戰之路上生活環境、人民及景色之美充滿了新的感受。

到抗戰中期才開始出現了一些中篇小說，如：春秋（Xuân Thu, 1921-2020）〈三副之家〉(Nhà Phó Ba)、武秀南（Vũ Tú Nam, 1929-2020）〈12號公路的路邊〉(Bên đường 12)、〈人民前進〉(Nhân dân tiến lên)等。抗戰最後幾年才出現了阮廷詩的《衝擊》(Xung kích)、武輝心（Võ Huy Tâm, 1926-1996）的《礦區》(Vùng mỏ)、阮文俸（Nguyễn Văn Bổng, 1921-2001）的《水牛》(Con trâu)等小說。《衝擊》描述了一九五一年中游戰役中陸軍主力部隊的活動，作品重點關注大隊指揮部的一些人物和小隊的士兵形象。《礦區》講述了在法軍控制區的一個煤礦裡，在工人隊伍中秘密行動的越盟幹部的領導下，工人與礦主之間的鬥爭故事。《水牛》講述了越南中部農村地區的農民和游擊隊抵抗法國軍隊的攻擊，保護村莊和水牛（農民最重要的生產工具）的故事。這些中篇和長篇小說具有報告文學的外觀：結構和故事情節是根據事件的發展來構建的，人物形象是部隊單位中一個群體或整體單位，對個人命運及人物的內心世界的描述較為簡略。

短篇小說雖然還不豐富，但仍有一些出色的作品：南高的《雙眼》(Đôi mắt)被視為是決然走向革命、抗戰，與人民群眾融為一體的一代作家的「藝術宣言」。還可以列舉其他代表性的短篇小說，如：金麟（Kim Lân）的《村莊》(Làng)、胡方（Hồ Phương, 1931-）的

《家信》(Thư nhà)、裴顯（Bùi Hiển）的《相遇》(Gặp gỡ)、明祿（Minh Lộc, 1926- ）的〈活路〉(Con đường sống)、蘇懷的《阿府夫妻》(Vợ chồng A Phủ)。

為了表彰抗戰文學的成就，越南文藝協會向一些被認為是抗戰文學典型的作品頒發了一九五一至一九五二年文學獎項：在詩歌方面，一等獎授予了秀肥（Tú Mỡ, 1900-1976）的詩集《抗戰微笑》(Nụ cười kháng chiến)；小說方面，武輝心的《礦區》獲得一等獎，阮廷詩的《衝擊》獲得二等獎；特別獎授予了《七名英雄的故事》(Truyện bảy anh hùng)。該作品記錄了在首屆全國英雄、戰士代表大會上獲得表彰的七名典型英雄的生平和戰鬥中立功的故事。抗戰末期的和平初期的代表性作品被越南文藝協會授予一九五四至一九五五年獎項。

（二）從一九五五至一九六四年階段：建設共產黨性社會主義文藝及思想鬥爭

抗法戰爭勝利結束，全國恢復和平，但根據一九五四年七月二十日簽署的《日內瓦協定》，越南暫時分為南北兩部分，以北緯十七度線為分界。

和平條件下的北部文學具有強勁、全面發展的新優勢。從一九五四年底開始，南部抗戰地區的許多作家和藝術家聚集到北部，增強北部的文藝力量，如：段妤（Đoàn Giỏi, 1925-1989）、裴德愛（Bùi Đức Ái, 1935-2014）、阮玉進（Nguyễn Ngọc Tấn, 1928-1968）、元玉（Nguyên Ngọc, 1932- ）、馮冠（Phùng Quán, 1932-1995）、黃文本（Hoàng Văn Bổn, 1930-2006）、阮成龍（Nguyễn Thành Long, 1925-1991）；詩人阮丙（Nguyễn Bính）、濟亨、黃素元（Hoàng Tố Nguyên, 1929-1975）……抗法題材的作品在和平初期仍占優勢，其中包括榮獲由越南文藝協會頒發的一九五四至一九五五年文學獎項的作品，如：

蘇友的詩集《越北》、元玉的小說《祖國站起來》(Đất nước đứng lên)、馮冠的《越逃崑島》(Vượt Côn Đảo)。

一九五六至一九六四年進入新時期，北部文學中文學藝術自由化思潮與領導思想之間連續發生激烈的思想鬥爭，以期將文學帶入社會主義文學的軌道，強化共產黨性。開端是一九五六至一九五八年發生的針對「人文－佳品」(Nhân văn - Giai phẩm) 小組的鬥爭。從戰爭轉向和平，社會中包括文藝生活在內出現了許多新的問題和需求，此外，文藝領導工作中弱點的克服比較慢。國內和一些社會主義陣營國家的情況比較複雜。這一背景對一些作家、藝術家和知識分子的思想和活動產生影響，導致文藝脫離黨的領導的狀態，主要表現在《人文週報》(Tuần báo Nhân văn) 和《佳品期刊》(Tập san Giai phẩm) 兩份刊物上。《人文週報》創刊於一九五六年九月十五日，出版五期後停刊。《佳品期刊》創刊於一九五六年初，之後被撤回。同年八月，該小組出版了《秋季佳品》(Giai phẩm mùa xuân)（共兩冊）和《冬季佳品》(Giai phẩm mùa đông)。「人文－佳品」小組的核心力量包括抗戰時期和戰前時期各個文學藝術領域的作家和藝術家，如：潘瓌 (Phan Khôi, 1887-1959)、阮友瑙 (Nguyễn Hữu Đang, 1913-2007)、黃績靈 (Hoàng Tích Linh, 1919-1990)，士玉 (Sỹ Ngọc, 1919-1990)、黃琴 (Hoàng Cầm)、陳維 (Trần Duy, 1920-2014)、文高 (Văn Cao, 1923-1995)、陳寅、黎達 (Lê Đạt, 1929-2008)、馮冠等人，以及大學裡的一些著名知識分子，如：陶維英 (Đào Duy Anh, 1904-1988)、阮孟祥 (Nguyễn Mạnh Tường, 1909-1997)、陳德草 (Trần Đức Thảo, 1917-1993)、張酒 (Trương Tửu)。這些出版物被撤回後，「人文－佳品」小組在第二屆全國文藝代表大會（1957年2月）上受到批評，並於一九五八年上半年在政治學習中繼續受到眾多作家、藝術家的強烈批評。

從一九五八年中旬開始，越南勞動黨 (Đảng Lao động Việt Nam)

組織眾多作家、藝術家深入全國許多地區的革命生活實踐，從奠邊農場到廣寧礦區、海防水泥廠，從海陽省到太平省農村。文學在社會主義文學的軌道上取得初步的成果並進入新的發展階段。短篇小說、長篇小說、抒情詩等文學體裁得到全面的發展。

抗法戰爭十年後的北部文學，在題材、主題及對現實生活的概括能力都得到了拓展。從反映論的角度來看，有四種主要題材：再現抗法戰爭、再現一九四五年八月革命前的越南社會、反映北部的新生活、對南部的感情和爭取國家統一的鬥爭。

從體裁方面來看，一九五四至一九六四年階段有相當全面的發展。文學研究批評已明顯發展，對文學發展過程做出了重大貢獻，並出現了一批或多或少的具備專業性的研究批評家。然而，具備思想鬥爭功能的文學研究批評只注重對從蘇聯、中國接受過來的馬克思主義觀點及方法論的運用。在文學研究批評中，仍然存在著過於偏重權力性、指導性的批評觀點。

1 一九五五至一九六四年階段的詩歌

歷史情感繼續在恢復和平初期的詩歌中獲得發揮。在〈我們向前去〉和〈越北〉之後，素友延續創作了〈我們祖國光榮〉（*Quang vinh Tổ quốc chúng ta*）、〈1961年春季之歌〉（*Bài ca mùa xuân 1961*）（《大吹的風》*Gió lộng* 詩集）。阮廷詩完成了〈國家〉詩作，陳寅創作了長詩〈八月革命〉（*Cách mạng tháng Tám*）和史詩〈走吧！這裡越北〉（*Đi! Đây Việt Bắc*），文高創作了史詩〈海港上的人們〉（*Những người trên cửa biển*）。

一九五六年，黎達的〈新〉（*Mới*）、〈看到一些人自殺的故事時〉（*Nhân câu chuyện mấy người tự tử*），陳寅的〈一直走吧〉（*Hãy đi mãi*）、〈一定勝利〉（*Nhất định thắng*），文高的〈你有聽到嗎？〉（*Anh có nghe thấy không?*）等一些詩作在《佳品期刊》和《人文週報》上發表後引起強烈的影響，因為這些是新的、直言不諱的、激烈的聲音，然而卻受到當時一些在文化文藝機構中有影響力的人嚴厲批評。

一九五八年下半年後，當許多作家和藝術家有機會深入瞭解各個地區建設國家的勞動生活時，詩歌中也充滿了對國家、勞動生活和勞動人民的新感受。這些年詩歌創作中最引人注目的現象是新詩一代的許多詩人的「回歸」：劉重盧、春妙、輝瑾（Huy Cận, 1919-2005）、制蘭園、濟亨、英詩等。輝瑾可說是一個典型的例子。一九五八年下半年參加廣寧省實地考察並和當地礦工、漁民交流回來後，輝瑾找到了新的詩歌創作靈感並連續出版了詩集《天空一天比一天明亮》（*Trời mỗi ngày lại sáng*, 1959）、《開花之土地》（*Đất nở hoa*, 1960）、《生活之詩》（*Bài thơ cuộc đời*, 1963）等。來到廣寧礦區，輝瑾也遇到了大海和海上的勞動人民──這種材料很容易喚起對大自然、宇宙的靈感，這正是這位詩人的創作擅長。然而，在書寫北部的新生活時，輝瑾這個時期的詩歌創作（和其他大多數當代詩人的詩作一樣）也陷入了相當簡單的樂觀靈感以及過去與現在絕對相反的二元對立。

這一階段的詩歌所關注的主題之一是私與公之間的關係問題。如果說抗法戰爭時期的詩歌中，個人隱私問題和個體問題幾乎沒有被提出來，或者即使有的話，也完全被融入了共同體的問題中去，現在和平的生活中，個體問題、私人問題值得被重新看待。私與公的問題是本著私與公和諧統一的精神來認識和解答，本質上是私歸屬於公，私服從於公。春妙曾為標誌著他的詩歌風格轉換的詩集命名為《私與公》（*Riêng chung*, 1960）。制蘭園的詩集《陽光與沃壤》（*Ánh sáng và phù sa*, 1960）重點體現了詩人照他本人所說的「從痛苦的山谷到歡樂的田野」的思想與內心精神之旅。

吸引眾多詩人的創作選擇並有較多的代表性作品，同時對公眾也

產生了廣泛的共鳴的一大主題，就是對南方的感情及對統一國家的渴望。對南方故鄉和親人的懷念，對童年的眷戀和對抗戰期間的記憶；在賢良江（sông Hiền Lương）國家國土被分裂時的痛苦；對南方同胞、戰士為國家統一的鬥爭的追隨與歌頌……等，是祖國統一題材詩歌創作中的主導內容和情感。濟亨仍被認為是一位書寫統一鬥爭題材的代表詩人，他創作了一系列主要圍繞這一主題的詩集：《南方的心》（Lòng miền Nam, 1956）、《海浪聲》（Tiếng sóng, 1960）、《愛的兩半》（Hai nửa yêu thương, 1967）……。

題材的拓展和抒情自我的多元化是這一階段詩歌的新特點。在和平時期的背景下，人們有機會回歸到個人生活的需要，包括從情侶之愛到家庭之親情的私人關係或者所有悲歡離合的人之常情。個人自我作為一種必然之道理而重新出現在詩歌中，但它往往是與社會和國家的統一關係中的有機部分，無論這種關係被直接表達出來與否，它仍然深深地存在於詩人的意識之中。一九五五至一九六四年階段的詩歌或多或少地繼承了一九四五年以前現代化進程中詩歌的藝術成就，以及抗法階段詩歌的民族化、大眾化的藝術創造特徵，同時在形式上體現了自由化傾向的實驗。

2　一九五五至一九六四年階段的敘事文學

抗法戰爭仍是許多敘事文學作家所關注的題材，並創作出成功的作品。長篇小說中呈現了在許多戰爭前線，各個地區、各個階段的抗法戰爭面貌：從在河內的全國抗戰初期（阮輝想《永遠與首都同生》〔Sống mãi với Thủ đô〕），到南部農村的抗戰（阮光創〔Nguyễn Quang Sáng, 1932-2014〕《火之地》〔Đất lửa〕；黃文本《在這片土地上》〔Trên mảnh đất này〕；裴德愛《醫院裡記錄的故事》〔Một truyện chép ở bệnh viện〕），或祖國最南端的烏明地區（段好《南方林地》〔Đất rừng *phương Nam*〕);從西原同胞長期戰鬥(元玉《國家站起來》〔*Đất nước đứng lên*〕),到被關押在崑島監獄中戰士們的鬥爭和逃亡(馮冠《越逃崑島》),再到越南志願軍在老撾戰場的活動(黎欽〔Lê Khâm, 1930-1995〕《邊界此邊》〔*Bên kia biên giới*〕和《開槍之前》〔*Trước giờ nổ súng*〕);從奠邊府戰役中爭奪 A1 高地據點的激烈戰鬥(友梅〔Hữu Mai, 1926-2007〕《最後高點》〔*Cao điểm cuối cùng*〕),到北部平原一個部隊單位打破法軍包圍的戰鬥(符升〔Phù Thăng, 1928-2008〕《破圍》〔*Phá vây*〕),或北部平原一個抗戰鄉的游擊隊的戰鬥(陳青〔Trần Thanh〕和春松〔Xuân Tùng, 1928-1996〕《季初的龍眼》〔*Nhãn đầu mùa*〕)。個別的情況是文靈(Văn Linh, 1930-2020)的小說《假鷹爪花季》(*Mùa hoa dẻ*, 1957),雖然書寫抗法戰爭題材,但重點講述了一對青年男女歷盡艱辛的愛情故事,所以在出版不久後卻受到批判並停止發行。書寫抗法戰爭的題材還要提到裴顯、阮廷詩、友梅、阮堅(Nguyễn Kiên, 1935-2014)的短篇小說。

一九六〇年前後,不少小說和回憶錄集中再現了一九四五年前經歷許多歷史轉折和事件的社會畫面,主要是一九三五至一九四五年這十年的經過。這段時間發生了重大歷史事件並引起了改變整個民族國家命運的八月革命,如:蘇懷的小說《十年》(*Mười năm*),阮公歡的《半暗半亮》(*Tranh tối tranh sáng*)、《舊垃圾堆》(*Đống rác cũ*),阮廷詩的《決堤》(*Vỡ bờ*)、《咆哮的海浪》(*Sóng gầm*),元鴻的《颱風來了》(*Cơn bão đã đến*)。在書寫一九四五年八月革命前的社會現實,上述長篇小說已生動的展現了一幅大規模的社會歷史畫面及激烈的民族和階級的衝突,歷史運動的中心是共產黨領導下人民群眾的革命鬥爭運動,經過許多曲折和犧牲後終於發起一九四五年八月的總起義。

一九六〇年是越南共產黨成立三十周年與越南民主共和國成立十五周年,當時出現許多革命者講述共產黨人和群眾在抗法鬥爭運動及

一九四五年八月總起義中的活動的革命回憶錄，如：集體作者《我們的人民非常英勇》（Nhân dân ta rất anh hùng）、《走上勝利道路》（Lên đường thắng lợi）。隨後的幾年裡，仍然有革命回憶錄出版，特別是武元甲（Võ Nguyên Giáp, 1911-2013）的回憶錄《來自人民》（Từ nhân dân mà ra）、《難忘的歲月》（Những năm tháng không thể nào quên）。

關注戰後北方當下的生活並反映建設新生活過程中社會和人民的變化，是吸引眾多敘事文學作家的主題。土地改革和隨後的糾正都是強烈的影響到和平初期北方農村的歷史變故，可惜的是這個主題僅在少數作品中得到了較為簡略的反映，例如：阮輝想《阿六哥的故事》（Truyện anh Lục）、阮公歡的短篇小說集《農民與地主》（Nông dân với địa chủ）、春秋的短篇小說集《龍頭山上老牧牛人父子》（Bố con ông lão chăn bò trên núi Thắm），武抱（Vũ Bão, 1931-2006）的小說《準備結婚》（Sắp cưới），友梅的小說《風雨歲月》（Những ngày bão táp）。

農業生產合作化及合作社建立被認為是農村社會主義革命的中心，成為許多敘事文作品的主題，例如：陶武（Đào Vũ, 1927-2005）〈鋪磚的院子〉（Cái sân gạch）和〈春季水稻〉（Vụ lúa chiêm），阮凱（Nguyễn Khải, 1930-2008）《衝突》（Xung đột）（第二部）和《遠見》（Tầm nhìn xa），阮堅的短篇小說集《五月的稻田》（Đồng tháng năm）、《未收割的莊稼》（Vụ mùa chưa gặt），武氏常（Vũ Thị Thường, 1930-）《負荷》（Gánh vác）、《兩姐妹》（Hai chị em），以及周文（Chu Văn, 1922-1994）、吳玉佩（Ngô Ngọc Bội, 1929-2018）、武秀南、裴顯的許多短篇小說。書寫革命運動中的鄉村主題時，不少作品仍限制於簡單的觀察和片面性的讚美，因而沒有獲得恆久的藝術價值。雖寫作同樣的主題，但有些作品卻側重於刻畫普通勞動者，特別是在舊時代中遭受許多委屈和不幸的小人物的心理變化及其命運，從而體現建設新生

活的人道主義意義和人與人之間的新關係，如：阮世方（Nguyễn Thế Phương, 1930-1989）的小說《再走一步》（Đi bước nữa, 1960）、阮凱的短篇小說集《花生季節》（Mùa lạc, 1960），金麟、阮堅的其他一些短篇小說……。至於阮遵，他在隨筆〈駝江〉（Sông Đà, 1960）著迷於西北自然風光的雄偉和詩意之美，以及山區人民的命運改變。在上述作品中書寫北方當時生活時，除了真實刻畫外，許多作品帶上了甜蜜的抒情表達，對社會與人的看法比較單一，尚未具備深刻的分析。

從體裁上來看，一九五五至一九六四年階段的敘事文學在短篇小說、長篇小說和紀實文學等體裁上都有相當全面的發展。短篇小說蓬勃發展，出現許多成功的短篇小說集，主題和寫作風格多種多樣。從一九六〇年左右後，出現了一些具有自己獨特風格的短篇小說家，形成了該文學體裁的創作成就及吸引力，例如：阮凱《花生季節》和《走得更遠吧》（Hãy đi xa hơn nữa），阮玉進《明月》（Trăng sáng）和《朋友》（Đôi bạn），阮堅《五月的稻田》和《未收割的莊稼》，武氏常《負荷》和《兩姐妹》，以及金麟、裴顯、武秀南、阮成龍、元玉、周文、杜周（1944-）等的短篇小說集。

這一階段的長篇小說比抗法時期豐富得多。除了講述一個或一群人物的命運熟悉的小說模式之外，當時也出現了一種收錄了豐富的歷史事件，具備多線敘事結構，塑造不同社會階級的幾十個人物的大規模類型的小說（如：蘇懷《十年》、阮輝想《永遠與首都同生》、阮廷詩《決堤》、元鴻《咆哮的海浪》和《颱風來了》）。這些作品表明長篇小說家努力把握史詩小說模式，力求對社會全景的再現。然而，正如許多評論家所評論的那樣，長篇小說家似乎更擅長創寫圍繞幾個人物角色和幾條故事情節的中型小說。

（三）一九六五至一九七五年階段：抗美救國的抗戰文學

抗美救國抗戰，需要動員整個民族國家的一切物質和精神資源來爭取抗戰的勝利。文學已成為宣傳、鼓勵人們對抗戰勝利的信念，激發每一個越南人的愛國主義和英雄主義精神的重要精神武器。這不僅是黨對文學藝術的要求，而且也是大多數作家、藝術家在這種形勢下的意識和選擇。文學藝術家們都曾前往前線，密切關注激烈的戰區，其中一些文學藝術家也參加南方解放文學藝術力量。很多作家都是同時拿著筆和槍的人，有的作家以軍人身分而犧牲在戰場上：阮詩（Nguyễn Thi，阮玉進的筆名 Nguyễn Ngọc Tấn, 1928-1968）、黎永和（Lê Vĩnh Hòa, 1932-1967）、阮美（Nguyễn Mỹ, 1935-1971）、黎英春（Lê Anh Xuân, 1940-1968）、楊氏春貴（Dương Thị Xuân Quý, 1941-1969）、周錦風（Chu Cẩm Phong, 1941-1971）……。

文學以服務抗美抗戰為目的，從題材、主題到創作靈感、基調都發生了強烈而高度集中的轉變。這是一部具備濃厚的史詩性和浪漫精神，適合時代特點和要求的文學。早期階段的文學緊扣戰爭的時事事件，再現戰場上、鄉村裡、戰役中、部隊單位中的戰鬥氛圍和場景。詩歌轉向政論抒情傾向，及時談論戰爭中的重要事件，幾乎變成戰鬥的號召、命令、歌頌勝利的話語（代表性的是素友、制蘭園的詩歌）。由於具備敏捷的優勢，符合於及時反映戰鬥現實的需要，所以紀實文學發展得相當強勁，同時滲透到從短篇小說到長篇小說再到詩歌的其他體裁。抗戰後期（1969-1975），抗戰形勢複雜，規模不斷擴大，發生了許多重要的戰役。文學雖仍緊跟戰爭的重大事件，但也注重增強對歷史的總結能力，出現了想要回顧歷史的經過的作品，作家深入尋找南方解放戰鬥的起發點或概括了一場戰役的全部歷程，或一支軍隊的成長。另一方面，在戰爭的最後幾年，也出現了針對戰爭給社會和

人民造成的嚴重破壞和巨大損失表達了痛苦和悲傷的作品，如范進聿（Phạm Tiến Duật, 1941-2007）的詩作〈白環〉（Vòng trắng），劉光武（Lưu Quang Vũ, 1948-1988）在改革時期後發表的《我生命中的白雲》（Mây trắng của đời tôi）和《排錯頁面的書》（Cuốn sách xếp lầm trang）。個別的是越方（Việt Phương, 1928-2017）出版在一九七〇年的《打開的門》（Cửa mở），由於對社會、政治和個人問題提出了清醒而尖銳的觀點，所以遭到嚴厲批評，直到改革時期後才被接受。

抗戰時期的文學，包括北方文學和南方解放文學，在體裁上都有了比較全面的發展。抗戰詩歌進入新的發展時期，對越南現代詩歌發展作出較多的貢獻。敘事文學在體裁上的發展相當均勻：短篇小說、長篇小說、紀實文學。尤其是書寫抗戰代表性的英雄的紀實文學體裁相當發達。話劇也有不少能引起共鳴的劇本，儘管具有文學價值的劇本並不多見。文學批評集中讚揚符合抗美抗戰要求的作品，特別是南方的解放文學。這一時期的文學理論批評不承認革命文學中的悲劇性；過於強調紀實文學的價值，尤其是書寫一些英雄的報告文學作品的價值，而幾乎不接受西方現代批評理論。

1 一九六五至一九七五年階段的詩歌

一代又一代詩人的出現，創造了抗美抗戰期間越南詩歌的精彩和豐富。一九四五年前的一代詩人（劉重廬、春妙、輝瑾、制蘭園、素友、濟亨……）仍緊跟時代，強烈轉向政治抒情傾向，同時發揮了推想、哲理的力量，其中最有代表性的就是制蘭園、素友。在抗法戰爭期間成長起來的詩人（正友、黃忠通、阮廷詩）此時繼續有了新作品。屬於南方解放作家和藝術家隊伍的詩人，如：江南（Giang Nam, 1929-2023）、青海（Thanh Hải, 1930-1980）、秋盆（Thu Bồn, 1935-2003）、黎英春、楊香璃（Dương Hương Ly, 1940-），為文學總體畫面獻出了富

有戰鬥性和戰場現實氣氛的詩歌作品。抗美抗戰造就和培養了一大批多才多藝、個性鮮明的青年詩人，為多樣性和豐富性的抗美詩歌做出了重要貢獻。那是一批於一九六〇年代初出現的詩人，如：武群方（Vũ Quần Phương, 1940-）、鵬越（Bằng Việt, 1941-）、春瓊（Xuân Quỳnh, 1942-1988），但最雄厚的詩人隊伍就是抗美戰爭運動高潮期間出現的青年詩人，如：友請（Hữu Thỉnh, 1942-）、阮科恬（Nguyễn Khoa Điềm, 1943-）、潘氏清嫻（Phan Thị Thanh Nhàn, 1943-）、青草（Thanh Thảo, 1946）、范進聿、阮德茂（Nguyễn Đức Mậu, 1948-）、劉光武、阮維（Nguyễn Duy, 1948）、林氏美夜（Lâm Thị Mỹ Dạ, 1949-）、黃潤琴（Hoàng Nhuận Cầm, 1952-2021）……，他們其中的許多人都直接在戰場上參加戰鬥。

抗美抗戰的最初幾年，詩歌中經常寫到告別後方來到前線的場景、豪雄而浪漫的行軍等主題。抗戰中期，年輕詩人的創作為讀者留下的印象是各個戰場的戰爭現實以及青年一代和不同階層的人民群眾的刻畫：長山路上開車的兵士、步兵兵士、女青年突擊隊隊員、解放軍步兵、南方都市中的青年志願者……。

這一階段的詩歌追求政治抒情傾向，政治、哲理、推想因素在詩歌中不斷增強。密切關注戰爭的動態，及時提及和回答重要的政治思想問題，肯定國家民族的戰鬥決心，控訴敵人的陰謀、詭計和罪行……，是素友、制蘭園及其他詩人的詩歌中常見的主題。政論性常和推想、哲理性聯繫在一起。詩人既是宣傳者、鼓動者，又是發現、探索並熱情讚美祖國、民族、人民、時代的思想家、藝術家。制蘭園是抗美戰陣時期政治抒情傾向的代表性詩人，創作了一系列詩集：《日常花－報風鳥》（*Hoa ngày thường - Chim báo bão*, 1967）、《抗敵詩歌》（*Những bài thơ đánh giặc*, 1972）、《新的對話》（*Đối thoại mới*, 1973）……，以民族和時代的名義發出驕傲的聲音來歌頌祖國、歌頌

抗美鬥爭，這些政治內容對讀者產生說服力是因為作者投入強烈的情感和敏銳的智慧。政治抒情也是當時詩歌的一個總體的創作趨勢，如：素友《上戰場》(Ra trận, 1972)、《兩陣波浪》(Hai đợt sóng, 1967)，春妙《我富在雙眼》(Tôi giàu đôi mắt, 1970)、《1960年代》(Những năm sáu mươi, 1968)，輝瑾《近戰場到遠戰場》(Chiến trường gần đến chiến trường xa, 1973)，正友的《站崗的燈》(Ngọn đèn đứng gác, 1966)，黃忠通《浪頭》(Đầu sóng, 1968)、《在火風中》(Trong gió lửa, 1971)。青年詩人為抗美戰爭詩歌獻出受到讀者的高度評價的多部詩集，如：劉光武和鵬越《樹香－火爐》(Hương cây - Bếp lửa, 1968)，范進聿《火環的月亮》(Vầng trăng quầng lửa, 1970)，阮維《白沙》(Cát trắng, 1973)，春瓊《老撾風與白沙》(Gió Lào cát trắng, 1974)，阮科恬的史詩《渴望的路面》(Mặt đường khát vọng, 1974)。

陳登科(Trần Đăng Khoa, 1958-)是一位獨特的詩歌天才，從七、八歲就開始寫詩，並在十歲時出版了他的第一部詩集《從我家院子角落》(Từ góc sân nhà em, 1968)。接下來是詩集《院子角落和天空》(Góc sân và khoảng trời, 1968)、《陳登科詩歌》(Thơ Trần Đăng Khoa, 1970)和史詩《英雄之歌曲》(Khúc hát người anh hùng, 1974)。陳登科的詩歌將孩子視角的天真，村莊生活的樸素、親密以及偉大的時代靈感結合在一起。

2　一九六五至一九七五年階段的敘事文學

就在一九六五年戰爭規模擴大到北方時，敘事文學作家迅速將創作主題和創作靈感轉向戰爭的熱點事件，如：阮凱的報告文學《他們活著和戰鬥著》(Họ sống và chiến đấu)，胡方的小說《我們在草洲島》(Chúng tôi ở Cồn Cỏ)，阮明珠(Nguyễn Minh Châu, 1930-1989)的小說《河口》(Cửa sông)，阮廷詩的小說《進入火海》(Vào lửa)和

《高處前線》(*Mặt trận trên cao*)。在這些作品中，一場戰鬥常常被描繪在戰場上、村莊裡、河岸上，或者和集體的戰鬥、勝利及英雄的戰功聯繫在一起。

一九六〇年代初，在眾多從北方進來的作家的支援下，南方解放區敘事文學得到迅速的發展。南部地區有：裴德愛及其短篇小說集、紀實文學《金甌之信》(*Bức thư Cà Mau*)、長篇小說《魂坦》(*Hòn Đất*)；阮光創及其兩部短篇小說集《象牙梳子》(*Chiếc lược ngà*) 和《大理石花》(*Bông cẩm thạch*)；阮詩（阮玉進）及其報告文學《拿槍的母親》(*Người mẹ cầm súng*)、《土地之夢》(*Ước mơ của đất*)，許多短篇小說和未完成的長篇小說《在忠義鄉》(*Ở xã Trung Nghĩa*)；陳曉明（阮文俸）及其報告文學《滾滾波浪的九龍》(*Cửu Long cuộn sóng*) 和小說《烏明森林》(*Rừng U Minh*)；黎永和（Lê Vĩnh Hòa）及其短篇小說集《避難者》(*Người tị nạn*)。在越南中部地區，有：潘四（Phan Tứ，黎欽 Lê Khâm, 1930-1995）及其長篇小說《七媽一家》(*Gia đình má Bảy*)、《敏與我》(*Mẫn và tôi*) 和短篇小說集《歸村》(*Về làng*)；阮忠誠（Nguyễn Trung Thành，元玉 Nguyên Ngọc）及其隨筆《我們走的路》(*Đường chúng ta đi*)、小說和報告文學集《在英雄故鄉殿玉》(*Trên quê hương những anh hùng Điện Ngọc*)、小說《廣南之地》(*Đất Quảng*)（第一部），以及許多其他作家，如：秋盈、阮志忠（Nguyễn Chí Trung, 1930-2016）、蘇潤偉（Tô Nhuận Vỹ, 1941-）。

抗美戰爭的最後幾年階段就展現了許多敘事文學家對南方解放戰爭的歷史進程的描繪和理解而做出集體的努力。許多作品回顧到同起（Đồng khởi）階段前的歲月——這是南方革命運動最黑暗、最困難的時期——以探索和表達被壓抑的矛盾及武裝鬥爭爆發的原因，這幾乎是當時南方人民唯一的活路（小說《烏明森林》、《七媽一家》、《廣南之地》、《在忠義鄉》、報告文學《土地之夢》，以及英德、阮詩、阮

光創的許多短篇小說)。在北方的敘事文學中,從抗美戰爭中期以後,出現了一些長篇小說集中呈現了戰場上或戰役中的一場戰鬥,如:阮凱小說《雲中之路》(*Đường trong mây*)、陶武的《那條小路》(*Con đường mòn ấy*)描述了長山道路開通的戰鬥;阮明珠小說《軍人的足跡》(*Dấu chân người lính*)描述了穿越長山的行軍和溪山戰役;阮凱小說《戰士》(*Chiến sĩ*)描述了九號公路——老撾南部戰役(*Chiến dịch Đường 9 - Nam Lào*);友梅小說《天域》描述了空軍部隊的成長及他們在空中的戰鬥。其他一些作品繼續展開北方和平期間對革命勝利的鬥爭的主題(周文《海洋的颱風》〔*Bão biển*〕、蘇懷的《西部》〔*Miền Tây*〕)。

　　抗美抗戰階段的敘事文學跟當時的文學一樣,都集中體現這場戰爭的多面意義,既是抵抗侵略敵人及保護北方的戰鬥,又是解放南方及統一國家的戰爭,因此戰爭具有崇高的目的和歷史意義,體現在敵我之間的絕對對立上。從體裁方面來看,抗美抗戰敘事文學發展得相對全面和多樣。短篇小說數量比較多,其中阮光創、阮忠誠、英德、阮明珠、阮詩、趙奔(Triệu Bôn, 1938-2003)、黎明奎(Lê Minh Khuê, 1949-)都有很多好的短篇小說。長篇小說也不少,最有代表性的就是阮凱、阮明珠、英德、潘四、周文的小說。紀實文學有一個蓬勃的發展時期,特別是書寫英雄們的報告文學,如:陳廷雲(Trần Đình Vân, 1926-)《像他一樣活著》(*Sống như Anh*)、阮詩《拿槍的母親》,以及許多其他報告文學,然而大多數這些報告文學尚未具備較高的文學價值。阮遵是一位經驗豐富的報告文學作家,他擁有許多隨筆性的報告文學,最有代表性的就是《咱們河內打美國打得好》(*Hà Nội ta đánh Mỹ giỏi*)。

　　一九四五至一九七五年的越南革命文學是二十世紀越南文學史上帶有無產階級意識形態的新文學時期的開始階段。該文學階段在特殊

的歷史背景下形成與發展。那時候整個民族國家必須全力以赴爭取獨立、自由、統一國家，因此文學必須針對整個民族國家崇高而重要的目標和任務。文學必須成為宣傳武器，服務於政治任務。因此這一階段的文學難以避免片面性，只注重思想內容，而沒有足夠的條件來關注對社會生活和人民生活的多方面的描述。也就是因為如此，即使這一階段的文學在藝術上並沒有很多重要的創新、發現，但文學的價值與局限性還是需要放在這樣的條件和目標下來做出認識和評估。一九七五年後，在新的歷史條件下，文學逐漸進入新的發展階段，特別是從一九八六年後，文學發生了猛烈的變化並融入國家的改革和與國際接軌的事業。

第二節　分化與現代化文學（1954-1975）

一　歷史背景

隨著一九五四年五月七日奠邊府的戰勝以及一九五四年七月二十日〈日內瓦協議〉的簽署，越南人民的抗法戰爭取得最終勝利。儘管如此，越南尚能按照人民的意願進行全國統一。該協議規定，等待兩年將協商選舉以統一國家期間，處於農村、山區和城市交織位置的越盟抗戰力量和法國軍隊需以十七號緯度為邊界集聚且必須停戰。這種情況給人民帶來了巨大的社會動盪和不安全感，特別是那些與參戰一方密切相關的人，其中包括知識分子、作家和藝術家。十七度緯線以南的人民生活中見證了人口結構、經濟分層、政治制度以及文化藝術活動等方面上都發生了巨大的動盪和變化。一九五四至一九七五年期間，在南越，來自西方的思潮相互爭鬥，對人民的生活也產生了多維度和多樣化的影響。

那些年動盪的歷史進程形成了經濟、政治、社會、文化、意識形態和文學藝術等各領域一種多樣化和複雜性的結構。在那個時期，南方是一個文化對立的綜合體，那些真正想要獲得廣泛認可的真價值必須經歷長時間的磨練、辯論和說服。

一九五六年，在擔任總理兩年後，吳廷琰（Ngô Đình Diệm, 1901-1963）舉行全民公決，罷免保大（Bảo Đại, 1913-1997）的國長稱號並出任越南共和國總統，全國統一前景也因此變得更加黯淡，社會衝突日益嚴重，戰爭之火即將爆發。而親美政府拒絕統一協商、鎮壓抵抗人士、鎮壓佛教和反對派政治力量是農村的起義和城市的反抗的直接原因。

當美國鼓勵政變，殺害吳廷琰兄弟（1963）而讓軍人掌權，並直接向南方派遣遠征軍（1965），有時甚至超過五十萬人，戰爭變得越來越激烈，在農村和山區日漸擴大並逐漸向城市蔓延。

抗戰力量的勝利使美國和越南共和國政府陷入被動，不得不簽署一九七三年一月二十七日的《巴黎協定》。美國從南方撤軍，僅僅兩年多後，一九七五年春季總攻和起義以及胡志明戰役（Chiến dịch Hồ Chí Minh）導致越南共和國政府和軍隊垮臺，結束了一場激烈而持久的戰爭。

在那二十多年的時間裡，除了幾年相對穩定之外，南越的社會和人民生活幾乎無法安寧地思考或投資長期的文化專案。在國家層面上，越南共和國政府設立了文化國務秘書處（Phủ Quốc vụ khanh đặc trách văn hoá）、國家教育部、國家圖書館、西貢大學，並在如順化、峴港、芽莊、大叻、芹苴等主要城市設立了許多大學。在民事方面，成立了許多文化藝術協會，其中包括文筆中心（Pen Club）、出版社和私人報刊社也得以成立。這些有助於豐富化和多樣化人民的精神生活，但所有更新的努力幾乎都因戰爭和意識形態分歧而停滯或扭曲。在那

種情況下，南越見證了一種特殊的文學的形成，它在連續不斷的戰爭和市場經濟基礎上的消費社會中發展並承載著許多複雜的矛盾。

一九五四年後，來自南部和中部地區的作家面臨著各種選擇：曾參加過抗戰的便按照國家調動向北方聚集，有些轉移並活躍在各都市文藝生活之中並被越南共和國政府逮捕，有的卻與政府合作並與移民到南方的北方作家保持聯繫。二十世紀六〇年代初，隨著抗戰作家重返戰區，許多南方作家奉命返鄉為抗美鬥爭做出貢獻，並在該地區形成了由越南南越解放陣線（1960年12月20日起）和南越共和臨時革命政府（1969年6月6日起）領導的解放文學。這兩個組織均由人民革命黨（Đảng Nhân dân Cách mạng，越南勞動黨 Đảng Lao động Việt Nam 的另一個名稱）領導。

由此可見，在那個時期，在北緯十七度以南的土地上，有兩種文學並存、交織和紛爭：一是解放文學或革命文學，聚集了抗戰作家，主要活躍在農村和山區，但仍有作家和作品出現在城市地區。這是北方形成的革命文學的延伸，其創作方向和隊伍均按照社會主義模式建設的。其次，越南共和國政府管理領土上的文學，主要在城市地區，但仍有作家和作品存在於農村地區。這種文學又分化成許多非常複雜的不同傾向、潮流和觀念，既與革命文學有正向或反向的關係，又受到西方現代文學的影響，同時努力尋找自己的道路來肯定自己獨特的創造力。

二　文學傾向

創作力量的意識形態複雜性導致了當時南越藝術傾向的複雜性。基於文學實踐，可以概括為以下五大傾向。

（一）宣揚民族主義的文學傾向

　　「國家主義」是南越用來翻譯"Nationalism"的常用術語，與一九四九年保大擔任越南國家政府的國長和總理有關。國家主義即包含著民族主義，又強調反對共產主義和國際主義。這一趨勢符合美國和從吳廷琰（第一共和）到阮文紹（Nguyễn Văn Thiệu, 1923-2001，第二共和）的親美政府的目標，即將南方建設成「自由世界的前哨」，以國家主義來抵抗和防止共產主義在越南和東南亞的蔓延為重點。南越政府宣傳機構試圖將共產主義證明為「三無主義」（無祖國、無家庭、無宗教信仰）的同時，一些早期的南越文藝運動家也試圖描繪抗戰力量的負面特徵，以突出他們所追求的國家正義事業。

　　按照這種傾向寫作和研究的作家大多是與革命政策存在不同的人。一方面，他們描繪了沒有人類正常情感生活的共產黨人形象。另一方面，他們虛構了自由南方的前景，維護家庭價值觀的同時，還強調人格主義（Personalism）並提出如何繼承民族的宗教信仰生活的傳統。

　　北越作家和藝術家對土地改革所帶來的後果以及懲罰參加《人文》（Nhân văn）、《佳品》（Giai phẩm）、《百花》（Trăm hoa）和《文》（Văn）等報刊事件的不滿聲音也飄入南方並被反共人士利用來證明他們所選擇的合理性。隨之而來的是世界局勢的複雜發展，包括匈牙利和捷克與蘇聯的關係、古巴的豬灣危機、安德列·紀德從蘇聯回來後對社會主義的反應等世界大事，為國家主義者提供了更多的理由。嚴春紅（Nghiêm Xuân Hồng, 1920-2000）的《尋找一個基礎的思想》（Đi tìm một căn bản tư tưởng）、《越南國家運動的歷史演變》（Lịch trình diễn tiến của phong trào Quốc gia Việt Nam）、阮孟昆（Nguyễn Mạnh Côn, 1920-1979）的《用感情書寫歷史》（Đem tâm tình viết lịch sử）、《桃花色的愛情》（Mối tình màu hoa đào），武片（Võ Phiến, 1925-

2015)的《囚人》(Người tù)、《年底夜雨》(Mưa đêm cuối năm)等作品,可以被看作為是屬於這種創作傾向的。

　　在一些國家主義作家的作品中,政治話語和藝術話語間經常存在一些衝突,如政治是激烈的,但藝術卻只扮演說明性的決賽。在宣揚國家主義的作品中,很少有人物給人留下深刻印象並長期存留在讀者心中。隱藏在那個人物世界中的是一些與占領軍同伴者的負罪感,通過敘述者或人物語言的解釋來表達。這種傾向的許多作家都具有「後殖民」意識,旨在建立一個自力更生的社會,以彌補法國殖民主義統治下的民族損失。但他們沒想到,新殖民主義的魔爪會擊碎他們所有的幻想。這一傾向中的一些明智的作家逐漸認清了統治集團的真面目,並表示失望。

　　為國家主義辯護的文學當然不斷試圖利用當時黑暗和光明混沌存在的情況下的一些戰爭創傷,如一九六八年的順化戊申年春節戰役、一九七二年火紅夏日的廣治戰役等等。然而,每天映入人民眼簾的、且印象最為深刻的是美國士兵和韓國士兵對平民的暴行,是覆滿山區的毒藥,是「成千上萬噸炸彈落在田野上,……成千上萬輛克萊莫汽車承載著手榴彈」(〈夜之炮〉Đại bác ru đêm,鄭公山 Trịnh Công Sơn, 1939-2001)。

　　正因為如此,到了第二共和時期,許多一九五四年後成長起來的反共作家不再像以前那樣嚴厲地發聲。他們日漸預料到一個肯定會到來的和平前景,雖然不知道那個遠景到底是個什麼樣的,但他們明瞭必須找到新的對待方式。一些年輕作家以他們血腥的戰場經歷反共,但與反戰作家相比,他們並不是大多數。更重要的是,與以前的作家相比,年輕作家不再對任何一種主義理論感興趣,無論是國家主義還是個人主義。那些頭銜在南越人民的精神生活中逐漸變得陌生,也許只在一些作用越來越模糊的政黨內部使用。

(二）表現反抗精神的文學傾向

　　南越人民對於一九五四年《日內瓦協定》下的國家分裂感到驚訝和失望，兩年後仍然看不到統一的前景，逐漸接受了這一令人心碎的現實，並試圖應對它。一些服從革命組織的安排從戰區回來的作家，在經歷了最初的困惑後，也找到了發出自己聲音的平臺。具有民族主義立場的報刊和出版機構是連接作家們的地方，例如：少山、平原鹿（Bình Nguyên Lộc, 1914-1987）、蘇月亭（Tô Nguyệt Đình，即蕭金水 Tiêu Kim Thuỷ、阮寶化 Nguyễn Bảo Hoá, 1920-1988）、李文森（Lý Văn Sâm, 1921-2000）、莊世希（Trang Thế Hy，即文鳳美 Văn Phụng Mỹ, 1924-2015）、追風（Truy Phong, 1925-2005）、山南（Sơn Nam, 1926-2008）、遠方（Viễn Phương, 1928-2005）、黎永和（Lê Vĩnh Hoà）、征波（Chinh Ba, 1934-2022）、玉玲（Ngọc Linh, 1935-2002）、楊儲羅（Dương Trữ La, 1937-2000）等等。

　　獨特之處在於，他們對現實的批評聲音並沒有像過去阮公歡、吳必素、南高那樣通過嚴格的現實主義筆法來表達，而通過比喻和影射的筆法來反應。借鑒正史和野史中的相關故事，文學對侵略勢力的野心所導致國家面臨的危險提出了相應的警告。李文森的《垮塔上的鐘聲》（Chuông rung trên tháp đổ）、遠方的《安鳳之情》（Tình Yên Phượng）、黎永和的《朦月》（Trăng lu）等作品均反映了這一創作精神。

　　吳廷琰政府不能放任這種抵抗精神蔓延，所以僅僅幾年後，一些作家被監禁，然後找機會逃離到戰區，成為在南越解放民族陣線管控的領土上創作的革命作家。

　　二十世紀六〇年代上半葉，反抗精神在另一個方向上被喚起。那就是以佛教的非暴力精神的爭鬥詩歌以及部分天主教知識分子的「非

共產主義社會革命」（cách mạng xã hội không cộng sản）政策為奮鬥的詩歌。一行（Nhất Hạnh, 1926-2022）、宙宇（Trụ Vũ, 1930-）的詩歌、武廷強（Võ Đình Cường, 1918-2008）的小說均承載佛教精神，不直接批判社會，而是喚起對戰爭現實的不滿。《行程》（*Hành trình*）雜誌和《態度》（*Thái độ*）雜誌編輯部的作家主張進行結構性革命來改變南越社會，儘管他們無法具體想像出該如何改變。

大約在戰爭的最後十年，文學中的抵抗精神日益高漲。《文學通訊》（*Tin văn*）雜誌上的創作和批評以及潘遊（Phan Du, 1915-1983）、黎原忠（Lê Nguyên Trung，即王桂林 Vương Quế Lâm、阮文俸）、阮文春（Nguyễn Văn Xuân, 1921-2007）、劉儀（Lưu Nghi, 1924-1985）、武幸（Vũ Hạnh, 1926-2021）、梁山（Lương Sơn，即黃河 Hoàng Hà, 1927-2005）、阮原（Nguyễn Nguyên，即阮玉良 Nguyễn Ngọc Lương, 1929-2002）、旅方（Lữ Phương, 1938-）等作家的作品中，均暴露了一個政治動盪、道德墮落的社會。當《行程》雜誌停刊時，一些左傾作家如：真信（Chân Tín, 1920-2012）、李正忠（Lý Chánh Trung, 1928-2016）、阮玉蘭（Nguyễn Ngọc Lan, 1930-2007）、阮文忠（Nguyễn Văn Trung, 1930-2022）、豔珠（Diễm Châu，即武紅御 Võ Hồng Ngự, 1937-2006）、世元（Thế Nguyên, 1942-1989）等作家的小說和論文，均聚集發表在《祖國》（*Đất nước*）、《面對》（*Đối diện*）、《陳述》（*Trình bầy*）等雜誌上。他們在反美、反對戰爭、呼籲民族和解與和諧的立場上更加明確。

隨著五十多萬美國和盟國軍隊湧入越南南部城市和村莊，自由世界的形象有現實可以對照，逐漸出現實用心態和享樂主義。在《南部文學——總觀》（*Văn học miền Nam - Tổng quan*）中，武片承認：「戰爭在許多地方造成了混亂，為各行政及軍事級別的狷獗暴亂和壓迫創造了有利條件。賄賂、走私、假兵、傀儡兵、黑市場、紅燈市場等現

象日漸普及⋯⋯」、「美國士兵遠離家鄉和富裕的生活更便於各類娛樂組織的發展。各類音樂茶室雨後春筍，各種娛樂消遣以及毒品的販賣和使用幾乎成為了都市文化的一種象徵⋯⋯」。[3]自二十世紀六〇年代中期起，西貢、金蘭、朱萊、峴港等城市突然變得火熱起來。人們從農村湧入，物價上漲，美國士兵在街上大搖大擺，一些婦女受到羞辱，許多年輕人被抓去當兵⋯⋯，那些生活實景為批判現實主義文學提供了素材，尤其是在具有社會意識的年輕作家的作品中。用世元的話說：「那些社會現實就像鞭子一樣不停地抽打在藝術家的臉上並留下了許多血腥的傷疤」。[4]

在學生藝術運動的基礎上，形成了一批具有抗議精神的年輕作家。他們的作品聚集地發表在《越》（Việt）、《意識》（Ý thức）、《新文學》（Văn mới）、《自決》（Tự quyết）等雜誌上。在小說散文方面，可以提及原明（Nguyên Minh, 1941-）、武長征（Võ Trường Chinh, 1942-）、陳維翻（Trần Duy Phiên, 1942-）、陳友蓼（Trần Hữu Lục, 即安眉 Yên My, 1944-2021）、陳紅光（Trần Hồng Quang, 1945-）、黃玉山（Huỳnh Ngọc Sơn, 1946-）、世武（Thế Vũ, 1948-2004）、無憂（Vô Ưu, 1951-）等人。

在詩歌領域上，可以提到吳軻（Ngô Kha, 1935-1973）、懷鄉（Hoài Hương, 1938-）、杜倪（Đỗ Nghê, 1940-）、陳光龍（Trần Quang Long, 1941-1968）、潘維仁（Phan Duy Nhân, 1941-2017）、陳黃星（Trần Vàng Sao, 1942-2018）、東程（Đông Trình, 1942-）、阮國泰（Nguyễn Quốc Thái, 1943-）、黎文吟（Lê Văn Ngăn, 1944-2015）、征文（Chinh Văn, 1945-）、陳萬解（Trần Vạn Giã, 1945-）、陳懷夜舞

3　武片：《南部文學──總觀》（加州：文藝出版社，2000年），頁258-259。
4　世元：《為了夢想的明天》（西貢：陳述出版社，1972年），頁151。

（Tần Hoài Dạ Vũ, 1946-）、阮金銀（Nguyễn Kim Ngân, 1946-）、黎寄商（Lê Ký Thương, 1947-）、黃話洲（Hoàng Thoại Châu, 1947-）、蔡玉山（Thái Ngọc San, 1947-2005）、趙慈傳（Triệu Từ Truyền, 1947-）、高廣文（Cao Quảng Văn, 1947-）、武圭（Võ Quê, 1948-）、黎若水（Lê Nhược Thuỷ, 1949-）、陳閥樂（Trần Phá Nhạc, 1950-）、有道（Hữu Đạo，即同塔 Đồng Tháp, 1950-1976）、陳廷山腳（Trần Đình Sơn Cước, 1950-）、黎碕（Lê Gành, 1950-）、阮天忠（Nguyễn Thiên Trung，即阮東日 Nguyễn Đông Nhật, 1950-）、張正心（Trương Chính Tâm, 1952-2022）等人。

在文藝理論批評方面，可以提及世元（即陳重府 Trần Trọng Phủ）、阮仲文（Nguyễn Trọng Văn, 1940-2013）、陳趙律（Trần Triệu Luật, 1941-1968）、吳文班（Ngô Văn Ban, 1943-）、紅友（Hồng Hữu，即陳紅光 Trần Hồng Quang、陳友蓼 Trần Hữu Lục）等人。與一九六三年以前的老一輩相比，這些年輕作家，用阮仲文的話說：「在戰爭和國家分裂的情況下長大，他們對共產沒有什麼可感到內疚的，也沒有任何不正當的權利來靠攏南越政權或美國」；對於他們來說，「就越南而言，親共或反共就是回到朋友、國家、英雄、歷史或背叛朋友、國家和歷史……」。[5]

反戰文學也吸引了正在越南共和國軍隊服役的才華橫溢的作家們群起響應，如：潘著園（Phan Trước Viên, 1939-1969）、泰朗（Thái Lãng, 1940-）、朱王冕（Chu Vương Miện, 1941-）、吳世榮（Ngô Thế Vinh, 1941-）、泰倫（Thái Luân, 1941）、呂瓊（Lữ Quỳnh, 1942-）、芒園龍（Mang Viên Long, 1944-2020）、陳尹儒（Trần Doãn Nho，即陳友淑 Trần Hữu Thục, 1945-）、阮光線（Nguyễn Quang Tuyến, 1945-）、魏

5　阮仲文：〈越南的左傾知識分子〉，《面對雜誌》第二十六期（1971年），頁40。

語（Nguy Ngữ, 1947-2022）、芒巒（Mường Mán, 1947- ）、阮麗淵（Nguyễn Lệ Uyên, 1948- ），以及前期階段的作家，如：原沙（Nguyên Sa, 1932-1998）、世風（Thế Phong, 1932- ）等等。

可以說，一九五四至一九七五年南方城市文學中的反戰和反抗精神在廣度和深度上都在增加。那種精神首先出現在各類報刊上，然後在各類出版物、政治論文以及詩歌、短篇小說和長篇小說中日益擴大。出於對政治或道德立場的譴責，文學以批判現實主義的精神構建了諸多藝術形象。那種精神不僅滲透在左傾作家的作品中，也蔓延到了右傾立場但富有藝術家良知、尊重真理的作家的作品中。

在一部分農民的房屋被燒毀、失去了田地、失去了家園，不得不漂流到城市暫時居住以維持生命的同時，城市現實生活方式的負面影響已被侵蝕，並導致民族傳統文化的逐漸退化。都市文學見證了社會的危機，尤其是南方青年的各種迷茫和焦慮。只要讀一些作品的標題就能意識到這一點，如：世淵（Thế Uyên, 1935-2013）《解體社會中的思考》（*Nghĩ trong một xã hội tan rã*）、陳懷書（Trần Hoài Thư, 1942- ）《野馬群的無助》（*Nỗi bơ vơ của bầy ngựa hoang*）、阮光線《搖搖欲墜的家鄉》（*Quê hương rã rời*），魏語《殘疾野獸》（*Con thú tật nguyền*）、武長征《悲慘地活著》（*Sống thảm*）等等。

（三）弘揚民族文化傳統的文學傾向

在這種情況下，文學試圖找到可能的精神支持，幫助人們克服或至少在危機面前站穩腳跟。其中一個支柱就是民族文化。

在考究方面，民俗和儒、佛、道的哲學精髓構成了民族文化的思想根源，在西方文化的影響前，掀起了這一時期南越精神生活的學術浪潮。這一成就與簡之（Giản Chi, 1904-2005）、梅壽傳（Mai Thọ Truyền, 1905-1973）、秋江阮維勤（Thu Giang Nguyễn Duy Cần, 1907-

1998）、阮登俶（Nguyễn Đăng Thục, 1908-1999）、阮獻黎（Nguyễn Hiến Lê, 1912-1984）、金定（Kim Định, 1915-1997）、釋明珠（Thích Minh Châu, 1918-2012）、一行、寶琴（Bửu Cầm, 1920-2010）、黎春科（Lê Xuân Khoa, 1928-）、慧士（Tuệ Sỹ, 1943-）等一批大師緊緊相關。不排除有少數學者以展開那些考究來限制共產主義的影響，但總的來說，那是當時社會上學習和推廣的需要。一些高校促進佛學和東方哲學系的成立，也增加了對這一領域深度研究的需求。

另一方面，越南民族的民俗學、歷史學、語言學、傳統文學、風俗習慣等著作的研究和出版也受到公眾的歡迎。更具代表性的可以提及王鴻成（Vương Hồng Sển, 1904-1996）、東湖（Đông Hồ, 1906-1969）、潘珖（Phan Khoang, 1906-1971）、朗仁馮必得（Lãng Nhân Phùng Tất Đắc, 1907-2008）、嚴瓚（Nghiêm Toản, 1907-1975）、郭晉（Quách Tấn, 1910-1992）、少山、阮獻黎、張文埕（Trương Văn Chình, 1908-1983）、平原鹿、山南、阮文春、黎玉柱（Lê Ngọc Trụ, 1909-1979）、紅蓮黎春教（Hồng Liên Lê Xuân Giáo, 1909-1986）、淳風吳文發（Thuần Phong Ngô Văn Phát, 1910-1983）、黎文超（Lê Văn Siêu, 1911-1995）、黃明（Huỳnh Minh, 1913-？）、算映（Toan Ánh, 1916-2009）、范廷謙（Phạm Đình Khiêm, 1920-2013）、嚴審（Nghiêm Thẩm, 1920-1982）、阮拔萃（Nguyễn Bạt Tuỵ, 1920-1995）、范世五（Phạm Thế Ngũ, 1921-2000）、阮文壽（Nguyễn Văn Thọ, 1921-2014）、蔡文檢（Thái Văn Kiểm, 1922-2015）、阮文侯（Nguyễn Văn Hầu, 1922-1995）、阮士際（Nguyễn Sỹ Tế, 1922-2005）、阮廷思（Nguyễn Đình Tư, 1922-）、裴德淨（Bùi Đức Tịnh, 1923-2008）、陳玉寧（Trần Ngọc Ninh, 1923-）、沈誓河（Thẩm Thệ Hà, 1923-2009）、清朗（Thanh Lãng, 1924-1988）、黎有目（Lê Hữu Mục, 1925-）、范忠越（Phạm Trung Việt, 1926-2008）、范越泉（Phạm Việt Tuyền, 1926-

2009)、范文瑤(Phạm Văn Diêu, 1928-1982)、陳仲山(Trần Trọng San, 1930-1998)、黃明德(Huỳnh Minh Đức, 1934-)、阮奎(Nguyễn Khuê, 1935-)、阮克語(Nguyễn Khắc Ngữ, 1935-1992)、阮世英(Nguyễn Thế Anh, 1936-)、黎文好(Lê Văn Hảo, 1936-2015)、范高陽(Phạm Cao Dương, 1937-)、平江(Bằng Giang, 1920-2000)、阮文參(Nguyễn Văn Sâm, 1940-)、黃文從(Huỳnh Văn Tòng, 1941-2011)等等。

弘揚越南文化活動的高潮是一九六六年八月七日在西貢成立了民族文化保護力量(Lực lượng Bảo vệ Văn hoá Dân tộc),該力量由黎文甲(Lê Văn Giáp)教授擔任主席。在一九六七年一月十五日由越南兒童之友協會(Hội Bạn trẻ em Việt Nam)、文學藝術協會(Hội Văn học nghệ thuật)、青少年精神保護委員會(Hội đồng Bảo vệ Tinh thần Thanh thiếu nhi)、《百科》(Bách khoa)雜誌、《文學通訊》(Tin văn)聯合舉辦的文學批評研討會上的發言中強調:「我們在任何情況下都歡迎和支援所有過去、現在和未來的批評家們,無論觀點和藝術流派如何,以促進強大和進步的文學,反對一切淫穢和墮落的表現,以保護和發展國家」(1967年1月30日發行的《文學通訊》雜誌,第15期)。

這一立場清楚地體現在阮玉良和武幸在《文學通訊》雜誌上所發表的論文以及在旅方的《一些藝術問題》(Mấy vấn đề văn nghệ)、姑青言(Cô Thanh Ngôn)的《民族藝術路線》(Đường lối văn nghệ dân tộc)、梁山的《寫作工作》(Công việc viết văn)等書之中。李正忠的兩本書《尋回民族》(Tìm về dân tộc)、《宗教與民族》(Tôn giáo và Dân tộc)也對文化復興、民族和解與和諧產生了積極影響。李正忠寫道:「文化是民族的靈魂,沒有文化就沒有民族,只剩下一群混亂的人群,其中每個人都將是一個孤獨的單子,沒有過去和未來,沒有相交、感同與理解……。當一個國家的文化開始衰落時,它就開始消亡。

這是最痛苦的死亡，因為它像癌症一樣在生命中生長……。當所謂的精英分子與一個民族分離時，一個民族的文化就開始衰落，他們不再為其發展做出任何貢獻，而是愚蠢地模仿所有被稱為文化的外國怪譎和混沌的東西，也就是他們在自己的祖國但仍然變得陌生之時。」[6]

民族文化之美不僅是政治作家討論的話題，也進入了藝術形象。在亞南陳俊凱（Á Nam Trần Tuấn Khải）、莫凱（Mạc Khải, 1905-1982）、東湖、郭晉、龐伯麟（Bàng Bá Lân, 1912-1988）、夢雪（Mộng Tuyết, 1914-2007）、武黃章（Vũ Hoàng Chương, 1916-1976）、陳氏慧梅（Trần Thị Tuệ Mai, 1928-1983）、堅江何輝河（Kiên Giang Hà Huy Hà, 1929-2014）、祥玲（Tường Linh, 1931-2021）、芳臺（Phương Đài, 1932-2016）、孫女喜姜（Tôn Nữ Hỷ Khương, 1935-2021）、范天書（Phạm Thiên Thư, 1940-）等人的詩歌當中，均保留著傳統詩歌的靈魂之聲，強調對人、對家的愛，對鄉村和國家的情懷。

在散文創作中，這種傾向既表達了統一國家的願望，又反映了作家熟悉的土地的風俗習慣和生活場景。特別要提到的有北部地方的武鵬（Vũ Bằng, 1913-1984）、世元、潘文造（Phan Văn Tạo, 1920-1987）、尹國士（Doãn Quốc Sỹ, 1923-）、梅草（Mai Thảo, 1927-1998）、日進（Nhật Tiến, 1936-2020）等作家；中部地區有阮文春、郭晉、潘游、武紅（Võ Hồng, 1921-2013）、武幸、陳玄恩（Trần Huyền Ân, 1937-）、阮夢覺（Nguyễn Mộng Giác, 1940-2012）等人；南部地區有平原鹿、山南、莊世希等人。未都市化的農村地區的自然、人文和生活方式特徵，被作者們通過描繪偏遠中部的村莊或南部河流鄉村的畫面淋漓盡致地反映出。散文不僅反映外在的生活情景，而且通過塑造重情重義、富有犧牲精神、自覺抵制金錢的腐敗力量的

---

6 李正忠：《尋回民族》（西貢：聖火出版社，1972年），頁105-106；（胡志明市：年輕出版社，1990年修訂與再版），頁79-80。

農民形象,也生動地薰陶出一種別致的精神力量。作家們不僅見證了社會的腐朽,也見證了文化和人的復興。

致力於歷史上的英雄和女烈的書寫,阮文春的短篇小說《森林風暴》(Bão rừng)、《血香》(Hương máu)和《沙地疫病》(Dịch cát),希望將傳統的力量傳遞給現代越南人。武紅的小說《蝴蝶花》(Hoa bươm bướm)和《飛鳥的翅膀》(Như cánh chim bay)真實地描寫了抗法戰爭,表明抗戰是一次不容錯過的民族團結大好機會。山南通過《金甌森林之香》(Hương rừng Cà Mau)中的短篇小說書寫了金甌角的自然和人民,展現了這個民族在探索新土地的道路上堅信不疑和充滿創造力的精神。平原鹿的短篇小說《海茄苳森林》(Rừng mắm)將老一輩人比作海茄苳樹,它們生長承載著填充土壤的使命:「我們的祖先從中部地區湧入這裡時就註定了要承載像海茄苳樹般的宿命,從淡水同奈來到這裡,到處都是荒涼的。他們在這個窮山惡水之地倒下,為他們的子孫鋪平道路……。」[7]

保護傳統美,但對時代變化敏感,在一個總是交流和適應文化的地區,文學逐漸克服保守和封閉的思想(出現在20世紀50年代末的小說中的理想化農村的父權思想或詩意化使用內地生產商品等等)。這意味著民族意識也在不斷地運動和發展。

(四)再現人類地位的文學傾向

二十多年的戰爭摧毀了越南許多村莊、田地和城鎮,奪走了越南南北兩個地區數百萬人的生命,在民族心中留下了深刻的悲劇,造成了許多家庭的分裂和人們心中的痛苦。動亂中的社會變革導致了種種心靈的撕裂,而文學最震撼的地方仍然是戰爭中人類地位的吶喊和痛

---

[7] 平原鹿:〈海茄苳森林〉,收入《寄託》(西貢:濱藝出版社,1960年),頁31,收入《平原鹿選集》(河內:文學出版社,2002年),第二卷,頁661。

哭。漫長戰爭和社會分裂的背後，是越南人民堆積如山的苦難，是每個家庭、每個越南人靈魂中難以癒合的傷口。在那些年裡，戰爭一直是南越新聞和文學的焦點與核心話題。

分裂的痕跡就發生在親兄弟姐妹作家之間，如：范文記（Phạm Văn Ký, 1910-1992）去了法國，范虎（Phạm Hổ, 1926-2007）去了北方，而他的弟弟范世美（Phạm Thế Mỹ, 1930-2009）則留在了南方；日進移居南方時，他的弟弟日俊（Nhật Tuấn, 1942-2015）則留在河內，成為五五九號兵團的偵察兵；黎永和（Lê Vĩnh Hoà）在抗戰中犧牲，而他的哥哥武片（Võ Phiến）則與敵對政府合作；當春妙成為了一名革命詩人時，他的弟弟吳春鳳（Ngô Xuân Phụng, 1927-？）則是對面戰線的作家。

如南方作家往北方集結時「白天在北方／夜晚夢南方」（濟亨），那麼對遙遠北方家鄉的思念也是許多移民作家的一個不可磨滅的靈感，創造出了美麗的情感和語言篇章。代表性的作品可以提及武鵬《十二個月的想念》（*Thương nhớ mười hai*）、梅草《紅河上的船線》（*Chuyến tàu trên sông Hồng*）、世淵《母親的房子》（*Căn nhà của mẹ*）、潘文造《一個豬泡泡》（*Cái bong bóng lợn*）、緣英（Duyên Anh, 1935-1997）《秋雲》（*Mây mùa thu*）和《我弟的那隻鴝鵒》（*Con sáo của em tôi*）等等。

在戰火中，人的身份是多麼渺小。在一篇具有紀事性質的小說《在終事務的幾日工作》（*Vài ngày làm việc ở Chung Sự Vụ*）中，原沙（Nguyên Sa）通過各種冤死和不公正的錯誤描述了士兵及其家人的悲劇。個人悲劇說到底就是社會悲劇的結果。

在農村，農民失去了土地，失去了村莊，兩手空空的他們只能四方求食，哭聲響徹藍天。在武紅的《火燒田大壩畔》（*Bên đập Đồng cháy*），縷婆婆的命運也就是戰爭期間許多農村婦女的宿命。當鄰居

們離開村莊時,她獨自坐在門檻上,兩滴眼淚悄悄地順著臉頰流下。她回憶起青春年華時期的小縷,雖然愛上了名叫五事的阿哥,但命運讓她年紀輕輕就喪偶,靠兒子生活,但後來兒子被抓去當兵並戰死。阮夢覺的《老院子裡的鳥聲》(Tiếng chim vườn cũ)以及草長(Thảo Trường, 1936-2010)的《同塔水渠上的孕婦》(Người đàn bà mang thai trên kinh Đồng Tháp)中令人恐懼的畫面,也是當時農村種種悲慘的命運。

在城市裡,不幸的人也能在文學的各種形象中找到了自己。閱讀日進的《荒廢的露臺》(Thềm hoang)和《公園裡的光線》(Ánh sáng công viên),我們遇到了街頭唱歌的盲人、過時的妓女、寡婦、孤兒。在黎必調(Lê Tất Điều, 1942-)的《人生漫漫長夜》(Đêm dài một đời),也喚起了對盲人兒童面對迷茫未來的無限同情。

清心泉(Thanh Tâm Tuyền, 1936-2006)《沙泥》(Cát lầy)、《海霧》(Mù khơi),楊儼茂(Dương Nghiễm Mậu, 1936-2016)《蟲子》(Con sâu)、《髮亂之夜》(Đêm tóc rối),龔積駢(Cung Tích Biền, 1937-)《和平的空虛之愛》(Hoà bình nàng tình rỗng),潘日南(Phan Nhật Nam, 1943-)《塵埃之關》(Ải trần gian)等小說;以及伊淵(Y Uyên, 1943-1969)《乾風暴》(Bão khô)、《山坡裡的石像》(Tượng đá sườn non),阮德山(Nguyễn Đức Sơn,即森林上的星星 Sao Trên Rừng, 1937-2020)《猴籠》(Cái chuồng khỉ)、《疲憊的沙塵》(Cát bụi mệt mỏi),黎文善(Lê Văn Thiện, 1947-2009)《一種煩惱》(Một cách buồn phiền)等短篇小說,均反映出人類對死亡和毀滅的折磨和焦慮。

戰爭中的愛情不再是自力文團(Tự lực văn đoàn)文學時代門當戶對的艱難愛情,而是與生命掙扎的每一刻、與殘酷的死亡相抗衡的愛情。南越都市小說不僅描繪愛情,還質疑愛情的本質及其存在,人類永恆的孤獨和對性的需求對愛情產生了懷疑。現在的女性角色世界

不像小梅（《半程春》Nửa chừng xuân，概興 Khái Hưng）那般端正，或小鶯（《斷絕》Đoạn Tuyệt，一靈 Nhất Linh）那樣與大家庭發生衝突的女性那樣典型，而是叛逆的女性、是對身份與宿命充滿怨恨的女性，或者有時讓自己順其自然地飄落在自己人生河流之中。一個值得注意的現象是一批女作家的出現以為「第二性別」發聲。他們是婆松龍（Bà Tùng Long, 1915-2006）、明德懷貞（Minh Đức Hoài Trinh, 1930-2017）、阮氏瑞雨（Nguyễn Thị Thuy Vũ, 1937-）、醉紅（Tuý Hồng, 1938-2020）、雅歌（Nhã Ca, 1939-）、阮氏黃（Nguyễn Thị Hoàng, 1939-）、重陽（Trùng Dương, 1944-）以及後來的麗姮（Lệ Hằng, 1948-）、陳氏NgH（Trần Thị NgH, 1949-）等等。這些作家表達了戰爭中女性的悲劇和願望，在文學中創造了今天所謂的女權主義意識。

（五）大眾文學傾向

　　一九五四至一九七五年期間，通過民族資產階級的活動，南越出現了資本主義因素，使生產初步發展並且初步向人民提供了相對充足的技術產品。別墅、公寓、大樓、餐廳、酒店、舞廳、水吧在城市地區出現得越來越多。除越南國家銀行外，商業銀行也在主要城市設立並設有分行。

　　雖然只服務於一部分城市居民，但消費社會已在南越初步形成。首先，這要歸功於美國的援助。除了每年數十億美元的軍事援助，美國還向南越提供經濟援助。可以說，城市居民，尤其是與美國人關係密切的城市居民的生活水準提高，這主要歸功於外援。與此同時，越南共和國政府的經濟政策允許進口奢侈品，以滿足新興中產階級的消費需求。

　　二十世紀六〇年代末七〇年代初，在南越，在日報、期刊、廣

播、電視、電影、海報等大眾媒體上,廣告市場份額不斷擴大,以刺激大眾消費,滿足享受心理,甚至為消費者創造和傳播新的需求。各種電視機、摩托車、汽車、冰箱、各種服裝、鞋子、煙草品牌、啤酒、化妝品等新型貨品不斷出現在市場上並深受市民歡迎。

雖然還未形成一個發達的工業,且製造業有時會因戰爭升級而停滯不前,但靠著工資和其他收入,一部分公務員和中產階級可以將錢花在日常必需品之外的隨心所欲的購物上,這也是一九五四至一九七五年南越文藝市場形成的前提。

在此期間,越南共和國政權下的新聞出版在數量上急劇增長,同時在政治、經濟和社會因素的影響下也暴露出一些矛盾。就一九六九年而言,南越各都市地區有多達一五〇家出版社;而一九七一年時,該部分領土擁有五十四份日報和一二〇多份週刊和雜誌。據不完全統計,一九七五年以前的南越,平均每一千人就擁有五十一份報刊。[8]

如此可見,在越南共和國政權下,絕大多數新聞和文學出版機構都是私營的。該領域由國家機構直接管理的報紙和出版社數量不多,也沒有重大影響。政府干預新聞和出版生活,主要是通過資助一些支持國家政策的機構、對印刷品的補貼政策,特別是通過違反《憲法》規定的出版和新聞自由的法令的審查制度,在此基礎上,政府可以沒收或起訴違犯的報紙或出版社。

報刊創作所表現出來的大眾文學傾向,主要是為了滿足大眾的娛樂需求。大多數日報用一個版面刊登大約五至六部長篇小說,其中包括一些從中文翻譯的劍俠小說,其餘主要是朱子(Chu Tử, 1917-1975)、安溪(An Khê, 1923-1994)、黎川(Lê Xuyên, 1927-2004)、黃海水(Hoàng Hải Thuỷ, 1932-2020)、文光(Văn Quang, 1933-2022)、

8　阮玉碧:《越南共和國注釋地圖集》(華盛頓:越南大使館,1972年),頁50。

楊河（Dương Hà, 1934-2018）、阮瑞龍（Nguyễn Thụy Long, 1938-2009）、懷碟子（Hoài Điệp Tử, 1942-1987）等人的言情小說。那裡也是專門出版劍俠小說、恐怖故事、超級英雄小說的出版社的產品。

新聞出版的商業化導致了文學平庸化的後果，例如長期小說（feuilleton）[9]書寫現象的湧入，競相翻譯有關性的書籍，過分推崇金庸和瓊瑤的小說。但放在市場背景下，當文學成為消費品，滿足讀者多樣化的精神大餐，這種現象是可以理解的。

在戰爭即將結束時，文學生活無比暗淡，就如阮夢覺曾抱怨說：「支持各種愛情書籍似乎是一種商業印刷活動，且幾乎也是出版社唯一關心的問題。……商業已經壓倒了藝術並把其推到了一個狹窄、卑微和孤獨的地方。」[10]因此，大眾文學的趨勢是很少具有持久價值的作品，一些長期小說的作者也不願意將自己的作品出版成書。

三　現代化成就

以上五種文學思潮並不是孤立存在和發展的，而是相互交織、相互作用、相互干擾的。在同一份報紙或同一出版社，曾經出現過表現出相反傾向的作品。人道主義和民主的因素，對和平與統一的渴望時而強烈，時而微弱，且可以在不同政治和藝術立場的作家的作品中找到。每一種傾向本身以及屬於某種傾向的每一位作家，都在歷史和時代的影響下發生著變化和轉換。

在二十多年的政治和社會變革中，在令人窒息的戰爭背景下，南越文學在現代化道路上取得一些重大成就。在這方面，與一九三二至

9　法文術語，指期刊上連載的長篇小說。
10　阮夢覺：〈對1974年詩歌與小說的思考〉，《百科雜誌》乙卯春節特刊，1975年，頁30。

一九四五年文學時期相比，南越文學創作在詩歌、短篇小說、長篇小說、隨筆、批評研究和翻譯等體裁上也有顯著的創新。

在詩歌方面，在南越文學領域同時發生著兩個事實：在學校和很大一部分公眾和藝術家中，浪漫主義新詩仍然受到尊重和青睞；但在文學界，創新趨勢日漸出現以試圖抵制新詩的影響。他們減少了對作為新詩強項的七言詩、八言詩的熱情，以在自由詩和散文詩中體驗具有時代的靈魂創作。

可以說，一九五四年後，自由詩和散文詩在南越找到了有利的發展環境。代表性作者可以提及一行、郭話（Quách Thoại, 1930-1957）、原沙、龔沉想（Cung Trầm Tưởng, 1932- ）、清心泉、蘇垂煙（Tô Thuỳ Yên, 1938-2019）、雅歌、游子黎（Du Tử Lê, 1942-2019）、Nh. Tay Ngàn（1943-1978），以及一些左傾詩人如豔珠、吳軻、阮國泰、陳黃星、黎文吟等等。有趣的是，那個時期南越的鬥爭詩在靈感和情調上接近革命詩歌，但在創作形式上又與在北越的《人文》、《佳品》以及在南越的《創造》、《現代》、《藝術》等報刊上發表的自由詩相似，而不像在中學教科書中的新浪漫主義詩歌。

由此可見，南越的自由詩現象表明了新詩的影響並沒有涵蓋二十世紀下半葉的越南詩歌。一首浪漫主義新詩中的詩句之間的聯繫，總是揭示某種邏輯，但在現代主義自由詩中，這種聯繫有時會給人一種不合邏輯的感覺，或者更確切地說，是一種荒謬的邏輯。詩人的選擇並不容易預測，它突出了組合中的陌生感：「我悲傷地哭得像噁心／在街頭上／玻璃般的陽光／我叫自己的名字以減少懷念／清心泉／教堂的鐘聲打破了下午／我懇求一個私密跪下的地方／為了小靈魂／對惡狗的恐懼／無色饑餓的狗」（《復活節》，清心泉）。

這並不是說詩人不再創作六八詩或唐律詩，但這些詩歌形式也與時代語言聯繫在一起。正是原沙，一位有著美麗愛情詩的抒情詩人，

若有《十三歲》（*Tuổi mười ba*）、《河東綢衣》（*Áo lụa Hà Đông*）、《六月下雨》（*Tháng Sáu trời mưa*）等等，一度寫下了日常生活中塵土飛揚的六八詩句，如：《射擊場》（*Sân bắn*）、《給朋友的信》（*Thư cho bạn*）等等。而裴降（Bùi Giáng, 1926-1998）的六八詩則通過現代語言為蝴蝶、蜻蜓、螞蟻、細菌、昆蟲和野花雜草化生。在懷卿（Hoài Khanh, 1934-2016）、克明（Khắc Minh, 1937-2020）、圓玲（Viên Linh, 1938-）、金俊（Kim Tuấn, 1938-2003）、黃香妝（Hoàng Hương Trang, 1938-2020）、陳俊傑（Trần Tuấn Kiệt, 1939-2019）、高話洲（Cao Thoại Châu, 1939-）、陳夜辭（Trần Dạ Từ, 1940-）、倫換（Luân Hoán, 1941-）、何原石（Hà Nguyên Thạch, 1942-）、輝想（Huy Tưởng, 1942-）、潘茹識（Phan Như Thức, 1942-1996）、武有定（Vũ Hữu Định, 1942-1981）、阮祥江（Nguyễn Tường Giang, 1942-）、林章（Lâm Chương, 1942-）、黃文（Joseph Huỳnh Văn, 1942-1995）、范潤（Phạm Nhuận, 1943-）、黃祿（Hoàng Lộc, 1943-）、黃起風（Hoàng Khởi Phong, 1943-）、何篵生（Hà Thúc Sinh, 1943-）、阮北山（Nguyễn Bắc Sơn, 1944-2015）、吳原儼（Ngô Nguyên Nghiễm, 1944-）、陳術語（Trần Thuật Ngữ, 1946-）、陳夜旅（Trần Dzạ Lữ, 1949-）、范高黃（Phạm Cao Hoàng, 1949-）、范朱砂（Phạm Chu Sa, 1949-）、徐懷進（Từ Hoài Tấn, 1950-）、鄭寶懷（Trịnh Bửu Hoài, 1952-）、武真久（Võ Chân Cửu, 1952-2020）、阮必然（Nguyễn Tất Nhiên, 1952-1992）等人的作品中，傳統的詩體常與現代語言相結合。

在小說方面，藝術創新在以下兩個方面得到了認可：

一是運用精神分析、存在主義、現象學、意識流技巧在短篇小說和長篇小說中描述世界和人們。雖然沒有完全成功，但已取得了一些顯著的初步成果。值得一提的是：世元《熄火之鐘聲》（*Hồi chuông tắt lửa*）、黃玉邊（Hoàng Ngọc Biên, 1938-2019）《睡在省城之夜》

(*Đêm ngủ ở tỉnh*)、清心泉《蘑村黑濛濛的夜晚》(*Đêm xóm Lách mịt mùng*)、阮廷全 (Nguyễn Đình Toàn, 1936-) 的《課間》(*Giờ ra chơi*) 等等。

二是一些新長篇小說現象的形成,如:一靈《清水江》(*Giòng sông Thanh Thuỷ*)、尹國士《蘆葦林》(*Khu rừng lau*)、一行《意的歸途》(*Néo về của Ý*)、范公善 (Phạm Công Thiện, 1941-2011)《太陽從未真實過》(*Mặt trời không bao giờ có thực*);紀實小說類有:阮偉 (Nguyễn Vỹ)《越南小伙子阿俊》(*Tuấn, Chàng trai nước Việt*)、泰朗《一個人的一天裡》(*Trong một ngày của một người*)、吳世榮《綠色帶》(*Vòng đai xanh*);短篇小說和戲劇有:阮孟昆《胡同裡的那碗湯》(*Bát canh trong ngõ hẻm*) 等等。此外,也要提及隨筆體的發展,最具代表的:武片《祖國與家鄉》(*Đất nước quê hương*)、梅草《鹹水地區之屋》(*Căn nhà vùng nước mặn*)、武鵬《十二個月的思念》、阮春煌 (Nguyễn Xuân Hoàng, 1937-2014)《草地上的思考》(*Ý nghĩ trên cỏ*) 等等。

這一時期的文學語言也發生變化:北方小說精煉細膩的語言與南方小說直白生動的語言並行而存在。藝術風格多樣,從博學到平民,從華麗文學到充滿白話的文學,從現代到傳統同時出現在一個總是充滿新現象的文學生活之中。報紙對文學的影響也使作品中的語言更加靈活,同時也變得更加隨和。簡短的對話句子,與南方人說話方式特有的鄉村形象的聯想也進入小說並受到普通讀者的歡迎。同時,針對特定的公眾,一些作家通過接受超現實主義、存在主義、意識流、新小說等現代文學思潮,試圖在詩歌和小說中創造出新語言。就形式而言,這種差異可以通過原沙、清心泉、蘇垂安、吳軻、豔珠、游子黎、阮國泰、武片、楊儼茂、世元、世淵、阮廷全、阮德山、龔積駢、阮春煌、醉紅、黃玉邊、陳氏 NgH 等人作品的比較得知。

在南越，與詩歌和散文相比，文學劇本的成就微乎其微。獨具特色的劇本並不多，在舞臺上演出的更是少之又少。武克寬（Vũ Khắc Khoan, 1917-1986）、嚴春紅、陳黎阮（Trần Lê Nguyễn, 1923-1977）、黃勇（Hoàng Dũng，即金剛 Kim Cương, 1937-）、楊虔（Dương Kiền, 1939-2015）、武郎（Vũ Lang，即阮克語）、呂僑（Lữ Kiều, 1943-）等戲劇作家則沒有長期致力於劇本創作。與此同時，受歡迎的劇團經常投資上演流行戲劇，與南方人最喜歡的特色改良劇（Cải lương）分享市場份額。大叨大學的受仁劇團是一個罕見的藝術實驗案例，但傳播力度仍然有限。

在大學中以及在書籍、報刊上，創作傾向、哲學、美學、文學研究批評的流派被介紹得相當豐富且及時更新。這種情況一是由於公眾的需要，一是由於本著擴大文化交流的精神建設文學和文科教育的意識。精神分析、存在主義、現象學、結構主義、新小說等西方現代理論被翻譯並初步應用於研究和創作。這一時期也出現許多關於西方哲學和文學的研究著作，其既有歷史優勢但同時也有一定的局限性。代表性作者可以提及武廷留（Vũ Đình Lưu, 1914-1980）、三益（Tam Ích, 1915-1972）、裴春袍（Bùi Xuân Bào, 1916-1991）、陳文獻明（Trần Văn Hiến Minh, 1918-2003）、陳泰頂（Trần Thái Đỉnh, 1921-2005）、黎成治（Lê Thành Trị, 1924-）、黎尊嚴（Lê Tôn Nghiêm, 1926-1993）、裴降、阮文忠、陳文全（Trần Văn Toàn, 1931-2014）、寶厲（Bửu Lịch, 1932-）、世風（Thế Phong, 1932-）、原沙、寶意（Bửu Ý, 1937-）、陳杜勇（Trần Đỗ Dũng, 1939-2010）、鄧馮軍（Đặng Phùng Quân, 1942-）等等。就因為吸收新理論，南方文學批評雖然與創作不相稱，但也有一些重要的考究和新穎的發現。這裡要強調謝巳（Tạ Tỵ, 1922-2003）、黎宣（Lê Tuyên, 1930-）、黎輝瑩（Lê Huy Oanh, 1932-2013）、淵操（Uyên Thao, 1933-）、杜龍雲（Đỗ Long Vân, 1934-1997）、石章（Thạch

Chương, 龔進，1938-2020)、陳文南（Trần Văn Nam, 1939-）、鄧進（Đặng Tiến, 1940-）、黃潘英（Huỳnh Phan Anh, 1940-2020）、高輝卿（Cao Huy Khanh, 1947-）等人的貢獻。

在匯集成書前，雜誌版面上詳細分析和介紹的西方現代文藝思想對作家產生一定的影響。隨之而來的是外國古典和現代文學作品的翻譯和推廣。作家的接受可能是微妙的，也可能是粗糙的，但無疑改變了他們對世界的視角和看法，和對人類身份的表達方式以及描述技巧和筆法。這一時期的報刊確實是年輕作家的助產婆，他們經常被譽為「未來會走得很遠的作家」。幾乎所有成名的詩歌和短篇小說作家都通過了報刊的大門，尤其是一些文藝類雜誌如《創造》、《現代》、《梅》、《文藝》、《藝術》、《文》、《百科》、《文學》、《問題》、《出發》、《時集》等等。在那些報刊上文學創作的年輕人才得到肯定。

翻譯是一項對文學創新做出巨大貢獻的活動，也是過去南越作家成就最明顯的領域。除了與越南有著悠久交流傳統的文學，如中國文學或法國文學之外，這一時期的翻譯家們還介紹了其他國家文學。許多西方和東方文學的作家和作品被翻譯推廣，如：奧諾雷‧德‧巴爾扎克、阿納托爾‧法朗士、紀德、尚‧保羅‧薩特、阿爾貝‧加繆、安東莞‧德‧聖‧埃克蘇佩里、安德列‧瑪律羅、安德列‧莫洛亞、尼科斯‧卡贊扎基斯、海明威、威廉‧福克納、賽珍珠、約翰‧斯坦貝克、薩繆爾‧貝克特、約翰‧湯瑪斯‧鮑德溫、埃里希‧瑪利亞‧雷馬克、保爾‧湯瑪斯‧曼、海因里希‧伯爾、弗里德里希‧迪倫馬特、莫里斯‧蘭洛‧韋斯特、赫爾曼‧黑塞、斯瓦沃米爾‧姆羅熱克、薩繆爾‧約瑟夫‧阿格農、歐仁‧尤內斯庫、伊沃‧安德里奇、艾倫‧帕頓、欽努阿‧阿切貝、若熱‧亞馬多、威廉‧薩默塞特‧毛姆、歐斯金‧考德威爾、拉賓德拉納特‧泰戈爾、紀伯倫‧哈利勒‧紀伯倫、川端康成、大江健三郎、魯迅、林語堂等作家的作品很早就

被翻譯和出版。有趣的是，在當時的西貢，懂俄語的人可能不多，但通過英語和法語的媒介，許多俄羅斯文學作品被翻譯出版，如：阿列克謝・尼古拉耶維奇・托爾斯泰、杜斯妥也夫斯基、伊凡・謝爾蓋耶維奇・屠格涅夫、安東・巴甫洛維奇・契訶夫等俄國古典文學作家；高爾基、馬雅可夫斯基、蕭洛霍夫、葉夫圖申科等蘇聯文學作家；巴斯特納克、索忍尼辛、安德列・西尼亞夫斯基、杜金采夫等反抗文學作家。

然而，南越社會的不斷變化分散了文學革新努力的重心。許多青年才俊站在生與死的邊緣，沒能走向自己巔峰的文學生涯。專門研究文學的雜誌和出版社也面臨艱難的困境，勉強才能維持生存。

無論如何，應該肯定的是，在南越文學中，出現了許多具有民族和人道主義精神，也充滿著藝術價值的創新和現代作品。這些作品也是在各種思想和藝術傾向的豐富化、多樣性和複雜性的創作和出版活動的背景下出現的。

知識分子在任何時代總會出現一批富有人文精神、文化精髓和民族語言的代表，他們的魂魄始終深深植根於每個越南人的靈魂。一九五四至一九七五年期間，作家們的才華與對祖國、人民、傳統文化和民族語言緊密結合並為南越文學的藝術價值做出了貢獻。

第三節　統一和革新文學（1975年4月後至21世紀初）

一九七五年四月後，越南統一，南北兩個地區不再存在像二十多年來的兩種相對獨立文學。戰後最初十年左右，戰時文學的迴響與慣性繼續占主導地位，但在一些作家身上的藝術意識和創作已發生了變化。自二十世紀八〇年代中期以來，文學確實發生了深刻而全面的變

化。一九七五年後的文學時期一直持續到二十一世紀初。

一　歷史背景

　　一九七五年四月三十日後,越南在經歷二十多年的分裂和戰爭後實現了和平統一。一九七六年越南勞動黨第四次代表大會(Đại hội lần thứ IV (1976) của Đảng Lao động Việt Nam)決定將該黨更名為越南共產黨(Đảng Cộng sản Việt Nam)。在國家統一後的第一次會議上,國會決定將國家更名為越南社會主義共和國(Nước Cộng hoà Xã hội Chủ nghĩa Việt Nam),並更明確地肯定了越南統一的政治、經濟制度和發展道路的選擇。然而,一九七五年後,越南面臨著來自外部和內部的許多困難和障礙。越南歷史上最激烈的戰爭的嚴重後果不僅是數百萬人死亡,且還有數千個村莊和城市被毀,環境遭到嚴重破壞,以及無數其他戰爭後遺症。二十多年來,國家分裂,意識形態和政治對立,需要很長時間才能消除兩個地區之間的經濟和文化差異。一個被曠日持久的戰爭弄得筋疲力盡的新獨立的殖民地,又要面對當前國內外的種種障礙和制壓,導致越南的經濟社會與該地區其他國家相比明顯落後,並成為了當時世界上人均收入最低的國家之一。

　　南方解放戰爭結束不久,越南又面臨著其他極其激烈、複雜和曠日持久的戰爭。事實上,一九七五年後的十多年裡,越南仍處於戰爭狀態。首先是西南邊境反抗赤棉勢力侵略的戰爭(Chiến tranh biên giới Tây Nam),接著,從一九七八年底,擴大到幫助柬埔寨人民推翻赤棉殘酷種族滅絕政權的抗戰,持續了十年,直到一九八八年底,柬埔寨逐漸穩定,越南軍隊一律撤回國。一九七九年二月十七日,中國同時襲擊越南北部邊境省份,並摧毀越中邊境省份的許多城鎮和經濟設施。多年後,這場戰爭在一些邊境地區持續不斷。與此同時,海域

上也不斷發生衝突，最終導致中國於一九八八年攻擊並侵占了越南長沙群島（quần đảo Trường Sa）的赤瓜礁島（đảo Gạc Ma）。同時，以迅速走向社會主義大生產為願望的經濟路線是主觀唯心主義的，再加上官僚和補貼的經濟和社會管理方式，不再適合新時代，且戰後持續太久，變化緩慢。解放後在南方進行資本主義工商業改造的政策，消除了南方經濟生產力的重要組成部分，以及將城市居民帶到新經濟區、將農民帶入生產集團的政策，這些政策使南方的社會經濟形勢惡化。所有這些情況使越南陷入了自一九七〇年代末以來日益嚴重的社會經濟危機，一九八〇年代中期尤為嚴重。

除了任何剛經歷過戰爭的國家都必須遭受的戰後困難外，越南還因美國的禁運和孤立政策以及蘇聯和東歐社會主義國家解體的危機而陷入了雙重困境。在這種極其危險的情況下，有必要找到一種方法使國家擺脫嚴重的危機。創新方向在實踐中已經形成，從許多經濟機構和一些地方的「拆毀圍欄」到「自我解開」的措施，一九八六年十二月到越共第六次代表大會（Đại hội lần thứ VI của Đảng Cộng sản Việt Nam, tháng 12/1986），已成為引領國家走出危機進入新時期的創新發展路線。

經濟衰退已停止，經濟開始以越來越高的速度和穩定性增長，勞動力得到解放，市場經濟逐漸建立。創新也意味著需打開大門，加強政治、經濟、文化等各個層面的國際交流和融合。對外開放和融入世界的政策使越南逐步擺脫了在地區和世界上的圍困和孤立。融入世界進程中的一些重要里程碑是：一九九五年，美國與越南正式建立外交關係；也是在這一年，越南加入了東盟（ASEAN）；二〇〇七年，越南加入世界貿易組織（WTO），二十一世紀初，越南已成為世界許多國家的戰略夥伴和全面合作夥伴。然而，創新並非一帆風順，雖然符合歷史規律也得到廣大人民群眾的熱烈響應，但來自國內外的阻力也

是不小。改革進程也有許多曲折，有時停滯不前，特別是在蘇聯和東歐社會主義國家垮臺後。自改革開放進程開始以來的三十多年裡，越南發生了許多積極的變化，徹底和全面地改變了國家的形象。

從戰爭到和平，從中央集權、配給制到社會主義導向的市場經濟，從幾乎封閉在社會主義國家體系內到對外開放和全面融入世界的政策，這一切都不可避免地導致越南許多的社會變化。在將國家建設成現代化工業化國家的目標和方向上，隨著工商業的作用日益重要，城市發展迅速，城市人口比例不斷增加，吸引了大量農村勞動力。國家分裂的二十多年也導致南北兩個地區在政治、意識形態和經濟存許多差異，需在國家統一後合理地解決。但要實現這一點並不容易，因為多方面存在許多差異和障礙。

在保衛國家和民族解放戰爭中，愛國主義和共同體意識的力量得到了極大的發揮。個體生活和個人需求必須縮小到最低限度，為集體的共同生活騰出空間，甚至為革命和民族的共同目標而犧牲。人首先是作為民族、人民和革命的人來認識和評價的。現在回到和平社會，恢復了正常的生活，作為個體生存者的人們的種種個人需求也因此日漸覺醒。許多曾經被認為是可持續真理的社會、道德和人格概念現在也必須重新審視和評估。與此同時，新的價值標準仍在形成或仍在尋找中。開放和加強與世界的交流，為接受許多世界不同國家、不同傾向的文化、文學和藝術價值創造了條件，但也不可避免出現在部分公眾中的「快餐式」接受、缺乏選擇性或過於崇洋媚外的現象。市場經濟的負面影響也造就了一種務實的心態和生活方式，只重視一部分人口的個人利益和物質生活。儘管越南在經濟建設和社會生活方面取得了巨大進步和成就，但當前仍面臨著許多重大挑戰。

二　文學情況

（一）一九七五年四月以後至一九八五年：戰爭時期文學向和平時期文學的過渡

1　文學集中歌頌抗戰勝利，肯定革命向上道路

　　戰爭主題和史詩傾向仍然突出，吸引了大量小說和詩歌作家，但在靈感和對戰爭的視角和看法上或多或少有了新的特點。

　　戰後最初幾年出版的一些小說講述了士兵們在總攻戰役中的挑戰、犧牲和勝利。在屈光瑞（Khuất Quang Thuy, 1950-）《旋風中》（Trong cơn gió lốc），阮志勳（Nguyễn Trí Huân, 1947-）《1975年他們是那樣活的》（Năm 1975 họ đã sống như thế），或在蔡伯利（Thái Bá Lợi, 1945-）的一些長篇小說中，如《挑戰谷》（Thung lũng thử thách）、《他們與誰同時代》（Họ cùng thời với những ai），以及在《兩個人返回兵團》（Hai người trở lại trung đoàn）的短篇小說中，均在戰爭題材上進行了初步創新。作者不僅描述了戰場上的艱苦戰鬥和犧牲，還更加關注戰爭對每個士兵性格的影響，包括士兵性格的反面，特別是那些被認為是英雄的人以及他們的家庭情感和士兵的愛。阮凱《三月份在西原》（Tháng ba ở Tây Nguyên）的紀實是從全域的角度、從指揮視角去看待戰爭。南河（Nam Hà, 1935-2018）的長篇小說《東方之地》（Đất miền Đông）共三卷，近兩千頁，出版於一九八四至一九九〇年，再現了一九七二至一九七五年東南部一個關鍵戰場的戰鬥全景並於胡志明戰役勝利後結束。朱萊（Chu Lai, 1946-）的小說《平原之陽光》（Nắng đồng bằng）通過一支特種部隊的故事，歌頌了東南平原軍民的壯舉和犧牲。阮仲瑩（Nguyễn Trọng Oánh, 1929-1993）的兩卷本小說《白土》（Đất trắng）講述了一九六八年戊申春節戰役後非常困難的

時期，一個解放軍團（與革命力量一起）在西貢郊區的戰鬥。史詩傾向輔以真理的靈感，《白土》小說展現了戰爭的激烈程度，損失巨大，犧牲巨大，革命隊伍的分化，包括一些背叛並向敵人投降的軍官。至於阮明珠在小說《火域》（Miền cháy）和《那些屋子裡的火》（Lửa từ những ngôi nhà）中，戰爭是從每一個人在自己的命運中所失去或傷痛及其對人格所產生的影響中感受到的。

魔文抗（Ma Văn Kháng, 1936- ）在小說《花開白銀》（Đồng bạc trắng hoa xoè）和《邊境地區》（Vùng biên ải）中，再現了一九四五年八月革命後幾年中越邊境地區，在極其複雜和動盪的情況下為革命勝利而進行的鬥爭和反抗法國殖民主義者的戰爭初期。一些作家也及時提到了從戰爭到和平的過渡時期所出現的許多困難和新的矛盾，如阮孟俊（Nguyễn Mạnh Tuấn, 1945- ）的短篇小說集《和平元年》（Năm hoà bình đầu tiên）和長篇小說《一些存餘的距離》（Những khoảng cách còn lại）。阮凱在小說《年終聚會》（Gặp gỡ cuối năm）和劇本《革命》（Cách mạng）中，從對面戰線的角度出發並再次肯定了革命的必然勝利。另外，在他的小說《父與子與……》（Cha và con, và...）通過教區一位年輕牧師的故事，對宗教有了更開放的看法，提出了宗教與社會主義和諧相處的道路。

在詩歌方面，史詩般的靈感繼續強勁流動，需要通過經歷這場漫長而激烈的戰鬥的幾代人的旅程來全面回顧戰爭。戰爭結束後的幾年裡，許多詩人將在戰爭即將結束或恢復和平頭幾年創作的詩集迅速出版，其中的主要靈感仍然是讚美戰爭的戰功、犧牲和勝利。特別要強調的有素友《血和花》（Máu và hoa），制蘭園《偉大的日子》（Ngày vĩ đại）和《季節性採摘》（Hái theo mùa），春妙《我靈魂的翅膀》（Hồn tôi đôi cánh），青草《草原上的腳印》（Những dấu chân qua trảng cỏ）。最值得注意的是一九七六至一九八〇年代初戰爭史詩的蓬勃發展，

如：青草《那些向海走去的人》(Những người đi tới biển)、友請〈進城之路〉(Đường tới thành phố)、阮德茂《師團之長歌》(Trường ca sư đoàn)、陳孟好（Trần Mạnh Hảo, 1949-）《地下的太陽》(Mặt trời trong lòng đất)、陳登科〈雷雨〉(Giông bão) 等等。許多史詩也再現了民族和年輕一代在戰爭中經歷無數艱辛和犧牲以能到達最終目的。史詩讚頌了戰爭的勝利和喜悅，但同時也把視角放在人民和年輕一代戰中的艱辛、苦難和犧牲，讓民族贏得了最終輝煌的目的地。在這些史詩中，突出的是人民和年輕一代的形象，既有一般的、象徵性的形象，也有許多人的具體肖像。他們是友請詩品《進城之路》中的後方媽媽和姐姐，也是開著坦克或持著槍戰鬥的士兵。而青草詩品《那些向海走去的人》中的人民則是那些堅信地守護在祖國的某一塊土地的九爺、三嫂或小季弟。同時也是隱藏在那些偉大、充滿傳奇卻又十分樸素和親切的象徵之下的人民。年輕一代的形象在抗美戰爭時期被年輕作家生動地描繪，如今又進入史詩但添加了許多對祖國、對人民以及對自己年代的經歷和思考色彩：「我們忘我地走進戰場／但二十歲年華誰又可以不稀罕？／但誰都稀罕二十歲的青春／那麼祖國將何從何去？」（青草《那些向海走去的人》）史詩靈感也被用於一些歷史史詩之中，如：青草《沙灘上的夜晚》(Đêm trên cát)、《芹㔹縣的烈士們》(Những nghĩa sĩ Cần Giuộc)、《春天的爆發》(Sự bùng nổ của mùa xuân)；或關於勞動、探索和建設國家的過去和現在，例如：秋溢《金太陽之故鄉》(Quê hương mặt trời vàng)、《玄武岩土之渴》(Badan khát)。

2 文學創新需求的初步運動

二十世紀八〇年代初，社會經濟形勢困難，陷入危機。文學也停滯不前，許多作家陷入迷茫，許多作家和一部分公眾的藝術意識沒有

跟上社會現實的變化。但也正是在這一時期，文學生活的深處發生了一場運動，一些對生活變化和需求敏感以及對自己職業有著高度責任感的作家默默而激烈的思考和探索。二十世紀七〇年代末以來，出現了回顧前一文學時期的需要，並初步形成了新的方向，特別是在戰爭題材上。文學創新的需求逐漸成為了作家、批評理論家和文學大眾的訴求。早在一九七八年，在討論關於戰爭題材的寫作時，阮明珠就明確肯定：「人還是事？答案似乎不再是一個選擇：必須寫人。當然，人的出現並沒有脫離戰爭事件⋯⋯。或早或晚，人們也會致力於事件之上以提出對生命權的要求」（《關於戰爭的寫作》〔 Viết về chiến tranh〕，《軍隊文藝》〔Văn nghệ quân đội〕雜誌，1978年11月）。批評家黃玉憲（Hoàng Ngọc Hiến, 1930-2011）在一篇引起巨大反響和爭議的文章中，概括了越南文學的一個特點，他稱之為「對必須存在的描述壓倒了對存在的描述」（〈關於我國過去一段時期文藝的一個特點〉（Về một đặc điểm của văn học và nghệ thuật ở ta trong giai đoạn vừa qua），《文藝報》Báo Văn nghệ，1979年6月9日出版）。一九七九年六月十日至十二日，元玉在作家協會黨團（Đảng Đoàn Hội Nhà văn）於討論文學創作的黨員會議上所作的介紹性報告中，也與黃玉憲關於過去一段時間文學的弱點和不足的觀點有交會點。作家和批評理論家的觀點表明，文學創新的要求已經變得緊迫。

在創作方面，二十世紀八〇年代前半期，出現了大膽探索的作品，對現實，尤其是世俗生活有了新的看法和解釋。值得注意的是阮明珠的短篇小說，如：《快車上的女人》（Người đàn bà trên chuyến tàu tốc hành）、《鄉村碼頭》（Bến quê）等。作品中，作家不僅講述了在家中、在公寓的日常生活，或者只是每個人對自己過去的思考，還提到許多道德、世俗和人格完善的問題。當時，阮明珠的短篇小說引起了不同的評價，並成為一九八五年六月《文藝週刊》（Tuần báo Văn nghệ）相當熱烈討論的話題。在《花園裡的落葉季節》（*Mùa lá rụng trong vườn*）小說之中，通過描寫戰後大家庭之中的那些小家庭幾乎沒辦法保持傳統的生活方式的故事，魔文抗呈現出當時越南家庭關係和生活方式的種種變更與混亂。阮孟俊的小說《站在海邊》（*Đứng trước biển*）和《白千層洲渚》（*Cù lao Tràm*）鼓勵了南越農村一家國有漁業企業創新生產和社會經濟管理方式的大膽探索。而楊秋香（Dương Thu Hương, 1947-）在《幻想的彼岸》（*Bên kia bờ ảo vọng*）、《黎明前講述的愛情故事》（*Chuyện tình kể trước lúc rạng đông*）等小說中講述了許多女性的渴望和尋找幸福的悲慘旅程。通過《人的時間》（*Thời gian của người*）小說中的人物不斷選擇並走到正確信念的盡頭，阮凱再次肯定了每個人生命的崇高意義。一些以生產和生活為主題的作品在人生觀以及對生活的視角和看法上也或多或少有創新，如：阮堅的小說《在陽光下看》（*Nhìn dưới mặt trời*）、春剛（Xuân Cang, 1932-2019）的《平凡的日子要燃燒起來了》（*Những ngày thường đã cháy lên*），武秀南的短篇小說集《活在二維時間之中》（*Sống với thời gian hai chiều*）。除了小說，紀事體裁也有一些作品因其從多個角度對現實生活的探索和書寫方式的轉變而引起輿論的關注。如武麒麟（Vũ Kỳ Lân）和阮生（Nguyễn Sinh, 1935-）的《火地記事》（*Ký sự miền đất lửa*）真實地記錄了許多戰爭年代永靈火線地區的事件和人物。在《火光滿滿》（*Rất nhiều ánh lửa*）和《誰給這條河命名》（*Ai đã đặt tên cho dòng sông*）中，黃府玉祥（Hoàng Phủ Ngọc Tường, 1937-）將地理和歷史知識與作者對承天順化地區的深厚經歷和感情巧妙地結合在一起，重點是安靜、詩意且承載著一塊歷史悠久、生命力頑強的土地的香江。

在詩歌中，也可以清楚地看到從寫戰爭時的史詩靈感到寫世界和個人生活的靈感的轉變。對日常生活幸福的渴望與許多擔憂和焦慮是

女詩人詩歌中常見的情感，例如：春瓊《那下午我離去的月臺》(*Sân ga chiều em đi*)、《自唱》(*Tự hát*)，意兒（Ý Nhi, 1944-）《一個坐著編織的女人》(*Người đàn bà ngồi đan*)。青草《正方形》(*Khối vuông ru bích*) 詩集和阮維（Nguyễn Duy）《月光》(*Ánh trăng*) 詩集中，則反映了戰後的日常生活以及對生活可持續價值的思考和認識。

隨著上述文學生活的積極運動，二十世紀八〇年代前半期的文學也被稱為創新前期，為二十世紀八〇年代後半期的文學創新創造了相當堅實和必要的前提。

（二）一九八六年至九〇年代初時期：民主精神與個體意識覺醒上的轟轟烈烈的文學革新

這是一個與民族復興高潮相協調的強烈而激動人心的文學革新時期。革新思想在一九八五至一九八六年的一些經濟方針和政策中以及在實踐中逐漸形成，到一九八六年十二月越南共產黨第六次代表大會，已成為國家全面革新的道路。大會要求「創新思維，正視事實，講真話」。那種精神已經成為包括文學在內的社會和思想生活各個方面創新的驅動力。

一九八七年，還有一件對文學革新進程產生重大影響的事件，那就是越共總書記阮文靈（Nguyễn Văn Linh）在一九八七年十月六日和七日兩天與近一百名代表作家、藝術家和活動家的會晤。本著直視真相的精神，大多數作家和文化活動家的意見都坦率地指出了近年來文學藝術的弱點，並從創作者的角度，特別是從文化和藝術活動的領導觀點和方向說明原因。阮文靈先生表示同意其中大部分觀點，呼籲作家和藝術家「自我解開」，「在天救之前先救自己」，鼓勵作家和藝術家保持勇敢、尊重真實的精神。上述會議上的一些演講稿以及報紙上發表的其他文章對文學生活、創作者和公眾產生了強烈影響，其中

包括阮明珠的《為一個說明文藝時期念悼辭》(*Hãy đọc lời ai điếu cho một giai đoạn văn nghệ minh hoạ*)，《文藝報》(*Báo Văn nghệ*，1987年12月5日出版)。在革新開放的最初幾年，由元玉主編的《文藝週刊》，越南作家協會（Hội Nhà văn Việt Nam）在文學革新中發揮了先鋒作用。該週刊發表了許多涉及熱點問題和事件、揭露社會消極面的筆記和報導，引起了廣泛的社會影響。《文藝報》也是發現和刊登許多才華橫溢、富有獨創性的新作家作品的地方，如：阮輝涉（Nguyễn Huy Thiệp, 1950-2021）、范氏懷（Phạm Thị Hoài, 1960-），同時該報還發起了許多當代文學生活中緊迫問題的討論。

　　本著創新的精神，許多具有文學基本意義的理論問題被提出，在創新的最初幾年成為相當廣泛和公開的討論。這些問題是：文藝與政治、社會主義現實主義、文學與現實、對革命文學的評價。不是每個問題都得到徹底的討論並達成共識，但民主精神的討論給文學生活帶來了新氣象，促進了文學批評的發展，並逐漸改變了文學界對許多基本問題的看法，包括前一時期似乎是不可動搖的真理。隨著文壇的轉變，各級文化管理人員的領導和方向也得到了更新，體現在黨的第六屆中央政治局關於更新黨對文化藝術的領導的第五號決議中。

　　二十世紀八〇年代末九〇年代初的文學創作明顯繁榮，出現了許多引起公眾和全社會的廣泛關注的文學現象，與此同時，文壇上各種不同文學創作傾向也日漸形成，使越南文學的面貌不再單調，而變得豐富多彩。

　　在小說方面，在革新開放的最初幾年出現了三種傾向：重新認識、世俗與私人生活、哲論。突出的是在人文主義精神的強烈批判啟發下重新認識現實的傾向。黎榴（Lê Lựu, 1942-2022）的小說《遙遠的時代》(*Thời xa vắng*, 1986) 是最早引發這一趨勢的作品之一。通過主人公（江明柴）的人生故事，作者深刻地表達了許多人失去自我、長

期不能做自己的悲劇，因為他們總是要按照機構、組織、家庭、他人的意願和安排以及難以改變的社會偏見生活。魔文抗的小說《沒有結婚證的婚禮》(Đám cưới không có giấy giá thú, 1991) 講述了一個知識分子的悲劇，他不得不疲倦地生活在令人窒息的環境中，壓抑和扼殺了他們真正所有的合理願望。楊向 (Dương Hướng, 1949-) 的小說《無夫碼頭》(Bến không chồng, 1990) 講述了農村農民在革命和戰爭的變遷中坎坷的命運。謝維英 (Tạ Duy Anh, 1959-) 的短篇小說《穿越詛咒》(Bước qua lời nguyền) 是當代人的宣言，與階級鬥爭和家庭衝突挖出深坑，將人與人分開，踐踏自然、純潔的人類情感的時代決裂。阮明珠在短篇小說《蘆葦》(Cỏ lau) 和《南方的金酸棗季節》(Mùa trái cóc ở miền Nam) 中也從戰爭對人類命運和個性的影響來看待戰爭。保寧 (Bảo Ninh, 1952-) 在小說《戰爭哀歌》(Nỗi buồn chiến tranh，又名《愛情的身份》Thân phận của tình yêu, 1990) 中，特別深刻地表達了士兵們的悲傷、難以忘懷的折磨和精神創傷。在戰爭中度過青春的一代士兵，現在回來了，但無法獲得安寧，在平凡的生活中也找不到立足之地。這部小說出版時廣受好評，一九九一年獲得越南作家協會 (Hội Nhà văn Việt Nam) 最高獎，但後來其命運沉淪，得等到幾十年後才重新獲得認可。戰爭及其對經歷過這場戰爭的人們的戰後生活和命運產生了持久的影響，成為當時許多作家共同創作題材。如：阮志勳《飛燕》、朱萊 (Chu Lai)《向以往乞討》(Ăn mày dĩ vãng)、陳輝光 (Trần Huy Quang, 1943-2022)《紅眼淚》(Nước mắt đỏ)，以及武氏好 (Võ Thị Hảo, 1956-)《笑林的生存者》(Người sót lại của rừng cười)、劉山明 (Lưu Sơn Minh, 1974-)《人間碼頭》(Bến trần gian)、阮明珠《椓戛市場》、《蘆葦》等短篇小說。

　　從某種意義上來講，世俗、個人私生活的創作傾向是始於革新前期的，其中以阮明珠、魔文抗許多短篇小說最具代表性，到了革新時

期，在范氏懷（如《天使》*Thiên sứ* 小說、《迷路》*Mê lộ* 短篇小說集）、阮輝涉、阮克長（Nguyễn Khắc Trường, 1946-）以及其他作家的作品中得以進一步的推動與發展。范氏懷的《天使》是一個動盪時期社會和人類圖景的碎片。小懷是個喜歡靠在窗邊並將路過眼前那條路的人分為 homo A 即懂得愛的人和相反的 homo Z 的小女孩。十四歲那年，小懷決定拒絕長大以永遠無法變成大人。那也是小懷家中人的故事，包括爸媽、兩個哥哥、同小懷是雙胞胎但性格則相反的姐姐，以及總是為別人送來溫暖親吻但卻等來各種冷漠無情，所以最後選擇默默離開的小勳。《天使》是對侵蝕和失去人性的警告，在人們只專注於物質需求的時代，是對一個時代糟糕的「精神制服」的拒絕。這部小說是范氏懷一個非常大膽的寫作風格創新，完全不遵循傳統小說熟悉的結構模式。《天使》是無序片段的交織，將現實與傳奇母題融為一體，是那個時期小說的獨特創新，對越南隨後幾年的小說創新趨勢產生了積極影響。阮輝涉以一系列短篇小說如《華扇之風》（*Những ngọn gió Hua Tát*）向讀者介紹了西北山林的民間色彩，但確實引起了人們的注意並給人留下了深刻的印象的是短篇小說《退休將軍》（*Tướng về hưu*）。他隨後的三部「假歷史」故事《利劍》（*Kiếm sắc*）、〈金火〉（*Vàng lửa*）和《品節》（*Phẩm tiết*）在當時和隨後的幾年裡引起了媒體的熱烈討論。《退休將軍》、《沒有國王》（*Không có vua*）以及《那些鋸工》（*Những người thợ xẻ*）富有創意地暴露了從家庭到社會人際關係和人格的許多變更與腐化。阮克長通過小說《人多鬼多的土地》（*Mảnh đất lắm người nhiều ma*）呈現了一幅貧窮、破敗的農村的現實景觀，陷入了兩個世仇家族之間的爭鬥和權力鬥爭。在革新的最初幾年，許多文學筆記、記事和短篇小說坦率地揭露了從農村到城市許多地方發生的慘境、不公正和邪惡，表現出文學對社會生活的積極參與，並產生了強烈的輿論影響，例如：馮嘉祿（Phùng Gia Lộc, 1939-

1992)《那夜為何夜》(Cái đêm hôm ấy, đêm gì)，胡忠秀（Hồ Trung Tú）《村道上的思考》(Suy nghĩ trên đường làng)，陳輝光《輪胎王》(Vua lốp)，黃明祥（Hoàng Minh Tường, 1948-）《教村有什麼好玩的》(Làng giáo có gì vui)，陳克（Trần Khắc, 1934-2022）《跪著的女人》(Người đàn bà quỳ)，梅語（Mai Ngữ, 1928-2005）《事若戲言》(Chuyện như đùa) 等等。

　　哲學創作傾向並沒有獨立地與上述兩種傾向分開。從當代或過去的世俗生活情景來看，這些作品指向人生、世俗或歷史的哲理。阮明珠的許多短篇小說都包含著對人生的思考和哲學，其中短篇小說〈梂戛市場〉可以被認為是對經過革命的許多變化中農民地位充滿悲傷的哲學。阮凱的長篇小說和短篇小說、自傳越來越超越「今天」，憑藉著一些暫時的瞬間來思考某些人人生所在的意義和價值，且那些意義和價值這在很大程度上是由正確或錯誤的選擇決定的。在其作品《一個渺小的人間》(Một cõi nhân gian bé tí)、《海浪無限》(Vòng sóng đến vô cùng)、《我眼中的河內》(Hà Nội trong mắt tôi)、《一個塵土飛揚的時代》(Một thời gió bụi)、《活在世上》(Sống ở đời)、《一滴淡淡的陽光》(Một giọt nắng nhạt) 均能看出這類創作傾向的色彩。阮輝涉的短篇小說，無論是寫實的還是奇幻的，還是象徵性的，都包含著對人和人生的深刻哲學，如：《沒有國王》、《水神的女兒》(Con gái thuỷ thần)、《流蕩吧河流！》(Chảy đi sông ơi)、《過河》(Sang sông)，或關於歷史的，如：《利劍》、《金火》、《品節》。哲論也是范氏懷和謝維英長篇小說和短篇小說的突出特點和價值。

　　小說和散文體裁都發生了變化和發展，許多作品給人留下了深刻的印象，並對寫作風格進行了較多的探索。在革新的最初幾年，隨筆和報導迅速接近生活中的緊迫問題並頻繁地出現在各類媒體上，引起了公眾的關注。隨著許多新作家的出現以及前一時期短篇小說作家的

自我更新，短篇小說在創作筆法和風格上相當多樣化。小說在上述三種傾向上都相當豐富，在寫作風格的探索和創新上都有突破，初步運用了世界現代小說的手法，典型的是范氏懷的《天使》、保寧的《戰爭哀歌》。

詩歌雖然不像小說那樣出類拔萃，對大眾有強烈的吸引力，但也不是沒有值得注意的探索和現象。在制蘭園詩人去世多年後（1989）其三卷《詩稿遺作》（*Di cảo thơ*）得以出版，使人們不得不重新評價這位詩人。在許多《詩稿遺作》中出現的是作者在回顧自己的詩歌生活和詩歌路線時的反思意識。有時是一種解釋關於不得不隱藏自己真實自我的許多方面（《四面巴永塔》*Tháp Bayon bốn mặt*），但更多的是為了追求「名聲喧囂／榮耀嘈雜」而遠離人們的現實生活的悲傷和遺憾，然後又是自我責問「我的靈魂在哪裡？」（《丁步嶺蘆葦旗》*Cờ lau Đinh Bộ Lĩnh*）。

自二十世紀八〇年代初以來，個人生活逐漸成為詩歌的主要靈感來源。世俗的靈感往往伴隨著反思、哲論以及擔憂和折磨。這可以在二十世紀八〇年代初出版的一些詩集中看到，如制蘭園的《岩石上的花》、阮維的《月光》，並自二十世紀八〇年代中期以來在詩歌中變得越來越突出。女詩人們，如：春瓊、意兒、段氏藍戀（Đoàn Thị Lam Luyến, 1953-）、阮氏紅鬱（Nguyễn Thị Hồng Ngát, 1950-）、余氏環（Du Thị Hoàn, 1947-）、范氏玉蓮（Phạm Thị Ngọc Liên, 1952-），均表達了個人身份意識的覺醒，表達了對幸福的渴望和多層次的喜怒哀樂。

本著直視現實的精神，許多詩人毫不猶豫地面對和揭露許多新出現或以前經常被掩蓋的社會狀況和人情世故。阮維（Nguyễn Duy）在《從遠處看祖國》（*Nhìn từ xa...Tổ quốc!*）痛苦而坦率地指出戰後國家的逆境。面對世俗生活，沉思人生，大多數詩人都失去了平靜的感覺，

取而代之的是對世俗和時代的焦慮和悲傷。當個人意識強烈上升時，也是人際關係變得鬆散和褪色的時候。孤獨似乎成為詩歌中一種永恆的感覺，甚至在愛情詩中也是如此。如：余氏環《小道》（*Lối nhỏ*）、林氏美夜《滿手採摘你的年齡》（*Hái tuổi em đầy tay*）、范氏玉蓮《獨自升起的月亮》（*Những vầng trăng chỉ mọc một mình*）等等。對於許多詩人來說，詩歌之路也是尋找自我（真我）的旅程。黃興（Hoàng Hưng, 1942-）認為自己是一個「尋找面孔的人」，而對於制蘭園來說，「我是誰」的問題曾經是而不是「我為誰」的問題，如今，直到生命的盡頭，又變成了一個困擾，而這種困惑則淋漓盡致地體現在其三卷《詩稿遺作》之中。

二十世紀八〇年代末以來，詩歌革新思潮開啟並日益強勁，吸引了不同世代的眾多詩人。這一趨勢的開始是一些曾經與「人文－佳品」文學事件有關的詩人的詩集，如今才能重新出現在文學生活中，如：黃琴《回京北》（*Về Kinh Bắc*）、《順城雨》（*Mưa Thuận Thành*），陳寅《乾淨的季節》（*Mùa sạch*），黎達《字影》（*Bóng chữ*）、鄧廷興（Đặng Đình Hưng, 1924-1990）《陌生的碼頭》（*Bến lạ*）、《烏梅》（*Ô Mai*），文高《葉子》（*Lá*），以及後來馮恭（Phùng Cung, 1928-1997）《觀夜》（*Xem đêm*）。為詩歌創新趨勢做出貢獻的，在接下來的階段，還有以下詩人和詩品：楊祥（Dương Tường, 1932-）《琴》（*Đàn*），黃興《海馬》（*Ngựa biển*）、《尋找面孔的人》（*Người đi tìm mặt*），楊喬明（Dương Kiều Minh, 1960-2012）《柴火》（*Củi lửa*），阮良玉（Nguyễn Lương Ngọc, 1958-2001）《從水而生》（*Từ nước*）、《重生之日》（*Ngày sinh lại*），阮光邵（Nguyễn Quang Thiều, 1957-）《火的失眠》（*Sự mất ngủ của lửa*）、《跳著河水的女人》（*Những người đàn bà gánh nước sông*）。詩歌創新的趨勢引起了廣泛的共鳴，因為它滿足了詩歌創新的要求，但也引起了相當激烈的爭論。在創新中，不可避免

地會有極端和過度，但無論如何，這些探索方向的積極影響必須得到認可：它帶來了新的詩歌概念和新的實驗，刺激了許多詩人的探索，尤其是那些從革新時期出現的詩人。有一個引人注目的事件，甚至引起了關於詩歌創新的激烈爭論，那就是陳寅、黎達、楊祥的「字行」（dòng chữ，黃興的說法），詩人們「作詩即造字」的觀念。為了擺脫傳統的詩歌觀念和詩學，為了將詩歌從表達之外的東西的手段中解放出來，並讓詩歌回歸自身，追隨這一潮流的詩人提出了一種新的詩歌字面和意義的概念。他們希望文字擺脫符號功能，取代所表達的內容，讀詩不必尋找文字背後的意義，寫詩就是「造字」。黎達宣稱：「文字選舉出詩人」，「詩人創造文字主要不是通過它的消費意義和自我意義，而是通過與詩句和詩歌相關的文字的外觀、音量、回聲和性感。」[11]陳寅宣稱：「寫詩就是寫文字。我只是把寫詩等同於寫越南語。」值得注意的是，追隨這一趨勢的詩人非常注重挖掘和豐富越南語中每個文字的價值，即使是那些意義空洞、字典中沒有的單詞，通過創造不同於通常方式的單詞組合來更新熟悉且語法順序嚴格的單詞。這些實驗出現在陳寅《乾淨的季節》、《觸摸》（Jờ Joacx），黎達《字影》（Bóng chữ）、《感言》（Ngó lời），楊祥《楊祥詩歌》（Thơ Dương Tường）、《琴》。

二十世紀八〇年代末文化生活中最突出的現象之一，並在後來幾年仍在持續，那就是話劇舞臺的特別活躍，且占據了大部分話劇場的是劉光宇（Lưu Quang Vũ）創作的話劇如：《我和我們》（Tôi và chúng ta）、《張波之魂，屠夫之身》（Hồn Trương Ba, da hàng thịt）、《虛榮病》（Bệnh sĩ）、《第九個誓言》（Lời thề thứ 9）、《瞬間和無盡》（Khoảng khắc và vô tận）。劉光宇的話劇具有豐富的話題性，包含了

---

11 黎達：〈文字造就詩人〉，《文字之道》（河內：作家協會出版社，2009年），頁461。

許多關於人類和社會的哲理。《我和我們》很早就發現了經濟管理中官僚主義的停滯,並提出了釋放工人能力和創造力的方法。《虛榮病》和《第九個誓言》批評了許多當代人生活方式中根深柢固的消極方面和習慣。《張波之魂,屠夫之身》是從一個民間故事發展而來的,包含了深刻的人生哲理和緊迫的要求:人必須真實地活出自己,成為別人,特別是個人眼中真正的自己(該劇已在包括美國在內的一些國外劇場上演出並受到高度讚賞)。那也算是越南話劇舞臺的一個「黃金」時期,來之不易。

革新開放早期的文學批評有一個強大而令人興奮的運動。緊貼文學生活,對引人注目的新現象及時發聲,對文學理論和實踐的諸多問題進行討論,文學批評直接而坦誠地回顧自己,指出幾十年來批評的弱點和不足。關於藝術與政治、文學與現實、社會主義現實主義等許多基本問題的討論,為改變研究者、批評家和創作界以及公眾的文學觀念做出重要貢獻,有助於促進新藝術意識的形成。這一時期對文學批評做出突出貢獻的可以提到阮明珠、元玉等作家,以及文學理論批評家。黃玉憲以〈論我國近一個時期文藝的一個特點〉(*Về một đặc điểm của văn học và nghệ thuật ở ta trong giai đoạn vừa qua*)一文引起激烈爭論;黎玉茶(Lê Ngọc Trà, 1945-)以關於文學與現實、藝術與政治、文學批評的性質和特徵的文章引發了熱烈的討論,促進了文學界與公眾的藝術意識的創新;阮登孟(**Nguyễn Đăng Mạnh, 1930-2018**)和風黎(Phong Lê, 1938-)指出了文學批評長期以來的弱點和不足,以進行自我更新。文學批評也及時發現了文學的新傾向和新人才。

藝術自覺的創新源於文學生活的深度,不僅是創作探索的結果,也是其發展的動力,同時深刻影響了文學讀者的接受觀念。新文學思想形成並改變了文學的性質和功能、作家、讀者,以及文學與生活的

關係等觀念。文學思維的革新促進了藝術創作的探索，形成了多樣化的藝術風格和傾向。

（三）一九九〇年至二十一世紀初：經過一段時間的平靜，文學繼續走創新之路，加強國際融合

1 停頓不前以更好地前進

在革新開放初期發生了強烈而充滿活力的轉變後，越南文學在一九九〇年代中期似乎停頓不前。前一階段的許多作者繼續創作，但被認為是值得注意的突出成果的作品很少。在小說方面，繼一九九一年獲得越南作家協會獎的作品如《戰爭哀歌》（保寧）、《人多鬼多的土地》（阮克長）、《無夫的碼頭》（楊向）等取得巨大成功後，似乎缺乏活力，很少有作品引起關注，甚至有人談到了小說的危機。雖然短篇小說仍定期出現在文藝報刊上，熟悉的短篇小說作家的故事集仍陸續出版，但像上一階段那樣引起公眾特別關注的作品並不多。在黎達、陳寅、楊祥、黃興、阮光邵等人的強烈創新引起爭議後，詩歌創新的趨勢似乎平息了。文學改革創新的進程停止了嗎？文學是否延續了前幾年的創新趨勢？上述情況，除了客觀原因外，也是文學運動規律的必然。

二十世紀八〇年代末和九〇年代初，包括文學在內的越南社會處於劇烈運動狀態，形成了一個重大轉捩點。這樣的時期具有里程碑意義，但往往不會持續很長時間。如果說在戰爭期間，社會和文學都必須在不正常的條件下生存，那麼在社會生活發生巨大變化的時期，如改革開放進程的第一階段，也為文學創造了或多或少不正常的精神環境和發展條件。

二十世紀九〇年代中期以來，在社會穩定和與世界接軌加強的趨

勢下，文學也基本回歸正常規律，但並沒離得開上一階段所形成的創新方向。在此之前，推動文學創新的動力是社會對創新的需求。下一階段，從上世紀九〇年代中期開始，文學回歸社會和人的日常生活（內部包含了很多衝突和運動）。與此同時，文學也回歸了自身，更加注重文學內在的創新。這是文學回歸日常和永恆的時刻，對藝術形式和思維的現代性更新有了更強烈的意識和需求。

　　二十世紀九〇年代後半期以來，雖然沒有太多文學現象引起轟動和強烈的輿論吸引力，但每一個體裁都有一些新探索和成功，也見證了一些新作家的出現。

　　在詩歌方面，在二十世紀八〇年代末和九〇年代初引人注目的現象之後，是曾經參與「人文－佳品」的詩人的重新出現，經過一段沉澱的時間，如今他們又繼續持久的創作活動並進行了一些創新的努力。一些反美一代詩人以情感和詩學的創新繼續著他們的詩歌之路，但並沒有打破前一階段的詩歌循環。那種傾向可以稱之為傳統基礎上的創新趨勢。阮維仍堅持和執念於自己選擇的道路，將詩歌帶回生活中的喧囂、雜亂和塵土飛揚，但仍然沒有迷失自己，提煉出鄉村生活中可持續和深刻的價值觀以及脆弱的短暫卻並沒有完全消失之美，如《禮物》（*Quà tặng*）、《遠路》（*Đường xa*）、《歸來》（*Về*）等詩集。青草在史詩中發現了涵蓋生活各個方面和問題的能力，也是詩人可以盡情發揮從結構到意象和詩歌語言的一切創作的地方。青草的史詩，從《向大海走去的人》、《芹勺的烈士們》、《山美的孩子們》（*Trẻ con ở Sơn Mỹ*），到《沙灘上的夜晚》、《搖籃曲方塊》（*Khối vuông ru bích*）、《地鐵》（*Metro*）等，均展示了詩人在這一體裁中的創新和所取得的成功。繼史詩《通往城市之路》（*Đường tới thành phố*, 1977）的成功之後，友請的詩歌和史詩也擴展到了民族生活的許多方面並深入到情感和反思，如《冬季書信》（*Thư mùa đông*）、《與時間談判》

（Thương lượng với thời gian）、《海洋之長歌》（Trường ca biển）、《土壤的耐力》（Sức bền của đất）等等。與上述作者一起，還有許多反美一代的詩人，如：鵬越、阮科恬、陳潤明（Trần Nhuận Minh, 1944-）、阮仲造（Nguyễn Trọng Tạo, 1947-2019）。意兒和林氏美夜也努力更新他們的情感和革新詩歌創作，雖然他們仍然沒有擺脫現有的詩歌體系，但他們的作品仍然是二十世紀九〇年代末和二十一世紀初詩歌豐富面貌的一部分。史詩繼續其流動，雖然不嘈雜，但經久不衰，有許多成功的作品，如：黃陳剛（Hoàng Trần Cương, 1948-2020）《沉積》（Trầm tích），友請《土壤的耐力》（Sức bền của đất），陳英泰（Trần Anh Thái, 1955-）《陰影落在太陽上》（Đổ bóng xuống mặt trời）、《在路上》（Trên đường）、《天亮起來了》（Ngày đang mở sáng）等詩作描繪了從北部沿海平原到中部地帶為保家衛國而戰和犧牲的各個地區勞動者，同時也結晶了越南各地區民族的文化價值。依芳（Y Phương, 1948-）的史詩《九個月》（Chín tháng）、《月亮下的渡江船》（Đò trăng）等描寫了抗戰衛國以及勞動中的山區人民形象。

　　詩歌創新的趨勢起初在接受中引起了許多猶豫和困惑，甚至在批評中引起了許多激烈的爭議，但逐漸被視為更新越南詩歌的推力，擺脫了從新詩到抗戰詩的熟悉詩歌體系。從二十世紀九〇年代中期開始，創新詩歌的流動在前一階段先鋒詩人的創作中持續不斷地擴大和深化，同時在許多後世詩人的創作中得到延續和發展。他們是：梅文奮（Mai Văn Phấn, 1955-）、Inrasara（富站 Phú Trạm, 1957-）、降雲（Giáng Vân, 1959-）、阮平方（Nguyễn Bình Phương, 1965-）、阮友紅明（Nguyễn Hữu Hồng Minh, 1972-）、張登容（Trương Đăng Dung, 1955-），以及其他優秀代表。第一本詩集之後，楊喬明還出版了多本詩集：《獻給母親》（Dâng mẹ）、《青春年代》（Những thời đại thanh xuân）、《下山的日子》（Ngày xuống núi）、《靠窗》（Tựa cửa）、《我永

遠看著秋天的日子》(*Tôi ngắm mãi những ngày thu tận*)、《換季曲》(*Khúc chuyển mùa*)。阮良玉借用立體畫家的話，發表了一個非常強烈和激烈的宣言：「將自己砸碎再重組／燃燒自己來探索／撕開自己來結構」。就在第一本詩集《從水而生》和隨後的《重生之日》、《言中之語》(*Lời trong lời*) 中，阮良玉用不同的、模糊的、夢幻的形象創造出了自己的詩意世界，喚起了許多不確定的聯想，非常接近後現代思維。在《跳著河水的女人》、《夜鳥之歌》(*Bài ca những con chim đêm*)、《新三角洲節奏》(*Nhịp điệu châu thổ mới*)、《光樹》(*Cây ánh sáng*) 等詩集中，阮光邵盡量採用不同視角的畫面，以及各種新穎的聯想而不斷擴展自己的詩歌世界，但讀者從中仍然清楚地看到了對家鄉的癡迷，三角洲人民的艱苦生活，美麗的鄉村自然承載著無盡的悲傷。梅文奮進入詩歌世界較晚（《一滴陽光》*Giọt nắng* 詩集，1992），但卻是一枝富有創造力和創新精神的生花之筆。第一本詩集問世後，他連續印刷的幾本詩集，如：《呼喚綠色》(*Gọi xanh*)、《晨禱》(*Cầu nguyện ban mai*)、《同時代人》(*Người cùng thời*，長歌)、《水壁》(*Vách nước*)、《第二天》(*Hôm sau*)、《突然起風》(*Và đột nhiên gió thổi*)。創新的詩歌潮流提出了一種新的詩歌觀念，以及對本體自我的思考，要求詩人在精神、無意識、夢想、暗示中進一步挖掘和探索人們的深處世界並將其表達出來。他們詩歌中的藝術世界並不模擬現實，而是一個非真實、超現實的世界，通常不是線性結構的，而是突兀、斷裂、模糊的。創新詩歌的趨勢創造了一種新的詩學，受到象徵主義、超現實主義、新形式、後現代主義等創作趨勢的影響，從而創新和豐富了越南詩歌，使當代越南詩歌更接近世界現代詩歌思維，也對下一代年輕詩人的創作產生深刻的影響。

到二十世紀九〇年代末，許多具有豐富個性和女權精神的女詩人的出現，以及創作願望，掀起了女性詩歌的新浪潮，典型的是潘玄舒

（Phan Huyền Thư, 1972-）、韋垂玲（Vi Thuỳ Linh, 1980-）、鸝黃鸝（Ly Hoàng Ly, 1975-）等詩人。就韋垂玲詩人而言，自從一九九〇年末出現時就廣受關注，甚至還引起了媒體上一場轟動的爭論。儘管如此，女詩人的詩歌中過於肯定個人靈魂和肉體的自由也導致一些極端影響，甚至引起一些反感。在這一時期，少數民族詩人對現代詩歌的貢獻也是突出亮點。他們以獨特的思維方式和習俗、文化符號為當代詩歌做出了富有民族認同感的詩歌。依芳（Y Phương，越南岱依族，1948-2020）的《正月之歌》（*Tiếng hát tháng giêng*, 1986）、《一角粉紅之火》（*Lửa hồng một góc*, 1987）、《祝福辭》（*Lời chúc*, 1987）、《天琴》（*Đàn then*, 1996）、《九個月》（*Chín tháng*，長歌，1998）、《依芳詩歌》（*Thơ Y Phương*, 2000），楊舜（Dương Thuấn，越南岱依族，1959-）的《騎馬打獵》（*Cưỡi ngựa đi săn*, 1991）、《尋找山影》（*Đi tìm bóng núi*, 1993）、《Lúc pja hết lùa－做新娘》（岱依語－越南語雙語，1995）、《逆行太陽》（*Đi ngược mặt trời*, 1995）、《十七首島歌》（*Mười bảy khúc đảo ca*，長歌，2000）、《Slip nhỉ tua khoăn》（越南岱依語詩集〔2000〕，Pờ Sảo Mìn（越南巴拿族，1944-）的《兩千葉樹》（*Cây hai ngàn lá*, 1992）、《野歌》（*Bài ca hoang dã*, 1995）、《火眼》（*Mắt lửa*, 1996），盧銀沈（Lò Ngân Sủn，越南熱依族，1945-2013）的《邊境的下午》（*Chiều biên giới*, 1989）、《山的孩子》（*Những người con của núi*, 1990）、《婚禮》（*Đám cưới*, 1992）、《坡道》（*Đường dốc*, 1993）、《雲河》（*Dòng sông mây*, 1995）、《愛情集市》（*Chợ tình*, 1995）、《皮樂溪》（*Suối Pí Lè*, 1996）、《盧銀沈詩集》（*Thơ Lò Ngân Sủn*, 1996）、《水盡頭的源頭》（*Đầu nguồn cuối nước*，雙語，1997），Inrasara（越南占婆族）的《太陽塔》（*Tháp nắng*，詩歌和長歌相結合，1996）、《仙人掌的生日》（*Sinh nhật cây xương rồng*，越南－占婆雙語詩歌，1997）、《朝聖》（*Hành hương em*, 1999）、《四月洗塵儀式》（*Lễ tẩy trần tháng tư*，詩歌

和長歌相結合，2002），以及一些關於詩歌的研究和批評專著。

　　在越南古典文學時期中，詩歌不僅占文學作品數量的絕大多數，且在每個文學階段均具有頭等位置，是民族文學最精華的結晶。在二十世紀上半葉，在越南文學從古典範疇轉向現代範疇時期，隨著小說和散文等各類現代創作風格的出現，新詩運動也創造了「詩歌中的一場革命」（懷青、懷真），從而使得越南文學的現代化運動得以快速和徹底地完成。在二十世紀八〇年代至二十一世紀初，當文學踏入革新時期，詩歌雖沒扮演先鋒或具有突出地位的作用，但仍然堅強和別致地出現在文學生活之中，並成為讀者在認知和文化生活中一個不可缺少的文學部分。越南作協專門設置《詩歌》月刊，是詩人、詩歌研究、考論和批評者的獨屬空間。越南詩歌日於每年元宵節舉辦，形成了多年來一種習慣性的文化生活。文學生活中，除了革新傾向的詩歌創作，六八詩體、唐律詩等其他創作傾向仍然出現並使越南當代詩歌變得更加多樣化和充滿色彩。

　　散文在改革開放時期的越南文學中具有先鋒作用和主導地位，自二十世紀九〇年代中期以來，它一直延續著這一地位，儘管很少有引起輿論特別關注的現象，但它仍然以許多不同的趨勢發展，擴大了話題的範圍，對寫作風格也進行了許多探索和創新，一大批多代散文作家的出現，他們既相伴又相隨。

　　重新認識傾向（也稱為反思）始於二十世紀八〇年代中期，其擁有黎榴、阮輝涉、保寧、楊向等人的多部優秀作品。自一九九〇年代中期以來，它繼續強勁流動，並在許多主題和流派中得到擴展和深化。在二十世紀九〇年代後半期和二十一世紀初的重新認識的傾向中，出現了兩個值得注意的文學部分：個人回憶錄——自傳和歷史小說。這一時期一系列詩人、作家和社會活動家的自傳回憶錄得以出版，提供了對社會生活、歷史、文學生活和過去一些作家面孔的相當

具體、真實的瞭解。蘇懷用真實、細緻、自由的筆寫了回憶錄《腳上的塵土》(Cát bụi chân ai, 1992)、《下午》(Chiều chiều, 1999)，結合一枝銳利的肖像筆，像一位風格鮮明的回憶錄大師一樣脫穎而出，回憶錄混合了自傳體和小說元素。《腳上的塵土》講述了蘇懷認識或長期合作的一些著名作家和藝術家的印象、事件和故事，這些作家和藝術家均經過了國家社會和文化生活在戰爭和巨變中的種種起起落落。該自傳的時間聚焦於二十世紀四〇年代初至抗法戰爭和抗美戰爭後的時期。《下午》是蘇懷的另一部自傳體回憶錄，講述了作者在不同時期在不同地點的許多工作和活動：從「人文－佳品」案件發生後，同一批作家被帶到太平的一個村莊去實際工作，去阮愛國黨校上學，班上每個人都特別有個性；一些作者作為街道官員親眼目睹的河內社區居民的日常生活故事；作者作為越南作家代表出國出差⋯⋯。回憶錄通過許多事件、細節的講述、細緻的描述，以客觀的陳述風格，夾雜著一點俏皮話，不僅近距離地展現了作者的肖像，而且再現了北越社會在很長一段時間內的許多生動畫面，以及從二十世紀五〇年代末的農村合作社運動，到城市戰爭時期的貧困和困惑，所有這些都從具體事件中真實再現，通過內部人士的視角，使讀者能夠具體地想像出原來只通過書和報刊上看到的某一個歷史時期中的社會和人們除了各種運動、成績與勝利之外的真實面目。在阮凱的自傳體小說《上帝在笑》(Thượng đế thì cười, 2004)中，作家通過「他」這個角色，回顧和反思了他的人生得失，關於他的文學生涯，他傾注了全部的熱情、激情和創造力。該作品不僅再現了阮凱的寫作之路，而且或多或少地展現了許多歷史時期的文學生活和社會狀況，這些都烙印在他和許多其他作家的作品中。

從二十世紀九〇年代末到二十一世紀初，歷史小說受到許多不同傾向的作家的追捧，並取得了巨大的成功。歷史可以從文化、歷史哲

學或人文精神許多角度和觀點來看待以反思、思考和尋找今天的新教訓。黃國海（Hoàng Quốc Hải, 1938-）《陳朝風暴》（Bão táp triều Trần）小說共有四卷，包括：《宮廷風暴》（Bão táp cung đình）、《昇龍發怒》（Thăng Long nổi giận）、《玄珍公主》（Huyền Trân Công chúa）、《王朝崩潰》（Vương triều sụp đổ），第一卷出版於一九八七年，最後一卷出版於一九九六年，再現了陳朝的歷史，從王位由李朝轉移到陳朝，以陳守度（Trần Thủ Độ）、陳煚（Trần Cảnh）的突出作用，到抗擊入侵的蒙古軍隊的光榮壯舉，或將玄珍公主嫁給占城國王以保持領土安全的故事，並在陳朝的最後幾年結束，當時這個王朝已經結束了它的歷史作用。黃國海的系列小說在很大程度上依賴於正史中記載的事件和人物，但加深和生動了對許多歷史故事和人物的刻畫，幫助讀者更好地理解和獲得對越南歷史上最輝煌的王朝之一的更大膽的印象。阮春慶（Nguyễn Xuân Khánh, 1933-）的小說《胡季犛》（Hồ Quý Ly, 2000）講述了越南歷史上一個非常短暫的王朝——胡王朝——但引發了許多反思和教訓，不僅是關於歷史，也是關於現在。小說再現了十四世紀末十五世紀初陳朝滅亡的時期，胡季犛崛起奪取王位並進行大刀闊斧的改革，包括將首都從昇龍遷至清化的西都城，嚴厲鎮壓以陳渴真（Trần Khát Chân）等權威和功績的官員和將軍為首的宮廷保守派。除了再現歷史外，作者還深入探討了許多人物的個人故事以及思想和心情，尤其是胡季犛和胡元澄（Hồ Nguyên Trừng）父子。這部小說選擇了一個短暫的王朝和胡貴禮大膽但失敗的改革的故事，不僅是對歷史的回顧和反思，也是對現在的教訓。阮春慶的小說《林宮聖母》（Mẫu thượng ngàn, 2006）以十九世紀末二十世紀初為背景，當時法國軍隊占領了北圻並統治了整個越南。作者不僅再現了越南陷入法國殖民統治的歷史時期，還提到和解釋了越南歷史上東西方接觸的許多問題，以及民族克服歷史挑戰的強大而持久的生命力。作家通過不同

階層的女性人物和習俗、節日、傳統文化集中展現了這種持久而強烈的生命力，其中典型的結晶之一是對母道的崇拜。作者對這一歷史時期的看法是，法國殖民主義與越南民族之間的東西方碰撞，雖然帶來了損失和屈辱，但卻讓民族覺醒了，喚醒了民族心中長久的生命力。

阮春慶的小說《挑米上寺》（Đội gạo lên chùa, 2011）再現了一段抗法戰爭的歷史時期，通過鄉村寺廟裡三個僧侶的故事，與農村許多人的命運息息相關。這部作品還提出了一個建議：佛教的仁愛、寬容和慈悲精神應該作為當今越南人民的精神和道德基礎，因為這個國家剛剛經歷了長期的戰爭、仇恨和分裂。

二十世紀九〇年代後半期至二十一世紀初的歷史小說相當豐富且有許多作品吸引了公眾。武氏好在小說《火花臺》（Giàn thiêu, 2003）中，將正史文獻與民間傳說、虛幻相結合，以強烈的想像力重建了徐路（Từ Lộ）——徐道行（Từ Đạo Hạnh）和李神宗（Lý Thần Tông）的兩種生活。以正史和民間傳說中的事件為基礎，但《火花臺》中的慈路這個人物是作家的創作，對一個曾經被宗教歷史推崇和封聖的人物產生瞭解構的看法。阮光申（Nguyễn Quang Thân, 1936-2017）的《盟會》（Hội thề, 2009）寫了阮廌和黎利（Lê Lợi），以及參謀部的人在東關圍城戰役中的故事。作品塑造了阮廌的形象，不僅在才智和遠見上，而且在與阮氏路（Nguyễn Thị Lộ）的私生活中也是一個有知己的人，使歷史名人的形象更加貼近讀者。除了上述作品外，歷史小說還豐富了許多其他作家的作品。

重新認識過去歷史時期的精神在許多小說中得以延續，或寫土地改革等事件，如：蘇懷《其他三人》（Ba người khác）小說，或描繪了許多歷史時期中，某個家庭和氏族中許多人命運的起起落落和變化，如：黃明祥《聖靈時代》（Thời của thánh thần），楊向《九重天之下》（Dưới chín tầng trời），阮克批（Nguyễn Khắc Phê, 1939-）《何處是

天堂或地獄》(Biết đâu địa ngục thiên đường)。如果說在前一階段，黎榴、謝維英、魔文抗的作品描繪了人不能做自己時的個人命運悲劇，那麼自二十世紀九〇年代中期以來，許多作品中的重新認識精神已經走向概括整個歷史時代與社會的錯誤和悲劇。

自二十世紀九〇年代中期以來，世俗和私人生活的主題成為了許多散文作家，尤其是新一代作家最重視的話題。在謝維英的《尋找人物》(Đi tìm nhân vật, 1999)，以及阮越河 (Nguyễn Việt Hà, 1962-) 的《上帝的機會》(Cơ hội của Chúa) 小說中，人格道德的惡化、部分居民生活方式的墮落、善惡之間的鬥爭得到了強烈的體現。

《尋找人物》的故事情節交織在一起，許多細節充滿了模糊和荒謬。故事開始於記者周貴親自對G街擦鞋男孩的死亡進行調查，然後打開了周貴本身在作家阿斌日記中所講述的神秘故事，他與一個女孩的愛情故事也充滿了神秘。這部作品採用意識流手法和許多模糊、荒謬的細節，警告現代人失去個性和自我，當人們只是複製品，擁有同一張臉，同一種思維方式，但仍然無法理解和同情對方，甚至無法回答「我是誰？」。《上帝的機會》以二十世紀八〇年代和九〇年代為背景，當時越南開始開放並形成市場經濟。作品講述了阿黃、阿心、阿鳳兄弟和阿雅、阿平等年輕人的生活、商業、艱難的愛情故事，其中阿黃這個角色給人留下了最深刻的印象。作品充滿了城市色彩，具有許多商業生活和城市生活的特色，也有許多敘事藝術的思考、哲學和創新。

當前社會生活的問題，特別是自市場機制以來，對每個家庭和村莊產生了強烈的影響，疏遠了個性，破壞了家庭關係——黎明奎的許多短篇小說都提到了這一現實，如：《遠離城市的下午》(Một chiều xa thành phố)、《小悲劇》(Bi kịch nhỏ)、《在西北風之中》(Trong làn gió heo may)，或段黎 (Đoàn Lê, 1943-2017) 的小說《留下來的家譜》

（*Cuốn gia phả để lại*）和短篇小說集《彩票村的城隍》（*Thành hoàng làng xổ số*）。青春的願望和錯誤，尤其是女性，在尋找愛情和幸福的過程中，一直是許多女作家作品中最關心的問題，如：武氏好《笑林的生存者》（*Người sót lại của rừng cười*），阮氏秋慧（Nguyễn Thị Thu Huệ, 1966-）的短篇小說集《沙的等待》（*Cát đợi*）、《天堂之後》（*Hậu thiên đường*）、《女巫》（*Phù thuỷ*），衣班（Y Ban, 1961-）的短篇小說集《有魔力的女人》（*Người đàn bà có ma lực*）、《從黑暗中誕生的女人》（*Đàn bà sinh ra từ bóng đêm*）、《記憶的光明》（*Vùng sáng ký ức*），潘氏金英（Phan Thị Vàng Anh, 1968-）的短篇小說集《當人們年輕時》（*Khi người ta còn trẻ*）、《在家》（*Ở nhà*）、《集市》（*Hội chợ*）。南方人民的生活，具有自然、風俗習慣、心理和人性的特殊性，以及他們在社會變遷中起起落落的命運，在莫干（Mạc Can, 1945-）的許多短篇小說和長篇小說中，尤其是在阮玉四（Nguyễn Ngọc Tư, 1976-）《不滅的燈》（*Ngọn đèn không tắt*）、《外公》（*Ông ngoại*）、《流水行雲》（*Nước chảy mây trôi*）、《茫茫人海》（*Biển người mênh mông*）、《無盡的田野》（*Cánh đồng bất tận*, 2005）、《孤風》（*Gió lẻ*）等短篇小說集之中，被生動且淋漓盡致地呈現出來。阮玉四的故事經常寫小人物或不和諧的愛情，但同時也是最富有的人，他們默默地為親人犧牲，並將其看作為他們活著的自然原因。《無盡的田野》講述了一位父親和他的兩個孩子在一望無際的田野上過著漂流的生活，他們靠在船上以養鴨為生。由於妻子無法忍受貧窮和無聊的生活，即跟隨一位商人離家而去。丈夫傷心之餘，燒毀了房子，然後帶著兩個孩子——阿良和阿田——和一群鴨子在一起，開始了船上漂泊的生活。作品充滿了對生活的厭倦，對女人的仇恨，讓父親總是冷漠，甚至殘忍，對周圍的環境麻木不仁，無論是對他的兩個孩子還是與父子一起尋找避難所的女孩阿霜。父子三人的距離也因此越來越遠，幾乎無法溝通。就連

阿良和阿田也幾乎忘記了怎麼說話。故事的最後,阿田離開,並追趕著阿霜,而阿良則被一群壞人強姦,但她克服了痛苦和仇恨繼續地活著。《無盡的田野》是阮玉四的一部優秀作品,不僅引起了輿論的廣泛共鳴,也受到了讀者的高度評價。

　　戰爭仍然是一些作家繼續挖掘的話題,主要是經歷過戰爭的作家,但也有作家不斷的探索來更新這個話題。朱萊通過小說描寫了戰後士兵的命運,書寫了他們在戰爭中為自己的生活和行為付出的代價,如《背叛的圈子》(*Vòng tròn bội bạc*)、《三次和一次》(*Ba lần và một lần*)、《漫長的人生》(*Cuộc đời dài lắm*),以及決定性戰鬥中的士兵,如《最後的悲曲》(*Khúc bi tráng cuối cùng*)。也有從對人的個性和命運的影響來看戰爭,如:范玉進(Phạm Ngọc Tiến, 1956-)的小說《紅斑黑殘》(*Tàn đen đốm đỏ*)、衷中鼎(Trung Trung Đỉnh, 1949-)《迷失森林》(*Lạc rừng*)等等。霜月明(Sương Nguyệt Minh, 1958-)的小說《荒野》(*Miền hoang*)生動地描述柬埔寨的激烈戰爭和那裡士兵的命運。隨著上述題材的拓展和傾向的多樣化,二十世紀九〇年代以來的文學藝術,尤其是長篇小說和短篇小說方面有了許多探索和創新。

　　小說創新的大膽實驗出現在創新初期,范氏懷的《天使》和保寧的《戰爭哀歌》獲得了突出的成就。二十世紀九〇年代中期以來,寫作風格越來越成為許多小說家關注的首要問題,他們進行了更多的探索和創新。一些海外作家在他們的作品中相當成功地運用了西方現代小說的寫作技巧,例如:順(Thuận, 1967-)《唐人街》(*Chinatown*, 2005)和段明鳳(Đoàn Minh Phượng, 1956-)《當灰燼》(*Và khi tro bụi*)。在《唐人街》中,意識流手法、內心獨白、非時間干擾、框架故事被恰當地運用,尤其是節奏成為文本形式和傳達作品內容的重要因素。謝維英、阮越河、胡英泰(Hồ Anh Thái, 1960-)、周延(Châu

Diên, 1932-2019）的許多作品中也進行了小說創新。使用奇幻元素、幻想、改變視角和敘事角色、顛倒時間、堆疊事件、圖像……，是許多小說家逐漸熟悉的技巧，從而改變了讀者的接受習慣，讓小說就像米蘭・昆德拉（Milan Kundera）所說的「遊戲的召喚」。阮平方在創作中將小說創新推向了現代方向，旨在探索潛意識和無意識的世界，如《衰退的記憶》（*Trí nhờ suy tàn*, 2000）、《一開始》（*Thoạt kỳ thủy*, 2004）。《衰退的記憶》幾乎沒有情節，也沒有重大事件，只有一條支離破碎、褪色的記憶線，講述了一個自稱「我」的二十六歲女孩。讀者可以在那段記憶中體會到女孩的困惑，一邊是目前居住在國外的情人阿俊和另一邊是新認識的男孩阿武，以及在工作和社會關係中枯燥乏味的生活。她和阿俊表白的街道上有黃色的蝴蝶樹，在角色的許多變化中不斷回歸到令人難以忘懷的形象。在故事的結尾，她決定進行一次往南方的長途旅行，希望改變自己的處境和心情。《一開始》有兩個交織在一起的故事情節：一、一隻貓頭鷹被人擊落，跳入大河，但沒有死，而是隨水漂流，穿過許多不同的河段的故事；二、第二條也是主線，講述了一個河邊村莊的人們的故事，聚焦於阿性和一些與他有關的人。阿性從小就是一個瘋狂而充滿殺氣的人，又生活在一個充滿狂野和黑暗的社會環境中。他興致勃勃地做著戳豬血的工作並醉醺醺地滿足於長期的殺氣和血腥。他總是對黃色著迷和興奮。阿性的妻子阿賢試圖喚醒他的人性但也失敗了。阿性燒毀了電爺爺的房子，造成數人死亡並最終自我結束了自己的生命。作品反映了作者對幾乎被野性本能所支配的無意識世界和隱藏的記憶的探索。同時，這部作品也是對人類失去人性的生活環境的警鐘。在一九八〇年代末和一九九〇年代初的阮輝涉和范氏懷，以及二十一世紀初的順和阮平方的作品中，或多或少都可以看到後現代感官的印記，但直到鄧申（Đặng Thân, 1964-），後現代思維才真正成為了作者在人物塑造和文本創作

的基本原則。他最具代表性的作品可以提及《裸魂碎片》(Những mảnh hồn trần, 2011)。上述小說寫作風格的創新體現了許多作家小說思維的創新,使越南小說近年來縮小了與世界上許多現代和後現代思潮創作傾向的差距。

在此期間,短篇小說仍是數量最多的體裁,經常出現在中央和地方的文學報紙上。《文藝》報的許多短篇小說比賽發現了新的人才,並為促進這一體裁的發展做出了貢獻。除了前幾個階段得到肯定的短篇小說作家如阮凱、魔文抗、黎明奎、杜珠、阮輝涉、謝維英外,許多新作家也得到了肯定,如武氏好、阮氏秋慧、衣班、范氏金英、阮玉四、范維義(Phạm Duy Nghĩa, 1973-)、杜碧翠(Đỗ Bích Thuý, 1975-)等等。

兒童散文在經歷了一段時間的停滯後,在二十世紀九〇年代逐漸恢復和發展。創作題材較為豐富,但最突出的是關於兒童在家庭、學校、鄉村或城市生活的故事。阮日映(Nguyễn Nhật Ánh, 1955-)是一個特殊的現象,具有罕見的豐富創造力,不僅吸引了大量的兒童讀者,也吸引了大量的成人讀者。《萬花筒》(Kính vạn hoa)系列共五十四集,數百個人物,多次再版,不僅在越南,在世界兒童文學中也是罕見的;接下來是他的奇幻系列小說,如《小斌和他的神奇故事》(Bim và những chuyện thần kỳ,漫畫)。阮日映在《我是貝托》(Tôi là Bêtô)、《給我一張返回童年的門票》(Cho tôi xin một vé đi tuổi thơ)、《我在綠草上看到黃花》(Tôi thấy hoa vàng trên cỏ xanh)等小說更加成功。阮玉純(Nguyễn Ngọc Thuần, 1972-)的兒童故事抒情豐富,通過童年的視角描繪了許多美麗的自然和生活情景,如《閉上眼睛打開窗戶》(Vừa nhắm mắt vừa mở cửa sổ)、《夢幻篇章》(Một thiên nằm mộng)、《虛擬蜘蛛》(Nhện ảo)、《在高山上放牧天使》(Trên đồi cao chăn bầy thiên sứ)。

2 與世界接軌趨勢中的文學

總體而言，二十世紀九〇年代末至二十一世紀初的越南文學仍處於以一體化和現代化的精神與世界當代文學空間融為一體的運動趨勢中。

開放和融合是國家進入革新時期的大趨勢，這一趨勢不僅發生在經濟和政治領域，而且在文化和藝術領域也越來越明顯。越南文學在革新開放時期，特別是自二十世紀九〇年代中期以來，與世界文學生活的融合越來越緊密，但沒有失去民族認同。越南文學與世界接軌的明顯表現之一是，越來越多的越南作家和文學作品在世界許多國家被翻譯和介紹，許多作家在國外獲得文學獎。一九九〇年及以前，越南文學主要在蘇聯、中國和一些東歐國家被翻譯和介紹。除了古典作家，還有許多現代作家的作品，如阮公歡、蘇懷、阮遵、阮廷詩、阮文俸、阮明珠，越南詩集已在蘇聯翻譯出版。從二十世紀八〇年代末到二十一世紀初，越南現代文學被更多地翻譯和介紹到西方國家。阮輝涉的一些短篇小說集，如《退休將軍》、《虎之心》（*Trái tim hổ*）、《雨夜愛情故事》（*Chuyện tình kể trong đêm mưa*）等小說已在法國、荷蘭、美國、瑞典翻譯出版。保寧的小說《戰爭哀歌》在越南印刷後不久就被翻譯成英語和許多其他語言。阮玉四的短篇小說集《無盡的田野》被翻譯成韓語、德語……，並獲得了德國亞非拉文學促進會文學獎。詩人意兒和梅文奮獲得了瑞典司卡達詩歌獎。二〇一一年，韋垂玲受邀在法國巴黎舉辦了一場名為「柔情的河內」（Tình tự Hà Nội）的私人詩歌之夜。一些海外越南裔作家和詩人的許多作品受到高度讚賞並出版介紹給越南讀者：阮夢覺（1940-2012）《洪季的昆江》（*Sông Côn mùa lũ*），順《唐人街》、《T的失蹤》（*T mất tích*），段明鳳《來世化為雨》（*Mưa ở kiếp sau*）、《當灰燼》，南黎（Nam Lê,

1978-)《船艘》(Con thuyền),阮清越(Nguyễn Thanh Việt, 1971-)《避難者》,阮德松(Nguyễn Đức Tùng)《詩從何而來》(Thơ đến từ đâu)等等。近年來,許多越南古典和現代文學作品在美國被廣泛翻譯和介紹,其中包括許多現代越南作家和詩人的短篇小說集、詩集,如:《十一至二十世紀越南詩集》、《春香－胡春香詩集》、友請的《時間樹》、胡英泰的《島上的女人》等等。越南文學與世界文學融合的一個重要因素不僅在於越南文學在國外的交流和介紹,還在於藝術思維的轉變、現代和後現代趨勢的創新寫作方式,這在詩歌、小說和文學批評等體裁上已經明確說明。

(四)文學理論與批評

　　文學批評始終與文學生活息息相關。但是批評作為一種理論方法總是有自己的問題,所以仍然需要單獨考慮。為了全面瞭解一九七五年至二十一世紀初的文學批評,不能不回顧一九四五至一九七五年後越南共產黨領導的文學批評。一九六○年起,馬克思主義文學研究學院成立,新一代作家湧現,作品眾多。這裡僅提及這一時期文學批評中的一些典型作家和他們的一些傑出作品:潘巨棣(Phan Cự Đệ, 1933-2007)《1932-1945越南浪漫主義文學》(Văn học lãng mạn Việt Nam 1932-1945, 1997)、《革新與文化交流》(Đổi mới và giao lưu văn hoá, 1997),何明德(Hà Minh Đức, 1935-)《馬克思、恩格斯、列寧與現代越南文學理論的一些問題》(C. Mác, F. Ăng ghen, V.I. Lê Nin và mấy vấn đề lí luận văn học Việt Nam hiện đại, 1982)、《胡志明詩文》(Văn thơ Hồ Chí Minh, 2000);黎廷騎(Lê Đình Kỵ, 1923-2009)《素友詩歌》(Thơ Tố Hữu, 1979)、《新詩的跌宕起伏》(Thơ mới những bước thăng trầm, 1989),黃貞(Hoàng Trinh, 1920-2011)《符號、意義和文學批評》(Ký hiệu, nghĩa và phê bình văn học, 1979)、《從符號學到詩學》

（*Từ Ký hiệu đến Thi pháp học*, 1992），阮登孟《作家、思想和風格》（*Nhà văn, tư tưởng và phong cách*, 1983）、《通往作家藝術世界之路》（*Con đường đi vào thế giới nghệ thuật của nhà văn*, 1996），風黎《社會主義現實主義道路上的越南小說》（*Văm xuôi Việt Nam trên con đường hiện thực xã hội chủ nghĩa*, 1980）、《現代越南文學進程》（*Tiến trình văn học Việt Nam hiện đại*, 2010）。

一九八六年以來的理論和批評創新，有助於克服長期籠罩的文學政治化傾向和庸俗社會學傾向，幫助文學回歸文學，克服對西方文學理論和批評的歧視傾向。與此同時，與世界文學的融合在二十世紀九〇年代至今的文學批評中也清晰可見。二十世紀八〇年代，只有巴赫金的詩學和小說理論被引入並應用於批評研究。在越南，自二十世紀九〇年代以來，世界上許多現代流派和理論，尤其是西方的流派和理論，基本上都是通過國內外作者的翻譯和研究工作引入的：從精神分析、結構主義、俄羅斯形式學派，到符號學、語言學、敘事學理論、話語理論，甚至文化研究、女性主義批評、生態批評。介紹外國理論方面做出重要貢獻的，最著名的有方榴（Phương Lựu, 1936-）的《二十世紀西方文學批評理論》（*Lý luận phê bình văn học phương Tây thế kỷ XX*, 2001）、《西方馬克思主義文化藝術思想》（*Tư tưởng văn hoá nghệ thuật của chủ nghĩa Mác phương Tây*, 2007）。將上述理論引入越南文學研究和批評中，初步取得了一些成功，典型的是潘玉（Phan Ngọc, 1925-2020）的《阮攸於〈翹傳〉中的風格研究》（*Tìm hiểu phong cách Nguyễn Du trong Truyện Kiều*, 1985）、《從語言學的視角解釋文學》（*Cách giải thích văn học bằng ngôn ngữ học*, 1995），杜德曉（Đỗ Đức Hiểu, 1924-2002）《文學批評革新》（*Đổi mới phê bình văn học*, 1993）、《現代詩學》（*Thi pháp hiện đại*, 2000），陳廷史（Trần Đình Sử, 1940-）《素友詩歌的詩學研究》（*Thi pháp thơ Tố Hữu*, 1987）、《越南古代文

學詩學考究》(*Thi pháp văn học trung đại Việt Nam*, 1998)、《〈翹傳〉的詩學研究》(*Thi pháp Truyện Kiều*, 2002),黎玉茶《理論與文學》(*Lý luận và văn học*, 1990)、《創造的挑戰,文化的挑戰》(*Thách thức của sáng tạo, Thách thức của văn hoá*, 2002),杜來翠(Đỗ Lai Thuý, 1948-)《詩之眼》(*Con mắt thơ*, 1992)、《胡春香——繁殖的懷念》(*Hồ Xuân Hương - Hoài niệm phồn thực*, 1999)、《詩歌作為他者的美學》(*Thơ như là mỹ học của cái khác*, 2012),張登容《文學作品作為一個過程》(*Tác phẩm văn học như là quá trình*, 2004),馮文酒(Phùng Văn Tửu, 1935-2022)《現代法國小說:一些新探索》(*Tiểu thuyết Pháp hiện đại - Những tìm tòi đổi mới*, 1990)、《二十一世紀前夕的法國小說》(*Tiểu thuyết Pháp bên thềm thế kỷ 21*, 2001),呂元(Lã Nguyên,即羅克和 La Khắc Hoà, 1947-)《符號學批評》(*Phê bình Ký hiệu học*, 2018)、《文學閱讀作為語言重建行為》(*Đọc văn học như là hoạt động tái thiết ngôn ngữ*, 2018)、《文學理論的歷史命運》(*Số phận lịch sử của các lý thuyết văn học*, 2018),賴元恩(Lại Nguyên Ân, 1945-)不僅是一位文學評論家,也是一位文學文本家,他為復興許多被時間埋葬的作品做出了貢獻。此外,這裡還可以提到鄧櫻桃(Đặng Anh Đào, 1934-2023)、阮春南(Nguyễn Xuân Nam)、陳友佐(Trần Hữu Tá, 1937-2022)、陳清淡(Trần Thanh Đạm, 1932-2015)、文心(Văn Tâm, 1933-2004)、王智閑(Vương Trí Nhàn)、阮文民(Nguyễn Văn Dân)、黃如芳(Huỳnh Như Phương)、阮登疊(Nguyễn Đăng Điệp)、阮文龍(Nguyễn Văn Long)、阮氏平(Nguyễn Thị Bình)、鄭伯挺(Trịnh Bá Đĩnh)、梅國聯(Mai Quốc Liên)、阮碧秋(Nguyễn Bích Thu)、孫芳蘭(Tôn Phương Lan)、黎心(Lê Tâm)、黎育秀(Lê Dục Tú)、劉慶詩(Lưu Khánh Thơ)、阮伯成(Nguyễn Bá Thành)、陳慶成(Trần Khánh Thành)、黎劉瑩(Lê Lưu Oanh)、周文山(Chu Văn Sơn)、文價

（Văn Giá）、陳登遄（Trần Đăng Suyền）、陶維協（Đào Duy Hiệp）、裴越勝（Bùi Việt Thắng）、范光龍（Phạm Quang Long）、陳玉王（Trần Ngọc Vương）、高金蘭（Cao Kim Lan）……。從思想革新之日起，一九七五年以前對南越藝術研究和批評的看法也減少了偏見，出現了客觀的研究作品，如陳懷英（Trần Hoài Anh, 1958-）的《1954-1975年南部都市文學理論批評》（*Lý luận - phê bình văn học ở đô thị miền Nam, 1954-1975*, 2009）。此外，經常出現在文學雜誌和報刊的評論版面上，還有一大批在研究機構、大學和文藝報社工作的作家，以及一些作家和詩人參與評論活動。

***

　　二十世紀的越南文學經歷了三個時期，在這些時期之間既有連續性，也發生了非常重要的變化。從一八八五至一九四五年，文學從古代向現代文學過渡，前四十年是過渡時期，隨後的十五年（1930-1945）文學真正實現了現代化，並在幾乎所有流派中都取得了許多傑出的成就。一九四五至一九七五年，文學存在於兩次抗戰和國家分裂的特殊情況下，因此越南文學存在於兩種不同的文學中，其中，革命文學為政治任務服務，面向大眾。一九七五年後，文學進入戰後時期，一九八〇年代中期，越南文學進入革新時期。

　　縱觀百年越南文學，基本運動方向是現代化。現代化始於本世紀頭幾十年，成為一九三〇至一九四五年文學發展的強大動力。這一趨勢在一九四五至一九七五年期間被革命文學的革命化和大眾化的要求所壓倒，但在一九七五年後，隨著融合世界的趨勢，它又重新成為文學的一種需要和運動。一九七五年四月以後至二十世紀末二十一世紀初，歷史和社會背景的變化直接影響了越南文學，使這一時期的文學分為三個階段：從戰時文學過渡到和平時期文學；在民主精神和個人

意識的覺醒上充滿活力的創新；文學繼續走創新之路並加強與世界的融合。在保留舊主題和傾向（戰爭主題、史詩傾向）的基礎上，重新認識、世事－私人生活、哲論等三種傾向，逐漸成為文學生活中的主要運動，由詩歌、小說（以及部分戲劇）的創新或保守或大膽的支持，為這一時期的文學創造了一個新鮮、充滿活力的面貌。這一時期文學生活的活力也有研究、理論和批評的存在。所有這些因素都有助於越南文學自一九七五年以來，特別是自一九八〇年代中期以來，在現代化道路上更進一步，真正融入世界文學進程。

參考書目

（依中文姓氏筆畫排序）

丁光雅（Đinh Quang Nhã）等選：《1954年至1975年西貢公開性文壇上的革命、進步及愛國文學》（*Văn học yêu nước, tiến bộ, cách mạng trên văn đàn công khai Sài Gòn, 1954-1975*），胡志明市：文藝出版社，1997年。

丁嘉慶（Đinh Gia Khánh）、周春延（Chu Xuân Diên）：《民間文學》（*Văn học dân gian*）第一卷，河內：大學與專業中學出版社，1972年。

丁嘉慶（Đinh Gia Khánh）、周春延（Chu Xuân Diên）：《民間文學》（*Văn học dân gian*）第二卷，河內：大學與專業中學出版社，1973年。

丁嘉慶（Đinh Gia Khánh）、裴維新（Bùi Duy Tân）、梅高彰（Mai Cao Chương）：《十世紀至十八世紀前半葉越南文學》（*Văn học Việt Nam thế kỉ X - nửa đầu thế kỉ XVIII*），河內：教育出版社，1997年。

丁嘉慶（Đinh Gia Khánh）：《選集》（*Tuyển tập*）第一卷，河內：教育出版社，2007年。

于在照：《越南文學史》，北京：軍事誼文出版社，2000年。

王　力：《漢語詩律學》，鄭州：鄭州大學出版社，1965年。

王智嫻（Vương Trí Nhàn）：《二十世紀初期至1945年越南文壇上有關

小說的評論》(*Những lời bàn về tiểu thuyết trong văn học Việt Nam〔từ đầu thế kỉ cho đến 1945〕*),河內:作家協會出版社,2000年。

文學院(Viện Văn học):《文學理論與批評——革新與發展》(*Lí luận và phê bình văn học - Đổi mới và phát triển*),河內:社會科學出版社,2005年。

文學院(Viện Văn học):《回顧二十世紀越南文學》(*Nhìn lại văn học Việt Nam thế kỉ XX*),河內:國家政治出版社,2002年。

文學院(Viện Văn học):《革命、抗戰與文學生活》(*Cách mạng, kháng chiến và đời sống văn học*)第一、二卷,河內:文學出版社,1984年。

世　元(Thế Nguyên):《為了夢想的明天》(*Cho một ngày mai mơ ước*),西貢:陳述出版社,1972年。

平　江(Bằng Giang):《1865年至1930年南圻國語文學》(*Văn học quốc ngữ Nam Kì, 1865-1930*),胡志明市:年輕出版社,1992年。

平　江(Bằng Giang):《文學史之片段》(*Mảnh vụn văn học sử*),西貢:真流出版社,1974年。

尼古拉・尼庫林(N. I. Nikulin):《越南文學史》(*Lịch sử văn học Việt Nam*),河內:文學出版社,2007年。

全惠卿(Jeon Hye Kyung):《韓國、中國及越南傳說故事比較研究——以〈金鰲新話〉、〈剪燈新話〉及〈傳奇漫錄〉為研究對象》(*Nghiên cứu so sánh tiểu thuyết truyền kì Hàn Quốc, Trung Quốc, Việt Nam thông qua "Kim Ngao tân thoại", "Tiễn đăng tân thoại" và "Truyền kì mạn lục"*),河內:河內國家大學出版社,2004年。

阮才謹（Nguyễn Tài Cẩn）：《越南語語音學歷史教程》（初稿）（*Giáo trình Lịch sử ngữ âm tiếng Việt*〔*Sơ thảo*〕），河內：教育出版社，1995年。

阮才謹（Nguyễn Tài Cẩn）：《漢越讀音方法的來源及形成過程》（*Nguồn gốc và quá trình hình thành cách đọc Hán Việt*），河內：社會科學出版社，1979年。

阮才謹（Nguyễn Tài Cẩn）：《關於喃字的若干問題》（*Một số vấn đề về chữ Nôm*），河內：大學與專業中學出版社，1985年。

阮才謹（Nguyễn Tài Cẩn）：《關於語言、文字與文化的若干證據》（*Một số chứng tích về ngôn ngữ, văn tự và văn hoá*），河內：河內國家大學出版社，2001年。

阮公卿（Nguyễn Công Khanh）：《1865年至1995年西貢——胡志明市報刊史》（*Lịch sử báo chí Sài Gòn - Thành phố Hồ Chí Minh, 1865-1995*），胡志明市：胡志明市綜合出版社，2016年。

阮氏碧海（Nguyễn Thị Bích Hải）：〈秀昌筆下的唐律詩〉（*Thể thơ Đường luật vào tay Tú Xương*），收入研究、保存與發揮越南民族文化中心：《秀昌與越南唐律詩學術研討會論文集》（*Kỉ yếu Hội thảo khoa học Tú Xương với thơ Đường luật Việt Nam*），河內：作家協會出版社，2016年。

阮氏嫣（Nguyễn Thị Yên）、陳氏安（Trần Thị An）主編：《越南少數民族民間文學總集》（*Tổng tập văn học dân gian các dân tộc thiểu số Việt Nam*）第十六卷：童話故事、傳說故事，河內：社會科學出版社，2009年。

阮氏嫻（Nguyễn Thị Nhàn）：《〈翹傳〉與喃字敘事詩之敘事結構詩學》（*Thi pháp cốt truyện truyện thơ Nôm và "Truyện Kiều"*），河內：師範大學出版社，2009年。

阮文中（Nguyễn Văn Trung）:《六州學文件》（Hồ sơ Lục châu học），胡志明市：年輕出版社，2014年。

阮文中（Nguyễn Văn Trung）:《法屬初期的國語文字與文學》（Chữ, văn quốc ngữ thời kì đầu Pháp thuộc），西貢：南山出版社，1974年。

阮文龍（Nguyễn Văn Long）主編:《1945年8月革命運動後越南文學》（Văn học Việt Nam từ sau Cách mạng tháng Tám 1945），河內：師範大學出版社，2017年。

阮文龍（Nguyễn Văn Long）主編:《1975年至2005年越南文學批評》（Phê bình văn học Việt Nam, 1975-2005），河內：師範大學出版社，2012年。

阮文龍（Nguyễn Văn Long）、呂壬辰（Lã Nhâm Thìn）主編:《1975年後越南文學——研究與教學之若干問題》（Văn học Việt Nam sau 1975 - Những vấn đề nghiên cứu và giảng dạy），河內：教育出版社，2006年。

阮文龍（Nguyễn Văn Long）:《1945年8月革命運動後越南文學》（Văn học Việt Nam từ sau Cách mạng tháng Tám 1945），河內：師範大學出版社，2016年。

阮文龍（Nguyễn Văn Long）:《新時代的越南文學》（Văn học Việt Nam trong thời đại mới），河內：教育出版社，2003年。

阮玉善（Nguyễn Ngọc Thiện）選:《阮廷炤——作者與創作》（Nguyễn Đình Chiểu - về tác gia và tác phẩm），河內：教育出版社，1998年。

阮玉善（Nguyễn Ngọc Thiện）、高金蘭（Cao Kim Lan）搜集與編寫：《二十世紀文藝爭論》（Tranh luận văn nghệ thế kỉ XX）第一、二卷，河內：勞動出版社，2003年。

阮有山（Nguyễn Hữu Sơn）、鄧氏好（Đặng Thị Hảo）編選與介紹：《高伯适——作者與創作》（*Cao Bá Quát - Về tác gia và tác phẩm*），河內：教育出版社，2006年。

阮仲文（Nguyễn Trọng Văn）：〈越南的左傾知識分子〉（*Trí thức khuynh tả ở Việt Nam*），《面對雜誌》第二十六期，1971年。

阮伯成（Nguyễn Bá Thành）：《1945年至1975年越南詩歌全景》（*Toàn cảnh thơ Việt Nam, 1945-1975*），河內：河內國家大學出版社，2015年。

阮秉謙（Nguyễn Bỉnh Khiêm）：《阮秉謙詩文總集》（*Thơ văn Nguyễn Bỉnh Khiêm〔Tổng tập〕*），河內：文學出版社，2014年。

阮金英（Nguyễn Kim Anh）主編：《十九世紀末二十世紀初越南南部小說研究》（*Tiểu thuyết Nam Bộ cuối thế kỉ XIX đầu thế kỉ XX*），胡志明市：胡志明市國家大學出版社，2004年。

阮春徑（Nguyễn Xuân Kính）主編：《民間文學研究學科的若干問題》（*Những vấn đề của khoa nghiên cứu văn học dân gian*），河內：事實國家政治出版社，2019年。

阮春徑（Nguyễn Xuân Kính）主編：《越南文化歷史》（*Lịch sử văn hoá Việt Nam*），河內：社會科學出版社，2015年。

阮春徑（Nguyễn Xuân Kính）主編：《越族人的民間文學總集》第十卷：寓言故事（*Tổng tập văn học dân gian người Việt, Tập X: Truyện ngụ ngôn*），河內：社會科學出版社，2003年。

阮春徑（Nguyễn Xuân Kính）主編：《越族人的俗語寶藏》（*Kho tàng tục ngữ người Việt*），河內：文化資訊出版社，2002年。

阮春徑（Nguyễn Xuân Kính）主編：《越南少數民族民間文學總集》第二十卷：笑話故事與寓言故事（*Tổng tập văn học dân gian các dân tộc thiểu số Việt Nam, XX: Truyện cười. Truyện ngụ ngôn*），河內：社會科學出版社，2010年。

阮春徑（Nguyễn Xuân Kính）、裴天臺（Bùi Thiên Thai）：《越南民間文學史》（*Lịch sử văn học dân gian Việt Nam*），河內：民族文化出版社，2020年。

阮春徑（Nguyễn Xuân Kính）、潘登日（Phan Đăng Nhật）主編：《越族人的歌謠寶藏》（*Kho tàng ca dao người Việt*）第一、二卷，河內：文化資訊出版社，2001年。

阮春徑（Nguyễn Xuân Kính）：《在探索越南少數民族的民間文學之路上》（*Trên đường tìm hiểu văn học dân gian các dân tộc thiểu số Việt Nam*），河內：民族文化出版社，2019年。

阮春徑（Nguyễn Xuân Kính）：《歌謠詩學》（*Thi pháp ca dao*），河內：社會科學出版社，1993年。

阮為卿（Nguyễn Vy Khanh）：《1954年至1975年南部文學：評價、編考及書籍》（*Văn học miền Nam, 1954-1975: Nhận định, biên khảo và thư tịch*），多倫多：阮出版社，2016年。

阮　祿（Nguyễn Lộc）：《十八世紀後半葉至十九世紀末越南文學》（*Văn học Việt Nam〔nửa cuối thế kỉ XVIII- hết thế kỉ XIX〕*），河內：教育出版社，1997年。

阮登孟（Nguyễn Đăng Mạnh）主編：《1945年至1975年越南文學》（*Văn học Việt Nam, 1945-1975*）第一、二卷，河內：教育出版社，1987年。

阮登孟（Nguyễn Đăng Mạnh）、陳廷史（Trần Đình Sử）、賴元恩（Lại Nguyên Ân）、王智嫻（Vương Trí Nhàn）：《文學的新時代》（*Một thời đại văn học mới*），河內：文學出版社，1987年。

阮登孟（Nguyễn Đăng Mạnh）、裴維新（Bùi Duy Tân）、阮如意（Nguyễn Như Ý）：《教學應用的越南文學作家辭典》（*Từ điển tác giả văn học Việt Nam dùng cho nhà trường*），河內：師範大學出版社，2004年。

阮登孟（Nguyễn Đăng Mạnh）：《越南文學作家：形象與風格》（*Nhà văn Việt Nam - Chân dung và phong cách*），胡志明市：年輕出版社，2002年。

阮登孟（Nguyễn Đăng Mạnh）：《關於越南現代文學進程中文學作家的課本》（*Những bài giảng về tác giả văn học trong tiến trình văn học Việt Nam hiện đại*）第一、二卷，河內：河內國家大學出版社，1999年。

阮登梛（Nguyễn Đăng Na）主編：《越南古代文學》（*Văn học trung đại Việt Nam*）第一、二卷，河內：師範大學出版社，2007年。

阮登梛（Nguyễn Đăng Na）、呂壬辰（Lã Nhâm Thìn）、丁氏康（Đinh Thị Khang）：《越南古代文學》（*Văn học trung đại Việt Nam*）第二卷，河內：師範大學出版社，2007年。

阮夢覺（Nguyễn Mộng Giác）：《對1974年詩歌與小說的思考》（*Nghĩ về thơ, truyện, 1974*），《百科雜誌》乙卯年春節特刊，1975年。

阮廌（Nguyễn Trãi）：《阮廌全集新編》（*Nguyễn Trãi toàn tập tân biên*）第一、二、三卷，河內：文學出版社、國學研究中心，2001年。

阮廣明（Nguyễn Quảng Minh）、阮夢興（Nguyễn Mộng Hưng）：〈我們是否具有童話化的習慣〉（*Chúng ta có chăng thói quen cổ tích hóa*），《研究與發展雜誌》第六期，2010年。

阮維馨（Nguyễn Duy Hinh）：《雒越文明》（*Văn minh Lạc Việt*），河內：文化院、文化資訊出版社，2004年。

阮維馨（Nguyễn Duy Hinh）：《大越文明》（*Văn minh Đại Việt*），河內：文化院、文化資訊出版社，2005年。

杜平治（Đỗ Bình Trị）：《民間文學體裁的創作形式特徵》（*Những đặc điểm thi pháp của các thể loại văn học dân gian*），河內：教育出版社，1999年。

杜平治（Đỗ Bình Trị）：《越南民間文學》（*Văn học dân gian Việt Nam*）第一卷，河內：教育出版社，1991年。

杜來翠（Đỗ Lai Thuý）：《胡春香——繁殖的懷念》（*Hồ Xuân Hương - Hoài niệm phồn thực*），河內：文化資訊出版社，1999年。

杜德曉（Đỗ Đức Hiểu）、阮惠芝（Nguyễn Huệ Chi）、馮文酒（Phùng Văn Tửu）、陳有佐（Trần Hữu Tá）主編：《新編文學辭典》（*Từ điển văn học〔Bộ mới〕*），河內：世界出版社，2004年。

李正忠（Lý Chánh Trung）：《尋回民族》（*Tìm về dân tộc*），胡志明市：年輕出版社，1967年（第一版），1990年（修訂版）。

呂壬辰（Lã Nhâm Thìn）主編：《越南古代文學教程》（*Giáo trình Văn học trung đại Việt Nam*）第一卷，河內：教育出版社，2011年。

呂壬辰（Lã Nhâm Thìn）、武清（Vũ Thanh）主編，《越南古代文學教程》（*Giáo trình Văn học trung đại Việt Nam*）第二卷，河內：教育出版社，2016年。

呂壬辰（Lã Nhâm Thìn）：《喃字唐律詩》（*Thơ Nôm Đường luật*），河內：教育出版社，1997年。

呂　方（Lữ Phương）：《美國帝國主義對越南南部文化與思想的入侵》（*Cuộc xâm lăng về văn hoá và tư tưởng của đế quốc Mỹ tại miền Nam Việt Nam*），河內：文化出版社，1981年。

吳士連及黎朝史官（Ngô Sĩ Liên và các sử thần triều Lê）編：《大越史記全書》（*Đại Việt sử kí toàn thư*）第一卷，河內：社會科學出版社，1993年。

何文求（Hà Văn Cầu）主編：《越族人的民間文學總集》第十七卷：

嘲劇劇本（*Tổng tập văn học dân gian người Việt, Tập XVII: Kịch bản Chèo*），河內：社會科學出版社，2003年。

何文晉（Hà Văn Tấn）主編：《越南考古學》（*Khảo cổ học Việt Nam*）第一卷：越南石器時代，河內：社會科學出版社，1998年。

何明德（Hà Minh Đức）、潘巨棣（Phan Cự Đệ）：《越南作家（1945-1975）》（*Nhà văn Việt Nam〔1945-1975〕*）第一、二卷，河內：大學與專業中學出版社，1980年。

武　片（Võ Phiến）：《南部文學——總觀》（*Văn học miền Nam - Tổng quan*），加州：文藝出版社，2000年。

武文仁（Võ Văn Nhơn）：《1945年前胡志明市國語文學》（*Văn học Quốc ngữ trước 1945 ở Thành phố Hồ Chí Minh*），胡志明市：西貢文化出版社，2007年。

武玉璠（Vũ Ngọc Phan）：《越南俗語、歌謠及民歌》（*Tục ngữ ca dao dân ca Việt Nam*），河內：社會科學出版社，1978年。

武　幸（Vũ Hạnh）、阮玉璠（Nguyễn Ngọc Phan）：《1945年至1975年胡志明市文學》（*Văn học thời kì 1945-1975 ở Thành phố Hồ Chí Minh*），胡志明市：胡志明市綜合出版社、西貢文化出版社，2008年。

武俊英（Vũ Tuấn Anh）、碧秋（Bích Thu）：《越南敘事文學作品辭典》（*Từ điển tác phẩm văn xuôi Việt Nam*）第二卷，河內：教育出版社，2001年。

武素好（Vũ Tố Hảo）編：《越族人的民間文學總集》第十三卷：生活類順口溜、第十四卷：反封建、帝國的順口溜（*Tổng tập văn học dân gian người Việt, Tập XIII: Vè sinh hoạt, Tập XIV: Vè chống phong kiến đế quốc*），河內：社會科學出版社，2006年。

武　瓊（Vũ Quỳnh）、喬富（Kiều Phú）編，丁嘉慶（Đinh Gia Khánh）、阮玉山（Nguyễn Ngọc San）譯：《嶺南摭怪》(*Lĩnh Nam chích quái*)，河內：文學出版社，1990年（修訂版）。

坪井良治（Yoshiharu Tsuboi）著、阮庭頭（Nguyễn Đình Đầu）等譯：《大南國面對法國與中華，1847-1885》(*Nước Đại Nam đối diện với Pháp và Trung Hoa, 1847-1885*)，河內：知識出版社，2010年。

范世五（Phạm Thế Ngũ）：《越南文學史簡約新編》(*Việt Nam văn học sử giản ước tân biên*) 第三卷，西貢：國學叢書，1965年。

范世五（Phạm Thế Ngũ）：《越南文學史簡約新編》(*Việt Nam văn học sử giản ước tân biên*) 第二卷，同塔：同塔出版社，1997年再版。

范明幸（Phạm Minh Hạnh）：《越南與世界上的寓言故事──體裁及其展望》(*Truyện ngụ ngôn Việt Nam và thế giới〔Thể loại và triển vọng〕*)，河內：社會出版社，1993年。

范春源（Phạm Xuân Nguyên）搜集與編寫：《尋找阮輝涉》(*Đi tìm Nguyễn Huy Thiệp*)，河內：文化資訊出版社，2001年。

范德遹（Phạm Đức Duật）：〈從形成至十九世紀末的我國嗦劇文學〉(*Văn học tuồng nước ta từ khi hình thành đến hết thế kỉ XIX*)，收入陳玉王（Trần Ngọc Vương）主編：《十世紀至十九世紀越南文學：歷史與理論的若干問題》(*Văn học Việt Nam thế kỉ X - XIX: Những vấn đề lí luận và lịch sử*)，河內：教育出版社，2007年。

范　瓊（Phạm Quỳnh）：《尚之文集》(*Thượng Chi văn tập*)，河內：雅南文化與傳播公司、作家協會出版社，1943年出版，2018年再版。

周春延（Chu Xuân Diên）：《民間文化研究：研究方法、歷史、體裁》（*Nghiên cứu văn hoá dân gian〔Phương pháp, lịch sử, thể loại〕*），河內：教育出版社，2008年。

周春延（Chu Xuân Diên）：〈椰子殼〉（*Sọ Dừa*），收入杜德曉（Đỗ Đức Hiểu）主編：《文學辭典》（*Từ điển văn học*）第二卷，河內：社會科學出版社，1984年。

茶　鈴（Trà Linh）等著：《南部在美偽制度下的文化和文藝》（*Văn hoá, văn nghệ miền Nam dưới chế độ Mỹ ngụy*）第一、二卷，河內：文化出版社，1979年。

胡亞敏（Hồ Á Mẫn）著、黎輝蕭（Lê Huy Tiêu）譯：《比較文學教程》（*Giáo trình Văn học so sánh*），河內：教育出版社，2011年。

段氏秋雲（Đoàn Thị Thu Vân）主編：《十世紀至十九世紀末越南古代文學》（*Văn học trung đại Việt Nam〔thế kỉ X - cuối thế kỉ XIX〕*），河內：教育出版社，2009年。

段黎江（Đoàn Lê Giang）主編：《比較視野下的近代東亞文學》（*Văn học cận đại Đông Á từ góc nhìn so sánh*），胡志明市：胡志明市綜合出版社，2011年。

馬江鄰（Mã Giang Lân）主編：《1900年至1945年越南文學現代過程》（*Quá trình hiện đại hoá văn học Việt Nam, 1900-1945*），河內：文化資訊出版社，2000年。

馬江鄰（Mã Giang Lân）：《1945年至1954年越南文學》（*Văn học Việt Nam, 1945-1954*），河內：教育出版社，1998年。

馬江鄰（Mã Giang Lân）：《越南現代文學：作者與研究問題》（*Văn học hiện đại Việt Nam, vấn đề - tác giả*），河內：河內國家大學出版社，2005年。

哥文斑（Ca Văn Thỉnh）、阮士林（Nguyễn Sĩ Lâm）、阮石江（Nguyễn Thạch Giang）編註：《阮廷炤全集》（*Nguyễn Đình Chiểu toàn tập*）第一、二卷，河內：文學出版社，1997年。

高輝頂（Cao Huy Đỉnh）：《探索越南民間文學發展進程》（*Tìm hiểu tiến trình văn học dân gian Việt Nam*），河內：社會科學出版社，1974年。

陳氏冰清（Trần Thị Băng Thanh）、范秀珠（Phạm Tú Châu）、范玉蘭（Phạm Ngọc Lan）編譯：《武貞與其〈蘭池見聞錄〉》（*Vũ Trinh và "Lan Trì kiến văn lục"*），河內：師範大學出版社，2018年。

陳文饒（Trần Văn Giàu）、陳白藤（Trần Bạch Đằng）、阮公平（Nguyễn Công Bình）主編：《胡志明市文化地志》（*Địa chí văn hoá Thành phố Hồ Chí Minh*）第二卷，胡志明市：胡志明市出版社，1988年。

陳玉王（Trần Ngọc Vương）編選與介紹：《陳庭厚選集》（*Trần Đình Hượu tuyển tập*）第一、第二卷，河內：教育出版社，2007年。

陳玉王（Trần Ngọc Vương）：《十世紀至十九世紀越南文學：歷史與理論的若干問題》（*Văn học Việt Nam thế kỉ X - XIX: Những vấn đề lí luận và lịch sử*），河內：教育出版社，2007年。

陳玉王（Trần Ngọc Vương）：《文學作家類型學——才子儒家與越南文學》（*Loại hình học tác giả văn học - Nhà nho tài tử và văn học Việt Nam*），河內：教育出版社，1995年。

陳玉王（Trần Ngọc Vương）：《越南文學：共同源流中的支流》（*Văn học Việt Nam, dòng riêng giữa nguồn chung*），河內：教育出版社，1995年。

陳有佐（Trần Hữu Tá）：《回顧一段文學的發展之路》（Nhìn lại một chặng đường văn học），胡志明市：胡志明市綜合出版社，2000年。

陳廷史（Trần Đình Sử）主編：《敘事學——理論與應用》（Tự sự học - Lí thuyết và ứng dụng），河內：教育出版社，2018年。

陳廷史（Trần Đình Sử）：《〈翹傳〉詩學研究》（Thi pháp "Truyện Kiều"），河內：師範大學出版社，2018年。

陳廷史（Trần Đình Sử）：《素友詩歌的詩學研究》（Thi pháp thơ Tố Hữu），河內：新作品出版社，1987年。

陳廷史（Trần Đình Sử）：《越南古代文學詩學的若干問題》（Mấy vấn đề thi pháp văn học trung đại Việt Nam），河內：教育出版社，1998年。

陳廷史（Trần Đình Sử）：《詩歌的藝術世界》（Những thế giới nghệ thuật thơ），河內：教育出版社，1995年。

陳仲燈壇（Trần Trọng Đăng Đàn）：《1954年至1975年越南南部文化文藝》（Văn hoá văn nghệ Nam Việt Nam, 1954-1975），河內：文化資訊出版社，2000年。

陳庭厚（Trần Đình Hượu）：《儒家與越南中近代文學》（Nho giáo và văn học Việt Nam trung cận đại），河內：文化資訊出版社，1995。

陳益源（Trần Ích Nguyên）：《剪燈新話與傳奇漫錄之比較研究》（Nghiên cứu so sánh "Tiễn đăng tân thoại" và "Truyền kì mạn lục"），河內：文學出版社，2000年。

陳國旺（Trần Quốc Vượng）主編：《越南文化基礎》（Cơ sở văn hoá Việt Nam），河內：教育出版社，1997年。

陳登遄（Trần Đăng Suyền）、黎光興（Lê Quang Hưng）主編：《二十

世紀初期至1945年越南文學》（*Văn học Việt Nam từ đầu thế kỉ XX đến, 1945*），河內：師範大學出版社，2016年。

陳德言（Trần Đức Ngôn）編：《越族人的民間文學總集》第三卷：謎語（*Tổng tập văn học dân gian người Việt, Tập III: Câu đố*），河內：社會科學出版社，2005年。

陳儒辰（Trần Nho Thìn）選：《阮公著——作者與創作》（*Nguyễn Công Trứ - Về tác gia và tác phẩm*），河內：教育出版社，2007年。

陳儒辰（Trần Nho Thìn）：《十世紀至十九世紀越南文學》（*Văn học Việt Nam từ thế kỷ X đến hết thế kỷ XIX*），河內：教育出版社，2012年。

陳懷英（Trần Hoài Anh）：《1954-1975年南部都市文學理論批評》（*Lí luận - phê bình văn học ở đô thị miền Nam, 1954-1975*），河內：作家協會出版社，2009年。

陶維英（Đào Duy Anh）：《越南文化史綱》（*Việt Nam văn hoá sử cương*），河內：文化資訊出版社，2002年。

陶維英（Đào Duy Anh）：《喃字：來源、結構及沿革》（*Chữ Nôm, nguồn gốc, cấu tạo, diễn biến*），河內：社會科學出版社，1975年。

梅文奮（Mai Văn Phấn）等選：《1975年後一代作家》（*Thế hệ nhà văn sau 1975*），河內：作家協會出版社，2016年。

梅　香（Mai Hương）主編：《越南散文創作辭典》（*Từ điển tác phẩm văn xuôi Việt Nam*）第三卷，河內：教育出版社，2010年。

梅國聯（Mai Quốc Liên）等編：《胡志明市革命、愛國文學百年：1945年至1975年階段》（*Một thế kỉ văn học yêu nước, cách mạng Thành phố Hồ Chí Minh: Giai đoạn, 1945-1975*）第四、五、六卷，胡志明市：文藝出版社，2015年。

梅國聯（Mai Quốc Liên）編：《阮攸全集》（Nguyễn Du toàn tập）第一、二卷，河內：文學出版社，2004年、2012年。

梅國聯（Mai Quốc Liên）編：《高伯适全集》（Cao Bá Quát toàn tập）第一、二卷，河內：國學研究中心，2004年、2012年。

國家人文與社會科學中心（Trung tâm Khoa học Xã hội và Nhân văn Quốc gia）：《越南文學總集》（Tổng tập văn học Việt Nam）第十、十一、十二、十三、十四、十五、十六卷，河內：社會科學出版社，2000年。

清　朗（Thanh Lãng）：《越南文學略圖》（Bảng lược đồ văn học Việt Nam）卷下，西貢：呈排出版社，1967年。

清　朗（Thanh Lãng）：《喃字文學》（Văn chương chữ Nôm），河內：武雄，1953年。

張玉祥（Trương Ngọc Tường）、阮玉璠（Nguyễn Ngọc Phan）：《胡志明市的報刊》（Báo chí ở Thành phố Hồ Chí Minh），胡志明市：胡志明市綜合出版社、西貢文化出版社，2007年。

越南作家協會（Hội Nhà văn Việt Nam）：《在海外翻譯的越南文學作品書目》（Thư mục tác phẩm văn học Việt Nam được dịch ra nước ngoài），河內：文學翻譯委員會、作家協會出版社，2010年。

越南作家協會（Hội Nhà văn Việt Nam）：《越南作家協會文學活動編年史（第一卷：1957年至1975年）》（Biên niên hoạt động văn học Hội Nhà văn Việt Nam, Tập I〔1957-1975〕），河內：作家協會出版社，2013年。

越南作家協會（Hội Nhà văn Việt Nam）：《越南作家協會文學活動編年史（第二卷：1976年至1985年）》（Biên niên hoạt động văn học Hội Nhà văn Việt Nam, Tập II〔1976-1985〕），河內：作家協會出版社，2016年。

越南作家協會（Hội Nhà văn Việt Nam）：《越南作家協會文學活動編年

史（第三卷：1986年至1995年）》（*Biên niên hoạt động văn học Hội Nhà văn Việt Nam, Tập III*〔*1986-1995*〕），河內：作家協會出版社，2018年。

越南作家協會（Hội Nhà văn Việt Nam）：《越南現代作家》（*Nhà văn Việt Nam hiện đại*），河內：作家協會出版社，2010年。

越南社會科學委員會（Uỷ ban Khoa học Xã hội Việt Nam）：《越南文學史》（*Lịch sử văn học Việt Nam*）第一卷，河內：社會科學出版社，1980年。

越南社會科學院（Viện Khoa học xã hội Việt Nam）、多樂省人民委員會（Uỷ ban Nhân dân tỉnh Đắk Lắk）：《亞洲史詩背景下的越南史詩》（*Sử thi Việt Nam trong bối cảnh sử thi châu Á*），河內：社會科學出版社，2009年。

黃公伯（Huỳnh Công Bá）：《越南文化史》（*Lịch sử văn hoá Việt Nam*），順化：順化出版社，2012年。

黃文從（Huỳnh Văn Tòng）：《從開始至1945年越南報刊研究》（*Báo chí Việt Nam từ khởi thuỷ đến 1945*），胡志明市：胡志明市綜合出版社，2000年。

黃愛宗（Huỳnh Ái Tông），《1954年至1975年南部文學》（*Văn học miền Nam, 1954-975*），美國：佛學軒出版社，2013年。

葉石濤（Diệp Thạch Đào），《臺灣文學史綱》（*Lược sử văn học Đài Loan*），河內：師範大學出版社，2018年。

喬收穫（Kiều Thu Hoạch）主編：《越族人的民間文學總集》第十二卷：平民喃字小說（*Tổng tập văn học dân gian người Việt, Tập XII: Truyện Nôm bình dân*），河內：社會科學出版社，2005年。

喬收穫（Kiều Thu Hoạch）主編：《越族人的民間文學總集》第四卷：

民間傳說（*Tổng tập văn học dân gian người Việt, Tập IV: Truyền thuyết dân gian*），河內：社會科學出版社，2004年。

喬收穫（Kiều Thu Hoạch）：《越南文化歷史研究》（*Góp phần nghiên cứu lịch sử văn hoá Việt Nam*），河內：世界出版社，2016年。

喬收穫（Kiều Thu Hoạch）：《越南民間文學——體裁的視角》（*Văn học dân gian người Việt, góc nhìn thể loại*），河內：社會科學出版社，2006年。

楊廣涵（Dương Quảng Hàm）：《越南文學史要》（*Việt Nam văn học sử yếu*），西貢：教育部學習資源中心，1960年。

愛德華・薩依德（E. W. Said）著，范英俊（Phạm Anh Tuấn）、安慶（An Khánh）譯：《文化與帝國主義》（*Culture & Imperialism*），河內：知識出版社，1993年出版，2015年翻譯。

裴文源（Bùi Văn Nguyên）、何明德（Hà Minh Đức）：《越南詩歌——形式與體裁》（*Thơ ca Việt Nam - Hình thức và thể loại*），河內：社會科學出版社，1971年。

裴文源（Bùi Văn Nguyên）、黃玉篪（Hoàng Ngọc Trì）、阮士謹（Nguyễn Sĩ Cẩn）：《十世紀至十八世紀前半葉越南文學》（*Văn học Việt Nam thế kỉ X - nửa đầu thế kỉ XVIII*），河內：教育出版社，1989年。

裴越勝（Bùi Việt Thắng）：《短篇小說：理論與體裁實踐若干問題》（*Truyện ngắn, những vấn đề lí thuyết và thực tiễn thể loại*），河內：河內國家出版社，2000年。

鄭伯挺（Trịnh Bá Đĩnh）、阮有山（Nguyễn Hữu Sơn）、武清（Vũ Thanh）選：《阮攸——作者與創作》（*Nguyễn Du - Về tác gia và tác phẩm*），河內：教育出版社，1998年。

鄧　進（Đặng Tiến）：《詩歌——詩學與作家肖像》（*Thơ - Thi pháp và chân dung*），河內：婦女出版社，2009年。

鄧臺梅（Đặng Thai Mai）：《二十世紀初（1900年至1925年）越南革命詩文》（Văn thơ cách mạng Việt Nam đầu thế kỉ XX〔1900-1925〕），河內：文化出版社，1961年。

鄧臺梅（Đặng Thai Mai）等著：《面對輿論法庭的人文佳品份子》（Bọn Nhân văn - Giai phẩm trước toà án dư luận），河內：事實出版社，1959年。

鄧櫻桃（Đặng Anh Đào）：《越南與西方——文學交流與接受》（Việt Nam và phương Tây - Tiếp nhận và giao thoa trong văn học），河內：教育出版社，2007年。

輝　瑾（Huy Cận）、何明德（Hà Minh Đức）主編：《回望一場詩歌的革命》（Nhìn lại một cuộc cách mạng trong thi ca），河內：教育出版社，1997年。

黎志桂（Lê Chí Quế）主編：《越南民間文學》（Văn học dân gian Việt Nam），河內：大學與專業中學出版社，1990年。

黎伯漢（Lê Bá Hán）、陳廷史（Trần Đình Sử）、阮克披（Nguyễn Khắc Phi）主編：《文學術語辭典》（Từ điển thuật ngữ văn học），河內：教育出版社，2004年。

黎廷騎（Lê Đình Kỵ）：《對美偽時期文藝思想的重新思考》（Nhìn lại tư tưởng văn nghệ thời Mỹ ngụy），胡志明市：胡志明市綜合出版社，1987年。

黎　黃（Lê Hoàng）等著：《前往者之歌聲》（Tiếng hát những người đi tới），胡志明市：年輕出版社、青年報、年輕報，1993年。

黎貴惇（Lê Quý Đôn）：《黎貴惇全集》（Toàn tập）第一、二、三卷，河內：社會科學出版社，1977年、1978年。

黎智遠（Lê Trí Viễn）：《越南古代文學特徵》（Đặc trưng văn học trung đại Việt Nam），河內：社會科學出版社，1996年。

黎經牽（Lê Kinh Khiên）：《關於民間文學與書面文學的關係的若干理論問題》（*Một số vấn đề lí thuyết chung về mối quan hệ văn học dân gian - văn học viết*），《文學雜誌》第一期，1980年。

黎劉鶯（Lê Lưu Oanh）：《1975至1990年越南抒情詩》（*Thơ trữ tình Việt Nam, 1975-1990*），河內：河內國家大學出版社，1998年。

黎　鑠（Lê Thước）等譯，張正（Trương Chính）介紹：《阮攸漢文詩》（*Thơ chữ Hán Nguyễn Du*），河內：文學出版社，1978年。

潘巨棣（Phan Cự Đệ）主編：《二十世紀越南文學》（*Văn học Việt Nam thế kỉ XX*），河內：教育出版社，2004年。

潘巨棣（Phan Cự Đệ）、陳庭厚（Trần Đình Hượu）、阮卓（Nguyễn Trác）、阮宏穹（Nguyễn Hoành Khung）、黎志勇（Lê Chí Dũng）、何文德（Hà Văn Đức）：《1900年至1945年越南文學》（*Văn học Việt Nam〔1900-1945〕*），河內：教育出版社，1999年。

潘巨棣（Phan Cự Đệ）：《越南現代小說》（*Tiểu thuyết Việt Nam hiện đại*）第一、二卷，河內：大學與專業中學出版社，1974年、1975年。

潘　玉（Phan Ngọc）：《阮攸於〈翹傳〉中的風格學研究》（*Tìm hiểu phong cách Nguyễn Du trong "Truyện Kiều"*），河內：社會科學出版社，1985年。

潘春院（Phan Xuân Viện）：《越南南島民族的民間故事》（*Truyện kể dân gian các tộc người Nam Đảo ở Việt Nam*），胡志明市：胡志明市國家大學出版社，2007年。

潘登日（Phan Đăng Nhật）主編：《越南少數民族民間文學總集》（*Tổng tập văn học dân gian các dân tộc thiểu số Việt Nam*）第十二、十三卷：俗律，河內：社會科學出版社，2010年。

潘登日（Phan Đăng Nhật）:《埃地族史詩》（Sử thi Ê Đê），河內：社會科學出版社，1991年。

潘登日（Phan Đăng Nhật）:《莫朝歷史大綱與越南各民族文化概略》（Đại cương lịch sử nhà Mạc và khái lược văn hóa các dân tộc Việt Nam），河內：知識出版社，2017年。

潘輝注（Phan Huy Chú）:《歷朝憲章類誌》（Lịch triều hiến chương loại chí）第一、二、三、四冊，河內：史學出版社，1961年、1962年。

賴元恩（Lại Nguyên Ân）:《每段文學之路》（Từng đoạn đường văn），河內：作家協會出版社，2016年。

羅歷山（Alexander de Rhodes）著，清朗（Thanh Lãng）、黃春越（Hoàng Xuân Việt）、杜光正（Đỗ Quang Chính）譯：《越葡拉辭典》（Từ điển Annam - Lusitan - Latinh），河內：社會科學出版社，1991年。

懷　青（Hoài Thanh）、懷真（Hoài Chân）:《越南詩人》（Thi nhân Việt Nam），河內：文學出版社，2000年。

Cao Thi Nhu Quynh, John C. Schafer (1988), "From Verse Narrative to Novel: The Development of Prose Fiction in Vietnam", *The Journal of Asian Studies*, Vol.47, No.4, pp.756-777.

John C. Schafer, The Uyen (1993), "The Novel Emerges in Cochinchina", *The Journal of Asian Studies*, Vol.52, No.4, pp.854-884.

跋

讀者手上的這本《越南文學史略》繁體中文版，結晶了越南與臺灣多年來在推動雙方文化與文學交流中的努力。該書在臺灣的問世，既是越南和臺灣長期的學術合作的必然成果，更是越南學術界透過翻譯橋梁，向中文學界表達出的學術對話。作為其中的傳達者之一，我很榮幸能在這篇跋文中，細緻回顧雙方合作的歷程，並與讀者分享翻譯過程中的一些學術思考。

《越南文學史略》翻譯是合作歷程的必然成果

今年是陳益源教授與我在學術上共同合作的第十年。在二〇一五年之前，我通過我的尊師——現任越南教育部部長阮金山教授，早已聽過陳益源教授的鼎鼎大名，但未曾有機會見面。直到二〇一五年年底，我參加了由臺灣文學館在臺南舉辦的「臺灣文學外譯」國際學術研討會，當時做為學者坐在臺下的我聆聽臺灣文學館館長陳益源教授在臺上進行開幕和閉幕致辭。那是我第一次與陳益源教授近距離接觸。然而，雙方真正的學術緣分始於二〇一六年十二月二日，我們邀請陳益源教授來本校文學系進行題為「越南使節文獻研究」的學術演講，至此時我們才正式見面並開始共同合作。

從那時起，除了受到疫情影響的那幾年時間之外，幾乎每年我們都會進行有成果的一個合作專案，並且希望通過這些成果促進越南與臺灣之間的文化、文學交流。二〇一七年，我們的第一個合作專案是

翻譯並在越南出版臺灣作家葉石濤的短篇小說集《葫蘆巷春夢》。同年，越南兒童故事《月亮上的阿貴》和《掃把的由來》被我翻譯成中文並在臺灣出版。二〇一八年，我們繼續將臺灣著名詩人吳晟的詩歌和散文譯介到越南並出版了《甜蜜的負荷：吳晟詩文雙重奏》。二〇一九年，我們在河內共同舉辦了「亞洲觀音與女神信仰」國際學術研討會，邀請到來自世界各國的學者參加。同年年底，我們在美麗的金門島共同舉辦一場意義特殊的「臺越文學金門論壇」，並邀請到八位河內國家大學教師代表出席。越南學者有機會親身體驗金門文化，瞭解金門文學。二〇二〇年，研討會論文集《亞洲觀音與女神信仰研究》在臺灣出版。疫情在全球大流行的二〇二一年和二〇二二年兩年期間，我們的合作也受到一定的影響。到二〇二三年，我們重新啟動了合作工作並繼續舉辦了「數位化時代的越中文化與文學」國際學術研討會。該研討會彙集了全越南和臺灣頂尖大學、研究機構學者來參與。在此會議上，《越南文學史略》的中文翻譯的想法已然成形。同年夏天，在我們的努力之下，臺灣國家圖書館和河內國家大學下屬人文與社會科學大學簽署合作備忘錄，擬將阮朝明命皇帝的兒子阮福綿寯皇子的世界孤本《貢草園集》通過越南語翻譯出版的方式迎接回越南。二〇二四年年初，我們開始著手進行將《越南文學史略》翻譯成繁體中文並在臺灣出版的合作項目。這個項目是陳益源教授與我多年來努力推動越南與臺灣在文化、文學領域中的交流，增加雙方互相瞭解的必然成果。

　　對我們來說，將《越南文學史略》翻譯成繁體中文是一項非常艱難的工作。可以說，這是我與陳益源教授合作以來最具挑戰性的學術任務。但這卻是最有意義的合作，可能會使得越南和臺灣學術界對對方的文學的認知產生重要的變化。我們的翻譯團隊由越南和臺灣頂尖大學的教師同時也是文學研究學者組成。團隊共有七位翻譯者，其中

四位來自河內國家大學下屬人文與社會科學大學文學系和東方學系（阮秋賢、阮青延、吳曰寰、阮英俊）。另外兩位來自胡志明市國家大學下屬人文與社會科學大學的文化學系和東方學系（阮清風、阮黃燕）。還有一位來自臺灣國立成功大學中國文學系的博士候選人，同時也是越南社會科學翰林院下屬文學院的研究員（阮長生）。

儘管我們每個人都具備較為豐富的文學研究經驗，並且多年從事文學翻譯工作，但是從母語到非母語的逆向翻譯始終是一項充滿挑戰性的工作。幸運的是，在整個翻譯過程中，我們一直得到陳益源教授在學術上和語言上的大力開導與協助。

經過近兩年的準備及近一年的翻譯，今天我非常高興看到這個翻譯專案終於獲得成果。也許這一本書尚未是最完美的翻譯文本，仍然存在一些不足之處，但這已經是我們在有限的能力下付出最大的努力並做出最好的成果。

《越南文學史略》翻譯是一種學術對話

做為一名從事文學研究和文學翻譯研究的學者，同時也參與文學翻譯工作，我始終認為，文學翻譯不僅僅是語言和文化的轉換，更重要的是翻譯背後所體現的確實是一種話語。因此，對我來說，翻譯《越南文學史略》正是一種學術對話的體現。

我們希望通過文學史翻譯與廣大的中文學界進行對話並傳達越南學術界帶有本土性的文學觀點。當然，在本書的翻譯過程中，由於考慮到中文學者和普通讀者的理解習慣，在某種情況下，我們也不得不選擇放棄越南學術界的一些特有的文學觀念。例如，越南學術界一般將從十世紀到一八八五年法國確立對越南的殖民統治這一時期的越南文學稱為「中代文學」（Văn học trung đại），而不是「古代文學」。這

個觀點體現了越南學術界的世界文學的視角。他們認為「古代文學」的這一概念更適用於像中國、印度等早在西元前便已形成的古老文學體系。相比之下，越南書面文學的誕生較晚，在世界文學史範圍內，屬於年輕的文學體系。因此，越南學術界使用「中代文學」概念來表達這樣的文學特徵。然而，由於考慮到中文學者，尤其是普通讀者，可能不太理解越南「中代文學」這一說法，我們決定將其翻譯成「古代文學」。倘若讀者在其他學術平臺上或在其他學術文獻中看到「越南中代文學」、「越南中世紀文學」的說法，其實都和我們所翻譯的「古代文學」在概念意義上是相通的。

參與這本文學史的無論是編寫者還是內容評審委員會成員，我們從中都能看到越南文學研究界最重要的學者的話語表達，他們來自於越南最頂尖、最著名的各大學和研究機構（如河內師範大學、越南社會科學翰林院下屬文化研究院和文學院、胡志明市國家大學下屬人文與社會科學大學、河內國家大學下屬人文與社會科學大學）。他們在這本書中的出現正體現了越南學術界的代表性。

《越南文學史略》第一次出版是在二○二○年。二○二二年，這本書榮獲越南中央文學藝術理論批評委員會頒發的二○二一年第六屆文學藝術理論批評作品獎 B 等獎。這是當年文學理論批評領域中的最高獎項。這個獎項體現了越南國家對這本文學史的價值的官方性認可。

《越南文學史略》是一本面向大眾，具有普及性的書籍。如陳廷史教授在前言中所強調的那樣：「迄今為止，在越南已經有了許多部多卷本形式的民族國家文學史。那些文學史專門為大學文學專業學生而編寫，但尚未有一部供大眾讀者使用的文學史略，適合那些想要概括的瞭解民族文學史的讀者。所以，針對這樣的目的，本書將文學劃分為幾個大時期，並闡述了其最突出的文學發展傾向。」該書系統性地呈現了越南文學史的基礎知識，編寫組還精心篩選、更新納入最新

的研究成果，同時利用面向大眾的「史略」形式的優勢來常識化之前一些難以達成共識的文學話題（如「人文－佳品」事件、1954-1975年南部文學等問題）。

更新納入越南學術界近期最新的文學研究成果是文學史編寫組的最終目標，同時也是越南學者對這本書的評價意見的交匯點。河內國家大學下屬人文與社會科學大學陳儒辰教授（本書內容的評審學者）肯定：「這本文學史，就像其參考書目所體現的那樣，已經綜合並歸納了近年來越南文學史研究的成果。因此，許多越南文學史的基礎性問題已得到總結。」

基於上述代表性的意義，我們相信《越南文學史略》的翻譯，在某種程度上，較為完整地傳達了越南學界的學術觀點。它將為國際學術界提供一個具備本土性並來自越南文學內部的視角，使得國際平臺上有關越南文化、文學的研究更加豐富和客觀，減少強加性的外部觀察視角的影響。

最後，我們相信，《越南文學史略》不僅是關心民族文化、文學的越南人的一本必讀的書籍，而且超越了國界，對於希望更深入瞭解越南文學的外國朋友來說，也是一本有價值意義的文學資料，尤其是說明他們通過文學史，更好地理解越南人民的個性和內心世界。

基於這個意義，我們翻譯團隊，儘管能力有限，但仍懷著真誠，謹向臺灣讀者以及廣大中文讀者，推薦這本書。

河內，二○二五年春
翻譯組代表：阮秋賢（Nguyễn Thu Hiền）

文學研究叢書・文學史研究叢刊 0802004

越南文學史略

主　　編	陳廷史	如何購買本書：
作　　者	陳廷史、阮春徑、阮文龍、黃如芳、武　清、呂壬辰、陳文全	1. 劃撥購書，請透過以下郵政劃撥帳號： 　帳號：15624015 　戶名：萬卷樓圖書股份有限公司
編　　審	陳益源、阮秋賢	2. 轉帳購書，請透過以下帳戶
譯　　者	阮秋賢、阮青延、吳曰寶、阮英俊、阮清風、阮黃燕、阮長生	合作金庫銀行　古亭分行 　戶名：萬卷樓圖書股份有限公司 　帳號：0877717092596
責任編輯	林涵瑋	3. 網路購書，請透過萬卷樓網站
特約校稿	林秋芬	網址　WWW.WANJUAN.COM.TW

發 行 人	林慶彰
總 經 理	梁錦興
總 編 輯	張晏瑞
編 輯 所	萬卷樓圖書股份有限公司
排　　版	林曉敏
印　　刷	博創印藝文化事業有限公司
封面設計	陳薈茗

發　　行	萬卷樓圖書股份有限公司
	臺北市羅斯福路二段 41 號 6 樓之 3
	電郵　SERVICE@WANJUAN.COM.TW
香港經銷	香港聯合書刊物流有限公司

ISBN 978-626-386-249-4
2025 年 5 月初版
定價：新臺幣 460 元

大量購書，請直接聯繫我們，將有專人為您服務。客服：(02)23216565　分機 610

如有缺頁、破損或裝訂錯誤，請寄回更換
版權所有・翻印必究
Copyright©2025 by WanJuanLou Books CO., Ltd.
All Rights Reserved　　　　　Printed in Taiwan

國家圖書館出版品預行編目資料

越南文學史略 / 陳廷史主編. -- 初版. -- 臺北市：萬卷樓圖書股份有限公司, 2025.05
　面；　公分
ISBN 978-626-386-249-4(平裝)

1.CST: 越南文學　2.CST: 文學史

868.39　　　　　　　　　　　　114002775